Office English

職場英語

看這本就夠了

使用說明

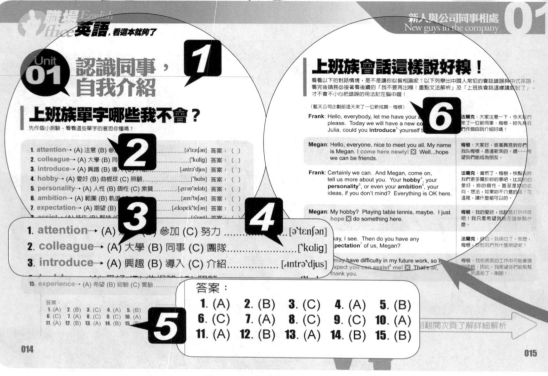

1 100篇上班族一定會用到的情境主題

所有貼近上班族生活和工作方面的各種話題，本書全部收錄，讓你花時間學習的內容，保證能運用在職場上，真正達到即學即用。

2 立刻找出你不會的單字

每篇內文一開始就企劃了「上班族單字哪些我不會？」這個單元，讓你立刻可以測試出自己都有哪些單字不懂，充分瞭解自己的現有程度，在接下來的會話中，就可以特別注意單字的用法，真正做到高效率學習。

3 混淆字辨析

每個單字後面緊接著三個中文釋義選項，其中只有一個選項是正確的，其他兩個則是混淆選項，這項混淆辨析，可強力幫助你加深對單字的印象，鞏固記憶，單字學習牢不可破。

4 單字意思和發音同步學習

貼心附上了KK音標，讓你不僅會寫會背還會說；同時還提供了答案框，讓你可以記住自己的錯誤之處，也方便日後的查找與複習。

5 測驗題正確解答

做完之後，你可以馬上利用這些解答，找出自己有哪些單字誤解了原意，在接下來的會話中，我們的學習將更有方向，進而達到最佳的學習效果。

我不要再出糗！重點文法解析 ▶ MP3 Track 001

傳統背單字的方法，容易讓我們只把單字和中文背下來，卻完全誤解了用法，在這個單元中，將針對最容易混淆單字，作最徹底的解析，讓你出差、洽商都絕不再出糗！

辨析重點1
aid/assist/help「幫忙」的意思

解說：assist 是「以助手的 aid 則是比較積極的救助，如公益團體對弱勢團體的救助就用 aid。help 的用途最廣，大部分的情況都可以用 help 來代替 aid 和 assist。help 通常和 with 連用，例如 help me with the luggage (幫我提行李)，請利用下面的例句，幫助更熟悉記憶單字的用法。

❏ She came to the gentleman's aid.
她來援助那位先生。

❏ She assisted the hostess with preparing **snacks**.
她協助女主人準備點心。

❏ She helps with housework at home.
她在家時會幫忙做家事。

辨析重點2
hope 的用法

hope 作為動詞，後面如果要接另一個動作，需要使用 hope to do sth. 的結構。

❏ I hope to fly into the blue sky like a bird.
我希望像鳥兒一樣飛向藍天。

也可以用 that 接一個句子 (that 可以省略)。

❏ I hope that I can grow up quickly.
我希望我能夠快快長大。

辨析重點3
I come here newly.

這是一句典型的中式英文，是由「我是新來的。」直翻過來的。
如果想要提到自己是新來的，可以這樣說：

❏ I am a newcomer here.

❏ I am new here.

上班族會話這樣講就對了 ▶ MP3 Track 002

單字文法都很行，但是卻老是無法延續話題？在這個單元中除了告訴你最正確的語法、最道地的說法以外，也告訴你最生活化的會話技巧，讓你輕輕鬆鬆就延續與對方的交談。

（藍天公司在辦公室──法蘭克、梅根）

Fank: Hello, everyone, have your attention, please. We have a new colleague. Megan, please introduce yourself to us first?

法蘭克： 大家好，請注意了，今天我們來了一位新同事。梅根，妳先為我們做個自我介紹吧？

Megan: Hello, everyone, nice to meet you. My name is Megan. I am a newcomer in our company. I must say I feel so **honored** to work with you. I hope we can be friends in the near future.

梅根： 大家好，很高興見到你們。我叫梅根，是這新來的。我想說我感到很榮幸能與你們一起工作。希望在不久的將來，我們能成為朋友。

Frank: Certainly we can. And Megan, come on, tell us more about you. Your hobby, your personality, or even your ambition, your ideas, if you don't mind? Everything is OK here.

法蘭克： 當然了，梅根，快點告訴我們更多關於妳的事吧！比如妳的愛好、妳的個性、甚至是妳的志向、想法，如果妳不介意的話？在這裡，講什麼都可以的。

Megan: I am trying to make my dream come true. And this company gives me a **precious** chance. I won't let it go. I hope I can make some **achievements** here and make progress with all of you together. So, you can see that I am a **determined** person.

梅根： 我在努力實現自己的夢想。這個公司給了我一個寶貴的機會，我會牢牢把它抓住。我希望我能在這裡做出一點成就，與諸位共同進步，因此，你們也可以看出，我是一個有決心的人。

Frank: You know, a person with **perseverance** is always welcomed here. Then do you have any expectation of us, Megan?

法蘭克： 我們這裡歡迎有毅力的人。那麼，梅根，你對我們有什麼期望呢？

Megan: To tell you the truth, I have just graduated from my school with little working **experience**, so I do hope people here can give me a hand if I have difficulty in my work someday. Lastly, thank you for your attention.

梅根： 說實話，我剛從學校畢業，沒有什麼工作經驗，所以，我真的希望將來某天我要是在工作上遇到了問題，你們可以幫我一下。最後，謝謝你們。

職場會話小技巧

在與用得越多的時候，我們也會更流暢，掌握得更游刃有餘。上面的 assist 的意思是協助對手的，也不失為協助人完成某件事...如果想要更深刻的說法，…我們果不只說會話不敢說的寫法。遇到的問題。遇到的問題，還可以讓自己的話題進一步下一個單字的深刻意義的就到瓶頸出來了。

6 中式英文別再來

在「上班族會話這樣說好糗」這個單元中，將會示範一篇與本篇主題相切合的情景對話，對話裡將會出現一些我們最容易混淆的英文單字和中式英語說法，目的是把華人地區容易犯的語法錯誤全面性的檢測出來，讓你能更迅速地找出原來毫不知情的錯誤用法，掌握更精準的學習的方向。

7 單字辨析 語法不出錯

徹底顛覆傳統依字母順序背單字的方法，本書在這一單元中，僅針對該單元中最容易混淆的關鍵單字，為讀者設計了一系列的同義單字辨析，從用法到相關例句，從點到面，讓你全方位掌握單字，停止死背。

8 不怕說錯 不怕沒話題

在「上班族會話這樣說就對了」這個單元中，告訴你最正確、最道地、最實用的會話該怎麼說，單字該怎麼用。同時，老是無法延續話題的人有福了！這裡將為你示範延續話題的技巧即說法，讓你可以輕鬆地與老外暢所欲言，絕對不再一句會話就陣亡。

作者序

張慈庭

今年度的全球金融風暴，讓全世界都陷入了失業潮的危機當中。而處於中堅階層的白領上班族們，更是人人自危，擔心著自己不知何時也會捲入失業風暴中。

過去，我有許多朋友都認為：「『英文好』可以提昇自己的職場競爭力。」事實上，現在觀念已經完全地改變了！食益補集團總裁馮南陽曾經說過：「英文沒有好不好，因為那是職場上最基本的能力。」對企業主而言，英文能力的高低已經不具加分作用，而是履歷上的必備選項。當我告訴我的學生這項觀念時，他們臉上幾乎都顯露出了恐慌的表情。

我身邊也有其他朋友，這陣子在投資方面都吃了大虧，以往連理專都推薦的基金和股票，在2008年全都跌破眾人眼鏡慘賠。這項事實讓我又再一次地領悟：「唯有投資自己才是真正可回收的。」

以上兩點，正是我與澄瑄企劃並撰寫了這本《職場英語，看這本就夠了》其中一個最主要的原因。

把英文視為自己在職場上「必備」，而不是「加分工具」，是想在目前保有未來競爭力最大的關鍵。

因此，在這本《職場英語，看這本就夠了》中，我以「實用性」為最主要的出發點，讓所有有心想加強英語的上班族，可以把在《職場英語，看這本就夠了》學到的句子與單字，可以實際應用在職場生

活上，並且用最切合自身職場環境的１００種情境，同步矯正自己老是出糗的「中式英文」。

除了一開始利用「上班族單字哪些我不會」這個單元，先把自己平常似懂非懂的單字檢測出來；然後接著在「上班族會話這樣說好糗」中，練習看看哪些是你平常這樣說，卻一點都沒有發現錯誤之處的句子；「我不要再出糗！文法重點解析」這個單元，則把一些最容易混淆的單字，以及大家常誤用的中式英文作最全面的解析以及示範用法；最後，我精心企劃了「上班族會話這樣說就對了」，為所有上班族示範該情境最正確的會話說法，以及延續話題的技巧，讓你們不但會說，而且能夠說的多！

最後，希望可以勉勵所有想在職場上出頭天的上班族們─不管時機在怎麼艱辛，只要努力充實自己的實力，就一定有成功的機會，共勉之。

張慈庭

2008.11

作者序 許澄瑄

去年底和高中同學聚會的時候，同學 Cathy 講了一個真實發生在辦公室的趣事。

她在外商公司已經工作三、四年了，內部有很多駐派台灣的外籍主管，因此公司內使用英語交談的機率非常的高。某位出外去拜訪客戶剛回到辦公室的同事，一進到她女性主管的辦公室內，劈頭就問：「Hi, Sally, good afternoon. Mike said that you are expecting. What's going on?（嗨，莎莉，午安。麥克說妳在等我。發生了什麼事嗎？）」

當刻她的女性主管一頭霧水，又帶點惱羞成怒的尖聲回答：「What? Why? What makes you think I'm expecting?（什麼？為什麼？為什麼妳會覺得我在『待產』？）因為她的主管身材是屬於有點圓潤豐滿的，主管那時候以為哪位同事是故意在嘲笑她的身材，所以感到有些生氣；而那位提問的同事當下也非常驚訝於主管如此大的反應，她明明只是想詢問主管找她有什麼事，沒想到莫名其妙把主管給激怒了。後來一直到旁邊的秘書介入幫忙解釋，才讓一切誤會解釋清楚。

這個誤會其實就是因為 Cathy 的同事英文說得不夠完整且道地，想要問對方是不是在等你，其實應該要說：「Would you expecting me?＝Are you waiting for me?」，expecting 的後面一定要接受詞，而 waiting 的後面也一定要接 for 這個介系詞，否則就會造成許多不

必要的誤會。

　　許多華人都很努力的學習英語，好讓自己在職場上的競爭力可以更加提昇，殊不知許多會話及用詞都只説了一半，或是七零八落。像以上這種小誤會發生在公司內部的話，還算好解決；如果是在更正式的場合，或是比較重要的合約簽署情境下，很有可能因為溝通上用詞的錯誤，造成雙方利益上的糾紛及誤會。

　　而這點就是我和親愛的韋婕老師合作撰寫此書最大的起因和動力。因為我希望能幫助所有在職場上辛苦打拼的朋友們，不要在費時費力的花時間學習英文後，卻讓錯誤的用詞毀了所有的努力。

　　希望大家都能感受到我和韋婕老師以及捷徑文化編輯部同仁的用心和努力，也感謝韋婕老師的包容及鼓勵，希望大家都能在職場上有所成就及收穫！

2008.11

Contents 目錄

Part ③ 員工旅遊與個人休閒
Incentive Tour and Entertainment

Part ④ 工作問題排除與書信往返
Trouble solving and Mails

Part ⑤ 產品簡報與發表
Products Presentation

Part ⑥ 行銷活動與商品瞭解
Marketing and Products

Part ⑦ 報價與協調
Quoting and Negotiation

Part ⑧ 前往國外參展
Fairs

Part ⑨ 個人薪資與未來展望
Raising and Future

Part ⑩ 工作主導與帶領成員
Lead your team

New guys in company • New guys in compan

New guys in company • New guys in compa

Part ①

新人與公司
同事相處

New guys in company

Unit 01 認識同事，自我介紹

上班族單字哪些我不會？

先作個小測驗，看看這些單字的意思你懂嗎？

1. **attention**→ (A) 注意 (B) 參加 (C) 努力 ....[əˋtɛnʃən] 答案：（　）
2. **colleague**→ (A) 大學 (B) 同事 (C) 團隊.....................[ˋkɑlig] 答案：（　）
3. **introduce**→ (A) 興趣 (B) 導入 (C) 介紹.................[ˌɪntrəˋdjus] 答案：（　）
4. **hobby**→ (A) 愛好 (B) 曲棍球 (C) 照顧.......................[ˋhɑbɪ] 答案：（　）
5. **personality**→ (A) 人性 (B) 個性 (C) 素質...........[ˌpɜsnˋælətɪ] 答案：（　）
6. **ambition**→ (A) 範圍 (B) 軌道 (C) 志向 ....[æmˋbɪʃən] 答案：（　）
7. **expectation**→ (A) 期望 (B) 過期 (C) 專家....[ˌɛkspɛkˋteʃən] 答案：（　）
8. **assist**→ (A) 扶住 (B) 堅持 (C) 協助 ....[əˋsɪst] 答案：（　）
9. **snack**→ (A) 抓 (B) 蛇 (C) 點心 ....[snæk] 答案：（　）
10. **honor**→ (A) 榮幸 (B) 磨刀石 (C) 線索...........................[ɑnɚ] 答案：（　）
11. **precious**→ (A) 寶貴 (B) 謹慎 (C) 預言 ....[ˋprɛʃəs] 答案：（　）
12. **achievement**→ (A) 承認 (B) 成就 (C) 創造...........[əˋtʃivmənt] 答案：（　）
13. **determine**→ (A) 決定 (B) 減少 (C) 指責.............[dɪˋtɜmɪn] 答案：（　）
14. **perseverance**→ (A) 保留 (B) 毅力 (C) 儲備 ....[ˌpɜsəˋvɪrəns] 答案：（　）
15. **experience**→ (A) 希望 (B) 經驗 (C) 實驗.............[ɪkˋspɪrɪəns] 答案：（　）

答案：
1. (A)　2. (B)　3. (C)　4. (A)　5. (B)
6. (C)　7. (A)　8. (C)　9. (C)　10. (A)
11. (A)　12. (B)　13. (A)　14. (B)　15. (B)

這些單字都將運用在以下的會話及解析中，哪些單字答錯了？請利用以下的單元好好的學習單字的正確用法吧！

上班族會話這樣說好糗！

看看以下的對話情境，是不是讓你似曾相識呢？以下列舉出中國人常犯的會話錯誤與中式英語，看完後請務必接著看後續的「我不要再出糗！重點文法解析」及「上班族會話這樣講就對了」，才不會不小心把錯誤的用法記在腦中喔！

（藍天公司企劃部這天來了一位新成員—梅根）

Frank: Hello, everybody, let me have your **attention**[1], please. Today we will have a new **colleague**[2]. Julia, could you **introduce**[3] yourself to us first?

法蘭克：大家注意一下，今天我們來了一位新同事。梅根，妳先為我們作個自我介紹好嗎？

Megan: Hello, everyone, nice to meet you all. My name is Megan. **I come here newly!** ☒ Well...hope we can be friends.

梅根：大家好，很高興見到你們，我叫梅根，是這新來的。嗯……希望我們能成為朋友。

Frank: Certainly we can. And Megan, come on, tell us more about you. Your **hobby**[4], your **personality**[5], or even your **ambition**[6], your ideas, if you don't mind? Everything is OK here.

法蘭克：當然了。梅根，快點告訴我們更多關於妳的事吧。比如妳的愛好，妳的個性，甚至是妳的志向、想法，如果妳不介意的話？在這裡，講什麼都可以的。

Megan: My hobby? Playing table tennis, maybe. I just **hope** ☒ do something here.

梅根：我的愛好，也許是打乒乓球吧！我只是希望我能在這做點什麼。

Frank: Okay, I see. Then do you have any **expectation**[7] of us, Megan?

法蘭克：好的，我明白了。那麼，梅根，妳對我們有什麼期望呢？

Megan: I may have difficulty in my future work, so I expect **you can assist**[8] **me!** ☒ That's all, thank you.

梅根：我在將來的工作中可能會遇到困難，因此，我希望你們能幫幫我。就這些了，謝謝！

立刻翻閱次頁了解詳細解析

我不要再出糗！重點文法解析 ▶ MP3 Track 001

傳統背單字的方法，容易讓我們只把單字和中文背下來，卻完全誤解了用法，在這個單元中，將針對最容易混淆單字，作最徹底的解析，讓你出差、洽商都絕不再出糗！

辨析重點1

aid/assist/help 都有「幫忙」的意思

解說：assist 是「以助手的方式來協助」。aid 則是比較積極的救助，如公益團體對弱勢團體的救助就用 aid。help 的用途最廣，大部分的情況都可以用 help 來代替 aid 和 assist。help 通常和 with 連用，例如 help me with the luggage（幫我提行李）。請利用下面的例句，幫助更熟悉記憶單字的用法：

❏ She came to the gentleman's aid.
　她來援助那位先生。

❏ She assisted the hostess with preparing **snacks**[9].
　她協助女主人準備點心。

❏ She helps with housework at home.
　她在家時會幫忙做家事。

辨析重點2

hope 的用法

hope 作為動詞，後面如果要接另一個動作，需要使用 hope to do sth. 的結構。

❏ I hope to fly into the blue sky like a bird.
　我希望像鳥兒一樣飛向藍天。

也可以用 that 接一個句子（that 可以省略）。

❏ I hope that I can grow up quickly.
　我希望我能快快長大。

辨析重點3

I come here newly.

這是一句典型的中式英文，是由：「我是新來的。」直翻過來的。
如果想要說自己是新來的，可以說：

❏ I am a newcomer here.

❏ I am new here.

千萬別再用中文的邏輯直接翻譯囉～

上班族會話這樣講就對了 ▶ MP3 Track 002

單字文法都很行，但是卻老是無法延續對話嗎？在這個單元中除了告訴你最正確的語法、最道地的說法以外，也告訴你最生活化的會話技巧，讓你輕輕鬆鬆就延續與對方的交談。

（藍天公司企劃部這天來了一位新成員－梅根）

Fank: Hello, everybody, let me have your attention, please. Today we will have a new colleague. Megan, could you introduce yourself to us first?

法蘭克：大家好，請注意了。今天我們來了一位新同事。梅根，妳先為我們做個自我介紹好嗎？

Megan: Hello, everyone, nice to meet you. My name is Megan. I am a newcomer in our company. I must say I feel so **honored**[10] to work with you. I hope we can be friends in the near future.

梅根：大家好，很高興見到你們。我叫梅根，是這新來的。我想說我感到很榮幸能與你們一起工作。希望在不久的將來，我們能成為朋友。

Frank: Certainly we can. And Megan, come on, tell us more about you. Your hobby, your personality, or even your ambition, your ideas, if you don't mind? Everything is OK here.

法蘭克：當然了。梅根，快點告訴我們更多關於妳的事吧？比如妳的愛好，妳的個性，甚至是妳的志向、想法，如果妳不介意的話？在這裡，講什麼都可以的。

Megan: I am trying to make my dream come true. And this company gives me a **precious**[11] chance. I wont' let it go. I hope I can make some **achievements**[12] here and make progress with all of you together. So, you can see that I am a **determined**[13] person.

梅根：我在努力實現自己的夢想。這個公司給了我一個寶貴的機會，我會牢牢把它抓住。我希望我能在這裡做出一點成就，與諸位共同進步。因此，你們也可以看出，我是一個有決心的人。

Frank: You know, a person with **perseverance**[14] is always welcomed here. Then do you have any expectation of us, Megan?

法蘭克：我們這裡歡迎有毅力的人。那麼，茱莉亞，你對我們有什麼期望呢？

Megan: To tell you the truth, I have just graduated from my school with little working **experience**[15], so I do hope people here can give me a hand if I have difficulty in my work someday. Lastly, thank you for your attention.

梅根：說實話，我剛從學校畢業，沒有什麼工作經驗。所以，我衷心地希望將來某天要是我工作上遇到了困難，你們可以幫我一下。最後，謝謝各位！

職場會話 小技巧
在使用英語的時候，有時也會涉及到等級輩分的問題，這時候用詞就相當重要了。上面的 assist 的意思是以助手的形式去幫助他人完成某樣事情。如果是剛來的新人，我們是不可能要求別人做自己的助手的。這說明了只要我們認真琢磨一下，單字的深刻含義就會自己顯現出來了！

Unit 02 會見直屬上司

上班族單字哪些我不會？

先作個小測驗，看看這些單字的意思你懂嗎？

1. **staff**→ (A) 開始 (B) 員工 (C) 稅收 ....[stæf] 答案：(B)
2. **superviser**→ (A) 超級明星 (B) 建議人 (C) 主管 ...[ˌsupɚˋvaɪzɚ] 答案：(C)
3. **excuse**→ (A) 藉口 (B) 慢跑 (C) 參加 ....[ɪkˋskjuz] 答案：(A)
4. **charge**→ (A) 圖表 (B) 負責 (C) 飛標 ....[tʃɑrdʒ] 答案：(B)
5. **section**→ (A) 部門 (B) 分割 (C) 設置 ....[ˋsɛkʃən] 答案：(A)
6. **satisfy**→ (A) 坐下 (B) 輕鬆 (C) 滿意 ....[ˋsætɪsˌfaɪ] 答案：(C)
7. **bottom**→ (A) 底部 (B) 借取 (C) 墳墓 ....[ˋbɑtəm] 答案：(A)
8. **handle**→ (A) 手 (B) 把手 (C) 懶散 ....[ˋhændl] 答案：(B)
9. **mug**→ (A) 馬克杯 (B) 泥土 (C) 偷運 .... [mʌg] 答案：(A)
10. **personnel**→ (A) 人員 (B) 人力 (C) 人才.................[ˌpɝsṇˋɛl] 答案：(A)
11. **manager**→ (A) 控制 (B) 經理 (C) 生氣 ....[ˋmænɪdʒɚ] 答案：(B)
12. **complain**→ (A) 抱怨 (B) 完全 (C) 競爭 ....[kəmˋplen] 答案：(A)
13. **appreciate**→ (A) 合適 (B) 感謝 (C) 估計 ....[əˋpriʃɪet] 答案：(B)
14. **advantage**→ (A) 優勢 (B) 進步 (C) 劣勢 ....[ədˋvæntɪdʒ] 答案：(A)
15. **opportunity**→ (A) 港口 (B) 機會 (C) 反對 ....[ˌɑpɚˋtjunətɪ] 答案：(B)

答案：
1. (B)　**2**. (C)　**3**. (A)　**4**. (B)　**5**. (A)
6. (C)　**7**. (A)　**8**. (B)　**9**. (A)　**10**. (A)
11. (B)　**12**. (A)　**13**. (B)　**14**. (A)　**15**. (B)

這些單字都將運用在以下的會話及解析中，哪些單字答錯了？請利用以下的單元好好的學習單字的正確用法吧！

上班族會話這樣說好糗！

看看以下的對話情境，是不是讓你似曾相識呢？以下列舉出中國人常犯的會話錯誤與中式英語，
看完後請務必接著看後續的「我不要再出糗！重點文法解析」及「上班族會話這樣講就對了」，
才不會不小心把錯誤的用法記在腦中喔！

（東尼帶著梅根去見上司，敲門進去後⋯⋯）

Tony: John, this is our new **staff**[1], Ms. Magen Penn. Megan, this is our **superviser**[2], Mr. John Hann. You two can talk for a while. **Excuse**[3]me for a minute.

東尼：約翰，這是我們的新成員，潘梅根小姐。梅根，這是我們的主管，韓約翰先生。你們兩個單獨聊一聊吧！我就先失陪一會了！

John: Please sit down. Nice to meet you, Ms. Penn. I am in **charge**[4] of this **section**[5]. You can call me John. And are you **satisfied**[6] with our company at the present time? Tea?

約翰：請坐！很高興見到妳，潘小姐。我是這個部門的負責人，妳可以叫我約翰就好了；妳對我們公司目前為止還滿意吧？需要喝茶嗎？

Megan: No, thanks. He just now gave me a glass of tea. ❌ Mr. Hann, oh, no, John, can you tell me my job? ❌ Please call me Megan!

梅根：不，謝謝了。剛才人事主管已經給我倒過一杯了。約翰先生，不，是約翰，你能跟我說一下我的工作內容嗎？另外，你也請稱呼我梅根就好了！

John: In our company, we expect our new staff can work from the **bottom**[7] and work up later on. Maybe a lot of difficulties are in front of you. Can you make it?

約翰：在我們這個公司，我們希望我們的新員工能從底層做起，然後再逐漸的往上升遷。可能妳會面臨到很多工作上的困難！妳能毫無怨言，做好分內的工作嗎？

Megan: I see. I really thank you and this chance. ❌ I think it's OK to work from the bottom.

梅根：我明白。真的很感謝你們，還有你們給我的這次機會。從基層開始做起，對我來說可以接受！

John: That's good. I believe you can make it. Please try your best when you work.

約翰：很好。我相信妳能做到這一點。請努力工作吧！

立刻翻閱次頁了解詳細解析

我不要再出糗！重點文法解析 ▶ MP3 Track 003

傳統背單字的方法，容易讓我們只把單字和中文背下來，卻完全誤解了用法，在這個單元中，將針對最容易混淆單字，作最徹底的解析，讓你出差、洽商都絕不再出糗！

辨析重點1

cup/glass/mug 同樣都是「杯」的意思，該怎麼用呢？

解說：通常西方人用來喝茶的杯子都是有柄的小杯子 cup，而 glass 專指沒有柄的玻璃杯，通常用來喝水，所以一杯水就是 a glass of water。mug 指的是圓桶狀的平底杯，通常比大，也就是一般所說的「馬克杯」。 請利用下面的例句，幫助更熟悉記憶單字的用法：

❏ Please give me a cup of tea.
請給我一杯茶。

❏ Glasses do not have **handles**[8].
玻璃杯沒有把手。

❏ I like to drink beer with a beer **mug**[9].
我喜歡用大啤酒杯喝啤酒。

辨析重點2

Can you tell me my job?

這是一句典型的中式英文，是由：「你能跟我說一下我的工作內容嗎？」直翻過來的。
如果想要上司跟你討論一下工作的相關內容，可以說：

❏ Can you tell me something about my job?

❏ Can we talk about my job?

辨析重點3

I really thank you and this chance.

這是一句典型的中式英文，是由：「真的很感謝你們，還有你們給我的這次機會。」直翻過來的。
如果想要表達自己的感激或是感謝的話，可以說：

❏ I really appreciate you and this chance.

❏ I'm much obliged to you for giving me this chance.

千萬別再用中文的邏輯直接翻譯囉～

上班族會話這樣講就對了 ▶ **MP3** Track 004

單字文法都很行，但是卻老是無法延續對話嗎？在這個單元中除了告訴你最正確的語法、最道地的說法以外，也告訴你最生活化的會話技巧，讓你輕輕鬆鬆就延續與對方的交談。

（東尼帶著梅根去見上司，敲門進去後……）

Tony: John, this is our new staff, Ms. Magen Penn. Megan, this is our superviser, Mr. John Hann. You two can talk for a while. Excuse me for a minute.

東尼：約翰，這是我們的新成員，潘梅根小姐。梅根，這是我們的主管，韓約翰先生。你們兩個單獨聊一會吧！我就先失陪了！

John: Please sit down. Nice to meet you, Ms. Penn. I am in charge of this section. You can call me John. And are you sasified with our company at the present time? Tea?

約翰：請坐！很高興見到妳，潘小姐。我是這個部門的負責人，妳可以叫我約翰。妳對我們公司目前還滿意吧？需要喝茶嗎？

Megan: No, thanks. The **personnel**[10] **manager**[11] just now gave me a cup of tea. This company and this job, both are satisfying. Mr. Hann., no, John, can you tell something about my job? I am eager to know about it. Please call me Megan, too!

梅根：不用了，謝謝。剛才人事主管已經為我倒過一杯茶了。這個公司和這份工作都很讓人滿意。韓先生，喔不，是約翰，你能跟我說明一下我的工作內容嗎？我非常想要快點瞭解。也請你稱呼我梅根就好了！

John: In our company, we expect our new staff member can work from the bottom and work up later on. Maybe a lot of difficulties are in front of you. Can you make it without **complaining**[12]?

約翰：在我們這個公司，我們希望我們的新員工能從底層做起，然後再逐漸的往上升遷。可能妳會面臨到很多工作上的困難！妳能毫無怨言，做好分內的工作嗎？

Megan: I get it. I really **appreciate**[13] you and this chance. I think it's fair for everybody to work from the bottom. I will take **advantage**[14] of this **opportunity**[15] to gain experiences. I believe time will tell.

梅根：我明白。真的很感謝你們，還有你們給我的這次機會。從底層做起對誰都是公平的。我會好好利用這次機會，獲得工作經驗。我相信時間會證明一切的。

John: That's good. I believe you can make it. Please try your best when you work. Remember: No pains, no gains.

約翰：很好。我相信妳能做到這一點。請努力工作吧！記住：要怎麼收穫，先怎麼栽！

職場會話 小技巧

由於英語不是我們的母語，所以使用英語的過程中我們很可能會遇上文化差異的問題。比如上面的 glass 就是其中一個例子。喝茶和水的杯子在西方的區分是很明顯的。喝茶用的是小茶杯，一般放在碟子上，而喝水用的則一般是玻璃杯。平時注意文化差異，我們就可以很有效的避免在職場上鬧出令你出糗的笑話了。

Unit 03 職前工作說明

上班族單字哪些我不會？

先作個小測驗，看看這些單字的意思你懂嗎？

1. **available**→ (A) 便利的 (B) 有空的 (C) 多樣的..............[əˋveləbl] 答案：（ ）
2. **describe**→ (A) 描述 (B) 增加 (C) 印刷..................[dɪˋskraɪb] 答案：（ ）
3. **responsible**→ (A) 反映 (B) 負責的 (C) 思考 ....[rɪˋspɑnsəbl] 答案：（ ）
4. **assign**→ (A) 謀殺 (B) 指派 (C) 符號 ....[əˋsaɪn] 答案：（ ）
5. **department**→ (A) 部門 (B) 離別 (C) 寓所 ....[dɪˋpɑrtmənt] 答案：（ ）
6. **necessary**→ (A) 薪水 (B) 有必要的 (C) 評估..........[ˋnɛsəʌsɛrɪ] 答案：（ ）
7. **familiar**→ (A) 名譽 (B) 家庭 (C) 熟悉的 ....[fəˋmɪljə] 答案：（ ）
8. **smoothly**→ (A) 牙齒 (B) 流暢地 (C) 推進 ....[ˋsmuðlɪ] 答案：（ ）
9. **hesitate**→ (A) 表達 (B) 遲疑 (C) 情況.....................[ˋhɛzəʌtet] 答案：（ ）
10. **witness**→ (A) 目擊 (B) 智慧 (C) 邪惡 .... [ˋwɪtnɪs] 答案：（ ）
11. **accuse**→ (A) 控告 (B) 理由 (C) 接受 ....[əˋkjuz] 答案：（ ）
12. **progress**→ (A) 進步 (B) 草 (C) 節目.....................[ˋprɑgrɛs] 答案：（ ）
13. **degree**→ (A) 程度 (B) 同意 (C) 減少 ....[dɪˋgri] 答案：（ ）
14. **deal**→ (A) 處理 (B) 昂貴 (C) 分發........................[dil] 答案：（ ）
15. **instruction**→ (A) 阻礙 (B) 指導 (C) 興趣 ....[ɪnˋstrʌkʃən] 答案：（ ）

答案：
1. (B) **2.** (A) **3.** (B) **4.** (B) **5.** (A)
6. (B) **7.** (C) **8.** (B) **9.** (B) **10.** (A)
11. (A) **12.** (A) **13.** (A) **14.** (A) **15.** (B)

這些單字都將運用在以下的會話及解析中，哪些單字答錯了？請利用以下的單元好好的學習單字的正確用法吧！

上班族會話這樣說好糗！

看看以下的對話情境，是不是讓你似曾相識呢？以下列舉出中國人常犯的會話錯誤與中式英語，看完後請務必接著看後續的「我不要再出糗！重點文法解析」及「上班族會話這樣講就對了」，才不會不小心把錯誤的用法記在腦中喔！

（梅根從主管辦公室出來，正好遇上人事主管。）

Tony: Hi, Megan, have you finished the talk with John already? Are you **available**[1] now? If so, let me **describe**[2] your work duties, OK?

東尼：嗨，梅根，妳和約翰已經談完了嗎？妳現在有空嗎？如果現在有空的話，就讓我幫妳介紹一下工作內容，可以嗎？

Megan: Yeah, we just talked about my future job. I have nothing now. ✗ And what can I do?

梅根：是的，我們剛剛已經談了一下我的工作。我現在沒事了，接著我該做些什麼嗎？

Tony: As a newcomer, you are going to be **responsible**[3] for some basic tasks first, including certain routine duties like answering the telephone, typing… Later, you will be **assigned**[4] to the sales **department**[5]. There you can learn much about the workings of our company and its sales.

東尼：身為一個新員工，妳必須要先負責一些基本的工作，包括一些每天的例行公事；比如說接電話啊，打字之類的。日後，你會被分配到銷售部去。在那裡，妳可以瞭解到很多關於我們公司營運以及銷售方面的情況。

Megan: I see. It must have challenge. ✗ And what about now? Er…if I have some problems, may I state ✗ out directly?

梅根：我明白了。一定很有挑戰性。那麼現在我該做什麼呢？呃……如果我遇到問題的話，我能直接地說出來嗎？

Tony: For this is your first day in our company, you can begin with our products. Before you do your job, it's **nessecery**[6] for you to be **familiar**[7] with our own products. Then you can get down to your work **smoothly**[8]. Don't **hesitate**[9] to tell us if you have a problem.

東尼：由於這是妳第一天在公司上班，妳可以先從產品開始。在妳開始工作前，有必要先熟悉一下我們自己的產品，然後就可以比較順利地開始工作了。有問題就請妳發問！

Megan: Right! Thanks.

梅根：您說的對！謝謝了！

立刻翻閱次頁了解詳細解析

我不要再出糗！重點文法解析 ▶ MP3 Track 005

傳統背單字的方法，容易讓我們只把單字和中文背下來，卻完全誤解了用法，在這個單元中，將針對最容易混淆單字，作最徹底的解析，讓你出差、洽商都絕不再出糗！

辨析重點1

say/speak/state 同樣都是「說」，該怎麼用呢？

解說：以上三者都可以用來表示「口語表達」，但如果是「說的內容是一般生活上的內容」通常是用 say；而「說某種語言」則是用 speak，例如：speak English（說英語），state 較 say 和 speak 更為正式，且含有「權威性，武斷」的意味，state 也可以用來指某人明確的立場或對事物的觀感。另外，say 和 state 也可以用在書面表達方面，如 the book said that（書上說……）。請利用下面的例句，幫助更熟悉記憶單字的用法：

❏ Kenneth said that he didn't want to go to the party.
肯尼斯說他不要去參加派對。

❏ The two friends had not spoken to each other in two years.
這兩個朋友彼此之間已經兩年沒有說話了。

❏ The **witness**[10] stated that he saw the **accused**[11] at the scene of the crime.
目擊者陳述他看到了被告出現在犯罪現場。

辨析重點2

I have nothing now!

這是一句典型的中式英文，是由：「我沒事了。」直翻過來的。
如果想要表述自己現在有空，可以說：

❏ I am free now.

❏ I am available now.

辨析重點3

It must have challenge.

這是一句典型的中式英文，是由：「它一定充滿了挑戰性。」直翻過來的。
如果想要說某事有挑戰性，可以說：

❏ It must be challenging.

❏ It must be a challenging job.
千萬別再用中文的邏輯直接翻譯囉～

上班族會話這樣講就對了 ▶ MP3 Track 006

單字文法都很行，但是卻老是無法延續對話嗎？在這個單元中除了告訴你最正確的語法、最道地的說法以外，也告訴你最生活化的會話技巧，讓你輕輕鬆鬆就延續與對方的交談。

（梅根從主管辦公室出來，正好遇上人事主管。）

Tony: Hi, Megan, have you finished the talk with John already? Are you available now? If so, let me describe your work duties, OK?

> 東尼：嗨，梅根，妳和約翰已經談完了嗎？妳現在有空嗎？如果現在有空的話，就讓我幫妳介紹一下工作內容，可以嗎？

Megan: Yeah, we just talked about my future job. And the superviser hoped that I can make **progress**[12] by **degrees**[13] in my work. I am free now. And what am I expected to do?

> 梅根：是的，我們剛剛談了一下我的工作。主管希望我能在工作中逐步進步。我現在沒事了，我要做些什麼工作呢？

Tony: As a newcomer, you are going to be responsible for some basic tasks first, including certain routine duties like answering the telephone, typing… Later, you will be assigned to the sales department. There you can learn much about the workings of our company and its sales quickly.

> 東尼：身為一個新員工，妳必須要先負責一些基本的工作，包括一些每天的例行公事；比如說接電話啦，打字之類的。日後，你會被分配到銷售部去。在那裡，妳可以瞭解到很多關於我們公司營運以及銷售方面的情況。

Megan: I see. It must be a challenging job. But it's not a surprise to me. That's to be expected. I can **deal**[14] with it as well as I can. And what about now? What should I do? Er…if I have some problems, may I speak out directly?

> 梅根：我明白了。這一定是一個充滿挑戰性的工作。但是這並不會讓我太吃驚，也是意料之中的事情。我會盡我所能把它做好。那麼現在呢？我應該做什麼？呃……如果我遇到問題的話，我能直接說出來嗎？

Tony: For this is your first day in our company, you can begin with our products. Before you do your job, it's nessecery for you to be familiar with our own products. Then you can get down to your work smoothly. Don't hesitate to tell us if you have a problem.

> 東尼：由於這是妳第一天在公司上班，妳可以先從產品開始。在妳開始工作前，有必要先熟悉一下我們自己的產品，然後就可以比較順利地開始工作了。有問題就請妳發問！

Megan: Quite right! And thanks for your **instruction**[15].

> 梅根：您說的很對！謝謝您的指導！

職場會話 小技巧
各種英語用詞之間的差別還在於它們使用的場合不一樣。所以，我們要根據自己出現的場合，來選擇用詞。我們下班在家比較隨意，用 say 再合適不過了。可是當你出席比較官方或是很正式的場合，我們發表言論的話就要用到 state 了，這樣，其他的人一聽你的用詞，就可以知道這是一種正式或是擁有可靠來源的言論。注意一下你的周圍，你就會發現語言的魅力無處不在！

Unit 04 介紹人事規章

上班族單字哪些我不會？

先作個小測驗，看看這些單字的意思你懂嗎？

1. **wage**→ (A) 水 (B) 龐大 (C) 薪酬 ....[wedʒ] 答案：( )
2. **employee**→ (A) 員工 (B) 雇傭 (C) 空曠 ....[ɪmplɔɪˋi] 答案：( )
3. **welfare**→ (A) 健康 (B) 收費 (C) 福利 ....[ˋwɛlfɛr] 答案：( )
4. **concentrate**→ (A) 集中 (B) 關心 (C) 會議 ....[ˋkɑnsn̩ˌtret] 答案：( )
5. **enjoy**→ (A) 快樂 (B) 享受 (C) 拆封 ....[ɪnˋdʒɔɪ] 答案：( )
6. **salary**→ (A) 沙拉 (B) 薪水 (C) 春天 ....[ˋsælərɪ] 答案：( )
7. **fee**→ (A) 費用 (B) 感覺 (C) 腳部 ....[fi] 答案：( )
8. **divorce**→ (A) 聲音 (B) 離婚 (C) 分開 ....[dəˋvors] 答案：( )
9. **ensure**→ (A) 確保 (B) 說明 (C) 保險 ....[ɪnˋʃur] 答案：( )
10. **return**→ (A) 歸還 (B) 轉彎 (C) 放鬆 ....[rɪˋtɝn] 答案：( )
11. **percent**→ (A) 禮物 (B) 百分比 (C) 美分 ....[pɚˋsɛnt] 答案：( )
12. **congratulations**→ (A) 祝賀 (B) 議會 (C) 感激

....[kənˌgrætʃəˋleʃənz] 答案：( )
13. **attendance**→ (A) 跳舞 (B) 出席 (C) 照顧 ....[əˋtɛndəns] 答案：( )
14. **leave**→ (A) 請假 (B) 葉子 (C) 草原 ....[liv] 答案：( )
15. **except**→ (A) 興奮 (B) 除了 (C) 接受 ....[ɪkˋsɛpt] 答案：( )

答案：
1. (C)	**2**. (A)	**3**. (C)	**4**. (A)	**5**. (B)
6. (B)	**7**. (A)	**8**. (B)	**9**. (A)	**10**. (A)
11. (B)	**12**. (A)	**13**. (B)	**14**. (A)	**15**. (B)

> 這些單字都將運用在以下的會話及解析中，哪些單字答錯了？請利用以下的單元好好的學習單字的正確用法吧！

上班族會話這樣說好糗！

看看以下的對話情境，是不是讓你似曾相識呢？以下列舉出中國人常犯的會話錯誤與中式英語，看完後請務必接著看後續的「我不要再出糗！重點文法解析」及「上班族會話這樣講就對了」，才不會不小心把錯誤的用法記在腦中喔！

（人事主管繼續與梅根交談著……）

Megan: Tony, **how is my wage**[1]? ❌ And also my requirements?

> 梅根：東尼，那我的待遇怎麼樣呢？還有我之前所提出的一些要求？

Tony: Our company provides every **employee**[2] here with a good **welfare**[3], in order to let them **concentrate**[4] on their work.

> 東尼：我們公司給每一位員工都提供了一個相當好的福利政策，就是要讓大家能專心工作。

Megan: Thank you. When can I get my wage then? ❌ Can you tell me something else?

> 梅根：謝謝你！那我們是什麼時候領薪水啊？還有，能告訴我一下其他相關的事情嗎？

Tony: All the new staffs are likely to ask the same questions. Haha…I can understand that. Er… on the 20st day of every month, you can get your salary on time. And you are required to work for eight hours per day.

> 東尼：所有的新員工似乎都會問同樣的問題。哈哈……我能明白。每個月的２０號可以領到薪水。妳需要每天工作八小時，早上九點上班，下午六點下班。

Megan: Okey.. I have no question to ask. What other things do you want to talk? ❌

> 梅根：好的，我沒有問題了。您還有什麼別的事情要說嗎，東尼？

Tony: Nope, you can go back to your seat and **enjoy**[5] your work now!

> 東尼：沒有了，妳現在可以回到妳的座位，好好享受妳的工作吧！

立刻翻閱次頁了解詳細解析

我不要再出糗！重點文法解析  MP3 Track 007

傳統背單字的方法，容易讓我們只把單字和中文背下來，卻完全誤解了用法，在這個單元中，將針對最容易混淆單字，作最徹底的解析，讓你出差、洽商都絕不再出糗！

辨析重點1

salary/wage/fee 同樣都有「薪水」的意思，該怎麼用呢？

解說：salary 在西方國家通常是指「有專門技能的人員、腦力勞動者、企業管理人員或經理人員」所領取的薪水，一般是月薪或是年薪；而 wage 在西方常指「體力勞動者」所領取的薪水，一般指週薪或時薪、日薪；fee 則是指一次付清的固定報酬，指「自由職業者，如律師、醫生、會計師」收取的各種費用。請利用下面的例句，幫助更熟悉記憶單字的用法：

❏ As a manager, he earns a huge **salary**[6] every year.
　身為一名經理人，他每年都獲得很高的薪資。

❏ My wages are 100 dollars an hour.
　我的時薪是一百元。

❏ The lawyer charged an enormous **fee**[7] in the **divorce**[8] case.
　那名律師在那件離婚案中索取了昂貴的費用。

辨析重點2

How is my wage?

這是一句典型的中式英文，是由：「那我的薪水怎麼樣？」直翻過來的。
如果想要說詢問自己的薪水怎麼樣，可以說：

❏ What about my wage?

❏ How about my wage?

辨析重點3

What other things do you want to talk?

這是一句典型的中式英文，是由：「您還有什麼別的事情要說嗎？」直翻過來的。
如果想要詢問對方是否還有事情要告知，可以說：

❏ Do you have anything else to tell me？

❏ Is there any other business you want to tell me?

千萬別再用中文的邏輯直接翻譯囉～

上班族會話這樣講就對了 ▶ MP3 Track 008

單字文法都很行，但是卻老是無法延續對話嗎？在這個單元中除了告訴你最正確的語法、最道地的說法以外，也告訴你最生活化的會話技巧，讓你輕輕鬆鬆就延續與對方的交談。

（人事主管繼續與梅根交談著……）

Megan: Tony, how about my salary? You have decided to meet all my requirements? I hope you can consider it carefully. I think a good company will **ensure**[9] its staff a good salary. In **return**[10], the staff can work harder and harder for the company.

梅根：東尼，那我的薪水怎麼樣呢？你決定答應我所提出的薪資嗎？我希望你能認真考慮一下。我認為一間好的公司能保證給它的員工一份好的薪水。相對地，它的員工也會更賣力的為公司工作。

Tony: Yes, you are one hundred **percent**[11] right. Our company provides every employee here with a good welfare, in order to let them concentrate on their work. So, don't worry about that. We agree to all of them. **Congratulations**[12]!

東尼：是的，妳說的完全正確。我們公司給每一個員工都提供了一個相當好的福利政策，就是要讓大家能專心工作。因此，妳不用擔心這個了，我們決定同意妳提出的薪水，恭喜了！

Megan: Wow, really thank you. Plus, when can I get my salary then? And also do you mind telling me something else, like **attendance**[13] record, holiday, and how to ask for **leave**[14]?

梅根：哇，真的太感謝了！另外，我們是什麼時候領薪水呢？您不介意告訴我一下別的事情吧？比如出缺勤應注意的事項、放假，還有該如何請假之類的事情。

Tony: All new staff members are likely to ask the same questions. Haha…I can understand that. Er… on the 20th day of every month, you can get your salary on time. And you are required to work for eight hours per day, from nine am. to six pm. Every month you have three days off, **except**[15] the weekend and some important holidays.

東尼：所有的新員工似乎都會問同樣的問題。哈哈……我能明白。每個月的20號可以領到薪水。妳需要每天工作八小時，早上九點上班，下午六點下班。除重大節日和週末外，每月還有三天假。

Megan: Okay. That's good. I get it. I have no question to ask. And do you have anything else to tell me, Tony?

梅根：好的，太好了。明白了。我沒有問題了。你還有什麼事情要跟我說嗎，東尼？

Tony: Nope, you can go back to your seat and enjoy your work now!

東尼：沒有了，妳現在可以回到妳的座位，好好享受妳的工作！

職場會話 小技巧　人類的語言源遠流長，它是伴隨著人類的發展而發展，進步而進步的。所以，語言就會反映發展中的各種現象。在人類歷史上，我們有過腦力勞動和體力勞動的分工，正因為如此，我們的薪水階級也因此而不同。體力勞動者的工資被叫做 wage，而腦力勞動者的工資則是 salary 這個單字。語言和社會是緊密相連的，我們可以從社會中找尋語言的意義所在。

Unit 05 受邀同事共進午餐

上班族單字哪些我不會？

先作個小測驗，看看這些單字的意思你懂嗎？

1. restaurant→ (A) 休息 (B) 餐廳 (C) 標準..................[ˋrɛstərənt] 答案：(　)
2. yet→ (A) 是 (B) 還 (C) 吃..................[jɛt] 答案：(　)
3. dinner→ (A) 禮貌 (B) 校長 (C) 主餐..................[ˋdɪnə] 答案：(　)
4. bother→ (A) 哥哥 (B) 麻煩 (C) 借取..................[ˋbɑðə] 答案：(　)
5. pleasure→ (A) 請求 (B) 確定 (C) 快樂..................[ˋplɛʒə] 答案：(　)
6. tomato→ (A) 番茄 (B) 明天 (C) 墳墓..................[təˋmeto] 答案：(　)
7. either→ (A) 枯萎 (B) 也 (C) 其他..................[ˋiðə] 答案：(　)
8. project→ (A) 工程 (B) 期許 (C) 注射..................[ˋprɑdʒɛkt] 答案：(　)
9. disturb→ (A) 辭退 (B) 打擾 (C) 丟失..................[dɪˋstɝb] 答案：(　)
10. follow→ (A) 跟隨 (B) 荒蕪的 (C) 傻瓜..................[ˋfɑlo] 答案：(　)
11. trifle→ (A) 瑣事 (B) 換班 (C) 文件..................[ˋtraɪfl] 答案：(　)
12. waste→ (A) 粘貼 (B) 智慧 (C) 浪費..................[west] 答案：(　)
13. ashamed→ (A) 害羞的 (B) 粉塵 (C) 痛苦的..................[əˋʃemd] 答案：(　)
14. roughly→ (A) 勉強地 (B) 一般地 (C) 大致地..................[ˋrʌflɪ] 答案：(　)
15. concern→ (A) 關心 (B) 審批 (C) 音樂會..................[kənˋsɝn] 答案：(　)

答案：
1. (B) 2. (B) 3. (C) 4. (B) 5. (C)
6. (A) 7. (B) 8. (A) 9. (B) 10. (A)
11. (A) 12. (C) 13. (A) 14. (C) 15. (A)

這些單字都將運用在以下的會話及解析中，哪些單字答錯了？請利用以下的單元好好的學習單字的正確用法吧！

上班族會話這樣說好糗！

看看以下的對話情境，是不是讓你似曾相識呢？以下列舉出中國人常犯的會話錯誤與中式英語，
看完後請務必接著看後續的「我不要再出糗！重點文法解析」及「上班族會話這樣講就對了」，
才不會不小心把錯誤的用法記在腦中喔！

（梅根回到自己的座位後不久，就快到吃飯時間了……）

Megan: Oh, it's time to have lunch. But I don't know where the **restaurant**[1] is. Right, ask my colleague. **Hi, what place can I have my lunch?** ❌

Sarah: Tony didn't tell you **yet**[2]? You can follow me then, and I'll treat you to **dinner**[3], my new colleague. My name is Sarah, nice to meet you!

Megan: Thank you . I think I should know that, so that **I won't lose my time on it,** ❌ and **bother**[4] you guys, **too.** ❌

Sarah: It doesn't matter. It's my **pleasure**[5]! Have you known of your work now? I believe you will get used to it very soon.

Megan: Yes, Tony has told me my about job. Thank you a lot!

Sarah: You're welcome. Let's have our lunch.

梅根：噢，吃午飯的時間到了。但是我不知道餐廳在哪裡！對了，問問同事吧！嗨，請問我可以到什麼地方吃午餐呢？

莎拉：難道東尼還沒告訴妳嗎？那妳跟著我吧，我就順便請我的新同事吃個飯吧。我叫莎拉，很高興認識妳。

梅根：謝謝了！我覺得我該熟悉一下這些事，以便日後在這些事情上不會浪費太多時間，還麻煩了妳們。

莎拉：沒關係，這是我的榮幸。妳現在知道妳的工作內容了嗎？我相信妳很快就會上手的。

梅根：是的，東尼已經告訴我工作的內容了。非常謝謝妳！

莎拉：不用客氣，一起吃飯去吧！

立刻翻閱次頁了解詳細解析

我不要再出糗！重點文法解析 ▶ MP3 Track 009

傳統背單字的方法，容易讓我們只把單字和中文背下來，卻完全誤解了用法，在這個單元中，將針對最容易混淆單字，作最徹底的解析，讓你出差、洽商都絕不再出糗！

辨析重點1

also/too/either 同樣都有「也」的意思，該怎麼用呢？

解說：三者都有「也」的意思，但只有 either 用於否定句，或句子中含有否定的意味。而 also 和 too 的差別在於：also 放在主要動詞之前或動詞之後，too 只能放在句中及句末。請利用下面的例句，幫助更熟悉記憶單字的用法：

❏ He teaches English, I also teach that language.
　他教英語，我也教英語。

❏ You like **tomatoes**[6], I like them too.
　你喜歡吃番茄，我也喜歡。

❏ My father doesn't like such music, I don't **either**[7].
　我爸爸不喜歡這種音樂，我也是。

辨析重點2

waste 的用法

當 waste 作動詞用的時候，可以表達浪費時間，精力的意思。而 lose 則沒有，僅表示失去，丟失的意思。這時，waste 常和 on 搭配使用，例如：

❏ He wastes much time on this **project**[8].

也可以作名詞來用，表達同樣的意思，例如：

❏ The manager thinks it's a waste of time.

辨析重點3

Hi, what place can I have my lunch?

這是一句典型的中式英文，是由：「嗨，請問我可以到什麼地方吃午餐呢？」直翻過來的。如果想要打擾一下他人詢問某事，可以說：

❏ Excuse me, may I ask where I can have my lunch?

❏ Please, could you tell me where to have lunch?

千萬別再用中文的邏輯直接翻譯囉～

上班族會話這樣講就對了 ▶ **MP3**
Track 010

單字文法都很行，但是卻老是無法延續對話嗎？在這個單元中除了告訴你最正確的語法、最道地的說法以外，也告訴你最生活化的會話技巧，讓你輕輕鬆鬆就延續與對方的交談。

（梅根回到自己的座位後不久，就快到吃飯時間了……）

Megan: Oh, it's time to have lunch. But I don't know where the restaurant is. Excuse me, may I ask where I can have my lunch?

梅根：噢，吃午飯了。但是我不知道餐廳在哪裡！不好意思，請問我可以去哪裡吃午餐啊？

Sarah: Tony didn't tell you yet? You can **follow**[10] me then, and I'll treat you to lunch, my new colleague. My name is Sarah, nice to meet you!

莎拉：難道東尼還沒告訴妳嗎？那妳跟著我吧，我就順便請我的新同事吃個飯吧。我叫莎拉，很高興認識妳。

Megan: Thank you very much, Sarah. I need to get familiar with these **trifles**[11], so that I won't **waste**[12] too much time on them and bother you guys, either.

梅根：非常謝謝妳，莎拉！我覺得我該熟悉一下這些事，以便日後在這些事情上不會浪費太多時間，還麻煩了妳們。

Sarah: It doesn't matter. Have you known of your work now? I believe you will get used to it very soon. Don't feel too **ashamed**[13] to ask for help.

莎拉：沒關係。妳現在知道妳的工作內容了嗎？我相信妳很快就會上手的。如果有什麼需要幫忙的，請不要不好意思說出來喔。

Megan: That's very kind. I have already **roughly**[14] known of my job. Thank you for you **concern**[15].

梅根：妳真是太好了！我已經大致知道我的工作內容了。謝謝妳的關心！

職場會話
小技巧　若想表達對事情的贊成與反對，英語該怎麼說呢？有些英語單字，只能跟在否定表達之後，比如 either，而有些單字，卻只能出現在肯定句中，比如 too。因此請多加注意兩者之間的用法及差異。

Unit 06 實際接觸工作

上班族單字哪些我不會？

先作個小測驗，看看這些單字的意思你懂嗎？

1. **apply**→ (A) 蘋果 (B) 申請 (C) 上訴 .... [əˋplaɪ] 答案：( )
2. **contact**→ (A) 數數 (B) 技巧 (C) 聯繫 .... [ˋkɑntækt] 答案：( )
3. **immediately**→ (A) 馬上 (B) 媒體 (C) 參加 .... [ɪˋmidɪɪtlɪ] 答案：( )
4. **possess**→ (A) 擁有 (B) 擺姿勢 (C) 施加 .... [pəˋzɛs] 答案：( )
5. **pay**→ (A) 玩耍 (B) 付費 (C) 放置 .... [pe] 答案：( )
6. **enter**→ (A) 進入 (B) 結束 (C) 噴灑 .... [ˋɛntɚ] 答案：( )
7. **system**→ (A) 物品 (B) 系統 (C) 學期 .... [ˋsɪstəm] 答案：( )
8. **application**→ (A) 引用 (B) 暗示 (C) 申請 .... [ˏæpləˋkeʃən] 答案：( )
9. **complicated**→ (A) 完整的 (B) 複雜的 (C) 競爭的
   .... [ˋkɑmpləˏketɪd] 答案：( )
10. **landlord**→ (A) 地主 (B) 土地 (C) 公爵 .... [ˋlændˏlord] 答案：( )
11. **enterprise**→ (A) 職業 (B) 企業 (C) 價格 .... [ˋɛntɚˏpraɪz] 答案：( )
12. **service**→ (A) 服務 (B) 聲音 (C) 感覺 .... [ˋsɝvɪs] 答案：( )
13. **register**→ (A) 反抗 (B) 反復 (C) 註冊 .... [ˋrɛdʒɪstɚ] 答案：( )
14. **icon**→ (A) 圖示 (B) 玉米 (C) 錐形 .... [ˋaɪkɑn] 答案：( )
15. **desktop**→ (A) 桌上 (B) 桌面 (C) 桌子 .... [ˋdɛsktɑp] 答案：( )

答案：
1. (B)　2. (C)　3. (A)　4. (A)　5. (B)
6. (A)　7. (B)　8. (C)　9. (B)　10. (A)
11. (B)　12. (A)　13. (C)　14. (A)　15. (B)

> 這些單字都將運用在以下的會話及解析中，哪些單字答錯了？請利用以下的單元好好的學習單字的正確用法吧！

上班族會話這樣說好糗！

看看以下的對話情境，是不是讓你似曾相識呢？以下列舉出中國人常犯的會話錯誤與中式英語，看完後請務必接著看後續的「我不要再出糗！重點文法解析」及「上班族會話這樣講就對了」，才不會不小心把錯誤的用法記在腦中喔！

（吃完飯後，梅根開始進行工作了。）

Megan: Sarah, **just now Tony asked me to apply**[1] an email ☒ before I get to work. But I don't know how to apply for it.	**梅根**：莎拉，剛才東尼叫我開始工作之前先要申請一個電子郵件信箱，但是我不知道該怎麼申請。
Sarah: Right, every employee here must have an email in order that we can **contact**[2] each other **immediately**[3].	**莎拉**：沒錯，這裡的每個員工都必須要有一個電郵信箱，這樣我們就可以即時聯繫彼此了。
Megan: It's free? And **what should I do if I want to possess**[4] **one?** ☒	**梅根**：它是免費的還是自己繳費的呢？要申請電郵信箱有什麼程序嗎？
Sarah: Our company have **paid**[5] for it already. Er…at first, you must **enter**[6] the management **system**[7]. of our company. Then you can start your **application**[8]. It's not so **complicated**[9].	**莎拉**：公司已經付費了。呃……首先，妳必須進入我們公司的管理系統，然後妳才能申請。那不會很複雜的。
Megan: You mean **I can possess it quickly as a common email?** ☒ That's cool. I want to try it now. Then could you tell me which is our management system?	**梅根**：妳的意思是它就像申請一個普通郵箱一樣快囉？太酷了，我現在就想試試了。那麼妳能告訴我哪個是我們的管理系統嗎？
Sarah: This one. Just beside the Internet explorer.	**莎拉**：這個就是。就在 IE 流覽器的旁邊。
Megan: I see. Thanks, Sarah.	**梅根**：我知道了。謝謝了，莎拉。

立刻翻閱次頁了解詳細解析

我不要再出糗！重點文法解析 ▶ MP3 Track 011

傳統背單字的方法，容易讓我們只把單字和中文背下來，卻完全誤解了用法，在這個單元中，將針對最容易混淆單字，作最徹底的解析，讓你出差、洽商都絕不再出糗！

辨析重點1

have/own/possess 同樣都有「擁有」的意思，該怎麼用呢？

解說：三者意思很相近，常常可以互換。但 possess 指通過任何方式取得而一時擁有，含有「佔有」的意思。own 指藉由合法手段取得而長期佔有，即合法擁有，有法律上的效用。have 的含義比較廣泛，在口語中可以替換 own 或 possess。請利用下面的例句，幫助更熟悉記憶單字的用法：

❑ I have lots of friends.
　我有許多朋友。

❑ My father owns the company.
　我父親擁有這家公司。

❑ In the old days, **landlords**[10] possessed lots of land.
　在從前的社會裡，地主佔有大量的土地。

辨析重點2

apply 的用法

apply 有申請的意思。如果要表達這一意思，通常要加上 for 這個介系詞才行。

❑ I want to apply for the licence.

❑ Bob is applying for going abroad.

辨析重點3

I can possess it quickly as a common email?

當我們要用 as 來表示前面的事物和後面提到的事物的相同點時，我們需要用到 sth. as...as sth. 這個句型，表示前後事物擁有某一相同特點。

❑ My little brother grows as quickly as my nephew.

❑ She can draw as well as her teacher.

上班族會話這樣講就對了

MP3
Track 012

單字文法都很行，但是卻老是無法延續對話嗎？在這個單元中除了告訴你最正確的語法、最道地的說法以外，也告訴你最生活化的會話技巧，讓你輕輕鬆鬆就延續與對方的交談。

（吃完飯後，梅根開始進行工作了。）

Megan: Sarah, just now Tony asked me to apply for an **enterprise**[11] email before I get to work. But I don't know how to apply for it.

梅根：莎拉，剛才東尼叫我開始工作之前先要申請一個企業郵箱。但是我不知道該怎麼申請。

Sarah: Right, every employee here must have an email in order that we can contact each other immediately. And with an enterprise email, we can enjoy a high safety **service**[12] as well as a high speed service.

莎拉：對，這裡的每個員工都必須要有一個郵箱以便即時聯繫彼此。有了企業郵箱後，我們就可以享受到高安全性與高速度的服務了。

Megan: It's free of charge or we must pay for it by ourselves? And what's the procedures for having one?

梅根：它是免費的還是自己繳費的呢？要申請一個的話，有什麼程序嗎？

Sarah: Our company have paid for it already. Er…at first, you must enter the management system of our company. Then you can start your application. It's not so complicated for it will give you some tips.

莎拉：公司已經付費了。呃……首先，妳必須進入我們公司的管理系統，然後妳才能申請。那不會很複雜的，因為它會給妳一些相關的提示。

Megan: You mean I can **register**[13] it just as quickly as I do to a common email? Then could you tell me which **icon**[14] on the **desktop**[15] is our management system?

梅根：妳的意思是它就像申請一個普通郵箱一樣快囉？那麼妳能告訴我在桌面上哪個是我們的管理系統嗎？

Sarah: This one. Just beside the Internet explorer.

莎拉：這個就是。就在 IE 流覽器的旁邊。

Megan: I see. Thanks, Sarah. Fortunately I have you.

梅根：我知道了。謝謝了，莎拉。幸好有妳啊！

職場會話 小技巧 請注意，possess 是佔有，而 own 是擁有，比較具有法律意味。上班時無論是發送檔案，撰寫企劃，都需要使用精確的用詞，請務必掌握單字的用法及字義，才不會貽笑大方喔。

Unit 07 徵詢同事意見

上班族單字哪些我不會？

先作個小測驗，看看這些單字的意思你懂嗎？

1. **successful**→ (A) 繼承 (B) 成功的 (C) 可進入的 ......[sək`sɛsfəl] 答案：（ ）
2. **document**→ (A) 文件 (B) 公司 (C) 妥協 ....[`dɑkjəmənt] 答案：（ ）
3. **design**→ (A) 標記 (B) 決定 (C) 設計 ....[dɪ`zaɪn] 答案：（ ）
4. **form**→ (A) 來自 (B) 表格 (C) 為了 ....[fɔrm] 答案：（ ）
5. **data**→ (A) 逗號 (B) 約會 (C) 資料 ....[`detə] 答案：（ ）
6. **file**→ (A) 解雇 (B) 檔案 (C) 火苗................................[faɪl] 答案：（ ）
7. **mention**→ (A) 提到 (B) 介意 (C) 修補......................[`mɛnʃən] 答案：（ ）
8. **select**→ (A) 愚蠢 (B) 演講 (C) 選擇 ....[sə`lɛkt] 答案：（ ）
9. **submit**→ (A) 提交 (B) 減去 (C) 次要........................[səb`mɪt] 答案：（ ）
10. **highlight**→ (A) 燈光 (B) 醒目 (C) 高尚的 ....[`haɪˌlaɪt] 答案：（ ）
11. **conveniently**→ (A) 方便 (B) 交談 (C) 傳遞........[kən`vinjəntlɪ] 答案：（ ）
12. **heading**→ (A) 標題 (B) 頭上 (C) 閱讀 ....[`hɛdɪŋ] 答案：（ ）
13. **contain**→ (A) 棉花 (B) 阻止 (C) 包括 ....[kən`ten] 答案：（ ）
14. **specification**→ (A) 期望 (B) 規格 (C) 特殊 .....[ˌspɛsəfə`keʃən] 答案：（ ）
15. **continuous**→ (A) 減少 (B) 緊張 (C) 持續 ....[kən`tɪnjuəs] 答案：（ ）

答案：
1. (B) **2.** (A) **3.** (C) **4.** (B) **5.** (C)
6. (B) **7.** (A) **8.** (C) **9.** (A) **10.** (B)
11. (A) **12.** (A) **13.** (C) **14.** (B) **15.** (C)

> 這些單字都將運用在以下的會話及解析中，哪些單字答錯了？請利用以下的單元好好的學習單字的正確用法吧！

上班族會話這樣說好糗！

看看以下的對話情境，是不是讓你似曾相識呢？以下列舉出中國人常犯的會話錯誤與中式英語，看完後請務必接著看後續的「我不要再出糗！重點文法解析」及「上班族會話這樣講就對了」，才不會不小心把錯誤的用法記在腦中喔！

（梅根申請好了郵箱之後，正好莎拉有事要她幫忙。）

Sarah: Is your application **successful**[1] now? There are so many **documents**[2] for me to deal with. Could you help me, Megan?

莎拉：妳的申請現在成功了嗎？我現在手頭上有好多檔案必需處理。梅根，妳能幫我一下嗎？

Megan: **It's out of the question.** ✗ What can I help you with?

梅根：沒問題。我能幫妳做點什麼呢？

Sarah: Okay, thanks. You can help me **design**[3] a **form**[4] by using Excel, then input **data**[5] into it, and lastly print the form and give it to me, OK? Here are the **files**[6].

莎拉：好的，謝謝妳了。我需要妳幫我用 Excel 設計一個表格，然後輸入資料，最後把這個表格列印出來交給我，好嗎？檔案在這裡。

Megan: Okay. **And which items are you require?** ✗

梅根：好的。哪些項目是妳需要的呢？

Sarah: One in this file, one in this, two in that…You can do it like that. All the data in these items **mentioned**[7] must be input.

莎拉：有一個項目在這個檔案裡，一個在另一個檔案，還有兩個在這個檔案裡……妳可以按照這樣來做。我剛剛所提到的這些項目中的所有資料，都必須輸入進去。

Megan: OK, I see. I will **pick** ✗ them as well as I can.

梅根：好的，我明白了。我會儘量弄好的。

Sarah: Thank you very much!

莎拉：非常感謝！

立刻翻閱次頁了解詳細解析 ➡

我不要再出糗！重點文法解析 ▶ MP3 Track 013

傳統背單字的方法，容易讓我們只把單字和中文背下來，卻完全誤解了用法，在這個單元中，將針對最容易混淆單字，作最徹底的解析，讓你出差、洽商都絕不再出糗！

辨析重點1

choose/select/pick 同樣都有「選」的意思，該怎麼用呢？

解說：select含有「選拔」的意思，強調在特定的範圍內進行精心的比較和淘汰，並以客觀為標準進行選擇。而 choose 是最常見的一般用詞，指一般的「選擇」，含有憑個人判斷作出選擇的意思。pick 則是從許多物件中進行挑選。請利用下面的例句，幫助更熟悉記憶單字的用法：

❑ There are plenty of restaurants to choose from.
有許多餐館供你選擇。

❑ Pick a number from one to twenty.
請從一到二十中挑選一個數字。

❑ He hasn't been **selected**[8] for the team.
他未能選進那個隊伍。

辨析重點2

And which items are you require?

這句犯了動詞上的錯誤，正確的說法為：

❑ Which itrms do you require / Which items are required?

require 的其他用法如下：

❑ I add all the items that you require.

而當物做主語或是主語是被動物件時，常用被動態表示。例如：

❑ All the items required are included.

辨析重點3

It's out of the question.

這是一句典型的中式英文，是由：「這是沒有問題的。」直翻過來的。
如果想要表達某事沒有任何問題，可以說：

❑ It's out of question.

❑ No problem!

千萬別再用中文的邏輯直接翻譯囉～

上班族會話這樣講就對了  **MP3**
Track 014

單字文法都很行，但是卻老是無法延續對話嗎？在這個單元中除了告訴你最正確的語法、最道地的說法以外，也告訴你最生活化的會話技巧，讓你輕輕鬆鬆就延續與對方的交談。

（梅根申請好了郵箱之後，正好莎拉有事要她幫忙。）

Sarah: Megan, there are so many documents for me to deal with. I am afraid I can't **submit**[9] them to our supervisor in time. Could you help me?

莎拉：梅根，我現在手頭上有好多檔案必須處理。我怕我來不及交給主管。妳能幫我一下嗎？

Megan: No problem. I have finished my own work now. Tell me, what can I help you?

梅根：沒問題。我已經把我自己的事做完了。跟我說吧，我能幫妳做點什麼呢？

Sarah: Thanks. You can help me design a form by using Excel, then input data into it, and lastly print the form and give it to me, OK? Here are the files.

莎拉：謝謝妳了。我需要妳幫我用 Excel 設計一個表格，然後輸入資料，最後把這個表格列印出來交給我，好嗎？檔案在這裡。

Megan: Okay. And can you tell me which items are required? Shall I need to **highlight**[10] them with color, so that you can get it more **conveniently**[11] and quickly?

梅根：好的。妳能告訴我哪些項目是妳需要的嗎？我需要用顏色把它們區分開來，讓妳看起來更方便、更快速一點嗎？

Sarah: One in this file, one in this, two in that…You can do it like that. All the data in these items mentioned must be input. Each **heading**[12] of the items should be colored and all the headings should be put in the same row.

莎拉：有一個項目在這個檔案裡，一個在另一個檔案，還有兩個在這個檔案裡……妳可以按照這樣來做。我剛剛所提到的這些項目中的所有資料，都必須輸入進去。項目的標題都要用顏色標示出來，而所有的標題都保持在同一行裡。

Megan: OK, I see. I'll make sure all the items are **contained**[13]. By the way, what about its **specification**[14] when I print it? Do you need to use the **continuous**[15] forms paper?

梅根：好的，我明白了。我會確保所有的項目都包括進來。順便問一下，列印表格時，要使用什麼規格呢？需要用連續列印紙嗎？

Sarah: Just the normal style.

莎拉：普通樣式就行了。

Unit 08 領取辦公用品

上班族單字哪些我不會？

先作個小測驗，看看這些單字的意思你懂嗎？

1. **inform**→ (A) 通知 (B) 形成 (C) 警告........................[ɪnˋfɔrm] 答案：( )
2. **receive**→ (A) 撤退 (B) 放鬆 (C) 接受 ....[rɪˋsiv] 答案：( )
3. **administrative**→ (A) 行政的 (B) 領導的 (C) 承認的
........................[ədˋmɪnəˏstretɪv] 答案：( )
4. **assistant**→ (A) 幫助 (B) 助理 (C) 立刻........................[əˋsɪstənt] 答案：( )
5. **necessity**→ (A) 許可 (B) 必需品 (C) 產品 ....[nəˋsɛsətɪ] 答案：( )
6. **swipe**→ (A) 擦過 (B) 迅速 (C) 哭泣........................[swaɪp] 答案：( )
7. **sensor**→ (A) 感覺 (B) 敏感 (C) 感應器 ....[ˋsɛnsə] 答案：( )
8. **carelessly**→ (A) 缺少 (B) 不小心 (C) 不關心 ....[ˋkɛlɪslɪ] 答案：( )
9. **stationery**→ (A) 文具 (B) 不動 (C) 車站........................[ˋsteʃənˏɪrɪ] 答案：( )
10. **folder**→ (A) 老的 (B) 文件夾 (C) 關閉 ....[ˋfoldə] 答案：( )
11. **stapler**→ (A) 釘書機 (B) 記錄機 (C) 原料........................[ˋsteplə] 答案：( )
12. **wonder**→ (A) 受傷 (B) 發現 (C) 驚奇 ....[ˋwʌndə] 答案：( )
13. **expression**→ (A) 壓力 (B) 表情 (C) 過期........................[ɪkˋsprɛʃən] 答案：( )
14. **check**→ (A) 確認 (B) 陳詞濫調 (C) 後退........................[tʃɛk] 答案：( )
15. **somewhere**→ (A) 一些 (B) 某處 (C) 哪裡..............[ˋsʌmˏhwɛr] 答案：( )

答案：
1. (A) **2.** (C) **3.** (A) **4.** (B) **5.** (B)
6. (A) **7.** (C) **8.** (B) **9.** (A) **10.** (B)
11. (A) **12.** (C) **13.** (B) **14.** (A) **15.** (B)

> 這些單字都將運用在以下的會話及解析中，哪些單字答錯了？請利用以下的單元好好的學習單字的正確用法吧！

上班族會話這樣說好糗！

看看以下的對話情境，是不是讓你似曾相識呢？以下列舉出中國人常犯的會話錯誤與中式英語，看完後請務必接著看後續的「我不要再出糗！重點文法解析」及「上班族會話這樣講就對了」，才不會不小心把錯誤的用法記在腦中喔！

（幫完莎拉後，梅根就被通知去行政助理珍妮佛那裡領辦公用品了。）

Megan: Excuse me, I am the new employee, Megan. **It is you inform[1] me to receive[2] the office supplies?** ❌

Jennifer: Yes. Nice to meet you, Megan. I am Jennifer, the **administrative**[3] **assistant**[4] here. There are some **neccesities**[5] for an employee to have in the office. First, here is a card for you. When you come into our building , you can **swipe**[6] the card on the **sensor**[7] of the door.

Megan: Oh, **no why I couldn't come in this morning.** ❌ If…if I lose it **carelessly**[8], what shall I do?

Jennifer: In that case, you should come here and apply for another one. Moreover, some office **stationeries**[9], like **folders**[10], **staplers**[11], notebooks, all kinds of papers and pens, can be found in this bag.

Megan: Thanks. So **much!** ❌ Folders, staplers, notebooks… By the way, should I come here to swipe the card every day?

Jennifer: That's right.

梅根：打擾一下，我是剛來的新員工，梅根。請問是妳通知我來領辦公用品的嗎？

珍妮佛：是的。很高興見到妳，梅根。我是珍妮佛，是這裡的行政助理。這裡有些辦公人員的必需品。首先，有張卡是要給妳的。進大樓的時候，妳只要在門上的感應器刷一下卡就可以了。

梅根：噢，怪不得我今天早上進不來呢！那要是我不小心弄丟了卡片該怎麼辦呢？

珍妮佛：這樣的話，妳就必須來這裡補辦一張。另外，這些辦公用品，像檔案夾、釘書機、筆記本啊以及各種紙和筆都放在這個袋子裡。

梅根：謝謝了。這麼多啊！檔案夾、釘書機、筆記本……對了，我是每天到這裡來刷卡嗎？

珍妮佛：是的。

立刻翻閱次頁了解詳細解析

我不要再出糗！重點文法解析 ▶ MP3
Track 015

傳統背單字的方法，容易讓我們只把單字和中文背下來，卻完全誤解了用法，在這個單元中，將針對最容易混淆單字，作最徹底的解析，讓你出差、洽商都絕不再出糗！

辨析重點1

many/much/a lot of 同樣都有「多」的意思，該怎麼用呢？

解說：many 用來修飾可數名詞，much 用來修飾不可數名詞。二者都可以用於詢問多少的疑問句中，例如：How many...? 和 How much...? a lot of 可以同時修飾可數名詞和不可數名詞，但是不可以用於疑問句中。請利用下面的例句，幫助更熟悉記憶單字的用法：

❏ I have many different books in my study.
　我書房裡有許多不同種類的書。

❏ Kate didn't take a lot of money with her.
　凱特身上沒帶多少錢。

❏ How much does this camera cost?
　這台相機值多少錢？

辨析重點2

It is...that 強調句型的用法

當我們要對某人某事表示強調的時候，可以用 it is...that 這個強調句型來表達，例如：

❏ It's this doll that Alice wants to buy.

另外，如果強調的部分是「人」的話，除了可以用 that 外，還可以用 who，例如：

❏ It's you that/who we are looking for.

辨析重點3

no wonder 的用法

No wonder 的中文意思是怪不得，難怪的意思。後面可以直接跟句子，例如：

❏ No **wonder**[12] you are late today!

也可以結合辨析重點 2 中的強調句型一起使用，例如：

❏ It's no wonder that you get a promotion.

上班族會話這樣講就對了 ▶ **MP3** Track 016

單字文法都很行，但是卻老是無法延續對話嗎？在這個單元中除了告訴你最正確的語法、最道地的說法以外，也告訴你最生活化的會話技巧，讓你輕輕鬆鬆就延續與對方的交談。

（幫完莎拉後，梅根就被通知去行政助理珍妮佛那裡領辦公用品了。）

Megan: Excuse me, I am the new employee, Megan. It's you who inform me to receive the office supplies?

梅根：打擾一下，我是剛來的新員工，梅根。請問是妳通知我來領辦公用品的嗎？

Jennifer: Yes. Nice to meet you, Megan. I am Jennifer, the administrative assistant here. There are some necessities for an employee to have in the office. First, here is a card for you. When you come into our building, you can swipe the card on the sensor of the door.

珍妮佛：很高興見到妳，梅根。我是珍妮佛，是這裡的行政助理。這裡有些辦公人員要用到的必需品。首先，有張卡是要給妳的。當妳進樓的時候，在門上的感應器上刷一下卡就可以了。

Megan: Oh, no wonder I couldn't come in this morning. Er...the picture of me on the card is so small, I can hardly see my **expression**[13] clearly. If I lose it carelessly, what shall I do?

梅根：噢，怪不得我今天早上進不來呢！呃……卡上的照片還真小，我幾乎都看不清楚自己的表情了。要是我不小心把卡片弄丟了怎麼辦？

Jennifer: In that case, you should come here and apply for another one. Because this card will be used to check your attendance. Moreover, all the office stationeries can be found in this bag. You can **check**[14] them out.

珍妮佛：這樣的話，妳就必須來這裡補辦一張。因為出缺勤就是依據卡上的紀錄！此外，所有的辦公用品我都已經放在這個袋子裡了。妳可以看一下。

Megan: Thanks. So many stuff! By the way, should I come here to swipe the card every day or **somewhere**[15] else?

梅根：謝謝了。好多東西啊！對了，請問我是每天到這裡來刷卡還是去別的地方呢？

Jennifer: Here!

珍妮佛：在這裡刷卡！

職場會話 小技巧

由於英語語義的傳達是必須透過句子結構才能清楚掌握的。上面我們遇到的強調句型 it is...that 就是其中的一個典型例子。日常我們跟同事面對面，可以使用語氣或是表情來表達自己的感情。但是到了書面形式，我們就需要借助句型來表達了。

職場 English
Office 英語，看這本就夠了

Unit 09 報告工作進度

上班族單字哪些我不會？

先作個小測驗，看看這些單字的意思你懂嗎？

1. **find** → (A) 良好 (B) 結實 (C) 找到 ....[faɪnd] 答案：（ ）
2. **pause** → (A) 停止 (B) 鼓掌 (C) 驕傲 ....[pɔz] 答案：（ ）
3. **accustom** → (A) 習俗 (B) 習慣 (C) 控告 ....[əˋkʌstəm] 答案：（ ）
4. **modest** → (A) 謙虛 (B) 模式 (C) 模特兒 ....[ˋmɑdɪst] 答案：（ ）
5. **diligence** → (A) 紳士 (B) 勤奮 (C) 挖掘..............[ˋdɪlədʒəns] 答案：（ ）
6. **quality** → (A) 能力 (B) 數量 (C) 品質 ....[ˋkwɑlətɪ] 答案：（ ）
7. **excellent** → (A) 驅逐 (B) 優秀 (C) 顧客 ....[ˋɛkslənt] 答案：（ ）
8. **forget** → (A) 拋棄 (B) 保護 (C) 忘記 ....[fəˋgɛt] 答案：（ ）
9. **interval** → (A) 間隔 (B) 內部 (C) 網路 ....[ˋɪntəvl̩] 答案：（ ）
10. **especially** → (A) 昂貴 (B) 尤其 (C) 偵察.........[əˋspɛʃəlɪ] 答案：（ ）
11. **manipulation** → (A) 消滅 (B) 處理 (C) 污染 .....[mə͵nɪpjuˋleʃən] 答案：（ ）
12. **owe** → (A) 賒欠 (B) 擁有 (C) 悲哀.........................[o] 答案：（ ）
13. **complete** → (A) 刪除 (B) 完成 (C) 恭維 ....[kəmˋplit] 答案：（ ）
14. **career** → (A) 關心 (B) 拿起 (C) 職業...............[kəˋrɪr] 答案：（ ）
15. **compliment** → (A) 奉承 (B) 完成 (C) 遵守 ....[ˋkɑmpləmənt] 答案：（ ）

答案：
1. (C)　2. (A)　3. (B)　4. (A)　5. (C)
6. (C)　7. (B)　8. (C)　9. (A)　10. (B)
11. (B)　12. (A)　13. (B)　14. (C)　15. (A)

這些單字都將運用在以下的會話及解析中，
哪些單字答錯了？請利用以下的單元好好的
學習單字的正確用法吧！

上班族會話這樣說好糗！

看看以下的對話情境，是不是讓你似曾相識呢？以下列舉出中國人常犯的會話錯誤與中式英語，看完後請務必接著看後續的「我不要再出糗！重點文法解析」及「上班族會話這樣講就對了」，才不會不小心把錯誤的用法記在腦中喔！

（忙了一陣子，主管丹尼爾叫梅根到辦公室作一份新進人員的進度報告。）

Daniel: Hi, Megan, take a seat! How do you **find**[1] your job?

丹尼爾：嗨，梅根，請坐！覺得妳的工作怎麼樣啊？

Megan: Great! In the morning, Tony told me about my work. After lunch, I began my work, applied for an email, received the office supplies and so on. **During the fifteen minutes' pause**[2] ✗, **I printed a data table to Sarah.** ✗

梅根：很好啊！早上東尼有告訴我工作的內容。吃過午餐後，我就開始工作了，我申請了郵箱，也領了辦公用品等等。在中間十五分鐘休息的空檔，我還幫莎拉列印了一個資料表。

Daniel: Good job! It seems you are busy with your work now. Are you **accustomed**[3] to it?

丹尼爾：妳表現得很好！看來妳已經開始忙碌了起來。一切還習慣嗎？

Megan: Yeah, how busy day! ✗ I think I learned a lot from that. I am familiar with our products, the management system and file handling. Thanks to my colleague, I have made it.

梅根：是啊，多麼繁忙的一天啊！我想我學到了很多東西。我熟悉了產品、管理系統還有檔案處理。多虧了同事的幫忙我才能完成。

Daniel: I must praise you for your **modest**[4] and **diligence**[5]. These are the best **qualities**[6] that an **excellent**[7] employee must have.

丹尼爾：我真是必須稱讚一下妳的勤奮和謙虛呢！這是一個優秀的員工應該具備的最好特質。

Megan: Thanks.

梅根：謝謝。

立刻翻閱次頁了解詳細解析

我不要再出糗！重點文法解析 ▶ MP3 Track 017

傳統背單字的方法，容易讓我們只把單字和中文背下來，卻完全誤解了用法，在這個單元中，將針對最容易混淆單字，作最徹底的解析，讓你出差、洽商都絕不再出糗！

辨析重點1

break/pause/interval 同樣都有「停」的意思，該怎麼用呢？

解說：pause 指的是短暫的停頓，原先的狀態並沒有改變，例如音響上的暫停鍵就是 pause，原先播放的音樂還是停留在原來的地方。而 break 則強調中斷，改變了原先的狀態，至於中斷的時間則可長可短。interval 是指兩件事情之間的時間間隔，也指兩幕或兩場戲之間的休息時間。請利用下面的例句，幫助更熟悉記憶單字的用法：

❑ Let's take a break and have our lunch.
停下來吃飯吧！

❑ The speaker had to pause as he had **forgotten**[8] what he was going to say.
演講者不得不停頓一下，因為他忘了他要說的話。

❑ He came at **intervals**[9] of about a month.
他每隔一個月左右來一次。

辨析重點2

how 的用法

當我們要用 how 來引導一個感歎句的時候，後面直接加上形容詞，然後再接名詞，例如：
❑ How beautiful the girl is!

❑ How beautiful a girl!
也可以用 what，但是用法有些不同，也可以直接接名詞。例如：
❑ What a beautiful girl!

辨析重點3

I printed a data table to Sarah.

這是一句典型的中式英文，是由：「我幫莎拉列印了一份資料表格。」直翻過來的。
如果想要說是給某人，為了某人而做某事。用 for 而不是用 to，可以說：
❑ All that I have done is for you.

❑ This chance is for your own good.
千萬別再用中文的邏輯直接翻譯囉～

上班族會話這樣講就對了 ▶ MP3 Track 018

單字文法都很行，但是卻老是無法延續對話嗎？在這個單元中除了告訴你最正確的語法、最道地的說法以外，也告訴你最生活化的會話技巧，讓你輕輕鬆鬆就延續與對方的交談。

（忙了一陣子，主管丹尼爾叫梅根到辦公室作一份新進人員的進度報告。）

Daniel: Hi, Megan, take a seat! How do you find your job?	**丹尼爾**：嗨，梅根，請坐！覺得妳的工作怎麼樣呢？
Megan: Great! In the morning, Tony told me about my work. After lunch, I began my work. **Especially**[10], during the fifteen minutes' break, I printed a data table for Sarah.	**梅根**：很好啊！早上東尼有告訴我工作的內容。午餐後我就開始工作了。特別是在中間十五分鐘休息的空檔，我還幫莎拉列印了一個資料表格。
Daniel: Good job! It seems you are busy with your work now. Are you accustomed to it?	**丹尼爾**：妳表現得很好！看來現在工作開始忙起來了。還習慣嗎？
Megan: I think I learned a lot from that. I am familiar with our products, the management system as well as file **manipulation**[11]. All in all, **owing**[12] to my colleagues' help, I've successfully **completed**[13] my task.	**梅根**：我想我學到了很多東西。我熟悉了產品、管理系統還有檔案處理。總之，多虧了同事們的幫助，我才得以完成了自己的任務。
Daniel: I must praise you for your modesty and diligence. These can help you go further in your **career**[14].	**丹尼爾**：我真是必須稱讚一下妳的勤奮和謙虛呢！這些絕對能幫助妳在職業生涯中走的更遠。
Megan: Thanks for your **compliment**[15]. There are still plenty more to learn.	**梅根**：謝謝您的誇獎。還有很多需要學習的呢！

職場會話 小技巧　關於「休息時間」在英語中有各種不同的說法，平時上班、上學、開會時有休息時間（break）。表演演出有幕間休息時間（interval），台上發言人講話也會有個停頓（pause），請好好分辨並使用吧！

Unit 10 與同事一起搭車回家

上班族單字哪些我不會？

先作個小測驗，看看這些單字的意思你懂嗎？

1. **deliver** → (A) 遞交 (B) 肝臟 (C) 撤銷 .... [dɪˋlɪvɚ] 答案：( )
2. **district** → (A) 歸還 (B) 區域 (C) 嚴格 .... [ˋdɪstrɪkt] 答案：( )
3. **neighbor** → (A) 鄰居 (B) 居住區 (C) 馬嘶聲 .... [ˋnebɚ] 答案：( )
4. **atmosphere** → (A) 疆域 (B) 蚊子 (C) 氣氛 .... [ˋætməsˌfɪr] 答案：( )
5. **tired** → (A) 嘗試 (B) 勞累 (C) 無聊 .... [taɪrd] 答案：( )
6. **corner** → (A) 松樹 (B) 玉米 (C) 拐角 .... [ˋkɔrnɚ] 答案：( )
7. **stuffy** → (A) 通風不良的 (B) 僵硬的 (C) 職員的 .... [ˋstʌfɪ] 答案：( )
8. **switch** → (A) 無恥 (B) 開關 (C) 巫婆 .... [swɪtʃ] 答案：( )
9. **argument** → (A) 爭論 (B) 熱烈 (C) 裝飾 .... [ˋɑrgjəmənt] 答案：( )
10. **amicable** → (A) 陰險 (B) 友好 (C) 軟弱 .... [ˋæmɪkəbl] 答案：( )
11. **flag** → (A) 拍打 (B) 落後 (C) 旗幟 .... [flæg] 答案：( )
12. **stall** → (A) 安裝 (B) 攤子 (C) 叫停 .... [stɔl] 答案：( )
13. **buzz** → (A) 公車 (B) 扣子 (C) 嗡嗡響 .... [bʌz] 答案：( )
14. **discovery** → (A) 發現 (B) 折扣 (C) 封面 .... [dɪsˋkʌvərɪ] 答案：( )
15. **fresh** → (A) 匆忙 (B) 新鮮 (C) 臉紅 .... [frɛʃ] 答案：( )

答案：
1. (A) 2. (B) 3. (A) 4. (C) 5. (B)
6. (C) 7. (A) 8. (B) 9. (A) 10. (B)
11. (C) 12. (B) 13. (C) 14. (A) 15. (B)

這些單字都將運用在以下的會話及解析中，哪些單字答錯了？請利用以下的單元好好的學習單字的正確用法吧！

上班族會話這樣說好糗！

看看以下的對話情境，是不是讓你似曾相識呢？以下列舉出中國人常犯的會話錯誤與中式英語，看完後請務必接著看後續的「我不要再出糗！重點文法解析」及「上班族會話這樣講就對了」，才不會不小心把錯誤的用法記在腦中喔！

（梅根和主管談完後不久，就到了下班的時間。）

Sarah: Ah…at last, I have **delivered**[1] my documents to our supervisor. Now it's time to go back home! Hi, Megan, where do you live? Wanna go home together?

莎拉：啊！終於把檔案交給主管了！現在該回家了！嗨，梅根，妳住哪啊？想一起回家嗎？

Megan: Okay, I live in the 7th Building, Rainbow Garden, DaAn **District**[2]. What about you? **We go the same way?** ❌

梅根：好啊，我住在大安區彩虹花園第七棟。妳呢？我們順路嗎？

Sarah: Really? I live in the Star Building, just next to the Rainbow Garden.

莎拉：真的嗎？我住在明星公寓，就在彩虹花園的旁邊。

Megan: We became **neighbors**[3] then!

梅根：我們成了鄰居了！

（出公司後，莎拉去停車場把車開了出來，梅根坐進車裡，兩人一塊回家。）

Megan: **What fresh atmosphere**[4] **outside!** ❌ I am so **tired**[5].

梅根：外頭空氣真清新！我好累哦。

Sarah: That's because it's the first day you get to work. It will be all right tomorrow! I don't want to cook. Do you know the KFC nearby?

莎拉：這是因為妳第一天上班，明天就會沒事的！我不想做飯了。妳知道附近的那間肯德基嗎？

Megan: Oh, **you mean the one in the corner**[6] **of the main street?** ❌ Yeah, we can go there. It's my turn to buy you dinner.

梅根：哦，妳是指在大路上轉角那間？知道啊，我們可以去那裡吃。這次我請客！

立刻翻閱次頁了解詳細解析

我不要再出糗！重點文法解析 ▶ MP3 Track 019

傳統背單字的方法，容易讓我們只把單字和中文背下來，卻完全誤解了用法，在這個單元中，將針對最容易混淆單字，作最徹底的解析，讓你出差、洽商都絕不再出糗！

辨析重點1

air/gas/atmosphere 同樣都有「氣」的意思，該怎麼用呢？

解說：gas 是可流動的微小分子，並能夠四處擴散，即所謂的「氣體」，也可以指「瓦斯」。air指的是圍繞在我們周圍的，供我們呼吸的空氣，是多種氣體（gas）的混合物；atmosphere 則是指圍繞在地球外的氣層。另外，atmosphere 和 air 都可以用來形容團體互動中所產生的感受或情緒上的緊張，air 也可以形容某人所流露出來的態度，如 She carried an air of superiority.（她有一種優越感。）請利用下面的例句，幫助更熟悉記憶單字的用法：

❏ The room was so **stuffy**[7] that it felt like there was no air.
屋子裡很不通風，感覺好像沒有空氣。

❏ Did you remember to **switch**[8] off the gas?
你有記得關掉瓦斯嗎？

❏ Despite the **argument**[9] which took place earlier, the atmosphere was **amicable**[10].
儘管先前發生了爭執，氣氛還是友善的。

辨析重點2

in the corner 的用法

當我們要表達在某一事物內部的角落，用 in the corner 例如：
❏ You can find a **flag**[11] in the corner of the classroom.
而表達在某一條路外面的轉角，則用 at the corner 例如：
❏ There is a **stall**[12] at the corner of the street.

辨析重點3

We go the same way?

這是一句典型的中式英文，是由：「我們順路嗎？」直翻過來的。
如果想要表達是否同路，可以說：
❏ Are you going my way?
或者更直接一點問對方，能搭個便車嗎？
❏ Can you give me a lift? / Can you give me a ride?
千萬別再用中文的邏輯直接翻譯囉～

上班族會話這樣講就對了 ▶ **MP3** Track 020

單字文法都很行，但是卻老是無法延續對話嗎？在這個單元中除了告訴你最正確的語法、最道地的說法以外，也告訴你最生活化的會話技巧，讓你輕輕鬆鬆就延續與對方的交談。

（梅根和主管談完後不久，就到了下班的時間。）

Sarah: Ah…at last, I have delivered my documents to our supervisor. Now it's time to go back home! My brain is **buzzing**[13]! Hi, Megan, where do you live? Wanna go home together?

> 莎拉：啊！終於把檔案交給主管了！現在該回家了！腦袋都嗡嗡響了。嗨，梅根，妳住哪裡啊？要一起回家嗎？

Megan: Okay, I live in the 7th Building, Rainbow Garden, DaAn District. Are you going my way?

> 梅根：好啊，我住在大安區彩虹花園第七棟。我們順路嗎？

Sarah: Really? I live in the Star Building, just next to the Rainbow Garden. Haha…fabulous! A big **discovery**[14], isn't it?

> 莎拉：真的嗎？我住在明星公寓，就在彩虹花園的旁邊。哈哈……好極了！一個大發現，不是嗎？

Megan: We became neighbors then! Can you give me a ride?

> 梅根：我們成了鄰居了！那妳可以載我一程嗎？

Sarah: Sure! Let's go.

> 莎拉：好啊！走吧！

（出公司後，莎拉去停車場把車開了出來，梅根坐進車裡，兩人一塊回家。）

Megan: What **fresh**[15] air outside! Sarah, will you cook after work? I am so tired that I even don't want to move my legs.

> 梅根：外頭空氣真清新！莎拉，回家還要做飯嗎？我累的連腳都不想動了呢。

Sarah: You don't move your legs, the car does! Haha… That's because it's the first day you get to work. It will be all right tomorrow! I don't want to cook, either. Do you know the KFC nearby?

> 莎拉：妳本來就沒動腳啊，是車子在動呢！哈哈……這是因為妳第一天剛上班，明天就會沒事的！我也不想做飯了。妳知道附近的那間肯德基嗎？

Megan: Oh, you mean the one at the corner of the main street? Yeah, we can go there. It's my turn to buy you dinner.

> 梅根：哦，妳是指在大馬路上轉角那間？知道啊，我們可以去那裡吃。這次我請客！

Meetings and the calls •Meetings and the calls

Meetings and the calls • Meetings and the calls

Part ②

會議與電話

Meetings and the calls

Unit 11 電話轉接

上班族單字哪些我不會？

先作個小測驗，看看這些單字的意思你懂嗎？

1. **corporation**→ (A) 農作物 (B) 操作 (C) 公司 .... [ˋkɔrpəˋreʃən] 答案：（ ）
2. **sell**→ (A) 貝殼 (B) 出售 (C) 地獄 ....[sɛl] 答案：（ ）
3. **serious**→ (A) 系列 (B) 嚴格 (C) 嚴重...........................[ˋsɪrɪəs] 答案：（ ）
4. **refund**→ (A) 退款 (B) 發現 (C) 資金 ....[rɪˋfʌnd] 答案：（ ）
5. **loss**→ (A) 馬虎 (B) 損失 (C) 震盪 ....[lɔs] 答案：（ ）
6. **solve**→ (A) 離開 (B) 袖口 (C) 解決 ....[sɑlv] 答案：（ ）
7. **honor**→ (A) 乾燥 (B) 榮譽 (C) 富裕 ....[ˋɑnɚ] 答案：（ ）
8. **trade**→ (A) 褪色 (B) 潮汐 (C) 行業 ....[tred] 答案：（ ）
9. **reply**→ (A) 回覆 (B) 申請 (C) 負責 ....[rɪˋplaɪ] 答案：（ ）
10. **fame**→ (A) 臭名 (B) 名望 (C) 名字 ....[fem] 答案：（ ）
11. **reputation**→ (A) 逐退 (B) 反駁 (C) 名譽..............[ˏrɛpjəˋteʃən] 答案：（ ）
12. **sue**→ (A) 燃料 (B) 她 (C) 控告 ....[su] 答案：（ ）
13. **trust**→ (A) 扔出 (B) 信任 (C) 拋棄.............................[trʌst] 答案：（ ）
14. **absolutely**→ (A) 完全 (B) 吸收 (C) 解決 ....[ˋæbsəˏlutlɪ] 答案：（ ）
15. **extension**→ (A) 邊界 (B) 緊張 (C) 擴充...............[ɪkˋstɛnʃən] 答案：（ ）

答案：
1. (C) **2.** (B) **3.** (C) **4.** (A) **5.** (B)
6. (C) **7.** (B) **8.** (C) **9.** (A) **10.** (B)
11. (C) **12.** (C) **13.** (B) **14.** (A) **15.** (C)

> 這些單字都將運用在以下的會話及解析中，
> 哪些單字答錯了？請利用以下的單元好好的
> 學習單字的正確用法吧！

上班族會話這樣說好糗！

看看以下的對話情境，是不是讓你似曾相識呢？以下列舉出中國人常犯的會話錯誤與中式英語，
看完後請務必接著看後續的「我不要再出糗！重點文法解析」及「上班族會話這樣講就對了」，
才不會不小心把錯誤的用法記在腦中喔！

（梅根正在工作之中，突然桌上的電話響了。）

Megan: Hello, Blue Sky **Corporation**[1]. **Who are you?** ☒

梅根：您好，這裡是藍天公司。請問您是哪位？

Jason: What have you **sold**[2] to me? There are **serious**[3] problems in your products. I want a full **refund**[4] for my **loss**[5].

傑森：妳們到底賣了什麼給我？產品存在這麼嚴重的問題。我要求對我的損失進行全額退款。

Megan: Sir, don't worry. We will try our best to **solve**[6] your problem. **We are a company with high honor**[7] **in this trade**[8], ☒ so please don't worry.

梅根：先生，請別擔心。我們會盡力解決您的問題的。我們在這一行業中的信譽一直很良好，所以請別擔心。

Jason: Really? Then how do you solve my problem? I hope you can **reply**[9] to me quickly!

傑森：真的嗎？那麼妳們要怎麼解決我的問題？我希望妳們儘快答覆我。

Megan: Ok, no problem. And may I pass you to our colleague responsible for after-sale services?

梅根：好的，沒問題。請允許我把您的電話轉到負責售後服務的同事那去好嗎？

Jason: Ok, thanks.

傑森：好的，謝謝！

Megan: Please hold on. Oh, I am so sorry that **he is picking the phone at the moment.** ☒ And would you call back later?

梅根：請稍等。噢，很抱歉他正在接電話。您能等會再打過來嗎？

Jason: Okay. Bye!

傑森：好的。再見。

立刻翻閱次頁了解詳細解析

我不要再出糗！重點文法解析 ▶ MP3 Track 021

傳統背單字的方法，容易讓我們只把單字和中文背下來，卻完全誤解了用法，在這個單元中，將針對最容易混淆單字，作最徹底的解析，讓你出差、洽商都絕不再出糗！

辨析重點1

fame/reputation/honor 同樣都有「名聲」的意思，該怎麼用呢？

解說：fame 和 honor 通常是較為正向的字，fame 強調高知名度，非常出名，通常指眾所周知的好名聲。honor 是別人賦予的好名聲，通常是因為自己作了值得頌揚的好事而獲得的名聲，常指國家民族的榮譽等。而 reputation 強調一般人心目中的觀感，也許是好的觀感，也許是不好的觀感，是較為中性的字。請利用下面的例句，幫助更熟悉記憶單字的用法：

❑ He has a good **fame**[10] in his village.
　在村子裡，他名聲很好。

❑ He has a **reputation**[11] for greediness.
　他有一個貪婪的壞名聲。

❑ As a soldier, you should fight for the honor of your country.
　身為一名士兵，你應該為國家的榮譽而戰。

辨析重點2

Who are you?

這是一句典型的中式英文，是由：「你是誰？」直翻過來的。
如果想要在電話中禮貌的詢問對方是誰，可以說：

❑ Who's calling, please?

❑ May I have your name, please?

辨析重點3

He is picking the phone at the moment.

這是一句典型的中式英文，是由：「他現在正在接電話。」直翻過來的。
如果想要表達某人正在接電話，可以說：

❑ He is on the phone now.

❑ He is on another line at the moment.

千萬別再用中文的邏輯直接翻譯囉～

上班族會話這樣講就對了

MP3
Track 022

單字文法都很行，但是卻老是無法延續對話嗎？在這個單元中除了告訴你最正確的語法、最道地的說法以外，也告訴你最生活化的會話技巧，讓你輕輕鬆鬆就延續與對方的交談。

（梅根正在工作之中，突然桌上的電話響了。）

Megan: Hello, Blue Sky Corporation. Who's calling, please? How can I help you?

Jason: What on earth have you sold to me?! There are serious problems in your products. I want a full refund for my loss. I hope you can give me an answer immediately. Or I will **sue**[12] you.

Megan: Sir, don't worry. We will try our best to solve your problem. If grave problems indeed exist in the porducts, we will refund your money at once. We are a company with a high reputation in this trade, so you can **trust**[13] us **absolutely**[14]!

Jason: Really? Then how do you solve my problem? I hope you can reply to me quickly!

Megan: Ok, no problem. And may I pass you to our colleague responsible for after-sale services? He is the person in charge.

Jason: Ok, thanks.

Megan: Please hold on. Oh, I am so sorry that he is on the phone at the moment. And would you call back later? I can give you his **extension**[15] number.

Jason: Okay. I'll call back later. Bye!

梅根：你好，這裡是藍天公司。請問您是哪位？有什麼可以幫忙的嗎？

傑森：妳們到底賣了什麼給我？！產品存在這麼嚴重的問題。我要求對我的損失進行全額退款。希望妳們立即給我答覆，否則我就要告妳們。

梅根：先生，請別著急。我們會盡力解決您的問題的。如果產品確實存在嚴重問題，我們馬上給您退款。我們在這一行業中信譽良好，所以您完全可以相信我們。

傑森：真的嗎？那麼妳們要怎麼解決我的問題？我希望妳們儘快答覆我。

梅根：好的，沒問題。請允許我把您的電話轉到負責售後服務的同事那裡去好嗎？他是這方面的負責人。

傑森：好的，謝謝！

梅根：請稍等。噢，很抱歉他正在接電話。您能等會再打過來嗎？我可以把他的分機號碼給您。

傑森：好的，我等會再打過來。再見。

職場會話
小技巧　請特別注意，電話中使用的英語和一般會話中使用的英語，在文法上是有所差異的。要小心文法上的不同，才不會鬧出糗到不行的笑話喔。

Unit 12 電話留言

上班族單字哪些我不會？

先作個小測驗，看看這些單字的意思你懂嗎？

1. **through**→ (A) 儘管 (B) 通過 (C) 粗糙 ....[θru] 答案：（ ）
2. **market**→ (A) 判決 (B) 標記 (C) 市場 ....[ˋmɑrkɪt] 答案：（ ）
3. **message**→ (A) 聖賢 (B) 消息 (C) 凌亂 ....[ˋmɛsɪdʒ] 答案：（ ）
4. **alright**→ (A) 好的 (B) 輕鬆 (C) 航班.........................[ɔlˋraɪt] 答案：（ ）
5. **reach**→ (A) 反應 (B) 桃子 (C) 到達 ....[ritʃ] 答案：（ ）
6. **customs**→ (A) 顧客 (B) 海關 (C) 陣容 ....[ˋkʌstəmz] 答案：（ ）
7. **truck**→ (A) 卡車 (B) 象牙 (C) 褶皺 ....[trʌk] 答案：（ ）
8. **transport**→ (A) 轉換 (B) 運送 (C) 港口 ....[ˋtrænsport] 答案：（ ）
9. **investigate**→ (A) 調查 (B) 投資 (C) 衡量 ....[ɪnˋvɛstəˏget] 答案：（ ）
10. **examine**→ (A) 煤礦 (B) 考試 (C) 檢查.................[ɪgˋzæmɪn] 答案：（ ）
11. **inspect**→ (A) 視察 (B) 預料 (C) 昆蟲 ....[ɪnˋspɛkt] 答案：（ ）
12. **dial**→ (A) 最後 (B) 鑽孔 (C) 撥打...........................[ˋdaɪəl] 答案：（ ）
13. **allow**→ (A) 允許 (B) 箭頭 (C) 低矮..........................[əˋlaʊ] 答案：（ ）
14. **dispatch**→ (A) 解散 (B) 分派 (C) 路途 ....[dɪˋspætʃ] 答案：（ ）
15. **receipt**→ (A) 吸收 (B) 接待 (C) 收據 ....[rɪˋsit] 答案：（ ）

答案：
1. (B)　**2**. (C)　**3**. (B)　**4**. (A)　**5**. (C)
6. (B)　**7**. (A)　**8**. (B)　**9**. (A)　**10**. (C)
11. (A)　**12**. (C)　**13**. (A)　**14**. (B)　**15**. (C)

這些單字都將運用在以下的會話及解析中，哪些單字答錯了？請利用以下的單元好好的學習單字的正確用法吧！

上班族會話這樣說好糗！

看看以下的對話情境，是不是讓你似曾相識呢？以下列舉出中國人常犯的會話錯誤與中式英語，看完後請務必接著看後續的「我不要再出糗！重點文法解析」及「上班族會話這樣講就對了」，才不會不小心把錯誤的用法記在腦中喔！

Megan: Hello, Blue Sky Corporation. Megan speaking.

梅根：你好，這裡是藍天公司。我是梅根。

Steven: Excuse me, may I speak to Ben? I can't get **through**[1]. to him.

史蒂芬：打擾了，我想要找班。我打不通他的電話。

Megan: **You have called the wrong place!** ❌ But I can try to get him on the phone. May I have your name, please?

梅根：你打錯電話了。但是，我可以試著幫你轉接給他。請問你貴姓？

Steven: Thank you very much. This is Steven of the **Market**[2] Department.

史蒂芬：非常感謝。我是市場部的史蒂芬。

Megan: Please hold on for a while….I am sorry, but Ben is out. Would you like to leave a **message**[3]?

梅根：請稍等。很抱歉，班不在公司。你要留言給他嗎？

Steven: **Alright**[4]!

史蒂芬：好的。

Megan: Then what message would you like to leave?

梅根：那麼你要留什麼話呢？

Steven: Please tell Ben that our goods have **reached**[5] the **customs**[6]. We need a **truck**[7] to **transport**[8] the goods. That's all.

史蒂芬：請告訴班，我們的貨物已經到達海關了。我們需要一輛車來運送。就這樣！

Megan: **You mean our goods are investigated**[9] **in customs?** ❌ **This is a big thing!** ❌ I will tell him soon.

梅根：你是說我們的貨物在海關受檢嗎？這可是大事啊！我會儘快告訴他的。

Steven: That's right! Thanks, bye!

史蒂芬：對啊。謝謝了，再見！

立刻翻閱次頁了解詳細解析

我不要再出糗！重點文法解析 ▶ MP3 Track 023

傳統背單字的方法，容易讓我們只把單字和中文背下來，卻完全誤解了用法，在這個單元中，將針對最容易混淆單字，作最徹底的解析，讓你出差、洽商都絕不再出糗！

辨析重點1

inspect/examine/investigate 同樣都有「檢查」的意思，該怎麼用呢？

解說：investigate 一般用於調查疑雲重重的案件或事件，追根究底地找出真相，例如警探偵察案件即是用這個單詞。inspect 表示視察，察看，重點放在事物的優劣或是否符合標準。examine 指仔細地查看或對細節做徹底的研究，例如身體檢查。請利用下面的例句，幫助更熟悉記憶單字的用法：

❏ The police **examined**[10] my bag when I entered the country.
我入境時，員警仔細檢查了我的包包。

❏ They **inspected**[11] the goods in the shop.
他們檢查了商店裡的商品。

❏ He was investigated and found guilty.
他被調查後發現有罪。

辨析重點2

You have called the wrong place!

這是一句典型的中式英文，是由：「你打錯地方了。」直翻過來的。
如果想要表達對方打錯了，可以說：

❏ You have **dialed**[12] the wrong number.

❏ You have the wrong number.

❏ You have telephoned the wrong person.

辨析重點3

This is a big thing!

這是一句典型的中式英文，是由：「這可是一件大事啊！」直翻過來的。
如果想要說某件事情很重要，可以說：

❏ This is an important matter.

❏ This is a serious matter.

千萬別再用中文的邏輯直接翻譯囉～

上班族會話這樣講就對了

單字文法都很行，但是卻老是無法延續對話嗎？在這個單元中除了告訴你最正確的語法、最道地的說法以外，也告訴你最生活化的會話技巧，讓你輕輕鬆鬆就延續與對方的交談。

Megan: Hello, Blue Sky Corporation. Megan speaking.	**梅根**：你好，這裡是藍天公司。我是梅根。
Steven: Excuse me, may I speak to Ben? I can't get trough to him. Is he in the office now? It's urgent!	**史蒂芬**：打擾了，我想要找班。我打不通他的電話。他現在在辦公室嗎？我有急事。
Megan: You have dialed the wrong number! But I can try to get him on the phone. May I have your name, please?	**梅根**：你打錯電話了。但是，我可以試著幫你轉接給他。請問你貴姓大名？
Steven: Thank you very much. This is Steven of the Market Department.	**史蒂芬**：非常感謝。我是市場部的史蒂芬。
Megan: Please hold on for a while, **allow**[13] me to find out….I am sorry, but Ben is out. Would you like to leave a message?	**梅根**：請稍等，允許我去找一下……很抱歉，班不在公司。你要留言給他嗎？
Steven: Alright!	**史蒂芬**：好的。
Megan: Then what message would you like to leave?	**梅根**：那麼你要留什麼話呢？
Steven: Please tell Ben that our goods have reached the customs. We need a truck to transport the goods. And also when he **dispatches**[14] the truck, please ask him to let the driver bring the **receipt**[15] here. That's all.	**史蒂芬**：請告訴班，我們的貨物已經到達海關了。我們需要一輛車來運送。還請告訴他派車來的時候，請讓司機把收據也一起帶過來。就這樣！
Megan: Ok, I have written them down. You mean our goods are inspected in customs? This is an important matter! I will tell him as soon as possible.	**梅根**：好的，我把它們都記下來了。你是說我們的貨物在海關受檢嗎？這可是大事啊！我會儘快告訴他的。
Steven: That's right! Thanks, bye!	**史蒂芬**：對啊。謝謝了，再見！

職場會話小技巧 當產品在海關受檢時，使用的單字是 inspect 而不是 investigate，而要是公司的某個活動涉及到某一案件，要跟法律接觸了，就需要用 investigate 這個單字。

Unit 13 用電話拜訪客戶

上班族單字哪些我不會？

先作個小測驗，看看這些單字的意思你懂嗎？

1. **transfer**→ (A) 變化 (B) 轉接 (C) 傳達 .... [træns`fɜ] 答案：( )
2. **conversation**→ (A) 對話 (B) 轉化 (C) 傳播 .... [kɑnvə`seʃən] 答案：( )
3. **trouble**→ (A) 旅遊 (B) 麻煩 (C) 雙倍 .... [`trʌbl] 答案：( )
4. **visit**→ (A) 簽證 (B) 病毒 (C) 拜訪 .... [`vɪzɪt] 答案：( )
5. **situation**→ (A) 處理 (B) 情況 (C) 引用 .... [ˌsɪtʃʊ`eʃən] 答案：( )
6. **remember**→ (A) 醫治 (B) 提醒 (C) 記住 .... [rɪ`mɛmbə] 答案：( )
7. **condition**→ (A) 編輯 (B) 條件 (C) 傳導 .... [kən`dɪʃən] 答案：( )
8. **status**→ (A) 地位 (B) 雕塑 (C) 狀態 .... [`stetəs] 答案：( )
9. **hometown**→ (A) 城市 (B) 家鄉 (C) 城鎮 .... [`hom`taun] 答案：( )
10. **performance**→ (A) 完美 (B) 威脅 (C) 性能......... [pə`fɔrməns] 答案：( )
11. **besides**→ (A) 另外 (B) 主教 (C) 偏袒 .... [bɪ`saɪdz]] 答案：( )
12. **adopt**→ (A) 羨慕 (B) 撫養 (C) 採用 .... [ə`dɑpt] 答案：( )
13. **advance**→ (A) 開始 (B) 先進 (C) 優勢..................... [əd`væns] 答案：( )
14. **wish**→ (A) 智慧 (B) 祝願 (C) 魚兒 .... [wɪʃ] 答案：( )
15. **general**→ (A) 混合 (B) 產生 (C) 一般 .... [`dʒɛnərəl]] 答案：( )

答案：
1. (B) **2**. (A) **3**. (B) **4**. (C) **5**. (B)
6. (C) **7**. (B) **8**. (A) **9**. (B) **10**. (C)
11. (A) **12**. (C) **13**. (B) **14**. (B) **15**. (C)

這些單字都將運用在以下的會話及解析中，哪些單字答錯了？請利用以下的單元好好的學習單字的正確用法吧！

上班族會話這樣說好糗！

看看以下的對話情境，是不是讓你似曾相識呢？以下列舉出中國人常犯的會話錯誤與中式英語，看完後請務必接著看後續的「我不要再出糗！重點文法解析」及「上班族會話這樣講就對了」，才不會不小心把錯誤的用法記在腦中喔！

（今天，主管給了梅根一份名單，叫梅根一一拜訪老客戶。）

Megan: Hello, this is Megan from Blue Sky Corp. May I talk to Mr. James?

梅根：你好，我是藍天公司的梅根。我找詹姆斯先生。

Receptionist: One moment, please. I am **transferring**[1] you to Mr. James. Okay, you can have a **conversation**[2] with him now.

櫃台：請稍後，我正在幫您轉接到詹姆斯先生。好了，您可以跟他通話了。

Megan: Thanks! Hello, Mr. James, This is Megan from Blue Sky Corp. Excuse my **troubling**[3] you. Now it's time we visit[4] our customers and knew about their workings. Are the products still in good situation[5] now? ✖

梅根：謝謝！您好，詹姆斯先生，我是藍天公司的梅根。恕我打擾。現在是我們拜訪客戶，瞭解使用情況的時候了。請問目前產品是否狀況良好呢？

James: En…they work very well. At present, they are still in good state.

詹姆斯：嗯……都運作的不錯！目前狀況良好！

Megan: That's it! Now we have developed new products. They are much better than what you have bought.

梅根：這就對了！現在，我們還開發了新產品。比之前的產品更好呢！

James: Your company is developing so fast, so is ours. Maybe later on I will plan to buy more.

詹姆斯：你們公司發展得真快啊，我們也是。也許以後我們還要計畫買更多呢！

Megan: That's great! If any, please **remember**[6] ✖ to call us. I am afraid I have to say goodbye now! See you soon, Mr. James!

梅根：太好了。如果有需要的話，記得聯繫我們哦。我想我現在該告辭了！再見了，詹姆斯先生！

James: See you!

詹姆斯：再見！

立刻翻閱次頁了解詳細解析

我不要再出糗！重點文法解析 ▶ MP3 Track 025

傳統背單字的方法，容易讓我們只把單字和中文背下來，卻完全誤解了用法，在這個單元中，將針對最容易混淆單字，作最徹底的解析，讓你出差、洽商都絕不再出糗！

辨析重點1

condition/situation/status 同樣都有「情況」的意思，該怎麼用呢？

解說：condition 主要是指物體，生物和環境的狀態，如 The children live in under poor condition.（那些孩子生活在貧窮的狀態之中。）condition 也有「條件」的意思。situation 主要是形容事情或事件的狀態，如 She is in a bad situation with no money but a baby to support. （她所處的情況很糟糕，沒有錢，還要撫養一個小孩。）status 和 situation 一樣，都是形容事情的狀態，而不是形容事情或人物。另外，status 也有「地位」的意思。請利用下面的例句，幫助更熟悉記憶單字的用法：

❑ Mary said she would only accept the offer under one **condition**[7].
　　瑪莉說她只有在一種情況下才會接受這項提議。

❑ He was in a rather difficult situation at the time.
　　他那時是處在一種很艱難的情況。

❑ She has a hign **status**[8] job.
　　她職位很高。

辨析重點2

it's time 接從句的用法

當 it's time 接從句的時候，我們需要在從句中採用過去時態。例如：

❑ It's time we went to our **hometown**[9].

但是 it's time 後面還可以接 to do sth。例如：

❑ It's time to go home.

辨析重點3

remember 的用法

當 remember 後面接 doing 的時候，表達的意思是記得做過某事。例如：

❑ I remember seeing this boy.

而當 remember 後面接 to do 的時候，表達的意思是記得去做某事。例如：

❑ Please remember to do your homework.

上班族會話這樣講就對了 ▶ MP3 Track 026

單字文法都很行，但是卻老是無法延續對話嗎？在這個單元中除了告訴你最正確的語法、最道地的說法以外，也告訴你最生活化的會話技巧，讓你輕輕鬆鬆就延續與對方的交談。

（今天，主管給了梅根一份名單，叫梅根一一拜訪老客戶。）

Megan: Hello, this is Megan from Blue Sky Corp. May I talk to Mr. James?

梅根：你好，我是藍天公司的梅根。我找詹姆斯先生。

Receptionist: Please wait a moment. I am transferring you to Mr. James. Okay, you can have a conversation with him now.

櫃台：請稍等一會，我正在幫您轉接到詹姆斯先生。好了，您可以跟他通話了。

Megan: Thanks! Hello, Mr. James, This is Megan from Blue Sky Corp. Excuse my troubling you. You bought our products last year. Now it's time we visited our customers and knew about their workings? Are they still in good condition now?

梅根：謝謝！您好，詹姆斯先生，我是藍天公司的梅根。恕我打擾。你在去年的時候購買我們的產品。現在是我們拜訪客戶，瞭解使用情況的時候了。他們現在是否狀況良好呢？

James: Yeah, exactly! I bought all of them last year. En…they work very well. At present, they are still in good state.

詹姆斯：是的，沒錯。我就是去年購買的。嗯……都運作的不錯！目前，狀況良好！

Megan: That's it! All of them have first class quality and **performance**[10]. **Besides**[11], we **adopt**[12] **advanced**[13] technology. Now we have developed new products. They are much better than what you have bought.

梅根：這就對了！它們的品質和性能都是一流的。另外，還採用了先進技術。現在，我們還開發了新產品。更好了！

James: Your company is developing so fast, so is ours. Maybe later on I will plan to buy more.

詹姆斯：你們公司發展真快啊，我們也是。也許以後我們還要計畫買更多呢！

Megan: That's great! Thanks for your support. If any, please remember to call us. I am afraid I have to say goodbye now! See you soon, Mr. James!

梅根：太好了。謝謝你們的支持。如果有需要的話，記得聯繫我們哦。我想我現在該告辭了！再見了，詹姆斯先生！

James: See you! Please give my best **wishes**[14] to your **general**[15] manager.

詹姆斯：再見！記得幫我向你們的老總問好！

Unit 14 用電話向客戶介紹產品

上班族單字哪些我不會？

先作個小測驗，看看這些單字的意思你懂嗎？

1. appointment→ (A) 假設 (B) 安排 (C) 分配..........[ə`pɔɪntmənt] 答案：（　）

2. interested→ (A) 容入 (B) 興趣 (C) 連貫 ....[`ɪntərəstɪd] 答案：（　）

3. receptionist→ (A) 撤退 (B) 接待 (C) 負責人 ....[rɪ`sɛpʃənɪst] 答案：（　）

4. retailer→ (A) 退休 (B) 挽留 (C) 零售..........................[`ritelə] 答案：（　）

5. provide→ (A) 提供 (B) 證明 (C) 省市 ....[prə`vaɪd] 答案：（　）

6. electronic→ (A) 電極 (B) 電子的 (C) 電子學 ....[ɪlɛk`trɑnɪk] 答案：（　）

7. earn→ (A) 耳朵 (B) 堅固 (C) 掙得..................................[ɝn] 答案：（　）

8. share→ (A) 共用 (B) 鯊魚 (C) 塑造 ....[ʃɛr] 答案：（　）

9. gain→ (A) 獲得 (B) 反對 (C) 基因 ....[gen] 答案：（　）

10. weight→ (A) 重量 (B) 運費(C) 輕盈 ....[wet] 答案：（　）

11. independent→ (A) 決定於 (B) 不獨立 (C) 獨立 .[ɪndɪ`pɛndənt] 答案：（　）

12. administration→ (A) 管理 (B) 羨慕 (C) 允許 [ədmɪnə`streʃən] 答案：（　）

13. professional→ (A) 能力 (B) 專業 (C) 教授 ....[prə`fɛʃənḷ] 答案：（　）

14. occupy→ (A) 海洋 (B) 發生 (C) 佔有........................[`ɑkjəpaɪ] 答案：（　）

15. cooperation→ (A) 冷卻 (B) 控制 (C) 合作.........[koʌapə`reʃən] 答案：（　）

答案：
1. (B)　**2.** (B)　**3.** (B)　**4.** (C)　**5.** (A)
6. (B)　**7.** (C)　**8.** (A)　**9.** (A)　**10.** (A)
11. (C)　**12.** (A)　**13.** (B)　**14.** (C)　**15.** (C)

這些單字都將運用在以下的會話及解析中，哪些單字答錯了？請利用以下的單元好好的學習單字的正確用法吧！

上班族會話這樣說好糗！

看看以下的對話情境，是不是讓你似曾相識呢？以下列舉出中國人常犯的會話錯誤與中式英語，看完後請務必接著看後續的「我不要再出糗！重點文法解析」及「上班族會話這樣講就對了」，才不會不小心把錯誤的用法記在腦中喔！

（拜訪完了舊客戶，梅根又忙著拜訪新客戶了。）

Megan: Hello, this is Megan from Blue Sky Corp. May I talk to Mr. Eric?	梅根：你好，我是藍天公司的梅根。我找艾瑞克先生。
Receptionist: Do you have an **appointment**[1] with our manager?	櫃台：請問您有和我們經理預約嗎？
Megan: No, I don't But I am sure **he will be interested**[2] **to my call.** ✗	梅根：沒有。但是我相信他一定會感興趣的。
Receptionist: OK… Our manager is available now!	櫃台：好的……現在可以跟經理通話了！
Megan: Thanks! Hello, Mr. Eric?	梅根：謝謝了！您好，艾瑞克先生嗎？
Eric: Speaking The **receptionist**[3] said you want to talk to me, miss?	艾瑞克：是的。櫃台說妳有事情想跟我談，是嗎？
Megan: Yes. This is Megan from Blue Sky Corp. I know **your company is the third larger retailer**[4] **in the world.** ✗ I am sure you will be interested in our products, too.	梅根：是的。我是藍天公司的梅根。我瞭解到貴公司是世界第三大零售商。我相信您對我們的產品也會很感興趣的。
Eric: Thanks! Then what does your company **provide**[5]?	艾瑞克：謝謝。那麼妳們公司提供什麼呢？
Megan: Our company provides customers with all kinds of **electronic**[6] products. **We earn**[7] **a large share**[8] **in the market** ✗ without selling at a low price.	梅根：我們公司生產各種電子產品。我們的產品在市場上佔有很大的份額，而不用低價銷售。
Eric: Sounds good!	艾瑞克：聽起來很不錯！

立刻翻閱次頁了解詳細解析

我不要再出糗！重點文法解析 ▶ MP3 Track 027

傳統背單字的方法，容易讓我們只把單字和中文背下來，卻完全誤解了用法，在這個單元中，將針對最容易混淆單字，作最徹底的解析，讓你出差、洽商都絕不再出糗！

辨析重點1

gain/get/earn 同樣都有「獲得」的意思，該怎麼用呢？

解說：gain 和 get 最大的區別在於 gain 是慢慢地獲得，必須是經由一段時間或是一段努力才得到的，而 get 則是泛指「得到」，一般口語中可以用 get 來取代 gain；earn 主要是指經由努力而得到報酬或是榮譽，例如因為努力工作而得到酬勞或經由努力而獲得別人的肯定與尊敬。請利用下面的例句，幫助更熟悉記憶單字的用法：

❑ This article gives tips on how to **gain**[9] **weight**[10] in a healthy way.
　　這篇文章提供了以健康方式增重的訣竅。

❑ Where did you get the book?
　　你是從哪裡得到這本書的？

❑ He earned the respect of others.
　　他獲得了別人的尊敬。

辨析重點2

He will be interested to my call.

想要說某人對某事感興趣，用 be interested 後面要加上介詞 in 再接名詞。例如：
❑ He will be interested in this.
而我們說某事很有趣，則要用 interesting 來表示。例如：
❑ This joke is very interesting.

辨析重點3

序數詞＋最高級的用法。

如果需要在序數詞的後面加上一個表示比較的形容詞，則這個形容詞必須用最高級來表示而不是比較級。例如：
❑ The building is the second highest in the area.
❑ Liming is the third tallest in his family.

上班族會話這樣講就對了 ▶ MP3 Track 028

單字文法都很行，但是卻老是無法延續對話嗎？在這個單元中除了告訴你最正確的語法、最道地的說法以外，也告訴你最生活化的會話技巧，讓你輕輕鬆鬆就延續與對方的交談。

（拜訪完了舊客戶，梅根又忙著拜訪新客戶了。）

Megan: Hello, this is Megan from Blue Sky Corp. May I speak to Mr. Eric?	梅根：你好，我是藍天公司的梅根。我找艾瑞克先生。
Receptionist: Do you have an appointment with our manager?	櫃台：請問您有和我們經理預約嗎？
Megan: No, I don't But I am sure he will be interested in my call. Could you help me to get him on the phone? Please!	梅根：沒有。但是我確信他會感興趣的。你能把電話轉給他嗎？麻煩你。
Receptionist: OK. Our manager is available now!	櫃台：好的。現在可以跟經理通話了！
Megan: Thanks! Hello, Mr. Eric?	梅根：謝謝！您好，艾瑞克先生嗎？
Eric: Speaking. The receptionist said you want to talk to me, Miss? What can I do for you?	艾瑞克：是的。櫃台說妳有事情想跟我談，是嗎？
Megan: Yes. I know your company is the third largest **independent**[11] retailer of electronic products in the world. The retail business thrives under your good **administration**[12]. I am sure you will be interested in our products, too.	梅根：是的。我瞭解到貴公司是世界第三大獨立經營的電子產品零售商。在您的良好管理下，零售生意蒸蒸日上。我保證您對我們的產品也會很感興趣的。
Eric: Thanks! Then what does your company provide?	艾瑞克：謝謝。那麼妳們公司提供什麼呢？
Megan: Our company provides customers with all kinds of electronic products. We have a **professional**[13] production line, so our products can **occupy**[14] a large share in the market without selling at a low price.	梅根：我們公司生產各種電子產品。我們擁有專業的生產線，因此我們的產品在市場上佔有很大的份額，而不用低價銷售。
Eric: Sounds good! I will consider a future **cooperation**[15] between us.	艾瑞克：聽起來不錯。我會考慮一下雙方未來的合作。

Unit 15 通知會議進行

上班族單字哪些我不會？

先作個小測驗，看看這些單字的意思你懂嗎？

1. **god**→ (A) 金子 (B) 上帝 (C) 女神 .... [gɑd] 答案：( )
2. **news**→ (A) 歪斜 (B) 新鮮 (C) 消息 .... [njuz] 答案：( )
3. **arrange**→ (A) 安排 (B) 推理 (C) 範圍 .... [əˋrendʒ] 答案：( )
4. **affair**→ (A) 影響 (B) 事情 (C) 喜愛 .... [əˋfɛr] 答案：( )
5. **attend**→ (A) 注意 (B) 溫柔 (C) 參加 .... [əˋtɛnd] 答案：( )
6. **prepare**→ (A) 假設 (B) 準備 (C) 進步 .... [priˋpɛr]] 答案：( )
7. **equipment**→ (A) 均衡 (B) 設備 (C) 繳械 .... [ɪˋkwɪpmənt] 答案：( )
8. **manage**→ (A) 人類 (B) 經理 (C) 經營 .... [ˋmænɪdʒ] 答案：( )
9. **track**→ (A) 陷阱 (B) 卡車 (C) 蹤跡 .... [træk] 答案：( )
10. **piece**→ (A) 餡餅 (B) 激烈 (C) 碎片 .... [pis] 答案：( )
11. **communicate**→ (A) 社區 (B) 交流 (C) 免疫 ...... [kəˋmjunəˌket] 答案：( )
12. **persuade**→ (A) 觀點 (B) 勸說 (C) 侵略 .... [pəˋswed] 答案：( )
13. **conference**→ (A) 參考 (B) 會議 (C) 轉化 .... [ˋkɑnfərəns] 答案：( )
14. **agree**→ (A) 同意 (B) 貪婪 (C) 惡化 .... [əˋgri] 答案：( )
15. **projector**→ (A) 拒絕 (B) 專案 (C) 投影機 .... [prəˋdʒɛktə] 答案：( )

答案：
1. (B)　**2.** (C)　**3.** (A)　**4.** (B)　**5.** (C)
6. (B)　**7.** (B)　**8.** (C)　**9.** (C)　**10.** (C)
11. (B)　**12.** (B)　**13.** (B)　**14.** (A)　**15.** (C)

這些單字都將運用在以下的會話及解析中，哪些單字答錯了？請利用以下的單元好好的學習單字的正確用法吧！

上班族會話這樣說好糗！

看看以下的對話情境，是不是讓你似曾相識呢？以下列舉出中國人常犯的會話錯誤與中式英語，看完後請務必接著看後續的「我不要再出糗！重點文法解析」及「上班族會話這樣講就對了」，才不會不小心把錯誤的用法記在腦中喔！

（工作一陣子後，上司召開了一個會議並交由梅根來負責通知同事。）

Megan: Oh, my **god**[1]!	梅根：噢，我的天！
Sara: Any good **news**[2]?	莎拉：有好消息嗎？
Megan: Nope. **A bad news!** ❌ We must have a **meet** ❌ tomorrow. And the manager asked me to **arrange**[3] all the **affairs**[4].	梅根：沒有哦。是一個壞消息！明天要開會了！經理叫我來安排這些事情。
Sarah: Oh, then you have a lot to do.	莎拉：噢，所以妳有一堆事情要做囉。
Megan: Yeah. First I have to inform all the employees in time. I am afraid **all of them not have time to attend**[5]. ❌ Then I have to **prepare**[6] the **equipments**[7].	梅根：是啊！首先，我得趕快通知各位同仁。我怕他們都沒時間參加了。然後還要準備設備什麼的。
Sarah: Don't worry.	莎拉：別擔心!
Megan: It doesn't matter. I can **manage**[8] it.	梅根：沒關係了，我能應付的。

立刻翻閱次頁了解詳細解析

我不要再出糗！重點文法解析 ▶ MP3 Track 029

傳統背單字的方法，容易讓我們只把單字和中文背下來，卻完全誤解了用法，在這個單元中，將針對最容易混淆單字，作最徹底的解析，讓你出差、洽商都絕不再出糗！

辨析重點1

meet/meeting/party 同樣都有「聚會」的意思，該怎麼用呢？

解說：meeting 可以指兩個人以上的會面，也可以指一群人為了討論或決定某事而集合在一起，通常譯成「會議」，指公司行號中各種大小型會議。meet 指競賽型的集會或運動會；party 指為了慶祝某事而舉行的社交性宴會，通常譯為「派對」。

請利用下面的例句，幫助更熟悉記憶單字的用法：

❏ The **track**[9] meet begins at 3 o'clock.
田徑賽將於三點舉行。

❏ The company called a meeting on Monday.
公司星期一召開了一次會議。

❏ The Greens held a Christmas party last night.
格林家昨晚舉行了聖誕晚會。

辨析重點2

A bad news!

這是一句典型的中式英文，是由：「一個壞消息！」直翻過來的。這裡要注意，news 是一個不可數名詞。如果想要說一個壞消息，可以說：

❏ A **piece**[10] of bad news!

或者直接說：

❏ Bad news!

辨析重點3

All of them not have time to attend.

這句的正確說法為：Not all of them have time to attend.

not 和 all 在一起用的時候表示的是「部份否定」，並非全部否定的意思。使用的時候要多加注意。例如：

❏ Not all the students have this book.

❏ He couldn't answer all of these questions.

上班族會話這樣講就對了 ▶ MP3 Track 030

單字文法都很行，但是卻老是無法延續對話嗎？在這個單元中除了告訴你最正確的語法、最道地的說法以外，也告訴你最生活化的會話技巧，讓你輕輕鬆鬆就延續與對方的交談。

（工作一陣子後，上司召開了一個會議並交由梅根來負責通知同事。）

Megan: Oh, my god!	梅根：噢，我的天！
Sara: Any good news? Does the boss say we can have a holiday?	莎拉：有好消息嗎？老闆要讓我們放假了嗎？
Megan: Nope. A piece of bad news! We must have a meeting tomorrow. And he asked me to arrange all the affairs.	梅根：沒有哦。是一個壞消息！明天要開會了！他叫我來安排這些事情。
Sarah: Oh, then you have a lot to answer for.	莎拉：噢，那麼妳有一堆事情要做囉。
Megan: Yeah. First, I have to inform all the employees in time. I am afraid not all of them have time to attend. Secondly, I must **communicate**[11] with the company next to us and **persuade**[12] them to let us use their big **conference**[13] room. Thirdly, I have to prepare the equipments.	梅根：是啊！首先，我得及時通知各位同仁。我怕有人沒時間可以參加。第二呢，我得和隔壁公司溝通一下，說服他們讓我們用一下他們的大會議室。第三就是我得準備開會用的設備什麼的。
Sarah: Don't worry. I think they will **agree**[14] to let us use their conference room. In the meeting, a **projector**[15] is a must. Don't forget that.	莎拉：別擔心，他們會同意讓我們用他們的會議室的。投影機是開會必備之物。可別忘了喔！
Megan: Yeah. The boss will show slides in the middle of the meeting. It doesn't matter. I can manage it.	梅根：是啊。老闆要在會議中放映幻燈片呢！沒關係，我能應付過來的。

職場會話 小技巧　在工作中，一件消息，千萬不要直翻為 a news，而要使用英語的邏輯去思考，它是不可數名詞，與它搭配的數量詞是什麼？因此可以想到：a piece of news. 這才是正確的說法！

Unit 16 會議工作檢討

上班族單字哪些我不會？

先作個小測驗，看看這些單字的意思你懂嗎？

1. **better** → (A) 賭注 (B) 進入 (C) 更好 ....[ˋbɛtə] 答案：（ ）
2. **economic** → (A) 生態的 (B) 經濟的 (C) 經濟學 ...... [͵ikəˋnɑmɪk] 答案：（ ）
3. **crisis** → (A) 哭泣 (B) 反抗 (C) 危機 ....[ˋkraɪsɪs] 答案：（ ）
4. **confidence** → (A) 告白 (B) 信心 (C) 機密 ....[ˋkɑnfədəns] 答案：（ ）
5. **desire** → (A) 害怕 (B) 宣言 (C) 欲望 ....[dɪˋzaɪr] 答案：（ ）
6. **purchase** → (A) 懲罰 (B) 追逐 (C) 購買 ....[ˋpɝtʃəs] 答案：（ ）
7. **point** → (A) 查找 (B) 觀點 (C) 印刷 ....[pɔɪnt] 答案：（ ）
8. **underlying** → (A) 潛在 (B) 否認 (C) 回復 ....[͵ʌndəˋlaɪɪŋ] 答案：（ ）
9. **solution** → (A) 解決 (B) 決心 (C) 幻想 ....[səˋluʃən] 答案：（ ）
10. **adequate** → (A) 足夠 (B) 著迷 (C) 放棄 ....[ˋædəkwɪt] 答案：（ ）
11. **spread** → (A) 傳播 (B) 麵包 (C) 精神 ....[sprɛd] 答案：（ ）
12. **clear** → (A) 跳蚤 (B) 昂貴 (C) 清晰 ....[klɪr] 答案：（ ）
13. **result** → (A) 侮辱 (B) 結果 (C) 尊敬 ....[rɪˋzʌlt] 答案：（ ）
14. **regard** → (A) 認為 (B) 花園 (C) 退回 ....[rɪˋgɑrd] 答案：（ ）
15. **suggestion** → (A) 糖粉 (B) 消化 (C) 建議 ....[səgˋdʒɛstʃən] 答案：（ ）

答案：
1. (C)　2. (B)　3. (C)　4. (B)　5. (C)
6. (C)　7. (B)　8. (A)　9. (A)　10. (A)
11. (A)　12. (C)　13. (B)　14. (A)　15. (C)

這些單字都將運用在以下的會話及解析中，哪些單字答錯了？請利用以下的單元好好的學習單字的正確用法吧！

上班族會話這樣說好糗！

看看以下的對話情境，是不是讓你似曾相識呢？以下列舉出中國人常犯的會話錯誤與中式英語，看完後請務必接著看後續的「我不要再出糗！重點文法解析」及「上班族會話這樣講就對了」，才不會不小心把錯誤的用法記在腦中喔！

（會議開始了，總經理肯首先進行發言……）

Ken: Hello, everyone, today I want to talk about our work. The sales in Chinese market is very low recently. **What we do is no better[1] than that.** ✖ I hope everyone here can have a discuss.

肯：大家好，今天我想討論一下我們的工作。最近在中國市場上的銷售量很低。我們仍是遠遠不及公司預期的成效。希望大家能一起討論一下。

Employee A: I believe the recent **economic[2] crisis[3]** gives a great blow to consumer **confidence[4]**, so that they have no **desire[5]** to **purchase[6]**.

員工：我認為這是因為最近的經濟危機打擊了消費者的信心，使他們失去了購買慾望。

Ken: **My important point[7] is to find our way out.** ✖ We must find the **underlying[8]** problem in ourselves and its **solution[9]**.

肯：我的重點是找出解決方法來。我們必須找出我們自身隱藏的問題和解決辦法。

Employee B: **I think our propaganda work isn't adequate[10].** ✖ Many consumers even don't know our brand. So we can do something in this field.

員工：我認為是我們的宣傳不夠。很多消費者甚至不知道有我們這個牌子。因此，我們可以在這個領域改進一下。

Ken: Mm…a good suggestion!

肯：嗯……好建議！

立刻翻閱次頁了解詳細解析

我不要再出糗！重點文法解析 ▶ MP3 Track 031

傳統背單字的方法，容易讓我們只把單字和中文背下來，卻完全誤解了用法，在這個單元中，將針對最容易混淆單字，作最徹底的解析，讓你出差、洽商都絕不再出糗！

辨析重點1

enough/adequate/sufficient 同樣都有「足夠」的意思，該怎麼用呢？

解說：adequate指的是數量達到最低標準，符合需求，也有「適當」的意思。enough 和 sufficient在多數情況下可以通用，都有「足夠」的意思，但是 enough 比較口語，sufficient 多用於書面。請利用下面的例句，幫助更熟悉記憶單字的用法：

❏ I have had enough of this nonsense.
　我已經受夠了。

❏ To be healthy, one must have an adequate diet.
　一個人如欲身體健康必須有充足的飲食。

❏ Have you carried out sufficient investigation?
　你有沒有進行充分的調查研究？

辨析重點2

What we do is no better than that.

這句話的意思是指，主詞所代表的事物，並沒有後面由 that 所引導句子的內容好，但正確的用法應為：

❏ This boss is no better than the previous one.

❏ What you've done is no better than what he's done.

辨析重點2

My important point is to find our way out.

這是一句典型的中式英文，是由：「我的重點是找出解決方法來。」直翻過來的。
如果想要強調自己說話的重點，可以直接說：

❏ My point is to stop your investment.

或者說：

❏ The key is to understand what he has said.

❏ My focus is to find a solution.

千萬別再用中文的邏輯直接翻譯囉～

上班族會話這樣講就對了 ▶ MP3 Track 032

單字文法都很行，但是卻老是無法延續對話嗎？在這個單元中除了告訴你最正確的語法、最道地的說法以外，也告訴你最生活化的會話技巧，讓你輕輕鬆鬆就延續與對方的交談。

（會議開始了，總經理肯首先進行發言……）

Ken: Hello, everyone, today I want to talk about our work. Our business is in a mess. The sales in Chinese market is very low recently. I think we can do better than that. Now we must try to change this situation. I hope everyone here can have a discussion.

肯：大家好，今天我想討論一下我們的工作。我們的生意現在很糟糕。最近在中國市場上的銷售量很低。我們可以做的比這更好的。現在我們要儘量改變這種局面。希望大家能一起來討論一下。

Employee A: I believe this must be attributed to the recent economic crisis. The crisis **spreads**[11] and gives a great blow to consumer confidence, so that they have no desire to purchase.

員工：我認為這是因為最近的金融危機。經濟危機到處蔓延，打擊了消費者的信心，以至於他們失去了購買慾望。

Ken: Do I make myself **clear**[12]? My point is to find our way out. Whatever has happened, we ourselves must be responsible for the **result**[13]. We must find the underlying problem in ourselves and its solution.

肯：你聽懂我的話了嗎？我的重點是找出解決方法來。不管已經發生了什麼，只有我們自己來承擔後果。我們必須找出我們自身隱藏的問題和它的解決辦法。

Employee B: I think our propaganda work isn't enough. Many consumers even don't know our brand. When they see our products, they don't **regard**[14] it as a well-known brand. So we can do something in this field.

員工：我認為是我們的宣傳不夠。很多消費者甚至不知道有我們這個牌子。當他們看到我們的產品，他們都不認為它是名牌產品。因此，我們可以在這個領域改進一下。

Ken: Mm…a good **suggestion**[15]! What about others?

肯：嗯……好建議！其他人還有什麼建議嗎？

職場會話小技巧　英語表達中請各位必須注意「用詞尺度」的問題：在公司溝通、談生意時，請注意 adequate 指的是達到了最低標準，符合了基本需求。而 enough、sufficient 就是比適當的還要多些，是足夠的意思。

Unit 17 會議休息時間

上班族單字哪些我不會？

先作個小測驗，看看這些單字的意思你懂嗎？

1. **short**→ (A) 短的 (B) 商店 (C) 缺點 .... [ʃɔrt] 答案：( )
2. **drop**→ (A) 部隊 (B) 旱災 (C) 下跌 .... drɑp] 答案：( )
3. **soon**→ (A) 很快 (B) 悲傷 (C) 中午 ....[sun] 答案：( )
4. **figure**→ (A) 檔 (B) 戰鬥 (C) 資料 ....[ˋfɪgjɚ] 答案：( )
5. **avoid**→ (A) 迎接 (B) 注意 (C) 避免 .... [əˋvɔɪd] 答案：( )
6. **downturn**→ (A) 下降 (B) 城鎮 (C) 轉向 ....[ˋdauntɚn] 答案：( )
7. **sign**→ (A) 輕巧 (B) 跡象 (C) 感歎 ....[saɪn] 答案：( )
8. **measure**→ (A) 措施 (B) 機械 (C) 肉類 ....[ˋmɛʒɚ] 答案：( )
9. **multiply**→ (A) 乘法 (B) 坎坷 (C) 回覆 .... [ˋmʌltəplaɪ] 答案：( )
10. **succeed**→ (A) 減去 (B) 郊區 (C) 成功................... [səkˋsid] 答案：( )
11. **review**→ (A) 阻止 (B) 溫習 (C) 觀點 ....[rɪˋvju] 答案：( )
12. **suffer**→ (A) 足夠 (B) 突然 (C) 遭遇........................[ˋsʌfɚ] 答案：( )
13. **expect**→ (A) 害蟲 (B) 預料 (C) 裁減 ....[ɪkˋspɛkt] 答案：( )
14. **terrible**→ (A) 很好 (B) 糟糕 (C) 領地 ....[ˋtɛrəbl] 答案：( )
15. **difficulty**→ (A) 員工 (B) 不同 (C) 困難 ....[ˋdɪfəˌkʌltɪ] 答案：( )

答案：
1. (A)　2. (C)　3. (A)　4. (C)　5. (C)
6. (A)　7. (B)　8. (A)　9. (A)　10. (C)
11. (B)　12. (C)　13. (B)　14. (B)　15. (C)

這些單字都將運用在以下的會話及解析中，哪些單字答錯了？請利用以下的單元好好的學習單字的正確用法吧！

上班族會話這樣說好糗！

看看以下的對話情境，是不是讓你似曾相識呢？以下列舉出中國人常犯的會話錯誤與中式英語，看完後請務必接著看後續的「我不要再出糗！重點文法解析」及「上班族會話這樣講就對了」，才不會不小心把錯誤的用法記在腦中喔！

（會議進入休息時間，員工們開始私下討論……）

Employee A: What do you think of this problem? In such a **short**[1] time, a big drop[2] happened so soon[3] in recent sales figures[4]. ✖

員工：關於這個問題你覺得怎麼樣？這麼短的時間裡面，最近的銷售額跌的還真快。

Employee B: If we knew the economic crisis in advance, we would avoid[5] this downturn[6]. ✖

員工：要是我們能夠事前知道這次經濟危機就好了，就可以避免這次的不景氣。

Employee A: Yeah, but it hanppened without any **sign**[7].

員工：是啊，但它發生的時候沒有任何跡象可尋。

Employee C: Just as our general manager said, I think the most important thing is to take **measures**[8] to change such a situation.

員工 C：正如我們總經理所說的，我認為現在最重要的事情就是採取應變措施，改變當前糟糕的局面。

Employee B: I agree. Only by multiplying[9] our efforts we can succeed[10] in difficulties. ✖

員工：我同意。只有再加倍努力，我們才能擺脫困境，取得成功。

立刻翻閱次頁了解詳細解析

我不要再出糗！重點文法解析 ▶ **MP3** Track 033

傳統背單字的方法，容易讓我們只把單字和中文背下來，卻完全誤解了用法，在這個單元中，將針對最容易混淆單字，作最徹底的解析，讓你出差、洽商都絕不再出糗！

辨析重點1

fast/quick/soon 同樣都有「快」的意思，該怎麼用呢？

解說：quick 主要是形容在短時間內完成的事情或動作，比如快速復習就含有「在短時間內復習」的意思。fast 主要是指人或物體的行動或運動速度快。soon 只能當副詞用，主要是時間方面的「不久」。請利用下面的例句，幫助更熟悉記憶單字的用法：

❏ The car runs fast.
　這輛車跑的很快。

❏ Let's have a quick **review**[11] of this lesson.
　讓我們快速復習一下這一課。

❏ We will be home soon.
　我們很快就到家了。

辨析重點2

對過去虛擬的用法

當我們要表示與過去事實相反的假設，我們就需要用到虛擬語氣。例如：

❏ If she had studied harder, she would have gotten a good mark.

❏ If he had come a bit earlier, he would have caught the bus.

辨析重點3

only by 提前的用法

一般的語句通常是把 only by 放在句子的後半部分。但是如果要表示強調的話，only by 也可以提前，放於句首，此時句子需要採用不完全倒裝形式。例如：

❏ Only by working harder can he make his dream come true.

❏ Only by getting up earlier can the old man earn some money.

上班族會話這樣講就對了 ▶ MP3 Track 034

單字文法都很行，但是卻老是無法延續對話嗎？在這個單元中除了告訴你最正確的語法、最道地的說法以外，也告訴你最生活化的會話技巧，讓你輕輕鬆鬆就延續與對方的交談。

（會議進入休息時間，員工們開始私下討論……）

Employee A: What do you think of this problem? In such a short time, our sales **suffer**[12] a downturn. A big drop happened so fast in recent sales figures. How can we save the business?

員工A：對這個問題你怎麼想的啊？這麼短的時間裡面，我們的銷售就轉入了低迷期。緊接著最近銷售額很快就大跌。我們怎樣才能挽救經濟啊？

Employee B: There are many factors leading to this result. If we had known the economic crisis in advance, we would have avoided this downturn.

員工B：有很多因素促成了這個結果。要是我們事前知道這次經濟危機就好了，就可以避免這次的生意不景氣。

Employee A: Yeah, but the fact is that no one can **expect**[13] that. It happened without any sign.

員工A：是啊，但是事實上是沒有人可以預料到。它發生的時候沒有任何跡象可尋。

Employee C: Just as our general manager said, I think the most important thing is to take measures to change such a **terrible**[14] situation.

員工C：正如我們總經理所說的，我認為現在最重要的事情就是採取措施，改變當前糟糕的局面。

Employee B: I agree. Only by multiplying our efforts can we succeed in **difficulties**[15].

員工B：我同意。只有再加倍努力，我們才能擺脫困境，取得成功。

職場會話小技巧

有的時候，英語中的詞都可以用一個中文的詞來代替，但是，實質上，那幾個英文詞是很不一樣的。比如上面提到的 soon, fast, quick，很明顯，soon 主要是用在時間方面，表達的意思是時間上很短。而 fast，quick 則比較常用於速度方面，比如我們下班開車回家的車速快慢等。

Unit 18 上司發表 年度目標

上班族單字哪些我不會？

先作個小測驗，看看這些單字的意思你懂嗎？

1. **spare**→ (A) 蒼白 (B) 火花 (C) 空出.....................[spɛr] 答案：（　）
2. **effort**→ (A) 提供 (B) 努力 (C) 效果.....................[ˋɛfət] 答案：（　）
3. **reverse**→ (A) 修改 (B) 扭轉 (C) 報復.....................[rɪˋvɝs] 答案：（　）
4. **program**→ (A) 提議 (B) 項目 (C) 進步.............[ˋprogræm] 答案：（　）
5. **means**→ (A) 倚靠 (B) 方法 (C) 薄荷.....................[minz] 答案：（　）
6. **objective**→ (A) 積極 (B) 反對 (C) 目標.............[əbˋdʒɛktɪv] 答案：（　）
7. **heart**→ (A) 恐懼 (B) 聽見 (C) 心靈 ....[hart] 答案：（　）
8. **goal**→ (A) 目標 (B) 山羊 (C) 金子 ....[gol] 答案：（　）
9. **plan**→ (A) 土地 (B) 計畫 (C) 植物 ....[plæn] 答案：（　）
10. **climb**→ (A) 攀爬 (B) 聾的 (C) 瘸腿 ....[klaɪm] 答案：（　）
11. **proposal**→ (A) 提議 (B) 反對 (C) 專案 ....[prəˋpozl] 答案：（　）
12. **afford**→ (A) 斷言 (B) 給予 (C) 富裕 ....[əˋford] 答案：（　）
13. **adjust**→ (A) 公正 (B) 管理 (C) 調整.....................[əˋdʒʌst] 答案：（　）
14. **await**→ (A) 阻止 (B) 等候 (C) 清醒 ....[əˋwet] 答案：（　）
15. **cheer**→ (A) 晶片 (B) 便宜 (C) 歡呼.....................[tʃɪr] 答案：（　）

答案：
1. (C)　2. (B)　3. (B)　4. (B)　5. (B)
6. (C)　7. (C)　8. (A)　9. (A)　10. (B)
11. (A)　12. (B)　13. (C)　14. (B)　15. (C)

> 這些單字都將運用在以下的會話及解析中，哪些單字答錯了？請利用以下的單元好好的學習單字的正確用法吧！

上班族會話這樣說好糗！

看看以下的對話情境，是不是讓你似曾相識呢？以下列舉出中國人常犯的會話錯誤與中式英語，
看完後請務必接著看後續的「我不要再出糗！重點文法解析」及「上班族會話這樣講就對了」，
才不會不小心把錯誤的用法記在腦中喔！

（短暫休息後，總經理繼續發表談話……）

Ken: Whatever, we must **spare**[1] no **effort**[2] to **reverse**[3] the situation..

肯：不管怎樣，我們必須不遺餘力地來扭轉這種局面。我相信我們只要一起努力就可以創造奇蹟。

Daniel: Boss, **what's your program**[4]? ❌ Tell us about it and **we can carry it out by no means**[5]. ❌

丹尼爾：老闆，你有什麼計畫嗎？告訴我們吧！我們會徹底執行的。

Ken: Good! I hope we can reach a return of one million dollars this year.

肯：好！我希望我們可以在今年達到一百萬美元的收入。

Daniel: We can reach this **objective**[6] if only we can work togther with one heart[7]. ❌

丹尼爾：唯有我們同心協力，我們才能達到這個目標。

Ken: And if we achieve this **goal**[8], you can enjoy a holiday then.

肯：要是我們達到了這個目標，那麼你們就可以享受一次假期了！

立刻翻閱次頁了解詳細解析

我不要再出糗！重點文法解析 ▶ MP3 Track 035

傳統背單字的方法，容易讓我們只把單字和中文背下來，卻完全誤解了用法，在這個單元中，將針對最容易混淆單字，作最徹底的解析，讓你出差、洽商都絕不再出糗！

辨析重點1

plan/proposal/program 同樣都有「計畫」的意思，該怎麼用呢？

解說：plan 用來泛指「計畫」，可以是臨時的打算，也可以是周詳的計畫。proposal 是正式的提出建議，計畫，必須是經由別人來接受或拒絕。program 是為了做某事「而指定的方案或進行安排。請利用下面的例句，幫助更熟悉記憶單字的用法：

❑ I **plan**[9] to **climb**[10] the mountain tomorrow.
　我計畫明天去爬山。

❑ His **proposal**[11] was discussed at the meeting.
　大家在會議上討論了他的提案。

❑ It's a training program for new workers.
　這是一份新進人員的培訓方案。

辨析重點2

by no means 的用法

by no means 的意思是「無論如何都不」。例如：

❑ It's by no means easy to do this.

❑ She is by no means bright.

而 by all means 表達的意思則是無論如何都要，盡一切辦法，一定的意思。例如：

❑ We'll finish our task by all means this year.

辨析重點3

if only 的用法

if only 的意思是「要是……多好」。例如：

❑ If only you can visit me, I will be happy.

❑ If only I had a dog, I wouldn't be lonely.

而與這不同的是，only if 是「只要、只有」的意思。例如：

❑ Only if I get a job, I can **afford**[12] to buy this bag.

千萬別再用中文的邏輯直接翻譯囉～

上班族會話這樣講就對了 ▶ MP3 Track 036

單字文法都很行，但是卻老是無法延續對話嗎？在這個單元中除了告訴你最正確的語法、最道地的說法以外，也告訴你最生活化的會話技巧，讓你輕輕鬆鬆就延續與對方的交談。

（短暫休息後，總經理繼續發表談話……）

Ken: Such being the case, we must spare no effort to reverse the situation. I believe we can accomplish a miracle if we hold together. Do you have the confidence?

肯：既然事以至此，我們必須不遺餘力的來扭轉這種局面。我相信我們只要一起努力就可以創造奇蹟。你們有這個信心嗎？

Daniel: Boss, what's your plan? Tell us about it and we can carry it out by all means. We believe we can make it.

丹尼爾：老闆，你有什麼計畫嗎？告訴我們吧！我們會盡一切辦法執行的。我們相信我們一定可以做到。

Ken: Good! I want to **adjust**[13] my former plan. All the departments have to assign new tasks to their employees. And I hope we can reach a return of one million dollars this year.

肯：好！我想調整一下我之前的計畫。所有部門要重新給員工分配任務。而且，我希望我們可以在今年達到一百萬美元的收入。

Daniel: We can reach this objective only if we can work togther with one heart.

丹尼爾：只有我們同心協力，我們才能達到這個目標。

Ken: Quite right! And if we achieve this goal, a holiday will **await**[14] you.

肯：很對！要是我們達到了這個目標，你們就可以放一次假了！

Employees: (**Cheers**[15]!)

員工們：（一陣歡呼聲！）

職場會話小技巧 by no means 表達的意思並不是無條件，堅決的做某事的意思，而是決不做某事的意思。相對應的，by all means 表達的才是用盡一切辦法，一定要做成某事的意思。

Unit 19 職員工作分配

上班族單字哪些我不會？

先作個小測驗，看看這些單字的意思你懂嗎？

1. **lecture**→ (A) 羽毛 (B) 離開 (C) 演講 ....[ˋlɛktʃə] 答案：（ ）
2. **advertise**→ (A) 開始 (B) 廣告 (C) 建議 ....[ˋædvəˌtaɪz] 答案：（ ）
3. **improve**→ (A) 重要 (B) 證明 (C) 改進 ....[ɪmˋpruv] 答案：（ ）
4. **consider**→ (A) 體貼 (B) 考慮 (C) 簡明 ....[kənˋsɪdə] 答案：（ ）
5. **carry**→ (A) 渡口 (B) 搬動 (C) 貨車 ....[ˋkærɪ] 答案：（ ）
6. **survey**→ (A) 紀念品 (B) 生存 (C) 調查........................[ˋsɝve] 答案：（ ）
7. **connect**→ (A) 阻塞 (B) 聯繫 (C) 征服 ....[kəˋnɛkt] 答案：（ ）
8. **media**→ (A) 傳媒 (B) 醫藥 (C) 協調 ....[ˋmidɪə] 答案：（ ）
9. **accelerate**→ (A) 慶祝 (B) 接受 (C) 加速 ....[ækˋsɛləˌret] 答案：（ ）
10. **pace**→ (A) 蒼白 (B) 速度 (C) 粘貼 ....[pes] 答案：（ ）
11. **address**→ (A) 增加 (B) 致辭 (C) 衣著 ....[əˋdrɛs] 答案：（ ）
12. **speech**→ (A) 拼寫 (B) 速度 (C) 講話 ....[spitʃ] 答案：（ ）
13. **burden**→ (A) 荒誕 (B) 擔負 (C) 市區 ....[ˋbɝdn] 答案：（ ）
14. **task**→ (A) 任務 (B) 關稅 (C) 品嚐 ....[tæsk] 答案：（ ）
15. **campaign**→ (A) 校園 (B) 活動 (C) 照相機..............[kæmˋpen] 答案：（ ）

答案：
1. (C)　2. (B)　3. (C)　4. (B)　5. (B)
6. (C)　7. (B)　8. (A)　9. (C)　10. (B)
11. (B)　12. (C)　13. (B)　14. (A)　15. (B)

這些單字都將運用在以下的會話及解析中，哪些單字答錯了？請利用以下的單元好好的學習單字的正確用法吧！

上班族會話這樣說好糗！

看看以下的對話情境，是不是讓你似曾相識呢？以下列舉出中國人常犯的會話錯誤與中式英語，看完後請務必接著看後續的「我不要再出糗！重點文法解析」及「上班族會話這樣講就對了」，才不會不小心把錯誤的用法記在腦中喔！

Daniel: **According to our general manager's lecture**[1], ☒ our market department will have to **advertise**[2] our products as possible as we can.

丹尼爾：根據我們總經理剛才的談話，我們市場部將要盡力進行產品宣傳工作。

Megan: Now we have tried lots of ways to **improve**[3] the situation.

梅根：現在我們已經嘗試過了很多種方法來改善情況。

Sarah: And we haven't found out our problems yet. We don't know the direction.

莎拉：而且，我們還沒找出問題所在。我們並不知道方向。

Daniel: **Considering**[4] these mentioned above, I will ask you to **carry**[5] out a market **survey**[6] first, then **you will have to connect**[7] **with advertising media**[8]. ☒ We must **accelerate**[9] the **pace**[10] of our advertising. ☒ Understand?

丹尼爾：考慮到以上提到的這些問題，我要妳們先進行一次市場調查，然後再聯繫廣告媒體。我們必須加快廣告曝光的速度。明白了嗎？

Megan & Sarah: Yes!

梅根和莎拉：明白了！

立刻翻閱次頁了解詳細解析

我不要再出糗！重點文法解析 ▶ **MP3** Track 037

傳統背單字的方法，容易讓我們只把單字和中文背下來，卻完全誤解了用法，在這個單元中，將針對最容易混淆單字，作最徹底的解析，讓你出差、洽商都絕不再出糗！

辨析重點1

address/speech/lecture 同樣都有「演說」的意思，該怎麼用呢？

解說：lecture 通常指的是學術演講。address 指的是慎重準備好的正式演說或致辭。speech指的是有準備的講話或臨場即興發言，以表達自己的情感，觀點，意見等。請利用下面的例句，幫助更熟悉記憶單字的用法：

❑ He is reading an **address**[11] of welcome.
他正在致歡迎辭。

❑ The ambassador made a dull **speech**[12].
這位大使發表了一篇枯燥無味的談話。

❑ Have you ever attended professor Wang's lectures?
你有沒有聽過王教授的演講呢？

辨析重點2

media 的用法

media 是 medium（媒體）的複數。既然已經是複數了，就不需要在字尾加上 s 了。

辨析重點3

accelerate 的用法

accelerate 本身就有加快事物速度的意思，因此後面沒有必要在加上 pace 這個詞了，要不然就會犯語意重複的毛病。例如：

❑ The runners begin to accelerate when they see the finishing line.

❑ The car accelerates on the highway.

千萬別再用中文的邏輯直接翻譯囉～

上班族會話這樣講就對了 ▶ MP3 Track 038

單字文法都很行，但是卻老是無法延續對話嗎？在這個單元中除了告訴你最正確的語法、最道地的說法以外，也告訴你最生活化的會話技巧，讓你輕輕鬆鬆就延續與對方的交談。

（總經理講完後，輪到市場部內部分配任務了……）

Daniel: According to our general manager's speech, our market department will **burden**[13] an important **task**[14]. That is to advertise our products as possible as we can.

丹尼爾：根據總經理剛才的談話，我們市場部將要肩負重擔。那就是盡我們最大的努力進行產品宣傳工作。

Megan: How can we achieve that? Now we have tried lots of ways to improve the situation. But it doesn't work.

梅根：我們要如何才能做到這點呢？現在我們已經嘗試過了很多種方法來改善情況。但是都不能奏效。

Sarah: And also we haven't found out our problems yet. We don't know the direction. How can we carry on our advertising **campaign**[15]? As we all know, easier said than done.

莎拉：而且，我們還沒找出問題所在。我們都不知道方向。我們該如何進行我們的宣傳活動呢？大家都知道，說起來容易做起來難啊！

Daniel: Yeah, what you guys say is right. Considering these mentioned above, I will ask you to carry out a market survey first, then you will have to connect with advertising media. We must accelerate our advertising. Understand?

丹尼爾：是啊，妳們說的都對。考慮到以上提到的這些問題，我要妳們先進行一次市場調查，然後再聯繫廣告媒體。我們必須加快廣告曝光的速度。明白了嗎？

Megan & Sarah: Yes! We'll try our best!

梅根和莎拉：明白了！我們會加油的！

職場會話 小技巧

單字使用存在著領域上的區別。「發表演講」要用 lecture，而就職等「演說」用的就是 address，公司的上司發表談話，用的則是 speech。lecture偏重學術性，address 則顯得比較正式，speech 則表達個人觀點，意見的意味比較重些。

Unit 20 會議結論發表

上班族單字哪些我不會？

先作個小測驗，看看這些單字的意思你懂嗎？

1. draw→ (A) 畫畫 (B) 抽屜 (C) 戲劇 .... [drɔ] 答案：( )
2. conclusion→ (A) 協議 (B) 結論 (C) 堅硬 .... [kən`kluʒən] 答案：( )
3. inspire→ (A) 安裝 (B) 檢查 (C) 激發 .... [ɪn`spaɪr] 答案：( )
4. member→ (A) 人類 (B) 記得 (C) 成員 .... [`mɛmbɚ] 答案：( )
5. stop→ (A) 停止 (B) 湯料 (C) 頂部 ....[stɑp] 答案：( )
6. encourage→ (A) 勇氣 (B) 遇見 (C) 鼓勵 ....[ɪn`kɝɪdʒ] 答案：( )
7. pursue→ (A) 追求(B) 錢包 (C) 目的 ....[pɚ`su] 答案：( )
8. forest→ (A) 休息 (B) 森林 (C) 形式.................... [`fɔrɪst] 答案：( )
9. support→ (A) 假設 (B) 支持 (C) 申報 ....[sə`port] 答案：( )
10. lag→ (A) 腿 (B) 旗子 (C) 落後 .... [læg] 答案：( )
11. help→ (A) 頭盔 (B) 無助 (C) 幫助 ....[hɛlp] 答案：( )
12. essential→ (A) 必須 (B) 精華 (C) 建立 ....[ə`sɛnʃəl] 答案：( )
13. belong→ (A) 下方 (B) 屬於 (C) 長的 .... [bə`lɔŋ] 答案：( )
14. preparation→ (A) 報告 (B) 裝備 (C) 準備 .... [ˌprɛpə`reʃən] 答案：( )
15. promise→ (A) 卓越 (B) 承諾 (C) 升職 ....[`prɑmɪs] 答案：( )

答案：
1. (A) 2. (B) 3. (C) 4. (C) 5. (A)
6. (C) 7. (A) 8. (B) 9. (B) 10. (C)
11. (C) 12. (A) 13. (B) 14. (C) 15. (B)

這些單字都將運用在以下的會話及解析中，哪些單字答錯了？請利用以下的單元好好的學習單字的正確用法吧！

上班族會話這樣說好糗！

看看以下的對話情境，是不是讓你似曾相識呢？以下列舉出中國人常犯的會話錯誤與中式英語，看完後請務必接著看後續的「我不要再出糗！重點文法解析」及「上班族會話這樣講就對了」，才不會不小心把錯誤的用法記在腦中喔！

（會議進入結束階段，總經理開始進行總結。）

Ken: Now please allow me to **draw**[1] a **conclusion**[2] to this conference. We now all roughly know of our present sales. All the departments have assigned tasks to your own staff members. I hope I will get a good news soon.

肯：現在讓我對這場會議做個總結。我們對現在的銷售狀況都大致有了瞭解。所有的部門也已經重新給員工分配了他們的任務。我希望不久就會有好消息傳來。

Daniel: We will **inspire**[3] our employees to work hard. ✗

丹尼爾：我們會鼓勵員工努力工作的。

Ken: That couldn't be good to our company. ✗ Everyone should think they are a **member**[4] of the company.

肯：這對公司而言是再好不過了。每個人都要把自己當作公司不可或缺的一員來看待。

Daniel: Yes!

丹尼爾：會的。

Ken: Mm… Now let's **stop**[5] **here**! ✗

肯：嗯……今天就讓我們到此結束吧！

立刻翻閱次頁了解詳細解析

我不要再出糗！重點文法解析 ▶ MP3 Track 039

傳統背單字的方法，容易讓我們只把單字和中文背下來，卻完全誤解了用法，在這個單元中，將針對最容易混淆單字，作最徹底的解析，讓你出差、洽商都絕不再出糗！

辨析重點1

encourage/inspire/support 同樣都是「鼓勵」的意思，該怎麼用呢？

解說：encourage 是鼓勵既定存在的事物，而 spire 是激發出新的事物或助長新事物的產生，如 inspire an idea（激發點子）。二者都是較為強烈積極地給予心理上的協助，通常是精神層面的支持；而 support 則是較為消極被動的協助，且可以指金錢上的支援。encourage 和 inspire 通常用在會有後續發展的事物上，而 support 則是用在意見上的支持。請利用下面的例句，幫助更熟悉記憶單字的用法：

❑ She **encouraged**[6] him to **pursue**[7] his dreams to be a journalist.
她鼓勵他追求他的夢想，成為一名記者。

❑ John was inspired to write a book after his amazing adventures in the Amazon **forest**[8].
約翰在亞馬遜叢林驚險之旅後，受到了激發要寫一本書。

❑ Her father **supported**[9] her through college.
她的父親資助她念大學。

辨析重點2

couldn't be better 的用法

couldn't be better 表達的意思是「再好不過了」，而 couldn't be good 就沒有這層意思，反而表示不好。例如：

❑ Things couldn't be better.

❑ It couldn't be better.

辨析重點3

Let's stop here!

這是一句典型的中式英文，是由：「就讓我們到此結束。」直翻過來的。
如果想要表達某事到此為止，可以說：

❑ Let's call it a day!

❑ That's all for today!

千萬別再用中文的邏輯直接翻譯囉～

上班族會話這樣講就對了 ▶ MP3 Track 040

單字文法都很行，但是卻老是無法延續對話嗎？在這個單元中除了告訴你最正確的語法、最道地的說法以外，也告訴你最生活化的會話技巧，讓你輕輕鬆鬆就延續與對方的交談。

（會議進入結束階段，總經理開始進行總結。）

Ken: Now please allow me to draw a conclusion to this conference. We now all roughly know of our present sales. All the departments have assigned tasks to your staff members. I hope I will get a good news soon.

肯：現在讓我對這場會議做個總結。我們對現在的銷售狀況都大致有了瞭解。所有的部門也已經重新給員工分配了他們的任務。我希望不久就會有好消息傳來。

Daniel: We will encourage our employees to work hard. And I do hope in our department there is no one **lagging**[10] behind in their work.

丹尼爾：我們會鼓勵員工努力工作的。我也強烈希望在我們的部門中，人人都不甘落後。

Ken: That couldn't be better to our company. God **helps**[11] those who help themselves. Everyone should think they are an **essential**[12] member of the company.

肯：這對公司而言是再好不過了。自助者天助！每個人都要把自己當作公司不可或缺的一員來看待。

Daniel: Yes! Our company is just like a big family. All of us **belong**[13] to it.

丹尼爾：會的。我們的公司就像個大家庭一樣。我們都屬於這個大家庭。

Ken: Mm… Now let's call it a day! You can make some **preparations**[14] for later work. Once you finish your tasks, I will keep my **promise**[15]. And you can have a holiday.

肯：嗯……今天就讓我們到此為止吧！你們可以先為以後的工作做些準備工作。一旦你們完成任務，我也會兌現我的承諾。你們也就可以享受假期了！

Note

在以上的章節結束之後，關於上班族單字，還有那些是不熟悉的呢？職場上會使用到的會話及文法，是不是還有還不夠了解的用法呢？

各位可以利用以下的頁面，把前面兩個part吸收的東西做一下整理，對於比較不熟悉的單字、會話及文法，記錄在這邊，之後做複習的時候，效率也會比較高喔！

Trouble solving and Mails • Trouble solving ar
ails • Trouble solving and Mails • Trouble solv

Part ③

員工旅遊與
個人休閒

Incentive Tour and Entertainment

Unit 21 員工旅遊 消息發布

上班族單字哪些我不會？

先作個小測驗，看看這些單字的意思你懂嗎？

1. **joint**→ (A) 參加 (B) 關節 (C) 陷入 .... [dʒɔɪnt] 答案：（ ）
2. **fulfill**→ (A) 圓滿 (B) 實現 (C) 注入 .... [fulˋfɪl] 答案：（ ）
3. **schedule**→ (A) 學校 (B) 計謀 (C) 計畫 ....[ˋskɛdʒul] 答案：（ ）
4. **announce**→ (A) 宣佈 (B) 跳躍 (C) 取消 .... [əˋnaʊns] 答案：（ ）
5. **sunbathe**→ (A) 日曬 (B) 日光浴 (C) 洗澡 .... [ˋsʌn͵beð] 答案：（ ）
6. **beach**→ (A) 達到 (B) 桃子 (C) 沙灘 ....[bitʃ] 答案：（ ）
7. **prefer**→ (A) 寧可 (B) 參考 (C) 祈禱 ....[prɪˋfɜ] 答案：（ ）
8. **rare**→ (A) 後面 (B) 撫養 (C) 稀少 .... [rɛr] 答案：（ ）
9. **scenery**→ (A) 分散 (B) 景色 (C) 劇本 .... [ˋsinərɪ] 答案：（ ）
10. **view**→ (A) 少量 (B) 觀點 (C) 歪斜 ....[vju] 答案：（ ）
11. **sight**→ (A) 感歎 (B) 跡象 (C) 景觀 ....[saɪt] 答案：（ ）
12. **jogging**→ (A) 慢跑 (B) 玩笑 (C) 參加 ....[dʒag] 答案：（ ）
13. **awning**→ (A) 敬畏 (B) 哈欠 (C) 遮陽蓬.............................[ˋɔnɪŋ] 答案：（ ）
14. **blossom**→ (A) 吹風 (B) 蘑菇 (C) 開花 ....[ˋblasəm] 答案：（ ）
15. **romantic**→ (A) 羅馬 (B) 浪漫 (C) 屋頂...................[roˋmæntɪk] 答案：（ ）

答案：
1. (B)	2. (B)	3. (C)	4. (A)	5. (B)
6. (C)	7. (A)	8. (C)	9. (B)	10. (B)
11. (C)	12. (A)	13. (C)	14. (C)	15. (B)

> 這些單字都將運用在以下的會話及解析中，哪些單字答錯了？請利用以下的單元好好的學習單字的正確用法吧！

上班族會話這樣說好糗！

看看以下的對話情境，是不是讓你似曾相識呢？以下列舉出中國人常犯的會話錯誤與中式英語，看完後請務必接著看後續的「我不要再出糗！重點文法解析」及「上班族會話這樣講就對了」，才不會不小心把錯誤的用法記在腦中喔！

（幾個月後的某一天，主管找梅根談話，談到了員工旅遊的承諾……）

Daniel: **Excpet that,** ❌ thanks to our **joint**[1] efforts, the task was **fulfilled**[2] on **schedule**[3]. So our general manager decides to give us a holiday. You can **announce**[4] the news to others.

丹尼爾：另外，由於我們的共同努力，我們按計劃完成了任務，銷量也上升了。因此，總經理決定給大家放一次假。妳去發布一下這個消息吧！

Megan: OK, finally we have a piece of good news!

梅根：好，我們終於有一個好消息了！

（梅根出來通知大家員工旅遊的好消息。）

Megan: Hi, guys, a piece of good news! Want to hear?

梅根：嗨，同事們，有好消息了！想不想聽啊？

Sarah: What news?

莎拉：什麼消息啊？

Megan: We can have a holiday this time. Where do you guys want to go?

梅根：這次可以去旅遊了。你們想去哪裡啊？

Sarah: We can go to Hawaii! We can **sunbathe**[5] on the **beach**[6].

莎拉：我們可以去夏威夷！我們可以在沙灘上享受日光浴。

Steven: **I prefer**[7] **going to Japan than Hawaii.** ❌ **Mount Fuji is a rare**[8] **scenery**[9]. ❌

史蒂芬： 比起夏威夷，我更想去日本。富士山可是個難得的景色。

立刻翻閱次頁了解詳細解析

我不要再出糗！重點文法解析 ▶ MP3 Track 041

傳統背單字的方法，容易讓我們只把單字和中文背下來，卻完全誤解了用法，在這個單元中，將針對最容易混淆單字，作最徹底的解析，讓你出差、洽商都絕不再出糗！

辨析重點1

view/scenery/sight 同樣都有「景觀」的意思，該怎麼用呢？

解說：view 和 scenery 都有用來形容自然景色或我們周圍環境的景觀，但是 view 強調特定地點所看到的景色，而 scenery 則泛指一般的景色，而且是不可數名詞，前面不可以加不定冠詞。另外，scenery 還可以指舞臺上的佈景，而 view 也可以指某人對某事的觀點。sight指的是特別值得一看的景觀，可能是特定的景觀，如 the sight of someone's face（某人的臉色），或是有紀念價值的不朽景觀，如 the sight of London（倫敦名勝）。請利用下面的例句，幫助更熟悉記憶單字的用法：

❏ There is a great **view**[10] of the sunset from my bedroom.
　從我的房間可以看到很棒的日落景觀。

❏ I like to hike because of the breathtaking mountain scenery.
　我喜歡爬山是因為山上的景色美的令人無法呼吸。

❏ The **sight**[11] of his face was enough to silence everyone.
　他臉上的神色足以令每個人無聲。

辨析重點2

except 的用法

except 表示「除了～之外，不再有……」，表示的是一種排除的關係。例如：
❏ No one passed the exam except Tom.
而 besides 表示「除了～之外，還有……」，表示的是一種累加關係。例如：
❏ Besides his sister, his parents came here, too.

辨析重點3

I prefer going to Japan than Hawaii.

這是一句典型的中式英文，是由：「比起夏威夷，我更想去日本。」直翻過來的。
如果想要表達相對某一事物，你更喜歡另一事物，可以說：
❏ I prefer walking to **jogging**[12].
❏ I prefer Japan to Hawaii.
記得 prefer 所連接的是 to 或 over，不是 than，千萬別再用中文的邏輯直接翻譯囉～

上班族會話這樣講就對了 ▶ MP3 Track 042

單字文法都很行，但是卻老是無法延續對話嗎？在這個單元中除了告訴你最正確的語法、最道地的說法以外，也告訴你最生活化的會話技巧，讓你輕輕鬆鬆就延續與對方的交談。

（幾個月後的某一天，主管找梅根談話，談到了員工旅遊的承諾……）

Daniel: ...Besides, thanks to our joint efforts, the task was fulfilled on schedule. Sales has soared. So our general manager decides to give us a holiday. You can announce the news to others.

丹尼爾：另外，由於我們的共同努力，我們按計劃完成了任務，銷量也上升了。因此，總經理決定給大家放一次假。妳去發布一下這個消息吧！

Megan: OK, finally we have a piece of good news!

梅根：好，我們終於有一個好消息了！

（梅根出來通知大家員工旅遊的好消息。）

Megan: Hi, guys, a piece of good news! Want to hear?

梅根：嗨，同事們，有好消息了！想不想聽啊？

Sarah: What news?

莎拉：什麼消息啊？

Megan: We can have a holiday this time for we have achieved our goal. Where do you guys want to go?

梅根：我們達到目標了，這次可以去旅遊了。你們想去哪裡啊？

Sarah: We can go to Hawaii! There is blue sea, breeze as well as thousands of **awnings**[13]. ... And most importantly, we can sunbath on the beach. I have been dreaming of going there for a long time.

莎拉：我們可以去夏威夷！那裡有海，有風，還有無數的遮陽蓬。最重要的是我們可以在沙灘上享受日光浴。我已經夢想去那裡好久了。

Steven: I prefer Japan to Hawaii. We can go to see Japanese cherry **blossom**[14], and Mount Fuji is a rare sight. That must be **romantic**[15].

史蒂芬：比起夏威夷，我更想去日本。我們可以去觀賞日本櫻花盛開，富士山是個難得的景觀。一定很浪漫。

Unit 22 擬定計劃

上班族單字哪些我不會？

先作個小測驗，看看這些單字的意思你懂嗎？

1. travel→ (A) 珍寶 (B) 運輸 (C) 旅遊.................................[ˋtrævl] 答案：( )
2. agency→ (A) 溫柔 (B) 機構 (C) 政策 ....[ˋedʒənsɪ] 答案：( )
3. advice→ (A) 建議 (B) 邪惡 (C) 修訂 ....[ədˋvaɪs] 答案：( )
4. book→ (A) 借書 (B) 預定 (C) 看查 ....[bʊk] 答案：( )
5. ticket→ (A) 點擊 (B) 打勾 (C) 票 ....[ˋtɪkɪt] 答案：( )
6. hotel→ (A) 房間 (B) 時間 (C) 旅館 ....[hoˋtɛl] 答案：( )
7. far→ (A) 發送 (B) 遙遠 (C) 皮毛 ....[fɑr] 答案：( )
8. site→ (A) 坐下 (B) 情形 (C) 地點 ....[saɪt] 答案：( )
9. spend→ (A) 花費 (B) 到來 (C) 結束 ....[spɛnd] 答案：( )
10. opinion→ (A) 操作 (B) 反對 (C) 意見 ....[əˋpɪnjən] 答案：( )
11. issue→ (A) 出版 (B) 上訴 (C) 簡單 ....[ˋɪʃju] 答案：( )
12. hosiptal→ (A) 儘管 (B) 醫院 (C) 主人 ....[ˋhɑspɪtl] 答案：( )
13. bargain→ (A) 砍價 (B) 酒吧 (C) 獲得 ....[ˋbɑrgɪn] 答案：( )
14. traffic→ (A) 貿易 (B) 交通 (C) 悲劇.........................[ˋtræfɪk] 答案：( )
15. jam→ (A) 果醬 (B) 破爛 (C) 監獄...............................[dʒæm] 答案：( )

答案：
1. (C) **2.** (B) **3.** (A) **4.** (B) **5.** (C)
6. (C) **7.** (B) **8.** (C) **9.** (A) **10.** (C)
11. (A) **12.** (B) **13.** (A) **14.** (B) **15.** (A)

這些單字都將運用在以下的會話及解析中，哪些單字答錯了？請利用以下的單元好好的學習單字的正確用法吧！

上班族會話這樣說好糗！

看看以下的對話情境，是不是讓你似曾相識呢？以下列舉出中國人常犯的會話錯誤與中式英語，看完後請務必接著看後續的「我不要再出糗！重點文法解析」及「上班族會話這樣講就對了」，才不會不小心把錯誤的用法記在腦中喔！

Sarah: Most of them agree to go to Japan, so we'll go to Japan. At first, I think we have no need to find a **travel**[1] **agency**[2]. **What's your advice**[3]? ✖	莎拉：他們大多數都同意去日本，因此我們決定去日本了。首先，我覺得我們不需要找旅行社。妳覺得呢？
Megan: **I agree you.** ✖ We can arrange it by ourselves.	梅根：我同意妳的看法。我們可以自己進行安排。
Sarah: We need to **book**[4] air **tickets**[5] and a **hotel**[6].	莎拉：我們需要預定飛機票和旅館。
Megan: Yeah. As for the hotel, I think we must choose a hotel not **far**[7] from any of these **sites**[8] so that we won't **spentd**[9] too much time on the road.	梅根：是的。至於旅館，我認為我們要選擇一個離景點不太遠的旅館，這樣我們就不用在路上花費太多時間了。
Sarah: Right! Maybe we can rent a travel bus.	莎拉：對！也許我們可以租一輛大巴士。
Megan: Good idea! **I'll find one.** ✖	梅根：好主意！我去找一輛！

立刻翻閱次頁了解詳細解析

我不要再出糗！重點文法解析 ▶ **MP3** Track 043

傳統背單字的方法，容易讓我們只把單字和中文背下來，卻完全誤解了用法，在這個單元中，將針對最容易混淆單字，作最徹底的解析，讓你出差、洽商都絕不再出糗！

辨析重點1

advice/opinion/proposal 同樣都有「意見」的意思，該怎麼用呢？

解說：advice 有 "勸告，忠告" 的含義，通常給予建議的人地位超然或較有經驗知識。opinion 指對事物的看法，但自己對自己的看法亦不是很有把握。proposal 指正式提出的建議，提案，往往是書面形式等等。請利用下面的例句，幫助更熟悉記憶單字的用法：

❏ You should follow your parents' advice.
你應該聽從你父母的意見。

❏ What's your **opinion**[10] on this **issue**[11]?
你對這件事情的看法是什麼？

❏ His proposal was rejected.
他的提案被拒絕了。

辨析重點2

I agree you.

這覺得是一句典型的中式英文，是由：「我同意你的看法。」直翻過來的。
如果想要表示同意某人，可以說：

❏ I agree with my colleague.

❏ Both of them agree with each other.

agree後面還可以接 to do sth. 例如：
❏ He agrees to study further.

辨析重點3

I'll find one.

這覺得是一句典型的中式英文，是由：「我去找一個。」直翻過來的。find 是找到了的意思，而不是一種尋找的過程。如果想要表達去尋找某樣事物，可以說：

❏ I'll look for a **hospital**[12] for you.

❏ She is looking for her glasses.

千萬別再用中文的邏輯直接翻譯囉～

上班族會話這樣講就對了 ▶ MP3 Track 044

單字文法都很行，但是卻老是無法延續對話嗎？在這個單元中除了告訴你最正確的語法、最道地的說法以外，也告訴你最生活化的會話技巧，讓你輕輕鬆鬆就延續與對方的交談。

Sarah: Most of them agree to go to Japan, so we'll go to Japan according to majority rule. What matters is that we must arrange it well. At first, I think we have no need to find a travel agency. What's your opinion?

莎拉：他們大多數都同意去日本，因此我們根據多數人決定的原則選擇去日本了。重要的是我們要安排好。首先，我覺得我們不需要找旅行社。妳覺得呢？

Megan: I agree with you. We can arrange it by ourselves. In this way, we can try to **bargain**[13], and then save a fair amount of money to visit more scenic spots.

梅根：我同意妳的看法。我們可以自己進行安排。這樣的話，我們就可以試著砍價，然後省下一筆不少的錢來遊覽更多的景點。

Sarah: Same here! And we must include famous sites in our travel route as possible as we can. Then we need to book air tickets and a hotel.

莎拉：我想的跟妳一樣。而且，我們要盡可能的把著名景點都包括到旅遊路線當中。然後就是預定飛機票和旅館的事了。

Megan: Yeah. As for hotel, I think we must choose a hotel not far from any of these sites so that we won't spend too much time on the road. The sites close to each other can be visited in the same day.

梅根：是的。至於旅館，我認為我們要選擇一個離景點都不太遠的旅館，然後就不用在路上花費太多時間了。相互臨近的景點最好在同一天就遊覽完。

Sarah: Right! Maybe we can rent a travel bus in case there might be a **traffic**[14] **jam**[15]. Then we can avoid taking the subway during the rush hour.

莎拉：對！也許我們可以租一輛大巴士，以防交通擁堵。然後我們就可以避免在上下班高峰時間出行，乘坐地鐵了。

Megan: Good idea! I'll look for one.

梅根：好主意！我去找一輛！

職場會話 小技巧　在用英語交流的時候，我們往往需要注意自己的措辭。這時候，我們可以通過是行為的過程還是行為的結果來判斷最後的選詞，如 find。同時，還可以根據名詞後面接續的不同來選擇介詞，如 agree。平時一定要多注意，多積累哦！使用起來才會不出錯！

Unit 23 預訂飯店

上班族單字哪些我不會？

先作個小測驗，看看這些單字的意思你懂嗎？

1. **international**→ (A) 網路的 (B) 內側的 (C) 國際的 [ˌɪntɚˈnæʃən] 答案：（ ）
2. **reservation**→ (A) 預定 (B) 假期 (C) 反過來 ....[ˌrɛzɚˈveʃən] 答案：（ ）
3. **empty**→ (A) 雇傭 (B) 帝國 (C) 空虛 ....[ˈɛmptɪ] 答案：（ ）
4. **double**→ (A) 用力 (B) 雙倍 (C) 懷疑.....................[ˈdʌbl] 答案：（ ）
5. **offer**→ (A) 提供 (B) 離開 (C) 收費 ....[ˈɔfɚ] 答案：（ ）
6. **discount**→ (A) 沮喪 (B) 不滿 (C) 折扣 ....[ˈdɪskaʊnt] 答案：（ ）
7. **floor**→ (A) 樓層 (B) 洪水 (C) 漂浮..........................[flor] 答案：（ ）
8. **change**→ (A) 機遇 (B) 改變 (C) 範圍........................[tʃendʒ] 答案：（ ）
9. **abolish**→ (A) 原始 (B) 磨光 (C) 廢除 ....[əˈbɑlɪʃ] 答案：（ ）
10. **slavery**→ (A) 剷除 (B) 奴隸制 (C) 懶惰 ....[ˈslevərɪ] 答案：（ ）
11. **eliminate**→ (A) 提升 (B) 消滅 (C) 模仿 ....[ɪˈlɪməˌnet] 答案：（ ）
12. **poverty**→ (A) 貧窮 (B) 力量 (C) 粉末.....................[ˈpɑvɚtɪ] 答案：（ ）
13. **vacancy**→ (A) 利用 (B) 空缺 (C) 假期......................[ˈvekənsɪ] 答案：（ ）
14. **newspaper**→ (A) 報導 (B) 報攤 (C) 報紙 ....[ˈnjuzˌpepɚ] 答案：（ ）
15. **appliance**→ (A) 申請 (B) 器具 (C) 指派 ....[əˈplaɪəns] 答案：（ ）

答案：
1. (C)　2. (A)　3. (C)　4. (B)　5. (A)
6. (C)　7. (A)　8. (B)　9. (C)　10. (B)
11. (B)　12. (A)　13. (B)　14. (C)　15. (B)

這些單字都將運用在以下的會話及解析中，哪些單字答錯了？請利用以下的單元好好的學習單字的正確用法吧！

上班族會話這樣說好糗！

看看以下的對話情境，是不是讓你似曾相識呢？以下列舉出中國人常犯的會話錯誤與中式英語，看完後請務必接著看後續的「我不要再出糗！重點文法解析」及「上班族會話這樣講就對了」，才不會不小心把錯誤的用法記在腦中喔！

（梅根和莎拉商量完了之後，梅根就開始訂飯店了。）

Front desk: **International**[1] Hotel. Can I help you?	櫃台：國際大飯店。有什麼我可以為您服務的嗎？
Megan: Yes. I'd like to make a **reservation**[2] for our department. **Do you have any empty**[3] **room?** ☒	梅根：是的。我想為我們公司部門預訂房間。你們還有空房間嗎？
Front desk: Yes, we have. And what kind of room would you like?	櫃台：是的，還有。您想要哪種房間呢？
Megan: I'd like to book six **double**[4] rooms. Do you **offer**[5] any **discount**[6]?	梅根：我們想預訂六個雙人房。你們有打折嗎？
Front desk: **You can enjoy a 85% discount** ☒ and also a breakfast for free.	櫃台：您可以享受八五折，還有一頓免費的早餐。
Megan: That's great. Oh, can our rooms be on the same **floor**[7]?	梅根：太好了。噢，能把我們的房間訂在同一層嗎？
Front desk: No problem. Could I have your name please?	櫃台：沒問題。請問您貴姓？
Megan: My name is Megan Penn. If any **changes**[8], **we will inform you of abolishing**[9] **it before next Monday.** ☒	梅根：我叫潘梅根。如有變動，我會在下週一之前通知你的。
Front desk: OK, I got it. You can check in after 12 o'clock next Monday. See you soon.	櫃台：好的，記下了。您們可以在下週一十二點之後入住。再見！
Megan: Thank you. See you.	梅根：謝謝，再見！

立刻翻閱次頁了解詳細解析

我不要再出糗！重點文法解析 ▶ MP3
Track 045

傳統背單字的方法，容易讓我們只把單字和中文背下來，卻完全誤解了用法，在這個單元中，將針對最容易混淆單字，作最徹底的解析，讓你出差、洽商都絕不再出糗！

辨析重點1

abolish/cancel/eliminate 同樣都有「消除」的意思，該怎麼用呢？

解說：abolish 通常是廢除一些不合理的，但又常常存在的制度，習俗等，比如古代的奴隸制度。而 cancel 是臨時取消計畫，會議，旅行等活動；eliminate 指排除不必要或是不需要的人或事物。請利用下面的例句，幫助更熟悉記憶單字的用法：

❑ **Slavery**[10] was abolished in the USA in the 19th century.
美國在十九世紀廢除了奴隸制度。

❑ She canceled her trip to London because she felt ill.
她因為生病而取消了倫敦之行。

❑ The government is determined to **eliminate**[11] **poverty**[12].
政府下決心要消除貧困。

辨析重點2

Do you have any empty room?

這覺得是一句典型的中式英文，是由：「你們還有空房間嗎？」直翻過來的。
如果想要詢問對方是否還有空房間，可以說：

❑ Do you have any vacancies?

❑ Do you have a room available?

❑ Do you have any vacant room?

辨析重點3

You can enjoy a 85% discount.

這覺得是一句典型的中式英文，是由：「你可以享受八五折。」直翻過來的。
如果想要說享受的折扣，可以說：

❑ We can give you a 15% discount.

❑ You can enjoy a 5% discount.

❑ He offers his customer a discount of 25%.

千萬別再用中文的邏輯直接翻譯囉～

上班族會話這樣講就對了 ▶ MP3 Track 046

單字文法都很行，但是卻老是無法延續對話嗎？在這個單元中除了告訴你最正確的語法、最道地的說法以外，也告訴你最生活化的會話技巧，讓你輕輕鬆鬆就延續與對方的交談。

（梅根和莎拉商量完了之後，梅根就開始訂飯店了。）

Front desk: International Hotel. Can I help you?

櫃台：國際大飯店。有什麼可以幫您的嗎？

Megan: Yes. I'd like to make a reservation for our department. Do you have any **vacancies**[13]?

梅根：是的。我想為我們部門預訂一下房間。你們還有空房間嗎？

Front desk: Yes, we have. And what kind of room would you like?

櫃台：是的，還有。你們想要哪種房間呢？

Megan: I'd like to book six double rooms. We expect to stay there from next Monday, totally six days. And I know from the **newspaper**[14] that your price is 15 dallors per day. Do you offer any discount?

梅根：我們想預訂六個雙人房。想從下週一開始住起，一共住六天。我從報紙上得知你們是十五美元一天，你們打折嗎？

Front desk: You can enjoy a 15% discount and also a breakfast for free.

櫃台：您可以享受八五折，還有一頓免費的早餐。

Megan: That's great. And we hope our rooms must have a bathroom, some necessary electric **appliances**[15]…oh, can our rooms be on the same floor?

梅根：太好了。我們希望房間裡有浴室，必備的一些電器。噢，能把我們的房間訂在同一層嗎？

Front desk: No problem. And all is included. Could I have your name, please?

櫃台：沒問題。都有。請問您貴姓？

Megan: My name is Megan Penn. If any changes, we will inform you of cancelling it before next Monday.

梅根：我叫梅根。如有變動，我會在下週一之前通知你的。

Front desk: OK, I got it. You can check in after 12 o'clock next Monday. See you soon.

櫃台：好的，記下了。您們可以在下週一十二點之後入住。再見！

Megan: Thank you. See you.

梅根：謝謝，再見！

職場會話 小技巧 中文和英文有時候表達的方式會有差別。比如前面遇到的折扣問題。我們中文裡面一般是說八五折，而英文裡則是用了１５％來表示，千萬別用中文直接翻譯過來，以免誤解了折數喔。

Unit 24 抵達飯店並入住

上班族單字哪些我不會？

先作個小測驗,看看這些單字的意思你懂嗎?

1. **fill** → (A) 燃料 (B) 電影 (C) 填寫 ....[fɪl] 答案:( )
2. **luggage** → (A) 托運 (B) 行李 (C) 皮包.....................[ˋlʌgɪdʒ] 答案:( )
3. **bag** → (A) 支持 (B) 落後 (C) 袋子.........................[bæg] 答案:( )
4. **case** → (A) 蛋糕 (B) 案件 (C) 親吻 ....[kes] 答案:( )
5. **lay** → (A) 勞累 (B) 放置 (C) 規劃 ....[le] 答案:( )
6. **lady** → (A) 梯子 (B) 女士 (C) 小夥..........................[ˋledɪ] 答案:( )
7. **bathroom** → (A) 浴室 (B) 洗浴 (C) 份額 ....[ˋbæθ͵rum] 答案:( )
8. **side** → (A) 潮汐 (B) 種子 (C) 邊 ....[saɪd] 答案:( )
9. **pocket** → (A) 撿到 (B) 口袋 (C) 籃子 ....[ˋpɑkɪt] 答案:( )
10. **set** → (A) 悲傷 (B) 坐下 (C) 設置 .... [sɛt] 答案:( )
11. **crib** → (A) 小床 (B) 腳踝 (C) 哭泣............................[krɪb] 答案:( )
12. **minimum** → (A) 縮小 (B) 混合 (C) 最少 ....[ˋmɪnəməm] 答案:( )
13. **porter** → (A) 手提 (B) 服務生 (C) 部分 ....[ˋportɚ] 答案:( )
14. **show** → (A) 推開 (B) 淋浴 (C) 展示 ....[ʃo] 答案:( )
15. **tip** → (A) 茶水 (B) 小費 (C) 水龍頭 ....[əˋbɪlətɪ] 答案:( )

答案:
1. (C) **2.** (B) **3.** (C) **4.** (B) **5.** (B)
6. (B) **7.** (A) **8.** (C) **9.** (B) **10.** (C)
11. (A) **12.** (C) **13.** (B) **14.** (C) **15.** (B)

> 這些單字都將運用在以下的會話及解析中,哪些單字答錯了?請利用以下的單元好好的學習單字的正確用法吧!

上班族會話這樣說好糗！

看看以下的對話情境，是不是讓你似曾相識呢？以下列舉出中國人常犯的會話錯誤與中式英語，看完後請務必接著看後續的「我不要再出糗！重點文法解析」及「上班族會話這樣講就對了」，才不會不小心把錯誤的用法記在腦中喔！

Front desk: Hello, welcome to International Hotel. What can I help you?	櫃台：您好，歡迎來到國際大飯店。有什麼可以幫您的嗎？
Megan: Last Friday I made a room reservation. And now **we come to check in.** ☒ My name is Megan.	梅根：是這樣的，上周我在這預定了房間。現在我們來入住。我叫梅根。
Front desk: I see. Please **fill**[1] in this form first. OK, your rooms are on the fifth floor.	櫃台：明白了。請先填下表格。好的，妳們的房間在第五層。
Megan: Thanks!	梅根：謝謝！
Front desk: Do you have any **luggage**[2]?	櫃台：可以問一下，您有多少行李？
Megan: **We don't have many luggages.** ☒ Each of us just bring a **bag**[3] and a luggage **case**[4]. Thanks.	梅根：我們沒帶很多行李，每人只帶了一個包包和一個行李箱。謝謝。

（服務生幫忙把行李提到房間，並介紹房間。）

Porter A: May I put your bag and luggage case here?	服務生：請問我可以把行李放在這嗎？
Megan: OK! **You can lay**[5] **there.** ☒	梅根：好的，就放那吧！
Porter A: This is the room for you two **ladies**[6]. And the **bathroom**[7] is on the right **side**[8].	服務生：這是兩位的房間。浴室在右手邊。
Megan: Very good! Thank you!	梅根：太好了！謝謝了！

立刻翻閱次頁了解詳細解析

我不要再出糗！重點文法解析 ▶ MP3 Track 047

傳統背單字的方法，容易讓我們只把單字和中文背下來，卻完全誤解了用法，在這個單元中，將針對最容易混淆單字，作最徹底的解析，讓你出差、洽商都絕不再出糗！

辨析重點1

put/set/lay 同樣都有「放」的意思，該怎麼用呢？

解說：put 是最常用的詞，可以用於任何場合，並可以代替 set 和 lay。而 set 通常是較有計劃性的安置，或是為了特定目的而放置，如 set the table（擺設餐具）lay 主要是平放，橫放，強調小心的放。請利用下面的例句，幫助更熟悉記憶單字的用法：

❏ He always likes to put his hands in his **pockets**[9].
他總喜歡把手放在口袋裡。

❏ "Can you **set**[10] the table, please?" Jimmy asked.
吉米問：「你可以擺一下碗盤嗎？」

❏ He laid his baby slowly and gently in the **crib**[11].
他輕輕地把嬰孩放在小床上。

辨析重點2

We come to check in.

這覺得是一句典型的中式英文，是由：「我們來入住了。」直翻過來的。
如果想要說現在是來入住的，可以說：

❏ I'd like to check in, please!

❏ We want to check in now.

辨析重點3

We don't have many luggages.

這覺得是一句典型的中式英文，是由：「我們沒帶很多行李。」直翻過來的。行李並不是我們想像中的可數名詞，而是一個不可數名詞。如果想要強調自己的英文不好，可以說：

❏ He don't bring much luggage here.

❏ The porter helps people carry a **minimum**[12] of luggage to their rooms.
千萬別再用中文的邏輯直接翻譯囉～

上班族會話這樣講就對了 ▶ MP3 Track 048

單字文法都很行，但是卻老是無法延續對話嗎？在這個單元中除了告訴你最正確的語法、最道地的說法以外，也告訴你最生活化的會話技巧，讓你輕輕鬆鬆就延續與對方的交談。

Front desk: Hello, welcome to International Hotel. How can I help you?	櫃台：您好，歡迎來到國際大飯店。有什麼可以幫您的嗎？
Megan: Last Friday I made a room reservation. And now we would like to check in. My name is Megan Penn.	梅根：是這樣的，上周我在這預定了房間。現在我們來入住。我叫潘梅根。
Front desk: I see. Please fill in this form first. OK, your rooms are on the fifth floor. Here are your key cards.	櫃台：明白了。請先填下表格……好的，妳們的房間在第五層，這是妳們的房卡。
Megan: Thanks!	梅根：謝謝！
Front desk: Do do you have any luggage? Our **porters**[13] will carry your bag to your room and at the same time **show**[14] you the room.	櫃台：可以問一下，妳們有多少行李嗎？我們的服務生會幫妳們把行李拿到房間，並幫妳們介紹一下房間。
Megan: We don't have much luggage. Each of us bring a bag and a luggage case. Thanks for your service.	梅根：我們沒帶很多行李，每人只帶了一個包包和一個行李箱。謝謝你們的服務。

（服務生幫忙把行李提到房間，並介紹房間。）

Porter A: May I put your bag and luggage case beside the desk?	服務生：請問我可以把行李放在桌邊嗎？
Megan: OK! You can put it there.	梅根：好的，就放那吧！
Porter A: This is the room for you two ladies. There is a French window for you to see the views outside. And the bathroom is on the right side.	服務生：這是妳們兩位的房間。房裡有一個落地窗，可以看見窗外的景色。浴室在右手邊。
Megan: Very good! Mm…here is your **tip**[15]. Thank you!	梅根：太好了！嗯……這是你的小費。謝謝了！

職場會話 小技巧

在國外，如果有人幫你搬運了行李，或是其他的服務，是需要給小費的，這已經成為一種習慣。那麼，小費給多少才好呢？一般是按照你所付費用的１０％～１５％來給就可以了，也可以把找回的零錢作為小費。

Unit 25 旅館對話

上班族單字哪些我不會？

先作個小測驗，看看這些單字的意思你懂嗎？

1. **happy**→ (A) 習慣 (B) 快樂 (C) 騷擾 ....['hæpɪ] 答案：（ ）
2. **skyscraper**→ (A) 天空 (B) 天際 (C) 摩天大樓 ....['skaɪˌskrepɚ] 答案：（ ）
3. **modern**→ (A) 現代的 (B) 現代化 (C) 修改..............['mɑdɚn] 答案：（ ）
4. **journey**→ (A) 旅途 (B) 快樂 (C) 日記 ....['dʒɝnɪ] 答案：（ ）
5. **shower**→ (A) 降低 (B) 展示 (C) 淋浴........................['ʃaʊɚ] 答案：（ ）
6. **tour**→ (A) 觸碰 (B) 比賽 (C) 旅行.................................[tʊr] 答案：（ ）
7. **airsick**→ (A) 機場 (B) 飛機 (C) 暈機.....................['ɛrˌsɪk] 答案：（ ）
8. **pleasant**→ (A) 請願 (B) 愉快 (C) 不斷.....................['plɛznt] 答案：（ ）
9. **funny**→ (A) 有趣 (B) 皮毛 (C) 裝飾 ....['fʌnɪ] 答案：（ ）
10. **photo**→ (A) 旅館 (B) 電話 (C) 照片 ....['foto] 答案：（ ）
11. **snake**→ (A) 裸露 (B) 蛇 (C) 零食 ....[snek] 答案：（ ）
12. **hurry**→ (A) 颶風 (B) 匆忙 (C) 小屋 ....['hɝɪ] 答案：（ ）
13. **amazing**→ (A) 迷人 (B) 業餘 (C) 大使......................[ə'mezɪŋ] 答案：（ ）
14. **distinct**→ (A) 交換 (B) 獨特 (C) 歪曲.....................[dɪ'stɪŋkt] 答案：（ ）
15. **fatigue**→ (A) 綁緊 (B) 錯誤 (C) 疲勞 ....[fə'tig] 答案：（ ）

答案：
  1. (B) **2**. (C) **3**. (A) **4**. (A) **5**. (C)
  6. (C) **7**. (C) **8**. (B) **9**. (A) **10**. (C)
 11. (B) **12**. (B) **13**. (A) **14**. (B) **15**. (C)

> 這些單字都將運用在以下的會話及解析中，哪些單字答錯了？請利用以下的單元好好的學習單字的正確用法吧！

上班族會話這樣說好糗！

看看以下的對話情境，是不是讓你似曾相識呢？以下列舉出中國人常犯的會話錯誤與中式英語，看完後請務必接著看後續的「我不要再出糗！重點文法解析」及「上班族會話這樣講就對了」，才不會不小心把錯誤的用法記在腦中喔！

Sarah: Ah, I am so **happy**[1] to be with you. This room is well appointed.

莎拉：啊，我好開心可以跟妳同一個房間。這個房間設備還挺齊全的。

Megan: Yup. It looks good. **I very like this window.** ☒ Looking trough it, I can see lots of **skyscrapers**[2], roads and people.

梅根：是啊。看起來挺不錯的。我很喜歡這個窗戶。往外看，我可以看到好多的摩天大樓、馬路，還有人群。

Sarah: It's a **modern**[3] city, isn't it?

莎拉：真不愧是個現代又迷人的城市啊，難道不是嗎？

Megan: **So is it!** ☒ **Tomorrow we can start our journey**[4]. ☒

梅根：的確如此啊！明天我們就可以開始觀光了。

Sarah: Yeah. But at first, we need a **shower**[5].

莎拉：是啊！但是我們現在先要洗個澡。

立刻翻閱次頁了解詳細解析

我不要再出糗！重點文法解析 ▶ MP3

傳統背單字的方法，容易讓我們只把單字和中文背下來，卻完全誤解了用法，在這個單元中，將針對最容易混淆單字，作最徹底的解析，讓你出差、洽商都絕不再出糗！

辨析重點1

tour/travel/journey 同樣都有「旅遊」的意思，該怎麼用呢？

解說：travel 泛指從一地移至另一地，比如，搭飛機旅行。journey 專指長時期的旅行；tour 指的是預定好的行程，；它也可以指專人導覽的參觀旅遊。另外，travel 通常當作動詞使用，而 tour 和 journey 通常當作名詞。請利用下面的例句，幫助更熟悉記憶單字的用法：

❏ She went on a **tour**[6] of Europe.
她遊歷了一趟歐洲。

❏ John hates to travel by plane since he gets **airsick**[7].
約翰會暈機，所以他討厭搭飛機旅行。

❏ We had a long but **pleasant**[8] journey.
我們的長途旅行很愉快。

辨析重點2

So is it 的用法

So is it 的意思是說一件事如此，而後再接著說另一件事情同樣也是如此。例如：

❏ -This book is very **funny**[9].
-so is it. （這裡指的是另外一本。）

而 so it is 表達的意思才是「確實如此」，「確實是這樣的」。例如：

❏ -It's a beautiful flower.　　-So it is.

❏ -He studied very hard.　　-So he did.

辨析重點3

I very like this window.

這覺得是一句典型的中式英文，是由：「我很喜歡這個窗戶。」直翻過來的。
如果想要很喜歡某樣事物，可以說：

❏ I like this clothes very much.

❏ I like the dog quite a lot.

❏ I am fond of this **photo**[10].

千萬別再用中文的邏輯直接翻譯囉～

上班族會話這樣講就對了 ▶ MP3
Track 050

單字文法都很行，但是卻老是無法延續對話嗎？在這個單元中除了告訴你最正確的語法、最道地的說法以外，也告訴你最生活化的會話技巧，讓你輕輕鬆鬆就延續與對方的交談。

（這天，梅根和同事們來到了日本著名景點富士山。）

Sarah: Ah, I am so happy to be with you. And we can do what we like in this room. This room is well appointed.	莎拉：啊，我好開心可以跟妳同一個房間。我們可以在房間裡想做什麼就做什麼。這個房間設備還挺齊全的。
Megan: Yup. It looks good. I like this window very much. Looking trough it, I can see skyscrapers standing in blocks, roads **snaking**[11] through all parts of the city and tens of thousands of people walking in a **hurry**[12].	梅根：是啊。看起來挺不錯的。我很喜歡這個窗戶。往外看，我可以看到聳立在街上的摩天大樓，穿過城市各處的馬路，還有好多行色匆匆的人們。
Sarah: It's a modern and **amazing**[13] city, isn't it? I can't wait to go around it.	莎拉：真不愧是個現代又迷人的城市啊，難道不是嗎？我都等不及要去逛逛它了。
Megan: So it is! Tomorrow we can start our tour. Then we can experience the life in Japan as well as its **distinct**[14] culture.	梅根：的確如此！明天就可以開始我們的行程了。然後我們就可以體驗一下日本的生活，還有它獨特的文化。
Sarah: Yeah. But at first, we need a shower to get over our **fatigue**[15].	莎拉：是啊！但是我們現在先要洗個澡來消除一路的疲勞。

Unit 26 旅遊見聞

上班族單字哪些我不會？

先作個小測驗，看看這些單字的意思你懂嗎？

1. **cherry**→ (A) 象棋 (B) 櫻桃 (C) 胸部 ....['tʃɛrɪ] 答案：( )
2. **mount**→ (A) 攀爬 (B) 數量 (C) 山峰 ....[maʊnt] 答案：( )
3. **distance**→ (A) 遠處 (B) 明顯 (C) 溶解 ....['dɪstəns] 答案：( )
4. **although**→ (A) 選擇 (B) 全部 (C) 儘管 ....[ɔl'ðo] 答案：( )
5. **volcano**→ (A) 山谷 (B) 火山 (C) 排球 ....[vɑl'keno] 答案：( )
6. **boast**→ (A) 擁有 (B) 小船 (C) 木板 ....[bost] 答案：( )
7. **natural**→ (A) 國家的 (B) 自然的 (C) 本地的 ....['nætʃərəl] 答案：( )
8. **Pacific**→ (A) 包裝的 (B) 太平洋的 (C) 交通的 ....[pə'sɪfɪk] 答案：( )
9. **shore**→ (A) 尋找 (B) 商店 (C) 海岸 ....['siʃor] 答案：( )
10. **industry**→ (A) 工業 (B) 放縱 (C) 個人 ....['ɪndəstrɪ] 答案：( )
11. **coast**→ (A) 教練 (B) 外套 (C) 海擯 ....[[kost] 答案：( )
12. **rosy**→ (A) 繩索 (B) 玫瑰色 (C) 屋頂 ....['rozɪ] 答案：( )
13. **depict**→ (A) 描述 (B) 聽寫 (C) 獨立 ....[dɪ'pɪkt] 答案：( )
14. **symbol**→ (A) 交響樂 (B) 象徵 (C) 同情 ....['sɪmbl] 答案：( )
15. **remind**→ (A) 提醒 (B) 頭腦 (C) 冷漠 ....[rɪ'maɪnd] 答案：( )

答案：
1. (B) **2.** (C) **3.** (A) **4.** (C) **5.** (B)
6. (A) **7.** (B) **8.** (B) **9.** (C) **10.** (A)
11. (C) **12.** (B) **13.** (A) **14.** (B) **15.** (A)

這些單字都將運用在以下的會話及解析中，哪些單字答錯了？請利用以下的單元好好的學習單字的正確用法吧！

上班族會話這樣說好糗！

看看以下的對話情境，是不是讓你似曾相識呢？以下列舉出中國人常犯的會話錯誤與中式英語，看完後請務必接著看後續的「我不要再出糗！重點文法解析」及「上班族會話這樣講就對了」，才不會不小心把錯誤的用法記在腦中喔！

（這天，梅根和同事們來到了日本著名景點富士山。）

Megan: Wow, Japanese **cherry**[1] is in full blossom. How beautiful they are! Sarah, can you take a photo of me?

梅根：哇，櫻花盛開了。好美喔！莎拉，幫我照張相好嗎？

Sarah: OK! Smile! Do you see **Mount**[2] Fuji in the **distance**[3]? It's said that Mount Fuji is the highest mountain in Japan. **Although**[4] **it's an active volcano**[5], **but it boasts**[6] **plenty of natural**[7] **scenery.** ❌

莎拉：好啊！笑一個！妳看見遠處的富士山了嗎？據說啊，它是日本第一高山。儘管它是個活火山，但是它擁有很多自然風光。

Megan: **It is near the Pacific**[8] **shore**[9], ❌ so its fishing **industry**[10] is prosperous and well-known throughout the world.

梅根：它還鄰近太平洋，因此，它的漁業發達，世界聞名。

Sarah: Yeah. They become part of their life and culture.

莎拉：是的。它們成為了日本人生活和文化的一部分了。

Megan: **Let's take a photo together.** ❌

梅根：讓我們一起合照吧！

立刻翻閱次頁了解詳細解析

我不要再出糗！重點文法解析 ▶ MP3 Track 051

傳統背單字的方法，容易讓我們只把單字和中文背下來，卻完全誤解了用法，在這個單元中，將針對最容易混淆單字，作最徹底的解析，讓你出差、洽商都絕不再出糗！

辨析重點1

coast/shore/beach 同樣都有「臨近水邊地區」的意思，該怎麼用呢？

解說：shore 通常是指河，湖，海等水域相接的臨近陸地。beach 指的是海潮和海浪沖刷的地區，或被沙子和小石頭覆蓋的地區。coast 指的是靠近大海地區或與大海相臨的地區。請利用下面的例句，幫助更熟悉記憶單字的用法：

❑ Tom and Harry live on the **coast**[11], about 5 miles from the sea.
　湯姆和哈利住在離大海 5 英里遠的海岸邊。

❑ We walked along the shore of the lake.
　我們沿著湖邊散步。

❑ The waves washed the beach.
　海浪沖刷著海灘。

辨析重點2

although 的用法

在英語中，although 和 but 是不能同時出現在一個句子中的，要不然就會犯重複的毛病。這是跟我們中文很不一樣的用法。例如：

❑ Although he worked hard, he didn't get a favorable score.

❑ She is kind-hearted, but she won't spoil her child.

❑ He forgave you, but he would never speak to you.

辨析重點3

Let's take a photo together.

這是一句典型的中式英文，是由：「我們一起合照吧。」直翻過來的。
正確的說法如下：

❑ Let's take a group photo.

❑ Let's have a group photo.

千萬別再用中文的邏輯直接翻譯囉～

上班族會話這樣講就對了 ▶ MP3 Track 052

單字文法都很行，但是卻老是無法延續對話嗎？在這個單元中除了告訴你最正確的語法、最道地的說法以外，也告訴你最生活化的會話技巧，讓你輕輕鬆鬆就延續與對方的交談。

（這天，梅根和同事們來到了日本著名景點富士山。）

Megan: Wow, Japanese cherry is in full blossom. How beautiful they are! Just like **rosy**[12] clouds in the sky! Sarah, can you take a photo of me?

梅根：哇，櫻花盛開了。多漂亮啊，就像天邊的彩霞。莎拉，幫我照張相好嗎？

Sarah: Ok! Smile! Do you see Mount Fuji in the distance? It's said that Mount Fuji is the highest mountain in Japan. Although it's an active volcano, it boasts plenty of natural scenery.

莎拉：好啊！笑一個！妳看見遠處的富士山了嗎？據說啊，它是日本第一高山。儘管它是個活火山，但是它擁有很多自然風光。

Megan: Japan is near the Pacific coast, so its fishing industry is prosperous and well known throughout the world. And we can also see that both Japanese cherry and Mount Fuji are frequently **depicted**[13] in art and books.

梅根：日本鄰近太平洋，因此，它的漁業發達，世界聞名。我們還可以發現櫻花和富士山經常出現在藝術和書籍當中呢。

Sarah: Yeah. They become part of their life and culture. They are **symbols**[14] of Japan.

莎拉：是的。它們已經成為了日本人生活和文化的一部分了。是日本的象徵呢。

Megan: Let's take a group photo. In the future, it can **remind**[15] us of such happy times.

梅根：讓我們一起合照吧！將來啊，我們還可以靠照片來回憶現在的美好時光呢！

Unit 27 旅遊飲食

上班族單字哪些我不會？

先作個小測驗，看看這些單字的意思你懂嗎？

1. **cook**→ (A) 餅乾 (B) 廚師 (C) 涼快 ....[kʊk] 答案：（ ）
2. **strict**→ (A) 嚴格 (B) 街道 (C) 玩笑 ....[strɪkt] 答案：（ ）
3. **material**→ (A) 母性 (B) 原料 (C) 數學 ....[mə'tɪrɪəl] 答案：（ ）
4. **reasonable**→ (A) 使安心 (B) 合理的 (C) 使重建 ....['riznəbl] 答案：（ ）
5. **uncomfortable**→ (A) 不舒服 (B) 不平凡 (C) 擔負不起
   ....[ʌn'kʌmfətəbl] 答案：（ ）
6. **stomach**→ (A) 胃痛 (B) 胃 (C) 郵票 ....['stʌmək] 答案：（ ）
7. **diet**→ (A) 文法 (B) 消化 (C) 飲食 ....['daɪət] 答案：（ ）
8. **tasteful**→ (A) 品嚐 (B) 品味 (C) 測試..........................['testfəl] 答案：（ ）
9. **soup**→ (A) 酸的 (B) 來源 (C) 湯 ....[sup] 答案：（ ）
10. **tasty**→ (A) 美味 (B) 快速 (C) 嘗試 ....['testɪ] 答案：（ ）
11. **delicious**→ (A) 開心的 (B) 美味的 (C) 脆弱的 ....[dɪ'lɪʃəs] 答案：（ ）
12. **typical**→ (A) 統治 (B) 打字 (C) 典型 ....['tɪpɪkl] 答案：（ ）
13. **prosperous**→ (A) 興旺 (B) 衰落 (C) 保護............['prɑspərəs] 答案：（ ）
14. **dish**→ (A) 魚 (B) 菜餚 (C) 重視....................................['dɪʃ] 答案：（ ）
15. **deserve**→ (A) 沙漠 (B) 應得 (C) 簽名 ....[dɪ'zɝv] 答案：（ ）

答案：
1. (B) **2**. (A) **3**. (B) **4**. (B) **5**. (A)
6. (B) **7**. (C) **8**. (B) **9**. (C) **10**. (A)
11. (C) **12**. (C) **13**. (A) **14**. (B) **15**. (B)

這些單字都將運用在以下的會話及解析中，
哪些單字答錯了？請利用以下的單元好好的
學習單字的正確用法吧！

上班族會話這樣說好糗！

看看以下的對話情境，是不是讓你似曾相識呢？以下列舉出中國人常犯的會話錯誤與中式英語，看完後請務必接著看後續的「我不要再出糗！重點文法解析」及「上班族會話這樣講就對了」，才不會不小心把錯誤的用法記在腦中喔！

（今天，梅根她們要到品嚐當地的特色小吃了。）

Sarah: I've heard of sushi and sashimi for a long time.

莎拉：我很久以前就聽說過壽司和生魚片了。

Megan: **It's said that Japanese cooks[1] are strict[2] with selecting materials[3].** ☒ Yesterday, I told you their fishing industry is well-developed. **That is because the Japanese eat and cook sushi and sashimi.** ☒

梅根：據說，日本的廚師食材挑選很嚴格。昨天妳告訴我說他們的漁業很發達。我想他們愛吃這兩樣東西，大概就是這個原因吧！

Sarah: **Reasonable[4]**! But people who often feel **uncomfortable[5]** in their **stomach[6]** should be careful of their **diet[7]**.

莎拉：有道理！但是腸胃不好的人還是要多加注意飲食。

Megan: Whatever, let's try it. Mm…**it's very tasteful[8]**. ☒

梅根：不管怎樣，一起嚐嚐吧！嗯……味道真不錯。

立刻翻閱次頁了解詳細解析

我不要再出糗！重點文法解析 ▶ MP3 Track 053

傳統背單字的方法，容易讓我們只把單字和中文背下來，卻完全誤解了用法，在這個單元中，將針對最容易混淆單字，作最徹底的解析，讓你出差、洽商都絕不再出糗！

辨析重點1

tasty/tasteful/delicious 同樣都有「品嚐」的意思，該怎麼用呢？

解說：delicious 和 tasty 都用來形容食物的味道，但是雜習慣上會用 delicious 來形容早餐，午餐，晚餐等，而 tasty 只用來形容「食物本身」。Delicious 也可以用來形容幽默的事物，而 tasty 是專指嚐起來的味道；tasteful 則是指高雅的、有品味的，形容關於文藝的事物。請利用下面的例句，幫助更熟悉記憶單字的用法：

❑ The mushroonm **soup**[9] is very **tasty**[10].
　蘑菇湯很好喝。

❑ Mark dresses very tastefully.
　馬克的穿著很有品味。

❑ The dinner was really **delicious**[11].
　晚餐真的很美味。

辨析重點2

strict 的用法

當 strict 後面接人時，要加上介詞 with，例如：
❑ My mum is strict with me.
而 strict 後面接某事時，則要加介詞 in，例如：
❑ He is strict in his work.

辨析重點3

that's why 的用法

如果我們想要表達這就是什麼的原因。我們可以用到 that's why 的句型，而不是 that's because 例如：
❑ That's why he was late yesterday.
❑ That's why she gets angry with me.
千萬別再用中文的邏輯直接翻譯囉～

上班族會話這樣講就對了 ▶ MP3
Track 054

單字文法都很行，但是卻老是無法延續對話嗎？在這個單元中除了告訴你最正確的語法、最道地的說法以外，也告訴你最生活化的會話技巧，讓你輕輕鬆鬆就延續與對方的交談。

（今天，梅根她們要到品嚐當地的特色小吃了。）

Sarah: I've heard of sushi and sashimi for a long time. But I've never tried a **typical**[12] one.

莎拉：我好久之前就聽說過壽司和生魚片了。但是沒有吃過最道地的做法。

Megan: It's said that Japanese cooks are strict in selecting materials. During the process, they will pay more attention to food safety. Yesterday, you told me their fishing industry is **prosperous**[13]. That might be why the Japanese eat and cook sushi and sashimi.

梅根：據說，日本的廚師食材挑選很嚴格。在製作過程中，他們會更加注意食品安全。昨天妳告訴我說他們的漁業很發達。我想他們吃這兩樣東西，大概就是這個原因吧！

Sarah: Reasonable! Even though Japanese cooks focus on food safety, people who often feel uncomfortable in their stomach should be careful of their diet for both sushi and sashimi are cold **dishes**[14].

莎拉：有道理！儘管廚師注重食品安全，但是腸胃不好的人還是要多加注意飲食。因為壽司和生魚片都是冷盤呢。

Megan: Whatever, I am willing to take a risk. Let's try it. Mm…it's very tasty. It **deserves**[15] its reputation.

梅根：不管怎樣，我還是願意為了美食而冒險的。一起嚐嚐吧！嗯……味道真不錯。果然名不虛傳啊！

Unit 28 旅遊購物

上班族單字哪些我不會？

先作個小測驗，看看這些單字的意思你懂嗎？

1. **cost**→ (A) 丟失 (B) 花費 (C)原始 ....[kɔst] 答案：( )
2. **neighborhood**→ (A) 消極 (B) 鄰近 (C) 協議 .... [ˋnebɚˏhʊd] 答案：( )
3. **latest**→ (A) 最新 (B) 測試 (C) 遲到 ....[ˋletɪst] 答案：( )
4. **model**→ (A) 模型 (B) 現代 (C) 溫和 ....[ˋmɑdl̩] 答案：( )
5. **dearly**→ (A) 擴張 (B) 經歷 (C) 昂貴 ....[ˋdɪrlɪ] 答案：( )
6. **digital**→ (A) 消化 (B) 數位 (C) 尊嚴 .... [ˋdɪdʒɪtl̩] 答案：( )
7. **pixel**→ (A) 練習 (B) 畫素 (C) 拾起 ....[ˋpɪksəl] 答案：( )
8. **jewel**→ (A) 猶太 (B) 珠寶 (C) 鋸子 ....[ˋdʒʊəl] 答案：( )
9. **restaurant**→ (A) 餐廳 (B) 不安 (C) 反應 ....[ˋrɛstərənt] 答案：( )
10. **collar**→ (A) 涼爽 (B) 大學 (C) 衣領............................[ˋkɑlɚ] 答案：( )
11. **cheap**→ (A) 欺騙 (B) 便宜 (C) 聊天 ....[tʃip] 答案：( )
12. **classic**→ (A) 經典 (B) 分類 (C) 分散 ....[ˋklæsɪk]] 答案：( )
13. **capture**→ (A) 囚犯 (B) 捕捉 (C) 海角 ....[ˋkæptʃɚ] 答案：( )
14. **definition**→ (A) 負債 (B) 膨脹 (C) 定義 ...... [ˏdɛfəˋnɪʃən] 答案：( )
15. **browse**→ (A) 碰傷 (B) 刷子 (C) 流覽..........................[braʊz] 答案：( )

答案：
1. (B) **2**. (B) **3**. (A) **4**. (A) **5**. (C)
6. (B) **7**. (B) **8**. (C) **9**. (B) **10**. (A)
11. (C) **12**. (B) **13**. (A) **14**. (B) **15**. (C)

> 這些單字都將運用在以下的會話及解析中，哪些單字答錯了？請利用以下的單元好好的學習單字的正確用法吧！

上班族會話這樣說好糗！

看看以下的對話情境，是不是讓你似曾相識呢？以下列舉出中國人常犯的會話錯誤與中式英語，
看完後請務必接著看後續的「我不要再出糗！重點文法解析」及「上班族會話這樣講就對了」，
才不會不小心把錯誤的用法記在腦中喔！

（梅根和同事今天正好想逛街，她們走進了一間３Ｃ商店。）

Megan: Could you tell me how much it **costs**[1]? It looks quite better than others. ✖	梅根：請問這個多少錢？這個看起來比其他的讚耶。
Sales person: In the **neighborhood**[2] of 800 dollars. This is the **latest**[3] **model**[4].	營業員：美金八百元左右。這是最新的機種。
Megan: **That's too dearly**[5]! ✖ You may introduce me something cheaper.	梅根：太貴了！請你幫我介紹便宜一點的。
Sales person: What about this one? It's a **digital**[6] camera with 5 mega **pixel**[7].	營業員：這款呢？是一款擁有五百萬畫素的數位相機。
Megan: **I will look others again**. ✖ Thanks!	梅根：我再看看吧！謝謝！

立刻翻閱次頁了解詳細解析

我不要再出糗！重點文法解析 ▶ MP3 Track 055

傳統背單字的方法，容易讓我們只把單字和中文背下來，卻完全誤解了用法，在這個單元中，將針對最容易易混淆單字，作最徹底的解析，讓你出差、洽商都絕不再出糗！

辨析重點1

dear/costly/expensive 同樣都有「貴」的意思，該怎麼用呢？

解說：costly 和 expensive 都是可以放在名詞之前的形容詞，而 dear 只能放在名詞之後，例如：The ring is very dear. （那個戒指很貴。）在這三個字當中，costly 較 expensive 正式，但是 expensive 最常用，dear 最不常用。請利用下面的例句，幫助更熟悉記憶單字的用法：

Tomatoes are dear in winter.
番茄在冬天的價格很貴。

❑ He brought her a lot of costly **jewels**[8].
他買了很多貴重的珠寶給她。

❑ They frequented expensive **restaurants**[9].
他們經常去高檔的餐館。

辨析重點2

quite 的用法

quite 後面可以接形容詞，但是不可接續比較級。例如：
❑ This idea is quite right.
如果後面需要接續比較級，可以用 rather。例如：
❑ Today is rather warmer.

辨析重點3

I will look others again.

這是一句典型的中式英文，是由：「我再看看吧！」直翻過來的。
如果想要表達我在看看別的在決定，可以說：
❑ I am just browsing.
❑ I am just looking.
千萬別再用中文的邏輯直接翻譯囉～

上班族會話這樣講就對了 ▶ **MP3**
Track 056

單字文法都很行，但是卻老是無法延續對話嗎？在這個單元中除了告訴你最正確的語法、最道地的說法以外，也告訴你最生活化的會話技巧，讓你輕輕鬆鬆就延續與對方的交談。

（梅根和同事今天正好想逛街，她們走進了一間３Ｃ商店。）

Megan: Could you tell me how much it costs? It looks rather better than others.

梅根：請問這個多少錢？這個看起來比其他的讚耶。

Sales person: In the neighbourhuod of 800 dollars. This is the latest model. It's very popular among white **collars**[10].

營業員：美金八百元左右。這是最新的機種。很受白領階層的歡迎。

Megan: That's too expensive! Do you offer any discount? If not, you may introduce me something **cheaper**[11].

梅根：太貴了！會打折嗎？不打折的話，你還是幫我介紹便宜一點的好了。

Sales person: What about this one? It's a **classic**[12] of sony electronic products. It's a digital camera with 5 mega pixel. It can **capture**[13] more dots than common models so that you can take photos under a high **definition**[14].

營業員：這款呢？它是索尼電子產品中的經典。是一款擁有五百萬畫素的數位相機。比起普通相機來說，它能夠捕捉到更多的畫素，讓使用者能夠拍攝出高解析度的照片。

Megan: I am just **browsing**[15]. Well, I'll consider it later. Thanks!

梅根：我再看看看吧！呃，我會考慮它的。謝謝！

職場會話 小技巧

在旅遊外出期間購買物品，我們需要詢問物品的價格和性能。在價格方面，也可能會因為是旅遊景點，價格比平時高。可以詢問對方是否有促銷活動，或是折扣什麼的。而類似購買電子產品，不一定價格高的就好。我們需要買適合自己用的才對。這就需要好好瞭解一下產品的各種性能特點。

Unit 29 旅遊結束返程對話

上班族單字哪些我不會？

先作個小測驗，看看這些單字的意思你懂嗎？

1. **fly**→ (A) 撒謊 (B) 飛行 (C) 解雇 .... [flaɪ] 答案：( )
2. **long**→ (A) 肺部 (B) 龍 (C) 長 .... [lɔŋ] 答案：( )
3. **overjoy**→ (A) 超過 (B) 歡喜 (C) 加入 .... [.ovɚˋdʒɔɪ] 答案：( )
4. **since**→ (A) 自從 (B) 真誠 (C) 罪惡.............................. [sɪns] 答案：( )
5. **competition**→ (A) 編纂 (B) 能力 (C) 競爭 .... [.kɑmpəˋtɪʃən] 答案：( )
6. **grow**→ (A) 成長 (B) 陰森 (C) 團隊 ....[gro] 答案：( )
7. **upset**→ (A) 設置 (B) 沮喪 (C) 樓梯............................ [ʌpˋsɛt] 答案：( )
8. **uniform**→ (A) 團結 (B) 表格 (C) 制服 ....[ˋjunəˏfɔrm] 答案：( )
9. **formal**→ (A) 形成 (B) 正式 (C) 公式...........................[ˋfɔrml] 答案：( )
10. **suit**→ (A) 套裝 (B) 上訴 (C) 追求 .... [sut] 答案：( )
11. **expand**→ (A) 展覽 (B) 花費 (C) 擴大 .... [ɪkˋspænd] 答案：( )
12. **end**→ (A) 守衛 (B) 抵擋 (C) 結束...............................[ɛnd] 答案：( )
13. **judgment**→ (A) 正義 (B) 判斷 (C) 修理.............. [ˋdʒʌdʒmənt] 答案：( )
14. **mature**→ (A) 正確 (B) 成熟 (C) 地毯 .... [məˋtjur] 答案：( )
15. **jeans**→ (A) 嫉妒 (B) 提案 (C) 牛仔褲...................... [dʒinz] 答案：( )

答案：
 1. (C) **2.** (B) **3.** (B) **4.** (A) **5.** (C)
 6. (A) **7.** (C) **8.** (C) **9.** (B) **10.** (A)
 11. (C) **12.** (C) **13.** (B) **14.** (B) **15.** (C)

這些單字都將運用在以下的會話及解析中，哪些單字答錯了？請利用以下的單元好好的學習單字的正確用法吧！

上班族會話這樣說好糗！

看看以下的對話情境，是不是讓你似曾相識呢？以下列舉出中國人常犯的會話錯誤與中式英語，看完後請務必接著看後續的「我不要再出糗！重點文法解析」及「上班族會話這樣講就對了」，才不會不小心把錯誤的用法記在腦中喔！

Sarah: How time **flies**[1]! If only we could stay here **longer**[2], I would be **overjoyed**[3].

> 莎拉：時間過的真快啊！要是能再待久點就好了，那我可會高興得不得了了。

Megan: There is a lot of work for us to finish. **Our business becomes big recent days.** ❌ In the meantime, **business has become more difficult since**[4] **the competition**[5] **grows**[6]. ❌

> 梅根：還有好多工作等著我們完成。我們的業務範圍比較大了。同時，隨著競爭的日益加劇，生意也開始難做起來了。

Sarah: So it is! We still ought to work hard.

> 莎拉：是啊！我們還是要加油工作啊！

Megan: The only thing that **upsets**[7] me is **I have to wear a dress while I work.** ❌

> 梅根：唯一讓我沮喪的是上班就代表開始穿套裝了！

立刻翻閱次頁了解詳細解析 ⟹

我不要再出糗！重點文法解析 ▶ MP3 Track 057

傳統背單字的方法，容易讓我們只把單字和中文背下來，卻完全誤解了用法，在這個單元中，將針對最容易混淆單字，作最徹底的解析，讓你出差、洽商都絕不再出糗！

辨析重點1

dress/suit/uniform 同樣都有「衣服」的意思 該怎麼用呢？

解說：**uniform**[8] 本身就有「軍服，制服」的含義，military uniform 是「軍服」，而學生所穿的制服是 uniform。dress 指的是連衣裙或禮服等（男，女都可）。suit 則指套裝或西服。請利用下面的例句，幫助更熟悉記憶單字的用法：

❏ The party requires a **formal**[9] dress.
這個聚會要求穿正式禮服。

❏ I need a business **suit**[10].
我需要一套商務套裝。

❏ The man in the military uniform is her father.
那個穿軍裝的人是她的父親。

辨析重點2

since 的用法

since 用於完成句型中，其後面接續的從句需要用過去時態。例如：

❏ How long is it since we visited our uncle?

❏ We have gotten along with each other since we met.

辨析重點3

Our business becomes big recent days.

這覺得是一句典型的中式英文，是由：「最近，我們的生意做大了。」直翻過來的。
如果想要強調自己的英文不好，可以說：

❏ The business is doing well.

❏ Our business has **expanded**[11] recently.
千萬別再用中文的邏輯直接翻譯囉～

上班族會話這樣講就對了 ▶ MP3
Track 058

單字文法都很行，但是卻老是無法延續對話嗎？在這個單元中除了告訴你最正確的語法、最道地的說法以外，也告訴你最生活化的會話技巧，讓你輕輕鬆鬆就延續與對方的交談。

Sarah: How time flies! This trip has come to an **end**[12]. If only we could stay here longer, I would be overjoyed.	莎拉：時間過的真快啊！旅程就結束了。要是能再待久一點就好了，那我就會高興得不得了了。
Megan: Day dreaming again! There is a lot of work for us to finish. Our business has expanded recent days. In the meantime, business has become more difficult since the competition grew.	梅根：又在做白日夢了！還有好多工作等著我們完成。我們的業務範圍比較大了。同時，隨著競爭的日益加劇，生意也開始難做起來了。
Sarah: So it is! Your **judgment**[13] **matures**[14] more quickly than I thought. This is a good sign.	莎拉：是啊！妳的判斷力成熟得比我想像的要快的多。這是一個好現象啊！
Megan: The only thing that upsets me is I have to wear a business suit while I work. My **jeans**[15], my new clothes…	梅根：唯一讓我沮喪的是上班了就要穿套裝了！我的牛仔褲啊和新衣服啊……

職場會話 小技巧　旅遊要結束了，總是會開始感嘆時間的飛快，這時候就可以說：How time flies! 這句話不僅可以用在日常口語中，還可以用在朋友，同事之間的書信，郵件交往當中。信件就能以「How time flies!」為開頭，接著再開始問候對方。

Unit 30 個人休假安排

上班族單字哪些我不會？

先作個小測驗，看看這些單字的意思你懂嗎？

1. **pile** → (A) 檔 (B) 地方 (C) 堆積 .... [paɪl] 答案：( )
2. **cleaning** → (A) 清潔 (B) 依靠 (C) 抓緊 .... [ˈklinɪŋ] 答案：( )
3. **wake** → (A) 步行 (B) 醒來 (C) 等待 .... [wek] 答案：( )
4. **exercise** → (A) 鍛鍊 (B) 躲避 (C) 疲勞 .... [ˈɛksɚˌsaɪz] 答案：( )
5. **gym** → (A) 吉普賽 (B) 健身房 (C) 小夥子 .... [dʒɪm] 答案：( )
6. **try** → (A) 領帶 (B) 嘗試 (C) 輪胎 .... [traɪ] 答案：( )
7. **cupboard** → (A) 杯子 (B) 櫃子 (C) 夫妻 .... [ˈkʌbɚd] 答案：( )
8. **heap** → (A) 聽說 (B) 治療 (C) 堆放 .... [hip] 答案：( )
9. **mass** → (A) 眾多 (B) 按摩 (C) 面具 .... [mæs] 答案：( )
10. **flower** → (A) 流動 (B) 降低 (C) 花朵 .... [ˈflaʊɚ] 答案：( )
11. **thorough** → (A) 完全 (B) 儘管 (C) 通過 .... [ˈθɝo] 答案：( )
12. **whether** → (A) 哪裡 (B) 枯萎 (C) 是否 .... [ˈhwɛðɚ] 答案：( )
13. **watch** → (A) 手錶 (B) 抓住 (C) 女巫 .... [wɑtʃ] 答案：( )
14. **movie** → (A) 泥土 (B) 移動 (C) 電影 .... [ˈmuvɪ] 答案：( )
15. **fit** → (A) 坐下 (B) 健康 (C) 填充 .... [fɪt] 答案：( )

答案：
1. (A)   **2.** (C)   **3.** (B)   **4.** (A)   **5.** (B)
6. (B)   **7.** (B)   **8.** (C)   **9.** (A)   **10.** (C)
11. (A)   **12.** (C)   **13.** (A)   **14.** (C)   **15.** (B)

這些單字都將運用在以下的會話及解析中，哪些單字答錯了？請利用以下的單元好好的學習單字的正確用法吧！

上班族會話這樣說好糗！

看看以下的對話情境，是不是讓你似曾相識呢？以下列舉出中國人常犯的會話錯誤與中式英語，看完後請務必接著看後續的「我不要再出糗！重點文法解析」及「上班族會話這樣講就對了」，才不會不小心把錯誤的用法記在腦中喔！

（員工旅遊返家之後，還有一天的假期，梅根和莎拉正在討論如何度過。）

Megan: What do you plan to do tomorrow, Sarah? **My room is in a terrible pile[1].** ✖ It needs a **cleaning[2]**.	梅根：莎拉，妳明天打算做什麼呢？我的房間亂糟糟的，需要一個大整理。
Sarah: I have no idea. I may **wake[3]** late in the morning. What comes next?	莎拉：我不知道呢。我可能會睡得比較晚。妳還會做什麼啊？
Megan: I'll **do exercises[4] at the gym[5].** ✖ When I come back from there, **I always feel very nice.** ✖	梅根：我還要去健身房運動一下。當我從那回來，總是感覺很舒服。
Sarah: Really?	莎拉：真的嗎？
Megan: Certainly! You can have a **try[6]**, too!	梅根：當然了！妳也可以一起來試試啊！

立刻翻閱次頁了解詳細解析

我不要再出糗！重點文法解析 ▶ MP3 Track 059

傳統背單字的方法，容易讓我們只把單字和中文背下來，卻完全誤解了用法，在這個單元中，將針對最容易混淆單字，作最徹底的解析，讓你出差、洽商都絕不再出糗！

辨析重點1

pile/heap/mass 同樣都有「堆」的意思，該怎麼用呢？

解說：plies、heaps、mass 的共同含義是堆積起來的大量東西。pile 是刻意堆積起來的同類物品，物品形狀和體積也大致相等，因此看起來很整齊；heap 是指胡亂堆放的東西，且東西不分種類，雜亂無章；mass 指的是同樣的東西結合在一起形成整體，形狀不定但是體積很大。另外，三者都有「許多」的意思，我們常說的「一大堆工作」即是 piles/heaps/masses of work。請利用下面的例句，幫助更熟悉記憶單字的用法：

❏ The **cupboard**[7] was full of piles of books.
　櫃子裡排滿了一堆一堆的書。

❏ The clothes lay in a **heap**[8] in the floor.
　衣服雜亂的堆放在地板上。

❏ A **mass**[9] of **flowers**[10] is piled here.
　一大堆鮮花放在這兒。

辨析重點2

exercise 的用法

當 exercise 表示運動的時候，它是一個不可數名詞。例如：

❏ He takes exercise every day.

❏ My grandpa does exercise in the park.

而表示練習的時候才是可數名詞。例如：

❏ Students have a lot of exercises to do.

辨析重點3

I always feel very nice.

這覺得是一句典型的中式英文，是由：「我感覺很好。」直翻過來的。這裡的意思是身體感覺很舒服。如果想要表達這種感覺，可以說：

❏ My sister didn't feel very well today.

❏ After exercise, people can feel rather comfortable.

千萬別再用中文的邏輯直接翻譯囉～

上班族會話這樣講就對了 ▶ MP3 Track 060

單字文法都很行，但是卻老是無法延續對話嗎？在這個單元中除了告訴你最正確的語法、最道地的說法以外，也告訴你最生活化的會話技巧，讓你輕輕鬆鬆就延續與對方的交談。

（員工旅遊返家之後，還有一天的假期，梅根和莎拉正在討論如何度過。）

Megan: What do you plan to do tomorrow, Sarah? My room is in a terrible mess. It needs a **thorough**[11] cleaning, inside and outside.

梅根：莎拉，妳明天打算做什麼啊？我的房間亂糟糟的，需要一個大整理，裡裡外外都要。

Sarah: I have no idea. I may wake late in the morning. But I am considering **whether**[12] I should go to see my mom or just **watch**[13] **movies**[14] at home. What comes next?

莎拉：我還不知道呢。我可能會睡得比較晚。但是我在考慮是要去看看我媽媽還是待在家看電影呢。妳還會做什麼啊？

Megan: I'll take exercise at the gym. When I come back from there and take a shower, I always feel very well. Exercise helps to keep **fit**[15].

梅根：我還要去健身房鍛煉。當我健身完，洗個澡，總是感覺很舒服。鍛煉有助身體健康。

Sarah: Really? Does it work?

莎拉：真的嗎？有效嗎？

Megan: Certainly! You can have a try, too!

梅根：當然了！妳也可以去試試啊！

職場會話小技巧　小技巧：每天忙於上班，我們都沒有時間和機會跟自己的同事好好交談。趁著放假期間，我們可以一起去健身房鍛煉，聊聊日常生活。這樣，不僅可以放鬆我們在工作中受到的壓力，還可以加深同事之間的相互瞭解和交流。

Trouble solving and Mails • Trouble solving an

ails • Trouble solving and Mails • Trouble sol

Part ❹

工作問題排除
與書信往返
Trouble solving and Mails

Unit 31 遇到問題

上班族單字哪些我不會？

先作個小測驗，看看這些單字的意思你懂嗎？

1. **client** → (A) 診所 (B) 客戶 (C) 點擊 ....['klaɪənt] 答案：(　)
2. **type** → (A) 疲倦 (B) 輪胎 (C) 類型 .... [taɪp] 答案：(　)
3. **omission** → (A) 遺漏 (B) 洩露 (C) 任務 ....[o'mɪʃn] 答案：(　)
4. **sum** → (A) 太陽 (B) 總數 (C) 拇指 ....[sʌm] 答案：(　)
5. **deadline** → (A) 最後期限 (B) 死亡 (C) 死機 ....['dɛd.laɪn] 答案：(　)
6. **reinstall** → (A) 重裝 (B) 反思 (C) 卸載 ....[ˌriɪn'stɔl] 答案：(　)
7. **operation** → (A) 操作者 (B) 操作 (C) 意見 ....[ˌɑpə'reʃn] 答案：(　)
8. **version** → (A) 對抗 (B) 病毒 (C) 版本 ....['vɝʒən] 答案：(　)
9. **mark** → (A) 市場 (B) 雲雀 (C) 標記 .... [mɑrk] 答案：(　)
10. **differentiate** → (A) 傳遞 (B) 同化 (C) 區別 ....[ˌdɪfə'rɛnʃɪˌet] 答案：(　)
11. **sheet** → (A) 貨架 (B) 單子 (C) 全然 .... [ʃit] 答案：(　)
12. **contract** → (A) 聯繫 (B) 合同 (C) 矛盾 ....['kɑntrækt] 答案：(　)
13. **revise** → (A) 旋轉 (B) 復活 (C) 修改 ....[rɪ'vaɪz] 答案：(　)
14. **figure** → (A) 戰鬥 (B) 數目 (C) 火勢 ....['fɪgjə] 答案：(　)
15. **save** → (A) 調料 (B) 味道 (C) 保存..............................[sev] 答案：(　)

答案：
1. (B) **2**. (C) **3**. (A) **4**. (B) **5**. (A)
6. (A) **7**. (B) **8**. (C) **9**. (C) **10**. (C)
11. (B) **12**. (B) **13**. (C) **14**. (B) **15**. (C)

這些單字都將運用在以下的會話及解析中，
哪些單字答錯了？請利用以下的單元好好的
學習單字的正確用法吧！

上班族會話這樣說好糗！

看看以下的對話情境，是不是讓你似曾相識呢？以下列舉出中國人常犯的會話錯誤與中式英語，看完後請務必接著看後續的「我不要再出糗！重點文法解析」及「上班族會話這樣講就對了」，才不會不小心把錯誤的用法記在腦中喔！

Sarah: Hi, Megan, Steven just now asked me to tell you that there's something wrong with these documents you sent to the **clients**[1] last week.

莎拉：嗨，梅根，史蒂芬剛剛叫我跟妳說，妳上周發給客戶的單據出了點錯。

Megan: Really? They shouldn't have any problem for I **typed**[2] it carefully. I even put a **symbol in case omission**[3].

梅根：不會吧？不該出錯的啊，我打得很仔細的啊！我甚至還作了標記避免我自己忘記呢！

Sarah: The **sum**[4] is wrong, so is the **deadline**[5].

莎拉：總數不對，最後期限也不對。

Megan: Let me see. But I can't see where I went wrong… Oh, I see. Last week, I **reinstalled**[6] my **operation**[7] system so that some documents lost. **What I sent out are the old ones.**

梅根：讓我看看。我想不出來哪裡出了問題……噢，我知道了，上個禮拜我的電腦系統重灌了，把一些檔案弄丟了。我把舊的檔案發出去了。

Sarah: Let's make another **version**[8].

莎拉：那我們趕快做一份新的吧！

立刻翻閱次頁了解詳細解析

我不要再出糗！重點文法解析 ▶ MP3 Track 061

傳統背單字的方法，容易讓我們只把單字和中文背下來，卻完全誤解了用法，在這個單元中，將針對最容易混淆單字，作最徹底的解析，讓你出差、洽商都絕不再出糗！

辨析重點1

sign/symbol/mark 同樣都有「標示，記號」的意思，該怎麼用呢？

sign 和 mark 都可以指肉眼可以看見的印記，壓痕，銘刻等。sign 通常指含有「象徵意義」的符號，但 mark 不一定是含有象徵意義的符號，記號，例如衣服上的「汗漬」本身是並沒有任何象徵性意義的。sign 也可以指書寫以外的其他溝通形式，如 sign language（手語）。symbol 也是肉眼可見的形式，但通常是其他事物的象徵，符號。

請利用下面的例句，幫助更熟悉記憶單字的用法：

❏ She made a sign with her hand to show that she had finished.
她用她的手做出手勢，表示已經完成了。

❏ Great Wall is the symbol of China.
長城是中國的象徵。

❏ He made a special **mark**[9] on his book to **differentiate**[10] it from others.
他在他的書上做了特殊的標記，以別於其他人的。

辨析重點2

in case 的用法

in case 後面可以直接接續一個 that 引導的從句。例如：

❏ We can get up early in case that we are late for school.

也可以加上介詞 of，再接名詞。例如：

❏ We can take subway in case of the traffic jam.

辨析重點3

What I sent out are the old ones.

這覺得是一句典型的中式英文，是由：「我把舊的檔案發出去了。」直翻過來的。
如果想要強調自己的英文不好，可以說：

❏ What we send out are the originals.

❏ What we send out is without revising.
千萬別再用中文的邏輯直接翻譯囉～

上班族會話這樣講就對了
MP3 Track 062

單字文法都很行，但是卻老是無法延續對話嗎？在這個單元中除了告訴你最正確的語法、最道地的說法以外，也告訴你最生活化的會話技巧，讓你輕輕鬆鬆就延續與對方的交談。

Sarah: Hi, Megan, Steven just now asked me to tell you that there's something wrong with these documents you sent to the clients last week.

莎拉：嗨，梅根，史蒂芬剛剛叫我跟妳說，妳上周發給客戶的單據出了點錯。

Megan: Really? They shouldn't have any problem for I typed it carefully before mailing. I even put a mark in case of omission.

梅根：不會吧？不該出錯的啊，我在發郵件之前打得很仔細的啊！我甚至還作了標記避免我自己忘記呢！

Sarah: It seems you make mistakes in the order **sheet**[11] as well as the **contract**[12]. The sum is wrong, so is the deadline.

莎拉：好像是訂單及合約出了錯。總數不對，最後期限也不對。

Megan: I did **revise**[13] them. Let me see. But I can't **figure**[14] out where I went wrong… Oh, I see. Last week, I reinstalled my operation system so that some documents I **saved**[15] lost. What I sent out are the originals.

梅根：我確實修改了啊。讓我看看。我想不出來哪裡出了問題……噢，記起來了，上個禮拜我的電腦系統重灌了，把一些檔案弄丟了。我把舊的檔案發出去了。

Sarah: Let's make another version.

莎拉：那我們趕快做一份新的吧！

職場會話 小技巧

目前資訊爆炸的時代，電腦成為一個絕對必要的辦公用具，但是請切記備份及存檔的工作務必要執行徹底，否則遇到電腦當機的時候，重要的資料就有可能再也就不回來了。

Unit 32 資料收集

上班族單字哪些我不會？

先作個小測驗，看看這些單字的意思你懂嗎？

1. **somehow**→ (A) 怎樣 (B) 必須 (C) 某些 ....[ˋsʌmˏhau] 答案：( )
2. **manner**→ (A) 方式 (B) 人類 (C) 大廈 ....[ˋmænə] 答案：( )
3. **destroy**→ (A) 目的地 (B) 毀壞 (C) 玩具 ....[dɪˋstrɔɪ] 答案：( )
4. **whole**→ (A) 健康 (B) 整個 (C) 批發 .... [hol] 答案：( )
5. **doubt**→ (A) 麵團 (B) 懷疑 (C) 逗號 ....[daut] 答案：( )
6. **right**→ (A) 燈光 (B) 聰明 (C) 正確 ....[raɪt] 答案：( )
7. **various**→ (A) 花瓶 (B) 消失 (C) 多樣 ....[ˋvɛrɪəs] 答案：( )
8. **method**→ (A) 金屬 (B) 方法 (C) 比喻 ....[ˋmɛθəd] 答案：( )
9. **surprise**→ (A) 昂貴 (B) 豪華 (C) 驚訝 ....[səˋpraɪz] 答案：( )
10. **tonight**→ (A) 嗓音 (B) 今晚 (C) 開心 ....[təˋnaɪt] 答案：( )
11. **ruin**→ (A) 破壞 (B) 規則 (C) 尺子 ....[ˋruɪn] 答案：( )
12. **dwell**→ (A) 水井 (B) 矮人 (C) 思索 ....[dwɛl] 答案：( )
13. **happen**→ (A) 鋼筆 (B) 快樂 (C) 發生 ....[ˋhæpən] 答案：( )
14. **apologize**→ (A) 道歉 (B) 邏輯 (C) 使徒 ....[əˋpɑləˏdʒaɪz] 答案：( )
15. **behalf**→ (A) 行為 (B) 代表 (C) 開始 ....[bɪˋhæf] 答案：( )

答案：
1. (B)　2. (A)　3. (B)　4. (B)　5. (B)
6. (C)　7. (C)　8. (B)　9. (C)　10. (B)
11. (A)　12. (C)　13. (C)　14. (A)　15. (B)

> 這些單字都將運用在以下的會話及解析中，哪些單字答錯了？請利用以下的單元好好的學習單字的正確用法吧！

上班族會話這樣說好糗！

看看以下的對話情境，是不是讓你似曾相識呢？以下列舉出中國人常犯的會話錯誤與中式英語，看完後請務必接著看後續的「我不要再出糗！重點文法解析」及「上班族會話這樣講就對了」，才不會不小心把錯誤的用法記在腦中喔！

Megan: What should I do?

梅根：我該怎麼辦啊？

Sarah: Don't worry. We'll manage **somehow**[1].

莎拉：別著急，我們會有辦法的。

Megan: **I must find a manner**[2],  **or I will destroy**[3] **the whole**[4] **thing.** **But I doubt**[5] **that I can put it right**[6].

梅根：我必須找到一個辦法，否則會把整件事情搞砸的。但是，我懷疑我是否能夠處理好。

Sarah: What we should do now is to make the best of a bad job.

莎拉：我們現在要做的就是把傷害降到最低。

Megan: You are right. I will say sorry to clients when they call back.

梅根：妳說的對。當客戶打電話來的時候，我會親自道歉的。

Sarah: I believe everything will be all right.

莎拉：我相信會沒事的。

立刻翻閱次頁了解詳細解析

我不要再出糗！重點文法解析 ▶ MP3 Track 063

傳統背單字的方法，容易讓我們只把單字和中文背下來，卻完全誤解了用法，在這個單元中，將針對最容易混淆單字，作最徹底的解析，讓你出差、洽商都絕不再出糗！

辨析重點1

method/way/manner 同樣都有「方法」的意思，該怎麼用呢？

這三個單字由以下的使用區別，請利用下面的例句，幫助更熟悉記憶單字的用法：

❏ He used **various**[7] **methods**[8] to train his employees.
他有各種方法來訓練他的員工。

❏ She finished the task in a professional manner.
她以專業方式完成了她的任務。

❏ I am **surprised**[9] at the way he speaks.
我對他說話的方式感到驚訝。

辨析重點2

doubt 的用法

doubt 後面是不可以接續 that 引導的從句的。如果要接續一個從句的話，可以用 doubt if 或是 doubt whether 來引導。例如：

❏ I doubt if he will come **tonight**[10].

❏ Our leader doubts the result of this test.

辨析重點3

I will destroy the whole thing.

這覺得是一句典型的中式英文，是由：「我把整件事情搞砸了。」直翻過來的，
如果想要表達我將搞砸整個事情，可以說：

❏ I will ruin the whole thing.

❏ I will make a mess of the whole thing.

千萬別再用中文的邏輯直接翻譯囉～

上班族會話這樣講就對了 ▶ **MP3** Track 064

單字文法都很行，但是卻老是無法延續對話嗎？在這個單元中除了告訴你最正確的語法、最道地的說法以外，也告訴你最生活化的會話技巧，讓你輕輕鬆鬆就延續與對方的交談。

Megan: What should I do? So many documents!	梅根：我該怎麼辦啊？這麼多文件！
Sarah: Don't worry. We'll manage somehow.	莎拉：別著急，我們會有辦法的。
Megan: I must find a way, or I will **ruin**[11] the whole thing. But I doubt whether I can put it right. I am afraid that our clients have checked the emails and will complain about that.	梅根：我必須找到一個辦法，否則會把整件事情搞砸的。但是，我懷疑我是否能夠處理好。恐怕客戶們已經收到郵件並且開始抱怨了！
Sarah: Don't **dwell**[12] on that had **happened**[13]. What we should do is to make the best of a bad job.	莎拉：不要再多想了！我們要做的就是把傷害降到最低。
Megan: You are right. I will ask Steven for more materials. I will collect them and type new ones. I will **apologize**[14] to the clients on **behalf**[15] of us and our company when they call back.	梅根：妳說的對。我等會就叫史蒂芬給我更多的資料，並且把它們收集起來，整理出新的文件。當客戶打電話來的時候，我會代表公司以及自己親自向他們致歉的。
Sarah: I believe eveything will be all right.	莎拉：我相信一切都會好起來的。

職場會話小技巧

小技巧：上班工作，處理事情的時候，我們難免會出錯。這時候，最重要的是不要慌張。相信自己的人總能促成事情向好的方向發展。同時，我們也不要孤軍奮戰，唯有跟自己的同事一同努力，才能其利斷金哦。

Unit 33 請求人力支援

上班族單字哪些我不會？

先作個小測驗，看看這些單字的意思你懂嗎？

1. **consult** → (A) 消費 (B) 美容 (C) 請教 .... [kənˋsʌlt] 答案：( )
2. **accountant** → (A) 報賬 (B) 會計師 (C) 堆積 .... [əˋkaʊntnt] 答案：( )
3. **entry** → (A) 輸入 (B) 託付 (C) 嘗試 .... [ˋɛntrɪ] 答案：( )
4. **fault** → (A) 員工 (B) 錯誤 (C) 傳真 .... [fɔlt] 答案：( )
5. **rich** → (A) 果園 (B) 達到 (C) 富有 .... [rɪtʃ] 答案：( )
6. **raw** → (A) 光線 (B) 生的 (C) 烏鴉 .... [rɔ] 答案：( )
7. **export** → (A) 出口 (B) 暴露 (C) 專家 .... [ˋɛksport] 答案：( )
8. **homework** → (A) 蜂蜜 (B) 誠實 (C) 家庭作業 .... [ˋhom͵wɜk] 答案：( )
9. **blame** → (A) 品牌 (B) 責備 (C) 地毯 .... [blem] 答案：( )
10. **error** → (A) 失誤 (B) 噴發 (C) 跑腿 .... [ˋɛrɚ] 答案：( )
11. **youth** → (A) 思考 (B) 青春 (C) 呻吟 .... [juθ] 答案：( )
12. **routine** → (A) 慣例 (B) 路程 (C) 粗糙 .... [ruˋtin] 答案：( )
13. **favor** → (A) 味道 (B) 好意 (C) 恐懼 .... [ˋfevɚ] 答案：( )
14. **verify** → (A) 核實 (B) 勝利 (C) 邊緣 .... [ˋvɛrə͵faɪ] 答案：( )
15. **source** → (A) 酸的 (B) 來源 (C) 力量 .... [sors] 答案：( )

答案：
1. (C) **2.** (B) **3.** (A) **4.** (B) **5.** (C)
6. (B) **7.** (A) **8.** (C) **9.** (B) **10.** (A)
11. (B) **12.** (A) **13.** (B) **14.** (A) **15.** (B)

這些單字都將運用在以下的會話及解析中，哪些單字答錯了？請利用以下的單元好好的學習單字的正確用法吧！

上班族會話這樣說好糗！

看看以下的對話情境，是不是讓你似曾相識呢？以下列舉出中國人常犯的會話錯誤與中式英語，
看完後請務必接著看後續的「我不要再出糗！重點文法解析」及「上班族會話這樣講就對了」，
才不會不小心把錯誤的用法記在腦中喔！

Sarah: Oh, you can **consult**[1] Jessica. She has worked in our company as an **accountant**[2] for years.

莎拉：噢，妳可以去找一下潔西卡。她是我們的會計師，已經在這裡工作很久了。

Megan: Thanks. **I'd better to talk to her right now.** ☒

梅根：謝謝。我最好現在就去找她談談。

（梅根敲了潔西卡辦公室的門。）

Megan: Hello, Jessica, may I come in?...**Can you give me a help?** ☒

梅根：你好，潔西卡。我可以進來嗎？妳能幫我一個忙嗎？

Jessica: Sure, come in. What happened?

潔西卡：好的，請進。發生了什麼事情嗎？

Megan: **There are serious data entry**[3] **faults**[4] **in my documents.** ☒ Sarah told me you have **rich**[5] experience, so…

梅根：我的檔案出現了嚴重的資料登錄錯誤。莎拉告訴我妳的經驗很豐富，所以……

Jassica: I think what you need are the **raw**[6] data. I am afraid you have to go to the **Export**[7] Dapartment.

潔西卡：我覺得目前妳所需要的就是最原始的資料。恐怕妳得到出口部跑一趟了。

Megan: I see.

梅根：我明白了。

立刻翻閱次頁了解詳細解析

我不要再出糗！重點文法解析 ▶ MP3 Track 065

傳統背單字的方法，容易讓我們只把單字和中文背下來，卻完全誤解了用法，在這個單元中，將針對最容易混淆單字，作最徹底的解析，讓你出差、洽商都絕不再出糗！

辨析重點1

mistake/fault/error 同樣都有「錯誤」的意思，該怎麼用呢？

解說：三者解釋成「錯誤」時十分相近，可以通用，但是三者強調的重點不太一樣。fault 強調過失的責任或不完美的小瑕疵，且犯錯誤的人必須承擔其錯誤，擔負責任。另外，它也可以指缺點，性格上的弱點。mistake 強調的是日常生活中無心造成的錯誤，error 的意思也近於 mistake，但是 error 強調道德上的錯失，即因為本身的道德觀或是信仰造成的錯誤。請利用下面的例句，幫助更熟悉記憶單字的用法：

❑ There is a mistake in his **homework**[8].
他的家庭作業裡有個錯誤。

❑ It's not my fault; you can't **blame**[9] me for it.
這不是我的錯，你不能歸咎於我。

❑ It's the **error**[10] of my **youth**[11].
這是我年輕時所犯下的錯。

辨析重點2

I'd better 的用法

I'd better 的意思是我最好做些什麼。後面直接接續動詞，而無需加入介詞 to。例如：

❑ I'd better go to the party.

❑ I'd better fetch the basket.

辨析重點3

Can you give me a help?

這覺得是一句典型的中式英文，是由：「你能幫我一下嗎？」直翻過來的。
如果想要請求別人的幫助，可以說：

❑ Can you give me a hand?

❑ Could you do me a favor?

千萬別再用中文的邏輯直接翻譯囉～

上班族會話這樣講就對了

單字文法都很行，但是卻老是無法延續對話嗎？在這個單元中除了告訴你最正確的語法、最道地的說法以外，也告訴你最生活化的會話技巧，讓你輕輕鬆鬆就延續與對方的交談。

Sarah: Oh, you can consult Jessica. She has worked in our company as an accountant for years. Her work involves various **routine**[12] book keeping and basic accounting tasks.	莎拉：噢，妳可以去找一下潔西卡。她是我們的會計師，已經在這工作多年了。她的工作就是負責各種簿記與基本會計事項。
Megan: Thanks. I'd better talk to her right now.	梅根：謝謝。我最好現在就去找她談談。

（梅根敲了潔西卡辦公室的門。）

Megan: Hello, Jessica, may I come in?...Could you do me a **favor**[13]?	梅根：妳好，潔西卡。我可以進來嗎？妳能幫我一個忙嗎？
Jessica: Sure, come in. What happened?	潔西卡：好的，請進。發生了什麼事情嗎？
Megan: There are serious data entry errors in my documents. Sarah told me you have rich experience in **verifying**[14] data and checking accounting documents, so…	梅根：我的檔案出現了嚴重的資料登錄錯誤。莎拉告訴我，妳在審核資料和查核會計檔案這方面經驗相當豐富，所以……
Jessica: I think what you need are the raw data. There are more than one data **source**[15]. I just have some of them at hand. I am afraid you have to go to the Export Dapartment.	潔西卡：我覺得目前妳所需要的就是最原始的資料。資料的來源不止一處。我手頭目前只有一些。恐怕妳得到出口部跑一趟了。
Megan: I see. I'll go and get it at once.	梅根：我明白了。我現在馬上過去拿。

Unit 34 團隊合力 解決問題

上班族單字哪些我不會？

先作個小測驗，看看這些單字的意思你懂嗎？

1. **annoy**→ (A) 提醒 (B) 打擾 (C) 發表 ....[əˋnɔɪ] 答案：（ ）
2. **hardly**→ (A) 堅硬 (B) 幾乎不 (C) 艱難..........................[ˋhɑrdlɪ] 答案：（ ）
3. **enough**→ (A) 巨大 (B) 憤怒 (C) 足夠 ....[əˋnʌf] 答案：（ ）
4. **react**→ (A) 反應 (B) 表演 (C) 到達 ....[rɪˋækt] 答案：（ ）
5. **luckliy**→ (A) 幸運 (B) 不幸 (C) 誘惑 ....[ˋlʌkɪlɪ] 答案：（ ）
6. **backup**→ (A) 回來 (B) 後面 (C) 備用 ....[ˋbækʌp]] 答案：（ ）
7. **copy**→ (A) 夫妻 (B) 複印 (C) 版權 ....[ˋkɑpɪ] 答案：（ ）
8. **learn**→ (A) 出租 (B) 學習 (C) 漏出 ....[lɝn] 答案：（ ）
9. **lazy**→ (A) 庭院 (B) 領導 (C) 懶惰 ....[ˋlezɪ] 答案：（ ）
10. **garbage**→ (A) 垃圾 (B) 花園 (C) 缺口 ....[ˋgɑrbɪdʒ] 答案：（ ）
11. **trouble**→ (A) 通過 (B) 困難 (C) 軍隊........................[ˋtrʌbl] 答案：（ ）
12. **backup**→ (A) 背後 (B) 後上方 (C) 備份 ....[ˋbækʌp] 答案：（ ）
13. **file**→ (A) 找到 (B) 檔案 (C) 良好 ....[faɪl] 答案：（ ）
14. **daylight**→ (A) 白日夢 (B) 日光 (C) 輕巧....................[ˋdeˏlaɪt] 答案：（ ）
15. **bridge**→ (A) 新娘 (B) 瘋狂 (C) 橋樑 ....[brɪdʒ] 答案：（ ）

答案：
1. (B)　2. (B)　3. (C)　4. (A)　5. (A)
6. (C)　7. (B)　8. (B)　9. (A)　10. (A)
11. (B)　12. (C)　13. (B)　14. (B)　15. (C)

這些單字都將運用在以下的會話及解析中，哪些單字答錯了？請利用以下的單元好好的學習單字的正確用法吧！

上班族會話這樣說好糗！

看看以下的對話情境，是不是讓你似曾相識呢？以下列舉出中國人常犯的會話錯誤與中式英語，看完後請務必接著看後續的「我不要再出糗！重點文法解析」及「上班族會話這樣講就對了」，才不會不小心把錯誤的用法記在腦中喔！

（梅根按照潔西卡說的來到了出口部。）

Megan: Hello, is Andrew here? **Sorry to annoy[1] you.** ❌ Could you give me some raw data about the clients on my list?

> 梅根：你好，請問安德魯在嗎？抱歉打擾了，你能給我提供名單上客戶們的原始資料嗎？

Andrew: Why you need this? I remember I have given the information to your department last week.

> 安德魯：為什麼需要這份資料？我記得上個禮拜我已經給過你們部門這份資料了！

Megan: We lost some documents because there is something wrong with the computer. **Hardly[2] did I have no enough[3] time to react[4] at that moment.** ❌

> 梅根：由於電腦出了點問題。我當時幾乎沒有足夠的時間反應。

Andrew: I see. **Luckily[5]** we still have **backup[6] copies[7].**

> 安德魯：我明白了。好險我們還有備份檔案。

（梅根拿到了檔案，回到自己的座位……）

Sarah: You get them? At last, we can finish the whole task right now.

> 莎拉：你拿到檔案了嗎？我們終於可以馬上完成任務了。

Megan: **Never do things by half.** ❌ That's what I've **learned[8]** from it.

> 梅根：我現在終於懂了，「做事絕不可以半途而廢。」

立刻翻閱次頁了解詳細解析

我不要再出糗！重點文法解析 ▶ MP3 Track 067

傳統背單字的方法，容易讓我們只把單字和中文背下來，卻完全誤解了用法，在這個單元中，將針對最容易混淆單字，作最徹底的解析，讓你出差、洽商都絕不再出糗！

辨析重點1

disturb/bother/trouble 同樣都是「打擾」，該怎麼用呢？

disturb 意味著不安或打斷，且強度較 trouble 和 bother 要強，而後兩者只是指令人感到煩或增加了額外的工作。另外，三者都可以指情緒不安定，disturb 泛指焦慮的感覺，bother 則較強調心煩的感覺，而 trouble 也可指焦慮的感覺。請利用下面的例句，幫助更熟悉記憶單字的用法：

❏ She didn't mant anyone to disturb her while she was studying.
她在讀書的時候不想要任何人打擾她。

❏ She was so **lazy**[9] that she could't even be bothered to take out the **garbage**[10].
她太懶了，甚至不願意麻煩自己把垃圾拿出去。

❏ I am sorry to **trouble**[11] you, but could you tell me the time please?
很抱歉打擾你，但你可以告訴我時間嗎？

辨析重點2

hardly 的用法

hardly 本身就帶有否定的意味，中文意思是「幾乎不」、「幾乎沒有」。所以後面無需再加上表示否定的詞語。例如：

❏ I hardly know you.

❏ Hardly can I understand your English.

辨析重點3

Never do things by half.

這覺得是一句典型的中式英文，是由：「不要做事做一半。」直翻過來的。
如果想要說不要半途而廢，做事做一半就不做了，可以說：

❏ Never do things by halves.

❏ Don't give up.

千萬別再用中文的邏輯直接翻譯囉～

上班族會話這樣講就對了 ▶ MP3 Track 068

單字文法都很行，但是卻老是無法延續對話嗎？在這個單元中除了告訴你最正確的語法、最道地的說法以外，也告訴你最生活化的會話技巧，讓你輕輕鬆鬆就延續與對方的交談。

（梅根按照潔西卡說的來到了出口部。）

Megan: Hello, is Andrew in? Sorry to bother you. Could you give me some raw data about the clients on my list?	梅根：你好，請問安德魯在嗎？抱歉打擾了，你能提供給我名單上客戶們的原始資料嗎？
Andrew: What for? I remember I have given the information to your department last week.	安德魯：為什麼需要這份資料？我記得上個禮拜我已經給過你們部門這份資料了！
Megan: We lost some documents because there is something wrong with the computer. Hardly did I have enough time to react at that moment.	梅根：由於電腦出了點問題。我當時幾乎沒有足夠的時間反應。
Andrew: I see. Lukily we usually **backup**[12] the **files**[13].	安德魯：我明白了。好險我們平常就有把檔案備份起來。

（梅根拿到了檔案，回到自己的座位……）

Sarah: You get them? At last, we can see the **daylight**[14], and finish the whole task right now.	莎拉：妳拿到檔案了嗎？我們終於可以看見勝利的曙光了，可以馬上完成任務了。
Megan: Cross the **bridge**[15] when you come to it. That's what I've learned from it. I will never do things by halves.	梅根：我現在終於了解，「船到橋頭自然直。」我以後做事絕不可以半途而廢。

職場會話 小技巧　有些諺語的引用不可以憑藉我們自身的感覺來說。它可能有一種約定成俗的說法或是某種固定的模式。比如，上面講到的凡事不能半途而廢，never do things by halves！裡面的 half 的用法就很值的我們注意。它並不是我們想像中的單數形式，而是一個複數形式。

Unit 35 上司讚賞

上班族單字哪些我不會？

先作個小測驗，看看這些單字的意思你懂嗎？

1. **perform**→ (A) 香水 (B) 表現 (C) 形成 ....[pəˋfɔrm] 答案：( )
2. **obligation**→ (A) 禮貌 (B) 目標 (C) 義務 ....[ͺɑbləˋgeʃən] 答案：( )
3. **defeat**→ (A) 打敗 (B) 缺陷 (C) 守衛 ....[dɪˋfit] 答案：( )
4. **rival**→ (A) 河流 (B) 對手 (C) 升起 ....[ˋraɪvl̩] 答案：( )
5. **strong**→ (A) 長久 (B) 結構 (C) 強壯 ....[strɔŋ] 答案：( )
6. **duty**→ (A) 職責 (B) 塵埃 (C) 經受 ....[ˋdjutɪ] 答案：( )
7. **responsibility**→ (A) 反應 (B) 逃脫 (C) 負責 ...[rɪͺspɑnsəˋbɪlətɪ] 答案：( )
8. **action**→ (A) 行為 (B) 制裁 (C) 表演 ....[ˋækʃən] 答案：( )
9. **report**→ (A) 記者 (B) 代表 (C) 報導 ....[rɪˋport] 答案：( )
10. **pillar**→ (A) 藥片 (B) 枕頭 (C) 柱子 ....[ˋpɪlɚ] 答案：( )
11. **stick**→ (A) 堅持 (B) 棍子 (C) 挑剔 ....[stɪk] 答案：( )
12. **faith**→ (A) 偽造 (B) 信念 (C) 微弱 ....[feθ] 答案：( )
13. **overcome**→ (A) 克服 (B) 來到 (C) 過期 ....[ͺovɚˋkʌm] 答案：( )
14. **adversity**→ (A) 廣告 (B) 建議 (C) 逆境 ....[ədˋvɝsətɪ] 答案：( )
15. **teamwork**→ (A) 團隊 (B) 工作 (C) 隊員 ....[ˋtimͺwɝk] 答案：( )

答案：
1. (B)　2. (C)　3. (A)　4. (B)　5. (C)
6. (A)　7. (C)　8. (A)　9. (C)　10. (C)
11. (A)　12. (B)　13. (A)　14. (C)　15. (A)

這些單字都將運用在以下的會話及解析中，
哪些單字答錯了？請利用以下的單元好好的
學習單字的正確用法吧！

上班族會話這樣說好糗！

看看以下的對話情境，是不是讓你似曾相識呢？以下列舉出中國人常犯的會話錯誤與中式英語，看完後請務必接著看後續的「我不要再出糗！重點文法解析」及「上班族會話這樣講就對了」，才不會不小心把錯誤的用法記在腦中喔！

（梅根及時挽救了失誤，成功完成了任務，受到了主管的讚賞。）

Daniel: I heard that you **performed**[1] very well in this program.

丹尼爾：我聽說妳在這次的工作項目中表現突出。

Megan: **It's my obligation**[2] **as an emplyee to carry it out.** ☒ Most importantly, **we didn't lose our heart to it,** ☒ but believed we could succeed at last.

梅根：這是我作為公司員工應盡的職責。最重要的是，我們沒有灰心喪氣，而是堅信最後一定可以成功。

Daniel: Never give up, then we can **defeat**[3] our **rivals**[4], no matter how **strong**[5] they are. Good job, Megan!

丹尼爾：永不放棄，我們才能打敗對手，不管他們多麼強大。梅根，妳表現得很好啊！

Megan: Thanks for your praise. **I will believe myself as I did this time,** ☒ and keep on my work.

梅根：謝謝妳的誇讚。我會像這次一樣相信自己，繼續我的工作。

立刻翻閱次頁了解詳細解析

我不要再出糗！重點文法解析 ▶ MP3 Track 069

傳統背單字的方法，容易讓我們只把單字和中文背下來，卻完全誤解了用法，在這個單元中，將針對最容易混淆單字，作最徹底的解析，讓你出差、洽商都絕不再出糗！

辨析重點1

duty/obligation/responsibility 同樣都有「責任」的意思，該怎麼用呢？

解說：這三者都可用來指某人必定完成的任務。duty 和 responsibility 都可以用來指工作上必須要完成的任務，而 obligation 強調法律或道德層面的責任。responsibility 的另外一個意思是「對某事的後果負責」，如 I take full responsibility for what happened that day.（我要對那天發生的事情負全責。）請利用下面的例句，幫助更熟悉記憶單字的用法：

❑ Her **duty**[6] included cleaning the house and walking the dog.
她的責任包括清掃房子和遛狗。

❑ It's her parents' obligation to look after their children.
照顧孩子是父母的責任。

❑ People should take full **responsibility**[7] for their **actions**[8].
人們應該為自己的行為負全責。

辨析重點2

believe 的用法

believe表示「相信」、「信以為真」的意思，其後直接跟賓語。例如：

❑ Do you believe his **report**[9]？

believe in 則表示「信仰」、「信任」的意思。例如：

❑ I believe in God.

辨析重點3

We didn't lose our heart to it.

這覺得是一句典型的中式英文，是由：「我們沒有對它失去信心。」直翻過來的。lose one's heart to sth / sb 在英文裡是表示傾心於某事或愛上了某人的意思。
如果想要說明自己對某事沒有失去信心，可以說：

❑ We didn't lose heart.

❑ We didn't give up.

千萬別再用中文的邏輯直接翻譯囉～

上班族會話這樣講就對了  MP3 Track 070

單字文法都很行，但是卻老是無法延續對話嗎？在這個單元中除了告訴你最正確的語法、最道地的說法以外，也告訴你最生活化的會話技巧，讓你輕輕鬆鬆就延續與對方的交談。

（梅根及時挽救了失誤，成功完成了任務，受到了主管的讚賞。）

Daniel: I heard that you performed very well in this program. You are going to be one **pillar**[10] of our company in the near future.

丹尼爾：我聽說妳在這次的工作項目中表現突出。不久後妳就會成為公司的主要支柱了！

Megan: It's my duty as an emplyee to carry it out. I receive help from several departments while the whole matter was on the verge of failure. Most importantly, we didn't lose heart, but believed we could succeed at last.

梅根：這是我作為公司員工應盡的職責。在整件事情瀕臨失敗的情況下，我得到了很多部門的幫助。最重要的是，我們沒有灰心喪氣，而是堅信最後一定可以成功。

Daniel: Never give up, then we can defeat our rivals, no matter how strong they are. **Stick**[11] to your **faith**[12], we can **overcome**[13] **adversity**[14] successfully. Good job, Megan!

丹尼爾：永不放棄，我們才能打敗對手，不管他們多麼強大。堅定信仰，我們才能克服逆境。梅根，幹得不錯喔！

Megan: Thanks for your praise. I will believe in myself as I did this time and keep on my work. Moreover, I realized **teamwork**[15] is the key to success.

梅根：謝謝你的誇讚。我會像這次一樣相信自己，繼續我的工作。而且，我還明白了，只有發揮團隊的力量才是成功的關鍵。

職場會話 小技巧

在英語中，多一個代詞，或者是多一個冠詞，定冠詞，整個片語和句子的意思都會發生改變。就比如 lose heart，中間加了個反身代詞，就變成了另外一個意思。同樣的，believe 後面加 in 和不加 in 的意思也是大不相同。這些都是需要進行深入的體會才會明白的。

Unit 36 發函維繫客戶關係

上班族單字哪些我不會？

先作個小測驗，看看這些單字的意思你懂嗎？

---

1. serve → (A) 轉彎 (B) 服務 (C) 嚴重 .... [sɝv] 答案：（ ）

2. open → (A) 歌劇 (B) 操作 (C) 打開 .... [ˋopən] 答案：（ ）

3. wholesaling → (A) 完整 (B) 航海 (C) 批發 .... [ˋhol͵selɪŋ] 答案：（ ）

4. favorable → (A) 錯誤 (B) 接受 (C) 優惠 .... [ˋfevərəbl] 答案：（ ）

5. price → (A) 無價 (B) 價格 (C) 獵物 ....[praɪs] 答案：（ ）

6. necessity → (A) 項鍊 (B) 允許 (C) 必要 .... [nəˋsɛsətɪ] 答案：（ ）

7. investment → (A) 注入 (B) 投資 (C) 裝載 .... [ɪnˋvɛstmənt] 答案：（ ）

8. business → (A) 生意 (B) 公車 (C) 匆忙 ....[ˋbɪznɪs] 答案：（ ）

9. forward → (A) 為了 (B) 向前 (C) 化石 .... [ˋfɔrwəd] 答案：（ ）

10. prompt → (A) 重要 (B) 迅速 (C) 翻越 .... [prɑmpt] 答案：（ ）

11. sincerely → (A) 自從 (B) 慶祝 (C) 誠摯地 .... [sɪnˋsɪrlɪ] 答案：（ ）

12. important → (A) 進口 (B) 港口 (C) 重要 .... [ɪmˋpɔrtṇt] 答案：（ ）

13. role → (A) 角色 (B) 小洞 (C) 滾動 ....[rol] 答案：（ ）

14. master → (A) 魔鬼 (B) 主人 (C) 必須 ....[ˋmæstə] 答案：（ ）

15. explore → (A) 探險 (B) 探險家 (C) 爆炸 .... [ɪkˋsplor] 答案：（ ）

答案：
1. (B)   **2.** (C)   **3.** (C)   **4.** (C)   **5.** (B)
6. (C)   **7.** (B)   **8.** (A)   **9.** (B)   **10.** (B)
11. (C)   **12.** (C)   **13.** (A)   **14.** (B)   **15.** (A)

> 這些單字都將運用在以下的會話及解析中，哪些單字答錯了？請利用以下的單元好好的學習單字的正確用法吧！

上班族會話這樣說好糗！

看看以下的對話情境，是不是讓你似曾相識呢？以下列舉出中國人常犯的會話錯誤與中式英語，看完後請務必接著看後續的「我不要再出糗！重點文法解析」及「上班族會話這樣講就對了」，才不會不小心把錯誤的用法記在腦中喔！

Dear Mr. Alex,

How are you, Mr. Alex? Long time no see since we had a pleasant cooperation last time. Thanks for your confidence and support. **We will always serve[1] for your.** ✖ Nowadays, **we are planning to open[2] a wholesaling[3] market in China.** ✖ We will offer your company with the most **favorable[4] price[5]** to buy our new products **if you have any necesssity[6].** ✖

In short, any information on **investment[7]** and on **business[8]** cooperation will be highly appreciated. And if any question, please feel free to contact us, too.

Thank you for your attention and looking **forward[9]** to your **prompt[10]** reply.

Sincerely[11],

Megan

親愛的艾力克斯先生：

艾力克斯先生，您還好嗎？自從上次愉快的合作之後，我們好久不見了。謝謝您的信任和支持。我們將熱忱地為您服務。近來，我們正在計畫在中國開發批發市場。如果您有任何需要購買我們新產品的話，我們將給您提供最實惠的價格。

總之，我們將十分感謝來自您的任何投資和生意合作的消息。如果您有任何問題，也請隨時聯繫我們。

謝謝您的關注，我們將等待您的回復。

誠摯的，

梅根

立刻翻閱次頁了解詳細解析

我不要再出糗！重點文法解析 ▶ **MP3** Track 071

傳統背單字的方法，容易讓我們只把單字和中文背下來，卻完全誤解了用法，在這個單元中，將針對最容易混淆單字，作最徹底的解析，讓你出差、洽商都絕不再出糗！

辨析重點1

need/necessity/necessary 同樣都有「需要」的意思，該怎麼用呢？

解說：necessary 是形容詞，而 need 可以做動詞和名詞。necessary 形容必要性的事情，例如：It's necessary to lock the door before you leave the house（你離開屋子前有必要把門鎖上。）而 need 可以用在人和事物方面，例如：she doesn't need anybody but herself. / She has needs.（她出了自己以外，不需要任何人。／她有需求。）necessity 一般有「必需品」的意思，做名詞來用。請利用下面的例句，幫助更熟悉記憶單字的用法：

❏ They are in need of food.
  他們需要食物。

❏ Daily necessities play a very **important**[12] **role**[13] in our life.
  生活必需品在我們的生活中扮演了很重要的角色。

❏ It's necessary to be careful about choosing a boyfriend.
  謹慎挑選男朋友是必需的。

辨析重點2

serve 的用法

serve 是個及物動詞，所以後面直接接續名詞。例如：

❏ He served his **master**[14] for many years.

❏ Please allow me to serve you, sir.

辨析重點3

We are planning to open a wholesaling market in China.

這是一句典型的中式英文，是由：「我們正在計畫在中國開發零售市場。」直翻過來的。
如果想要說開發，開拓市場。，可以說：

❏ We are planning to develop a new market.

❏ We are **exploring**[15] the market for our products.

千萬別再用中文的邏輯直接翻譯囉～

上班族會話這樣講就對了 ▶ **MP3** Track 072

單字文法都很行，但是卻老是無法延續對話嗎？在這個單元中除了告訴你最正確的語法、最道地的說法以外，也告訴你最生活化的會話技巧，讓你輕輕鬆鬆就延續與對方的交談。

Dear Mr. Alex,

How are you, Mr. Alex? Long time no see since we had a pleasant cooperation last time. Thanks for your confidence and support. We will be always at your service. Nowadays, we are planning to develop a wholesaling market in China. We will offer your company with the most favorable price to buy our new products if you have any need.

In short, any information on investment and on business cooperation will be highly appreciated. And if you have any questions, please feel free to contact us, too.

Thank you for your attention and looking forward to your prompt reply.

Sincerely yours,

Megan

親愛的艾力克斯先生：

艾力克斯先生，您還好嗎？自從上次愉快的合作之後，我們就沒聯繫過了。謝謝您的信任和支持。我們將熱忱地為您服務。近來，我們正在計畫在中國開批發市場。如果您有任何需要購買我們新產品的話，我們將給您提供最實惠的價格。

總之，我們將十分感謝來自您的任何投資和生意合作的消息。如果您有任何問題，也請隨時聯繫我們。

謝謝您的關注，我們將等待您的回覆。

誠摯地，

梅根

職場會話 小技巧

當我們的業務發展到一定的程度，就會有不少的老客戶。對於老客戶也需要不時的進行聯繫和維護，或許會發現新的商機。同時，雙方還可以相互交流，獲得第一手的市場訊息。另外，這樣還可以維繫雙方的忠誠度，不至於使自己的老客戶轉到其他的商家，從而丟掉手邊的機會。

Unit 37 發函開發客戶

上班族單字哪些我不會？

先作個小測驗，看看這些單字的意思你懂嗎？

1. **internet**→ (A) 網際網路 (B) 翻譯 (C) 內陸 .... [ˈɪntɚnɛt] 答案：( )
2. **occasion**→ (A) 職業 (B) 發生 (C) 場合 .... [əˈkeʒən] 答案：( )
3. **multinational**→ (A) 國內 (B) 跨國 (C) 多樣化... [ˈmʌltɪˈnæʃənl] 答案：( )
4. **specialize**→ (A) 專業 (B) 專門 (C) 詳細 .... [ˈspɛʃəˌlaɪz] 答案：( )
5. **catalog**→ (A) 記錄 (B) 合同 (C) 目錄 .... [ˈkætlɔg] 答案：( )
6. **enclosure**→ (A) 遭遇 (B) 附件 (C) 鼓勵 .... [ɪnˈkloʒɚ] 答案：( )
7. **detail**→ (A) 詳細 (B) 釋放 (C) 偵察 .... [ˈditel] 答案：( )
8. **cover**→ (A) 旋轉 (B) 包括 (C) 信用 .... [ˈkʌvɚ] 答案：( )
9. **item**→ (A) 學期 (B) 測試 (C) 物品 .... [ˈaɪtəm] 答案：( )
10. **quotation**→ (A) 引用 (B) 安靜 (C) 劑量 .... [kwoˈteʃən] 答案：( )
11. **chance**→ (A) 大臣 (B) 機會 (C) 改變 .... [tʃæns] 答案：( )
12. **ski**→ (A) 滑雪 (B) 皮膚 (C) 溜冰 ....[ski] 答案：( )
13. **abroad**→ (A) 黑板 (B) 木板 (C) 在國外 .... [əˈbrɔd] 答案：( )
14. **scandal**→ (A) 拖鞋 (B) 醜聞 (C) 掃描 .... [ˈskændl] 答案：( )
15. **brother**→ (A) 借 (B) 打擾 (C) 兄弟 .... [ˈbrʌðɚ] 答案：( )

答案：
1. (A) **2**. (C) **3**. (B) **4**. (B) **5**. (C)
6. (B) **7**. (A) **8**. (B) **9**. (C) **10**. (A)
11. (B) **12**. (A) **13**. (C) **14**. (B) **15**. (C)

這些單字都將運用在以下的會話及解析中，哪些單字答錯了？請利用以下的單元好好的學習單字的正確用法吧！

上班族會話這樣說好糗！

看看以下的對話情境，是不是讓你似曾相識呢？以下列舉出中國人常犯的會話錯誤與中式英語，
看完後請務必接著看後續的「我不要再出糗！重點文法解析」及「上班族會話這樣講就對了」，
才不會不小心把錯誤的用法記在腦中喔！

Dear sir/madam,

We got your information from the **Internet**[1]. I am Megan in the Market Department of Blue Sky Corp. **We would like to take this occasion**[2] **to introduce our company and products,** ✗ with the hope that we may work with your firm in the future.

We are an American **multinational**[3] corporation, which **specializes**[4] in producing electronic products with high peformence and technology. **We have put our catalog**[5] **in the enclosure**[6]**,** ✗ which introduces our company in **detail**[7] and **covers**[8] all our latest products.

If you are interested in any of these **items**[9], please contact us, We will send our **quotation**[10] and specifications to you.

We look forward to hear from you! ✗

Sincerely,

Megan

敬啟者：

我們從網路上看到您的資訊。我是藍天公司市場部的梅根。我們想藉此機會介紹一下我們公司及產品，希望將來可以合作。

我們是一家美國的跨國公司，專門生產高科技、具備高性能的電子產品。我們已隨函附寄了一份詳細介紹我們公司和所有最新產品的目錄。

如果您對其中任何一樣產品感興趣，敬請告知，我們將把報價和產品規格寄給您。

期待您的來信！

誠摯地，

梅根

立刻翻閱次頁了解詳細解析

我不要再出糗！重點文法解析  MP3 Track 073

傳統背單字的方法，容易讓我們只把單字和中文背下來，卻完全誤解了用法，在這個單元中，將針對最容易混淆單字，作最徹底的解析，讓你出差、洽商都絕不再出糗！

辨析重點1

chance/opportunity/occasion 同樣都有「機會」的意思，該怎麼用呢？

chance 和 opportunity 都可以指「機遇」，但是 chance 較不是人力可以掌握的機會，強調意外得到的或是偶然發生的機會。opportunity 則較強調人為的因素。不過二者在很多情況下都可以互換。而 occasion 的意思則不是指「機遇」，而是指「時機」，即做某事的適當時機或適當場合。請利用下面的例句，幫助更熟悉記憶單字的用法：

❏ The snow gave us the **chance**[11] to **ski**[12].
  這場雪讓我們有機會可以滑雪。

❏ This is a good opportunity for me to study **abroad**[13].
  對我來說，這是一個出國深造的好機會。

❏ There is not an occasion to talk about the **scandal**[14].
  這不是談論那件醜聞的好時機。

辨析重點2

look forward to 的用法

look forward 後面接續動詞時，需要用動詞的動名詞形式。例如：

❏ I am looking forward to receiving from you.

❏ My little **brother**[15] is looking forward to having a holiday.

辨析重點3

We have put our catalog in the enclosure.

這覺得是一句典型的中式英文，是由：「我們把目錄放在附件裡了。」直翻過來的。
如果想要表達隨信附件了，可以說：

❏ Enclosed is our catalog.

❏ We have enclosed our catalog.

千萬別再用中文的邏輯直接翻譯囉～

上班族會話這樣講就對了 ▶ MP3 Track 074

單字文法都很行，但是卻老是無法延續對話嗎？在這個單元中除了告訴你最正確的語法、最道地的說法以外，也告訴你最生活化的會話技巧，讓你輕輕鬆鬆就延續與對方的交談。

Dear sir/madam,

We got your information from the Internet. I am Megan in the Market Department of Blue Sky Corp. We would like to take this opportunity to introduce our company and products, with the hope that we may work with your firm in the future.

We are an American multinational corporation, which specializes in producing electronic products with high performance and technology. We have enclosed our catalog, which introduces our company in detail and covers all our latest products.

If you are interested in any of these items, please contact us. We will send our quotation and specifications to you.

We look forward to hearing from you!

Sincerely,

Megan

敬啓者：

我們從網路上看到您的資訊。我是藍天公司市場部的梅根。我們想藉此機會介紹一下我們公司及產品，希望將來可以合作。

我們是一家美國的跨國公司，專門生產高科技、具備高性能的電子產品。我們已隨函附寄了一份詳細介紹我們公司和所有最新產品的目錄。

如果您對其中任何一樣產品感興趣，敬請告知，我們將把報價和規格寄給您。

期待您的來信！

誠摯地，

梅根

職場會話
小技巧

在給潛在客戶發函的時候，需要報上自己的姓名，公司名稱，這樣可以讓客戶覺得來信更可靠。同時，要在內容上重點突出自己的特色和客戶可能感興趣的話題,讓他更願意繼續看下去。措辭禮貌也是一個要點，總之，請切記客戶至上。

Unit 38 收到客戶來信

上班族單字哪些我不會？

先作個小測驗，看看這些單字的意思你懂嗎？

1. **glad**→ (A) 逃竄 (B) 少年 (C) 高興 ....[glæd] 答案：（ ）
2. **merchandise**→ (A) 商人 (B) 商品 (C) 慈悲 ....[ˋmɝtʃənˏdaɪz] 答案：（ ）
3. **parade**→ (A) 遊行 (B) 驅逐 (C) 發揮.........................[pəˋred] 答案：（ ）
4. **suitable**→ (A) 套房 (B) 合適 (C) 手提箱.....................[ˋsutəbl] 答案：（ ）
5. **local**→ (A) 當地 (B) 上鎖 (C) 位置................................[ˋlokl] 答案：（ ）
6. **comparison**→ (A) 同情 (B) 比較 (C) 指南 ....[kəmˋpærəsn] 答案：（ ）
7. **outcome**→ (A) 結果 (B) 外出 (C) 爆發.................[ˋaʊtˏkʌm] 答案：（ ）
8. **affordable**→ (A) 富裕 (B) 承受 (C) 同意.................[əˋfɔrdəbl] 答案：（ ）
9. **competitive**→ (A) 抱怨 (B) 編輯 (C) 競爭力 ....[kəmˋpɛtətɪv] 答案：（ ）
10. **collaboration**→ (A) 合作 (B) 衣領 (C) 崩潰......[kəˏlæbəˋreʃən] 答案：（ ）
11. **discussion**→ (A) 疾病 (B) 討論 (C) 噁心 ....[dɪˋskʌʃən] 答案：（ ）
12. **identification**→ (A) 相同 (B) 思想 (C) 證明 ..[aɪˏdɛntəfəˋkeʃən] 答案：（ ）
13. **artist**→ (A) 藝術 (B) 藝術家 (C) 藝術館 ....[ˋɑrtɪst] 答案：（ ）
14. **display**→ ((A) 陳列 (B) 反對 (C) 玩耍....................[dɪˋsple] 答案：（ ）
15. **dictionary**→ ((A) 聽寫 (B) 字典 (C) 獨裁者 ....[ˋdɪkʃənˏɛrɪ] 答案：（ ）

答案：
1. (C)　2. (B)　3. (A)　4. (B)　5. (A)
6. (B)　7. (A)　8. (B)　9. (C)　10. (A)
11. (B)　12. (C)　13. (B)　14. (A)　15. (B)

這些單字都將運用在以下的會話及解析中，哪些單字答錯了？請利用以下的單元好好的學習單字的正確用法吧！

上班族會話這樣說好糗！

看看以下的對話情境，是不是讓你似曾相識呢？以下列舉出中國人常犯的會話錯誤與中式英語，看完後請務必接著看後續的「我不要再出糗！重點文法解析」及「上班族會話這樣講就對了」，才不會不小心把錯誤的用法記在腦中喔！

Dear Miss Megan,

So **glad**[1] to have your letter. **We are very interest to your latest products.** ✗ As you know, **we are in need of all kinds of merchandise**[2] **to parade**[3] **in our store window.** ✗ We have checked that your products are **suitable**[4] for our **local**[5] market. Moreover, **we make a price comparison**[6] **among many companies,** ✗ and the **outcome**[7] is that your price is **affordable**[8] and **competitive**[9] enough for us. So we sincerely hope we can work in **collaboration**[10] with each other.

But I am afraid that we still need a further **discussion**[11]. We are looking forward to your reply.

Yours faithfully,

Eric

親愛的梅根小姐，

很高興收到妳的來信。我們對妳們的最新產品很感興趣。正如妳知道的一樣，我們的商店櫥窗陳列需要各種商品。檢驗證明妳們的產品很適合我們當地的市場。而且，我們還進行了各家之間的價格對比，結果發現，妳們的價格既不是很昂貴又具備一定的競爭力。因此，我們真誠的希望雙方能進行合作。

但是，我想我們還是需要進行進一步的商榷。期待妳的回覆。

您忠實的，

艾瑞克

立刻翻閱次頁了解詳細解析

我不要再出糗！重點文法解析 ▶ MP3 Track 075

傳統背單字的方法，容易讓我們只把單字和中文背下來，卻完全誤解了用法，在這個單元中，將針對最容易混淆單字，作最徹底的解析，讓你出差、洽商都絕不再出糗！

辨析重點1

show/display/exhibit 同樣都有「展示」的意思，該怎麼用呢？

解說：三者都有「公開展示物品，以供人欣賞參觀」的意思，因此通常可以互換。而另一個字 parade 的名詞雖帶有展覽的意思，但 parade 在這裡是動詞，是遊行的意思，故不能用。另外，中文的「秀」其實就是英文裡的「show」。因此我們常說的「秀給你看」就是 show you。請利用下面的例句，幫助更熟悉記憶單字的用法：

❏ Please show me your **identification**[12] to prove you are of age.
　請出示你的身份證以證明你成年了。

❏ New cars were exhibited at the exhibition.
　展覽會上展出了新車。

❏ Mang local **artists**[13] lack opportunity to **display**[14] their work.
　很多當地的藝術家沒有機會展出自己的作品。

辨析重點2

comparison 的用法

comparison 專指把兩者進行比較或是對比，後面要接續 between。例如：

❏ There is no comparison between the two **dictionaries**[15].

❏ Please make a comaprison between these fruits.

辨析重點3

We are very interest to your latest products.

這覺得是一句典型的中式英文，是由：「我們對你們的新產品很感興趣。」直翻過來的。
如果想要表達對什麼東西很感興趣，可以說：

❏ We are very interested in your products.

❏ We are of great interest to your products.

千萬別再用中文的邏輯直接翻譯囉～

上班族會話這樣講就對了 ▶ MP3 Track 076

單字文法都很行，但是卻老是無法延續對話嗎？在這個單元中除了告訴你最正確的語法、最道地的說法以外，也告訴你最生活化的會話技巧，讓你輕輕鬆鬆就延續與對方的交談。

Dear Miss Megan,

So glad to have your letter. We are of great interest in your latest products. As you know, we are in need of all kinds of merchandise to display in our store window. We have checked that your products are suitable for our local market. Moreover, we make a price comparison between many companies, and the outcome is that your price is affordable and competitive enough for us. So we sincerely hope we can work in collaboration with each other.

But I am afraid that we still need a further discussion. We are looking forward to your reply.

Yours faithfully,

Eric

親愛的梅根小姐，

很高興收到妳的來信。我們對妳們的最新產品很感興趣。正如妳知道的一樣，我們的商店櫥窗陳列需要各種商品。檢驗證明妳們的產品很適合我們當地的市場。而且，我們還進行了各家之間的價格對比，結果發現，妳們的價格既不是很昂貴又具備一定的競爭力。因此，我們真誠的希望雙方能進行合作。

但是，我想我們還是需要進一步的商榷。期待妳的回覆。

您忠實的，

艾瑞克

Unit 39 發函邀請 客戶參加宴會

上班族單字哪些我不會?

先作個小測驗,看看這些單字的意思你懂嗎?

1. **anniversary**→ (A) 注釋 (B) 宣告 (C) 年慶 .... [ˌænəˈvɜsərɪ] 答案: ( )
2. **celebration**→ (A) 慶祝 (B) 自由 (C) 名人 .... [ˌsɛləˈbreʃən] 答案: ( )
3. **leading**→ (A) 鉛 (B) 領先 (C) 傳導 .... [ˈlidɪŋ] 答案: ( )
4. **field**→ (A) 朋友 (B) 領域 (C) 激烈 .... [fild] 答案: ( )
5. **pattern**→ (A) 坐墊 (B) 拍打 (C) 圖案 .... [ˈpætən] 答案: ( )
6. **superb**→ (A) 優秀 (B) 超越 (C) 膚淺 .... [suˈpɜb] 答案: ( )
7. **bestow**→ (A) 賭注 (B) 授予 (C) 背叛 .... [bɪˈsto] 答案: ( )
8. **similar**→ (A) 相似 (B) 簡單 (C) 激發 .... [ˈsɪmələ] 答案: ( )
9. **manufacturer**→ (A) 製造商 (B) 原稿 (C) 人工
.... [ˌmænjəˈfæktʃərə] 答案: ( )
10. **strenuous**→ (A) 嚴格 (B) 奮發 (C) 壓力 .... [ˈstrɛnjuəs] 答案: ( )
11. **promote**→ (A) 升職 (B) 促進 (C) 迅速 .... [prəˈmot] 答案: ( )
12. **via**→ (A) 通過 (B) 歪斜 (C) 別墅 .... [ˈvaɪə] 答案: ( )
13. **wallpaper**→ (A) 紙 (B) 壁紙 (C) 牆壁 .... [ˈwɔlˌpepə] 答案: ( )
14. **example**→ (A) 充裕 (B) 例子 (C) 交換 .... [ɪgˈzæmpl] 答案: ( )
15. **medal**→ (A) 獎章 (B) 媒體 (C) 醫藥 .... [ˈmɛdl] 答案: ( )

答案:
1. (C) **2**. (A) **3**. (B) **4**. (B) **5**. (C)
6. (A) **7**. (B) **8**. (A) **9**. (A) **10**. (B)
11. (B) **12**. (A) **13**. (B) **14**. (B) **15**. (A)

這些單字都將運用在以下的會話及解析中,
哪些單字答錯了?請利用以下的單元好好的
學習單字的正確用法吧!

上班族會話這樣說好糗！

看看以下的對話情境，是不是讓你似曾相識呢？以下列舉出中國人常犯的會話錯誤與中式英語，看完後請務必接著看後續的「我不要再出糗！重點文法解析」及「上班族會話這樣講就對了」，才不會不小心把錯誤的用法記在腦中喔！

Dear James,

We would like to invite you to our **anniversary**[1] **celebration**[2].

Blue Sky Corp. is a **leading**[3] producer in the **field**[4] of electronic products. **Our new patterns**[5] **offer superb**[6] **quality,**  **and their new features bestow**[7] **them with distinct advantages** ✖ over **similar**[8] products from other **manufacturers**[9]. In the meantime, we really appreciate your **strenuous**[10] effort to **promote**[11] the sale in the market. We earnestly hope you can spare some time to attend the celebration.

Thank you for taking your time to read this letter. ✖ You can reach me by phone or **via**[12] email. We are looking forward to your reply.

Sincerely yours,

Megan

親愛的詹姆斯先生：

我們敬請您屆時參加我們周年慶典。

藍天公司是電子產品生產領域裡的佼佼者。我們的新產品擁有高品質，它們的新特性也賦予了產品遠高於其他生產商生產的同類產品很多明顯優勢。同時，我們還特別感謝您在市場上對我們產品的全力促銷。我們真誠的希望您能抽出一點時間來參加這次慶典。

謝謝您花費您的寶貴時間來閱讀我們的信件。你可以通過電話或是郵件跟我進行聯繫。期待您的回復。

您真誠的，

梅根

立刻翻閱次頁了解詳細解析

我不要再出糗！重點文法解析

傳統背單字的方法，容易讓我們只把單字和中文背下來，卻完全誤解了用法，在這個單元中，將針對最容易混淆單字，作最徹底的解析，讓你出差、洽商都絕不再出糗！

辨析重點1

pattern/model/example 同樣都有「模範」的意思，該怎麼用呢？

解說：當作「可供人效法的模範，典範」時，三者可以通用，但每一個字都另有其他的特殊的意思。「依原物比例縮小的模型」或「可供人效仿的模式，系統」就是 model，「服裝的圖樣和縫紉的式樣」等是用 pattern，「舉例說明時的範例」是用 example。請利用下面的例句，幫助更熟悉記憶單字的用法：

❏ The **wallpaper**[13] in my room is a pattern of flowers.
我屋裡的壁紙是花卉圖案的。

❏ This is a model of new ship.
這是新船的模型。

❏ Don't follow your father's bad **example**[14].
不要學你父親的壞榜樣。

辨析重點2

bestow 的用法

bestow 的意思是授予，後面接續介系詞 on 或者 upon。例如：
❏ This **medal**[15] was bestowed upon the winner.
如果想表達賦予的意思，則要用endow sth/sb with sth。例如：
❏ He was endowed with a fortune

辨析重點3

Thank you for taking your time to read this letter.

這覺得是一句典型的中式英文，是由：「謝謝你花時間來閱讀我們的信件。」直翻過來的。take your time 是不要著急，慢慢來的意思。
如果想要表達花費時間，可以說：
Thank you for taking the time to read this letter.

Thank you for spending time on this letter.
千萬別再用中文的邏輯直接翻譯囉～

上班族會話這樣講就對了 ▶ **MP3** Track 078

單字文法都很行，但是卻老是無法延續對話嗎？在這個單元中除了告訴你最正確的語法、最道地的說法以外，也告訴你最生活化的會話技巧，讓你輕輕鬆鬆就延續與對方的交談。

Dear James,

We would like to invite you to our anniversary celebration.

Blue Sky Corp. is a leading producer in the field of electronic products. Our new models offer superb quality, and their new features endow them with distinct advantages over similar products from other manufacturers. In the meantime, we really appreciate your strenuous effort to promote the sale in the market. We earnestly hope you can spare some time to attend the celebration.

Thank you for taking the time to read this letter. You can reach me by phone or via email. We are looking forward to your reply.

Sincerely yours,

Megan

親愛的詹姆斯先生：

我們敬請您屆時參加我們周年慶典。

藍天公司是電子產品生產領域裡的佼佼者。我們的新產品擁有高品質，它們的新特性也賦予了產品遠高於其他生產商生產的同類產品很多明顯優勢。同時，我們還特別感謝您在市場上對我們產品的全力促銷。我們真誠的希望您能抽出一點時間來參加這次慶典。

謝謝您花費您的寶貴時間來閱讀我們的信件。你可以通過電話或是郵件跟我進行聯繫。期待您的回覆。

您真誠的，

梅根

職場會話
小技巧

小技巧：在寫邀請函的時候，需要點名活動的意義或目的。正文中，既要提到自己公司的優點，也要多多誇讚一下郵件接受者。這樣，既不失自己公司的風度，也可以取悅對方。我們才可以爭取到客戶來參加自己負責的活動。

Unit 40 回覆客戶邀請信件

上班族單字哪些我不會？

先作個小測驗，看看這些單字的意思你懂嗎？

1. **exact**→ (A) 準確 (B) 誇張 (C) 考試 ....[ɪgˋzækt] 答案：（ ）
2. **March**→ (A) 前進 (B) 三月 (C) 空白 ....[mɑrtʃ] 答案：（ ）
3. **square**→ (A) 廣場 (B) 浪費 (C) 敲打 ....[skwɛr] 答案：（ ）
4. **executive**→ (A) 行刑 (B) 執行官 (C) 懲罰 ....[ɪgˋzɛkjʊtɪv] 答案：（ ）
5. **officer**→ (A) 後代 (B) 離開 (C) 官員 ....[ˋɔfəsɚ] 答案：（ ）
6. **participate**→ (A) 分解 (B) 部分 (C) 參加 ....[pɑrˋtɪsəpet] 答案：（ ）
7. **consist**→ (A) 堅持 (B) 包括 (C) 安慰 ....[kənˋsɪst] 答案：（ ）
8. **purpose**→ (A) 目的 (B) 追求 (C) 施加 ....[ˋpɝpəs] 答案：（ ）
9. **activity**→ (A) 表演 (B) 反映 (C) 活動 ....[ækˋtɪvətɪ] 答案：（ ）
10. **commerce**→ (A) 任務 (B) 商業 (C) 委員 ....[ˋkɑmɝs] 答案：（ ）
11. **friendship**→ (A) 友誼 (B) 戰鬥 (C) 友好 ....[ˋfrɛndʃɪp] 答案：（ ）
12. **cordially**→ (A) 協議 (B) 熱切 (C) 誠摯 ....[ˋkɔrdʒəlɪ] 答案：（ ）
13. **center**→ (A) 美分 (B) 中央 (C) 遣送 ....[ˋsɛntɚ] 答案：（ ）
14. **intense**→ (A) 意圖 (B) 激烈 (C) 嵌入 ....[ɪnˋtɛns] 答案：（ ）
15. **content**→ (A) 思考 (B) 內容 (C) 污染 ....[kənˋtɛnt] 答案：（ ）

答案：
1. (A) **2.** (B) **3.** (A) **4.** (B) **5.** (C)
6. (C) **7.** (B) **8.** (A) **9.** (C) **10.** (B)
11. (A) **12.** (C) **13.** (B) **14.** (B) **15.** (B)

這些單字都將運用在以下的會話及解析中，哪些單字答錯了？請利用以下的單元好好的學習單字的正確用法吧！

上班族會話這樣說好糗！

看看以下的對話情境，是不是讓你似曾相識呢？以下列舉出中國人常犯的會話錯誤與中式英語，
看完後請務必接著看後續的「我不要再出糗！重點文法解析」及「上班族會話這樣講就對了」，
才不會不小心把錯誤的用法記在腦中喔！

Dear James,

We are so glad to receive your letter. And you asked us about the **exact**[1] date and place in your reply. **Our plan is as following:** ✗

The anniversary celebration will begin from 2 p.m. to 5 p.m. on the morningh of **March**[2] 21st, 2008. It'll be held in the Times **Square**[3], DaAn District. Many celebrities, **executives**[4] and public **officers**[5] will **participate**[6] in this celebration. Then this will be followed by a evening party **consisting**[7] of a dinner and two hours' performances at Star Hotel. **The main purpose**[8] of this activity[9] is to promote both our commerce[10] and friendship[11]. ✗

At a time, we went through difficulties together. ✗ Now we want to share our joy with you. So you are cordially[12] invited to attend this celebration. See you on March 21st.

Yours sincerely,

Megan

親愛的詹姆斯先生：

很高興收到您的來信。您在回信中問到具體的時間和地點。我們的計畫是這樣的：

周年慶典將在２００８年３月２１日下午２點開始，５點結束。在大安區的時代廣場舉行。眾多名人、行政官員和政府官員將出席本次慶典。隨後將會在星際賓館舉辦一次晚會。晚會包括晚餐和兩個小時的表演。這次活動的主要目的是促進我們的貿易和友誼。

曾經我們共度難關。現在我們也希望與你們共同分享快樂。因此，我們誠摯的歡迎您屆時參加慶典活動。我們３月２１日見了。

您真誠的，

梅根

立刻翻閱次頁了解詳細解析

我不要再出糗！重點文法解析 ▶ MP3 Track 079

傳統背單字的方法，容易讓我們只把單字和中文背下來，卻完全誤解了用法，在這個單元中，將針對最容易混淆單字，作最徹底的解析，讓你出差、洽商都絕不再出糗！

辨析重點1

business/trade/commerce 同樣都有「商業」的意思，該怎麼用呢？

解說：business 指的是與買賣相關的工作。我們說的做生意就是 do business. 出差就是 go on a business trip，而生意人就是 businessman 了。trade 的意思與 business 相近，但更強調貿易，如「國際貿易」的說法就是 international trade。commerce 多指大規模的買賣或貿易關係，也泛指商業行為或商界，如商業中心的說法就是 a center of commerce。請利用下面的例句，幫助更熟悉記憶單字的用法：

❑ She has gone on a business trip; she will be back next Monday.
　她出差去了，下星期會回來。

❑ The book exhibition is held in the Taipei World Trade **Center**[13].
　書展是在臺北世貿中心舉行。

❑ In the world of industry and commerce, the competition is **intense**[14].
　在工商界，競爭很激烈。

辨析重點2

as follows 的用法

as follows 是個慣用習語，表示下面的列舉有好幾個。例如：

❑ The **content**[15] of this discussion is as follows:

❑ The results are as below.

辨析重點3

at a time 的用法

at a time 的意思是「每次；一次」。例如：

❑ You can take three **pills** at a time.

而 at one time 的意思才是「同時；曾經一度」，常用於過去時。例如：

❑ At one time we loved each other so deeply.

千萬別再用中文的邏輯直接翻譯囉～

上班族會話這樣講就對了

MP3
Track 080

單字文法都很行，但是卻老是無法延續對話嗎？在這個單元中除了告訴你最正確的語法、最道地的說法以外，也告訴你最生活化的會話技巧，讓你輕輕鬆鬆就延續與對方的交談。

Dear James,

We are so glad to receive your letter. And you asked us about the exact date and place in your reply. Our plan is as follows:

The anniversary celebration will begin from 2 p.m. to 5 p.m. on the morning of March 21st, 2008. It'll be held in the Times Square, DaAn District. Many celebrities, executives and public officers will participate in this celebration. Then this will be followed by a evening party consisting of a dinner and two hours' performances at Star Hotel. The main purpose of this activity is to promote both our trade and friendship.

At one time, we went through difficulties together. Now we want to share our joy with you. So you are cordially invited to attend this celebration. See you on March 21st.

Yours sincerely,

Megan

親愛的詹姆斯先生：

很高興收到您的來信。您在回信中問到具體的時間和地點。我們的計畫是這樣的：

周年慶典將在２００８年３月２１日下午２點開始，５點結束。在大安區的時代廣場舉行。眾多名人、行政官員和政府官員將出席本次慶典。隨後將會在星際賓館舉辦個晚會。晚會包括晚餐和兩個小時的表演。這次活動的主要目的是促進我們的貿易和友誼。

曾經我們共度難關。現在我們也希望與你們共同分享快樂。因此，我們誠摯的歡迎您屆時參加慶典活動。我們３月２１日見了。

您真誠的，

梅根

職場會話
小技巧

在給自己的客戶回復郵件的時候，要儘量把事情有條理的說清楚，而不至於混亂，這樣，可以方便他們在工作忙碌的時候查看。我們也可以用序號標示出來。同時，要多說說雙方共同經歷的，特別是他們對自己公司的幫助，這樣可以讓對方覺得你們確實很關注他們，就可以比較容易的拉近雙方的距離了。

Note

在以上的章節結束之後，關於上班族單字，還有那些是不熟悉的呢？職場上會使用到的會話及文法，是不是還有還不夠了解的用法呢？

各位可以利用以下的頁面，把前面兩個part吸收的東西做一下整理，對於比較不熟悉的單字、會話及文法，記錄在這邊，之後做複習的時候，效率也會比較高喔！

Products Presentation • Products Presentation

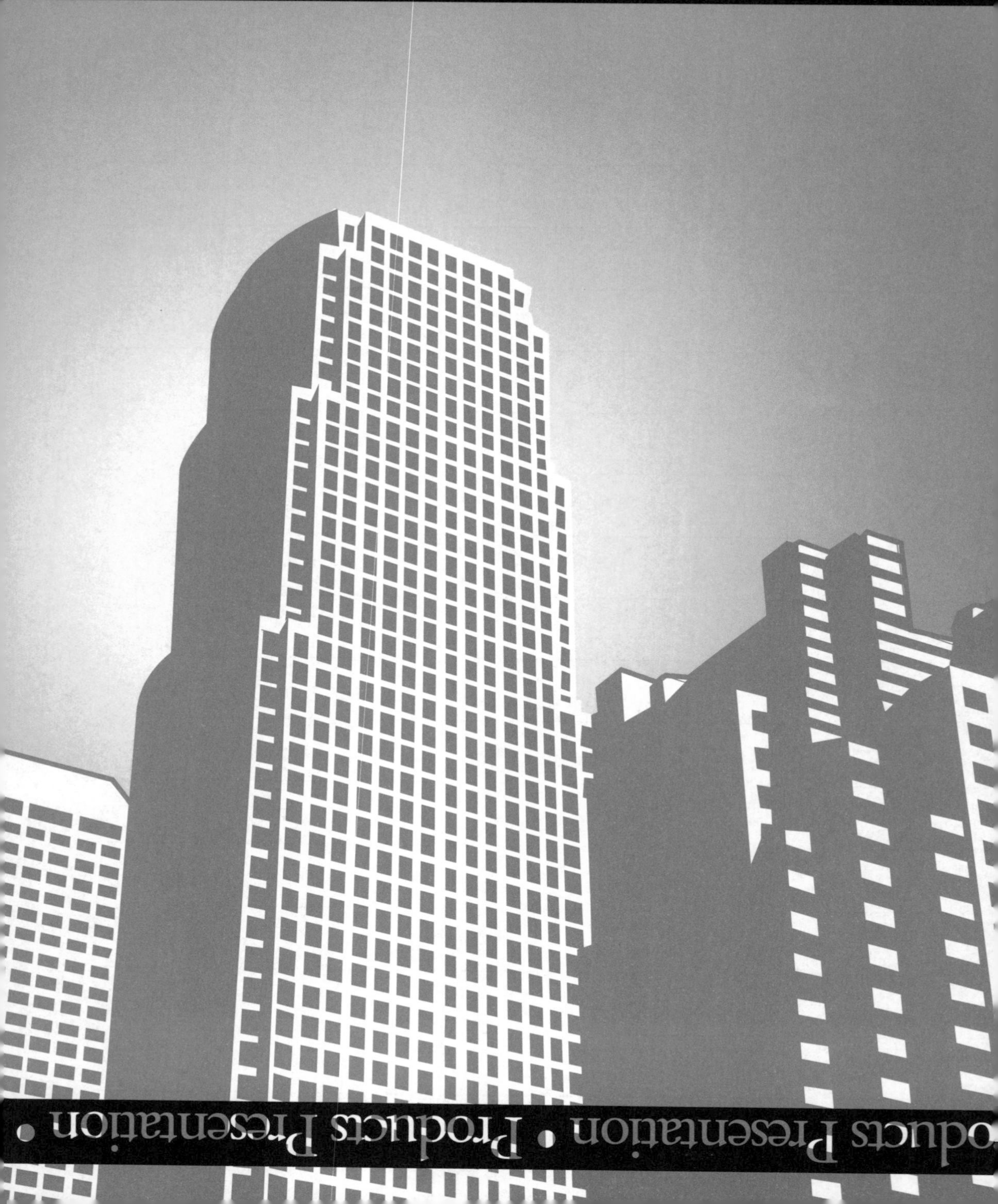

Part ⑤

產品簡報
與發表

Products Presentation

Unit 41 上司要求 產品簡報

上班族單字哪些我不會？

先作個小測驗，看看這些單字的意思你懂嗎？

1. **expect**→ (A) 驚奇 (B) 期待 (C) 懷疑.........................[ɪkˋspɛkt] 答案：（　）

2. **pregnant**→ (A) 禮物 (B) 懷孕 (C) 簡報...................[ˋprɛgnənt] 答案：（　）

3. **embarrass**→ (A) 開始 (B) 上船 (C) 尷尬................[ɪmˋbærəs] 答案：（　）

4. **rusty**→ (A) 生疏的 (B) 不鏽鋼 (C) 紅寶石 .... [ˋrʌstɪ] 答案：（　）

5. **exhausted**→ (A) 疲累的 (B) 展覽的 (C) 紀念的 .... [ɪgˋzɔstɪ] 答案：（　）

6. **remind**→ (A) 提醒 (B) 內心 (C) 背誦 ....[rɪˋmaɪn] 答案：（　）

7. **awfully**→ (A) 可怕地 (B) 可愛地 (C) 可憐地 ....[ˋɔfʊlɪ] 答案：（　）

8. **flight**→ (A) 遊行 (B) 飛行 (C) 滑行.............................[flaɪt] 答案：（　）

9. **recover**→ (A) 度過 (B) 復原 (C) 掩蓋 ....[rɪˋkʌvə] 答案：（　）

10. **jet lag**→ (A) 直昇機 (B) 透明絲襪 (C) 時差 ....[ˋdʒɛt͵læg] 答案：（　）

11. **immediately**→ (A) 立刻地 (B) 遲疑地 (C) 強硬地 .... [ɪˋmidɪɪtlɪ] 答案：（　）

12. **task**→ (A) 任性 (B) 任憑 (C) 任務.................................tæsk] 答案：（　）

13. **brief**→ (A) 短褲 (B) 公事包 (C) 簡報..........................[brif] 答案：（　）

14. **presentation**→ (A) 禮品 (B) 簡報 (C) 友善.........[͵prɛzn̩ˋteʃən] 答案：（　）

15. **deadline**→ (A) 捐款 (B) 期限 (C) 死巷 ....[ˋdɛd͵laɪn] 答案：（　）

答案：
1. (B)　2. (B)　3. (C)　4. (A)　5. (A)
6. (A)　7. (A)　8. (B)　9. (B)　10. (C)
11. (A)　12. (C)　13. (C)　14. (B)　15. (B)

這些單字都將運用在以下的會話及解析中，哪些單字答錯了？請利用以下的單元好好的學習單字的正確用法吧！

上班族會話這樣說好糗！

看看以下的對話情境，是不是讓你似曾相識呢？以下列舉出中國人常犯的會話錯誤與中式英語，看完後請務必接著看後續的「我不要再出糗！重點文法解析」及「上班族會話這樣講就對了」，才不會不小心把錯誤的用法記在腦中喔！

（藍天公司開發部的蜜雪敲了上司琳西的辦公室大門……）

Michelle: Morning, Boss! I'm back from Rome. Max said **you're expecting**[1]. ❌	蜜雪：老闆早！我從羅馬回來了。邁斯說妳在待產。
Lindsay: What?! I'm expecting? Where did you get that idea?	琳西：什麼？！我在待產？妳怎麼會有這種想法？
Michelle: But…**Max said you're expecting. You don't?** ❌	蜜雪：可是……邁斯說妳在待產啊。妳沒有嗎？
Lindsay: Of course not! Do I look like a **pregnant**[2] woman?	琳西：當然沒有啊！我看起來像個孕婦嗎？
Michelle: I didn't say you're pregnant. I meant **you're waiting me**. ❌	蜜雪：我沒說妳懷孕啊。我是說妳在等我。
Lindsay: Oh, my! You mean I'm expecting you; I'm waiting for you.	琳西：天哪，原來妳是說我在等妳來見我，跟妳剛剛講的意思差很多耶。
Michelle: Oops! I'm so **embarrassed**[3]. After a three-week vacation, My English is a bit **rusty**[4]. I'd better start working on it.	蜜雪：糟糕！好尷尬喔！渡了三個禮拜的假，我的英文變得有點生疏了。我得要開始加緊練習才行。
Lindsay: Yes, you'd better do that. Remember, use it or lose it.	琳西：沒錯，妳的確該好好練習了。記住，用進廢退啊。
Michelle: Thanks for the advice. I'll keep that in mind.	蜜雪：謝謝妳給我的忠告，我會謹記在心。
Lindsay: Good. Now we have work to do.	琳西：很好。現在開始幹活吧。

立刻翻閱次頁了解詳細解析

我不要再出糗！重點文法解析 ▶ MP3 Track 081

傳統背單字的方法，容易讓我們只把單字和中文背下來，卻完全誤解了用法，在這個單元中，將針對最容易混淆單字，作最徹底的解析，讓你出差、洽商都絕不再出糗！

辨析重點1

expect 的用法

expect 在不及物動詞的進行式狀態下，是表示「懷孕、待產」。例如：Lisa's expecting.（麗莎正在待產。）若要表示「正在等誰」，expect 一定要加上受詞才行。

表示「老闆要見你 / 老闆找你」的幾種說法如下：

❑ The boss is expecting you.

❑ The boss wants you.

❑ The boss wants to see you.

辨析重點2

Max said you're expecting. You don't?

國人在使用英文時，時常會犯了一個錯誤，就是「動詞前後不一致」。在這個句子裡，you're expecting 是使用 be 動詞，故後面的 You don't 必須改成 You aren't，即為 You aren't expecting 的簡化。英文道不道地，從這裡就可以明顯看出，所以一定要留意。

辨析重點3

You're waiting me.

「等待某人」的片語為 wait for sb.，千萬不要忘了加上介系詞 for，這是非常基本的用法，一定要牢牢記住。

wait 的幾種用法如下：

❑ That case can wait.
那件案子可以先擱置一下。

❑ Dinner is waiting.
晚餐煮好了。

❑ Don't run so fast. Wait for me!
別跑那麼快，等等我啊！

❑ I'm waiting for the train.
我正在等火車。

上班族會話這樣講就對了 ▶ **MP3** Track 082

單字文法都很行，但是卻老是無法延續對話嗎？在這個單元中除了告訴你最正確的語法、最道地的說法以外，也告訴你最生活化的會話技巧，讓你輕輕鬆鬆就延續與對方的交談。

（藍天公司開發部的蜜雪敲了上司琳西的辦公室大門……）

Michelle: Morning, Boss! I'm back from Rome. Max said you're expecting me.

蜜雪：琳西，早安！我從羅馬回來了。邁斯說妳在等我。

Lindsay: Oh, hi, Michelle! Welcome back. But you look **exhausted**⁵! Are you OK?

琳西：噢，嗨，蜜雪！歡迎回來，但妳看起來累壞了！沒事吧？

Michelle: Don't **remind**⁶ me. I know I look terrible. It was an **awfully**⁷ long **flight**⁸.

蜜雪：別提了，我知道我的臉色有夠嚇人，坐了那麼久的飛機。

Lindsay: We have work to do, but if you need a day to **recover**⁹ from **jet lag**¹⁰, we can start tomorrow.

琳西：我們有工作要進行，但如果妳需要休息一天來調整時差，明天再開始也不遲啊。

Michelle: That's OK. I can start **immediately**¹¹. Fill me in on the **task**¹².

蜜雪：沒關係，我可以立即上班。告訴我工作內容吧。

Lindsay: OK. I need you to **brief**¹³ me on our new item PUR038 before we make a **presentation**¹⁴ to Topcraft Co. The **deadline**¹⁵ is next Monday. You get to pick your own team.

琳西：好，在向頂力公司進行新產品PUR038 的產品說明會之前，我要妳先向我做個簡報，期限是下個禮拜一。妳可以自己組一個團隊進行。

Michelle: I'll get right on it.

蜜雪：我會馬上開始行動。

Lindsay: Good. Keep me posted.

琳西：很好，隨時通知我最新狀況。

職場會話
小技巧

在英語職場中，如果老闆請人轉達他想見你時，那個人會對你說：The boss is expecting you. 或者 The boss wants (to see) you. 如果是老闆當面詢問你有沒有時間，想找你談談時，則會問你：Can I see you in my office?（到我辦公室來一下好嗎？）
但如果他對你說：I want you in my office NOW! 這時你可要開始想想自己在工作上是否犯了錯，趕緊做好心理準備，皮繃緊一點，因為老闆可能要發飆了！

Unit 42 簡報資料收集

上班族單字哪些我不會？

先作個小測驗，看看這些單字的意思你懂嗎？

1. **quit**→ (A) 開始 (B) 停止 (C) 操作 .... [kwɪt] 答案：（ ）
2. **irresponsible**→ (A) 負責任的 (B) 不負責任的 (C) 責任
.... [ˌɪrɪˋspɑnsəbḷ] 答案：（ ）
3. **possible**→ (A) 值得的 (B) 健全的 (C) 可能的 ....[ˋpɑsəbḷ] 答案：（ ）
4. **clock**→ (A) 打卡 (B) 水桶 (C) 板擦.................................... [klɑk] 答案：（ ）
5. **usual**→ (A) 奢侈 (B) 通常 (C) 高利貸 ....[ˋjuʒʊəl] 答案：（ ）
6. **confuse**→ (A) 迷惑 (B) 拒絕 (C) 衝突 ....[kənˋfjuz] 答案：（ ）
7. **broken**→ (A) 瘸腳的 (B) 凋謝的 (C) 腐爛的 ....[ˋbrokən] 答案：（ ）
8. **papers**→ (A) 頁數 (B) 文件 (C) 胡椒 ....[ˋpepɚz] 答案：（ ）
9. **document**→ (A) 文件 (B) 報紙 (C) 資料夾............[ˋdɑkjəmənt] 答案：（ ）
10. **brainstorm**→ (A) 集思廣義 (B) 腦中風 (C) 智慧 ..[ˋbrenˌstɔrm] 答案：（ ）
11. **material**→ (A) 材料 (B) 工藝 (C) 程式 .... [məˋtɪrɪəl] 答案：（ ）
12. **overtime**→ (A) 時間 (B) 過時 (C) 超時 ....[ˋovɚˌtaɪm] 答案：（ ）
13. **pressure**→ (A) 壓榨 (B) 壓馬路 (C) 壓力 ....[ˋprɛʃɚ] 答案：（ ）
14. **crank**→ (A) 火山口 (B) 智者 (C) 加速完成 ....[kræŋk] 答案：（ ）
15. **project**→ (A) 企畫 (B) 投影機 (C) 過程 ....[ˋprɑdʒɛkt] 答案：（ ）

答案：
1. (B) **2.** (B) **3.** (C) **4.** (A) **5.** (B)
6. (A) **7.** (A) **8.** (B) **9.** (A) **10.** (A)
11. (A) **12.** (C) **13.** (C) **14.** (A) **15.** (A)

這些單字都將運用在以下的會話及解析中，
哪些單字答錯了？請利用以下的單元好好的
學習單字的正確用法吧！

上班族會話這樣說好糗！

看看以下的對話情境，是不是讓你似曾相識呢？以下列舉出中國人常犯的會話錯誤與中式英語，
看完後請務必接著看後續的「我不要再出糗！重點文法解析」及「上班族會話這樣講就對了」，
才不會不小心把錯誤的用法記在腦中喔！

（藍天公司研發部這天發生了大烏龍……）

Dan: **I'm quitting[1]. That's that.** ✗ See you, guys.

阿丹：我決定要辭職，就這樣。再見了，各位。

Sam: Wait, Dan! What are you talking about? You're quitting? Why? What's wrong?

山姆：等等，阿丹，你在說什麼啊？你要辭職？為什麼？發生什麼事了？

Dan: Uh, because **time is end.** ✗ I need to quit my job now.

阿丹：呃，因為時間結束了，我現在必須要辭掉我的工作。

Sam: How can you be so **irresponsible[2]**? Did you collect all the papers for next month's brainstorm meeting?

山姆：你怎麼可以說辭就辭、這麼沒責任感？下個月集思會議的檔案你都收集好了嗎？

Dan: I will finish them by next month.

阿丹：我下個月之前會把那些做好。

Sam: How is that possible[3]? I thought you were quitting your job?

山姆：怎麼可能？你不是說要辭職嗎？

Dan: I am quitting today's work. But I will **clock[4]** in tomorrow as **usual[5]**. Did I say something wrong?

阿丹：我是要停止今天的工作。但是我明天一樣會打卡上班啊。我剛才說錯了什麼嗎？

Sam: Now I see what you mean. You mean it's quitting time. You need to call it a day. You were **confusing[6]** me.

山姆：現在我懂你的意思了。你是說下班時間到了，今天的工作就到此為止。你剛才真把我搞糊塗了。

Dan: Uh, I feel so embarrassed about my broken[7] English.

阿丹：我的蹩腳英文真令我尷尬啊。

Sam: I feel embarrassed for you, too.

珊珊：我也為你感到不好意思。

立刻翻閱次頁了解詳細解析

我不要再出糗！重點文法解析 ▶ MP3 Track 083

傳統背單字的方法，容易讓我們只把單字和中文背下來，卻完全誤解了用法，在這個單元中，將針對最容易混淆單字，作最徹底的解析，讓你出差、洽商都絕不再出糗！

辨析重點1

quit 的用法

quit 表示停止的意思，但也有另一個常用的意思，即「辭去工作」。因此在使用上一定要特別小心，以避免招來不必要的誤會。

有關「下班、下課、休息時間」的說法如下：

❏ It's quitting time.
下班（下課、休息）時間到了。

❏ I'm getting off work now.
我要下班了。

❏ He just clocked out.
他已經下班了。

❏ She's gone for the day.
她下班囉。

❏ Let's have a drink after work.
下班後一起喝一杯吧。

❏ We are going to the movies after school.
我們下課後要去看電影。

辨析重點2

That's that.

其實這裡 Dan 是要表達今天（今晚）到此為止的意思，所以應該用 I'm going to call it a day. / I'm going to call it a night. / Time to call it a day. / Time to call it a night 來表示。

而 That's that. 是表達「就這樣！什麼都不用說了！」的意思，是措辭非常強烈的語句，絕對不要誤用了，免得招致不必要的誤會。

辨析重點3

Time is end.

若要表示「時間到了」或「是時候～」，可以用「Time's up. / It's about time. / It's time to V~」來表示。像類似 Time is end. 這種令人傻眼的中式英文，千萬不要拿出來用。

上班族會話這樣講就對了 ▶ MP3 Track 084

單字文法都很行，但是卻老是無法延續對話嗎？在這個單元中除了告訴你最正確的語法、最道地的說法以外，也告訴你最生活化的會話技巧，讓你輕輕鬆鬆就延續與對方的交談。

（藍天公司研發部這天發生了大烏龍……）

Dan: Oh, it's quitting time. I'm gonna clock out now. See you, guys.

阿丹：噢，下班時間到了。我先打卡走人囉，拜啦，各位。

Sam: Wait, Dan. Did you work on all the **papers**[8] and **documents**[9] we need for tomorrow's **brainstorm**[10] meeting?

山姆：等等，阿丹。明天集思會議需要的報告和檔案你都弄好了嗎？

Dan: Uh, not yet. But I can finish those tomorrow.

阿丹：呃，還沒耶，但是我明天會把那些做完。

Sam: No way! We need those **materials**[11] and numbers first thing in the morning. You got to fish them tonight.

山姆：不行！我們明天一早就要那些資料與數據。你今天晚上一定要完成。

Dan: Ugh, I am through working **overtime**[12]!

阿丹：哎唷，我受夠不停地加班。

Sam: This is business. We have a deadline to meet. And you won't be the only one under **pressure**[13]. We've all got to **crank**[14] out this **project**[15] tonight.

山姆：這是正事，我們得趕在期限內交差。而且又不是只有你有壓力，我們也都得設法在今天晚上完成手邊的工作。

Dan: Fine, fine. If you say so. I'll do what you just said.

阿丹：好吧、好吧，你都這麼說了。我會照你說的做啦。

Sam: Now you're talking. Keep up the good work, I mean, all of us.

山姆：這樣才對嘛。大家都好好加油吧。

職場會話 小技巧　集思會議（brainstorm meeting），又稱動腦會議，顧名思義就是把所有人找來一起為某個主題集思廣義，正所謂三個臭皮匠勝過一個諸葛亮。此種會議的主題五花八門，舉凡尾牙、員工旅遊、各類行銷宣傳活動等等有的沒的，都可以從集思會議中得到不錯的點子呢。

Unit 43 簡報製作細節（一）

上班族單字哪些我不會？

先作個小測驗，看看這些單字的意思你懂嗎？

1. reliable→ (A) 可通電的 (B) 可移動的 (C) 可信賴的...... [rɪˋlaɪəbl] 答案：（ ）

2. Chinglish→ (A) 印度英文 (B) 新加坡英文 (C) 中式英文
....[ˋtʃɪŋlɪʃ] 答案：（ ）

3. rough→ (A) 粗略的 (B) 精密的 (C) 普通的......................[rʌf] 答案：（ ）

4. point→ (A) 要點 (B) 平面 (C) 概論 ....[pɔɪnt] 答案：（ ）

5. figures→ (A) 數據 (B) 器具 (C) 影像 ....[ˋfɪgjəz] 答案：（ ）

6. quarter→ (A) 半年 (B) 兩週 (C) 一季 ....[ˋkwɔrtə] 答案：（ ）

7. profit→ (A) 營養 (B) 利潤 (C) 毛重 ....[ˋprɑfɪt] 答案：（ ）

8. support→ (A) 支配 (B) 彈性 (C) 支持 ....[səˋport] 答案：（ ）

9. argument→ (A) 論點 (B) 和諧 (C) 擁護.............[ˋɑrgjəmənt] 答案：（ ）

10. notice→ (A) 通知 (B) 機密 (C) 支票..........................[ˋnotɪs] 答案：（ ）

11. anyway→ (A) 盡快 (B) 然而 (C) 無論如何 ....[ˋɛnɪˏwe] 答案：（ ）

12. prove→ (A) 政府 (B) 證明 (C) 證人 ....[pruv] 答案：（ ）

13. stretch→ (A) 伸展 (B) 肌肉 (C) 拉傷........................[strɛtʃ] 答案：（ ）

14. discuss→ (A) 吵架 (B) 討論 (C) 會議......................[dɪˋskʌs] 答案：（ ）

15. further→ (A) 羽毛 (B) 精通 (C) 進一步 ....[ˋfɝðə] 答案：（ ）

答案：
1. (C) **2.** (C) **3.** (A) **4.** (A) **5.** (A)
6. (C) **7.** (B) **8.** (C) **9.** (A) **10.** (A)
11. (C) **12.** (B) **13.** (A) **14.** (B) **15.** (C)

這些單字都將運用在以下的會話及解析中，哪些單字答錯了？請利用以下的單元好好的學習單字的正確用法吧！

上班族會話這樣說好糗！

看看以下的對話情境，是不是讓你似曾相識呢？以下列舉出中國人常犯的會話錯誤與中式英語，看完後請務必接著看後續的「我不要再出糗！重點文法解析」及「上班族會話這樣講就對了」，才不會不小心把錯誤的用法記在腦中喔！

Max: These are just some rough ideas I have. Maybe we can try them out.

邁斯：這些是我初步的想法，也許可以朝這方面試試看。

Michelle: Those are good points, Max. But we should **look down on**  the figures Dan got for us. **Where are these figures come from?**

蜜雪：邁斯，你提的這幾點很棒。不過我們應該要輕視阿丹給的數據。這些數據是打哪來的？

Dan: Whoa! You don't trust me? The figures are based on first quarter's profits. They are very solid. You don't think I'm a **reliable**[1] team member, do you?

阿丹：等等，你不信任我啊？這些數據是根據第一季的獲利來的，準確度非常高。你覺得我是個不可靠的組員，對吧？

Michelle: I do. You did a very good job. **Work harder next time.**

蜜雪：不會啊，我覺得你表現得非常好。下次更努力一點。

Dan: I am working hard! Do you think my job is easy? Then do it yourself!

阿丹：我很努力在工作啊！你覺得我的工作很容易嗎？那妳自己做。

Max: Calm down, Dan. I believe Michelle meant we "move on and take a look" at the figures you got for us and you "keep up the good work."

邁斯：冷靜點，阿丹。我相信蜜雪剛才的意思是說我們「接下來看一下」你的提供的數據，必且希望你「繼續保持良好的表現」。

Michelle: Oh, Dan, I'm so sorry for my **Chinglish**[2].

蜜雪：噢，阿丹，真抱歉，我的中式英文讓你誤會了。

Dan: That's fine. But you really need to work on your English.

阿丹：算了，沒關係啦。不過你真的要好好練一練妳的英文才行。

Michelle: I will work on it. Sorry again.

蜜雪：我會好好下功夫的。再跟你說聲抱歉。

立刻翻閱次頁了解詳細解析

我不要再出糗！重點文法解析 ▶ MP3 Track 085

傳統背單字的方法，容易讓我們只把單字和中文背下來，卻完全誤解了用法，在這個單元中，將針對最容易混淆單字，作最徹底的解析，讓你出差、洽商都絕不再出糗！

辨析重點1

look down on 的用法

「look down on sb.」是輕視、瞧不起某人的意思。如果要表示「接下來我們往下看看～」時，請用「Let's move on and look at sth.」或「Let's move on to the next point.」。千萬不要用中文去思考而直接翻成 Let's look down on ～，這樣會冒犯到別人喔。

辨析重點2

Where are these figures come from?

這是一句非常常見的錯誤用法，即一個句子裡存在「兩個動詞」。如果要問「什麼人或物是從哪裡來的」，請參考下列正確用法。

❑ Where are you from?
　你是從哪裡來的？（可回答自己的出生國／出生地，或長期居住的地方）

❑ Where did these files come from? / Where are these files from?
　這些檔案是從哪來的？

❑ Where did you get those pictures?
　那些照片你是從哪裡拿來的？

辨析重點3

Work harder next time.

對話中 Michelle 是想鼓勵 Dan，要他「加油、繼續保持下去」，正確的用法是「Keep up the good work. / Keep up the great work.」這是非常正面的鼓勵。我們常常使用 work hard 來表示很用功、很努力，是個正面的用語。但是，如果是「work harder」就不能隨便亂用囉，因為這句話有「拜託你努力一點工作好不好、不要偷懶」的負面意思。你可以用在自己身上，或是用在比自己小一輩的人身上，但是千萬不要用在長者或同輩身上，否則會出現火爆場面喔。

以下列舉幾種使用情境：

❑ Don't be so lazy. You should work harder on your homework.
　別這麼懶惰，你應該要更努力把回家功課做好。

❑ I really need to work harder and stop goofing around.
　我實在應該要好好努力工作，別再偷懶鬼混了。

上班族會話這樣講就對了 ▶ MP3 Track 086

單字文法都很行，但是卻老是無法延續對話嗎？在這個單元中除了告訴你最正確的語法、最道地的說法以外，也告訴你最生活化的會話技巧，讓你輕輕鬆鬆就延續與對方的交談。

Max: These are just some **rough**[3] ideas I have. Maybe we can try this out.

邁斯：這些是我初步的想法，也許可以朝這方面試試看。

Michelle: Good **points**[4], Max. But we should take a look at the **figures**[5] Dan got for us. Dan, what are these figures based on? And how solid are they?

蜜雪：邁斯，你的想法很棒。不過我們應該看一下阿丹給我們的數據。阿丹，這些數據是根據什麼得來的？準確度如何呢？

Dan: The figures are based on first **quarter's**[6] **profits**[7]. I believe they are very solid.

阿丹：這些數據是根據第一季的獲利得來的。我相信正確度非常高。

Michelle: But these figures do not **support**[8] Max's **argument**[9]. And I **noticed**[10] the numbers didn't add up. **Anyway**[11], I want you to go over these numbers once again. We can't use them before they **prove**[12] to be right.

蜜雪：但是這些數據並無法支持邁斯的論點。而且我注意到這些數字有些不合理。無論如何，我要你再檢查一次這些數字。在證明無誤之前，這些數據不能用。

Dan: Got it. I'll go through all the materials again.

阿丹：知道了。我會再仔細檢查一遍。

Michelle: OK, guys. We've been sitting for 3 hours. We'd better get up and **stretch**[13] our legs. We'll **discuss**[14] it **further**[15] later today.

蜜雪：好了，各位，我們已經坐了三個鐘頭了，該起來伸伸腳了。我們晚點再繼續討論。

職場會話 小技巧

在職場中，如果上司對你所提供的報表資料有疑慮，要求你務必重新檢查一遍以確認正確性時，即使你事前已檢查許多遍，也很肯定報表數字無誤，最好還是虛心地接受上司要你重新查驗的建議，千萬不要強硬地表示沒有檢查的必要，這樣不但對上司不禮貌，到時若報表數字真的有誤，你也會尷尬到無地自容喔。

Unit 44 簡報製作細節 (二)

上班族單字哪些我不會？

先作個小測驗，看看這些單字的意思你懂嗎？

1. **prepare**→ (A) 整頓 (B) 允許 (C) 準備......................[prɪ`pɛr] 答案：( )
2. **rehearsal**→ (A) 行程 (B) 閉幕 (C) 排練......................[rɪ`hɝsḷ] 答案：( )
3. **book**→ (A) 雜誌 (B) 預定 (C) 簽約.........................[buk] 答案：( )
4. **lecture**→ (A) 講台 (B) 講師 (C) 講座......................[`lɛktʃɚ] 答案：( )
5. **product**→ (A) 生產 (B) 產地 (C) 產品......................[`prɑdəkt] 答案：( )
6. **available**→ (A) 有空的 (B) 免費的 (C) 付費的............[ə`veləbḷ] 答案：( )
7. **exactly**→ (A) 恰好地 (B) 模糊地 (C) 偏差地..............[ɪg`zæktlɪ] 答案：( )
8. **honestly**→ (A) 不幸地 (B) 老實說 (C) 儘管.................[`ɑnɪstlɪ] 答案：( )
9. **compile**→ (A) 彙編 (B) 完成 (C) 執行.....................[kəm`paɪl] 答案：( )
10. **general**→ (A) 大體的 (B) 小眾的 (C) 中堅的.............[`dʒɛnərəl] 答案：( )
11. **chart**→ (A) 粉筆 (B) 板擦 (C) 圖表 ....[tʃɑrt] 答案：( )
12. **create**→ (A) 創造 (B) 隨興 (C) 拍照 ....[krɪ`et] 答案：( )
13. **graph**→ (A) 塗鴉 (B) 圖表 (C) 素描 ....[græf] 答案：( )
14. **slide**→ (A) 油墨 (B) 檔案 (C) 投影片 ....[slaɪd] 答案：( )
15. **rundown**→ (A) 伸展台 (B) 詳述行程 (C) 簡述流程...[`rʌnˌdaʊn] 答案：( )

答案：
 1. (C) **2**. (C) **3**. (B) **4**. (C) **5**. (C)
 6. (A) **7**. (A) **8**. (B) **9**. (A) **10**. (A)
 11. (C) **12**. (A) **13**. (B) **14**. (C) **15**. (B)

> 這些單字都將運用在以下的會話及解析中，哪些單字答錯了？請利用以下的單元好好的學習單字的正確用法吧！

上班族會話這樣說好糗！

看看以下的對話情境，是不是讓你似曾相識呢？以下列舉出中國人常犯的會話錯誤與中式英語，看完後請務必接著看後續的「我不要再出糗！重點文法解析」及「上班族會話這樣講就對了」，才不會不小心把錯誤的用法記在腦中喔！

Michelle: Now it's time to **prepare**[1] for tomorrow's the presentation **rehearsal**[2].

蜜雪：是時候準備明天的簡報採排了。

Renee: We need to **book**[3] a meeting room for tomorrow. **But the meeting rooms are full now.** ❌

芮妮：我們要預訂明天的會議室。不過目前每間會議室都擠滿了。

Michelle: Full? Are they holding a **lecture**[4] on our **products**[5]?

蜜雪：擠滿了？公司是在舉辦產品講座嗎？

Renee: **I think they are not.** ❌

芮妮：沒有啊。

Michelle: Then what's going on there? Why full of people now?

蜜雪：不然哪裡是發生什麼事了？為什麼擠滿了人？

Renee: Not full of people. I mean there are no meeting rooms for tomorrow.

芮妮：沒有擠滿了人啊，我是說明天沒有會議室了。

Michelle: Oh, I get it. You mean the meeting rooms are all booked out. There are no rooms **available**[6].

蜜雪：喔，我懂了。妳是說會議室都對預定光了，已經沒有房間了。

Renee: Yeah, that's **exactly**[7] what I mean.

芮妮：對，我就是這個意思。

Michelle: **Honestly**[8], sometimes I'm not sure what you are getting at.

蜜雪：說實話，有時候我實在不確定妳在說什麼。

Renee: **Sorry! My English is scary.** ❌

芮妮：抱歉，我的英文很恐怖。

Michelle: Uh, well, I don't know what to say…

蜜雪：呃，這……我不知道該說什麼才好……

立刻翻閱次頁了解詳細解析

我不要再出糗！重點文法解析 ▶ MP3 Track 087

傳統背單字的方法，容易讓我們只把單字和中文背下來，卻完全誤解了用法，在這個單元中，將針對最容易混淆單字，作最徹底的解析，讓你出差、洽商都絕不再出糗！

辨析重點1

But the meeting rooms are full now.

這句話的意思是會議室每間都擠滿了人。如果要表達房間都對訂光了，要說成「The meeting rooms are all booked out.」才正確。

表示「被預定光了、被賣光了」的各種說法如下：

❏ The hotel is booked out.
旅館已經沒有房間了。

❏ We are sold out tonight.
（產品）都賣光了。

❏ There are no tickets available.
票都賣光了。

❏ We are out of that item.
我們目前沒有貨了。

❏ We can back order that item for you.
我們可以幫你訂貨。

辨析重點2

I think they are not.

這是很常出現的錯誤句型。要記得，I think / I believe 這類句型若要使用否定句，必須把否定放在 think / believe 的前面。

本句的正確用法有以下兩種：

❏ I don't think they are.

❏ I don't think so.

辨析重點3

Sorry! My English is scary.

如果你真的這樣講 My English is scary，那樣真的很嚇人！所以千萬不要這樣用，只要用以下句子來表示即可：

❏ Sorry! My English isn't very good.
抱歉，我的英文不太好。

上班族會話這樣講就對了 ▶ MP3 Track 088

單字文法都很行，但是卻老是無法延續對話嗎？在這個單元中除了告訴你最正確的語法、最道地的說法以外，也告訴你最生活化的會話技巧，讓你輕輕鬆鬆就延續與對方的交談。

Michelle: Now it's time to prepare for tomorrow's the presentation rehearsal.	蜜雪：是時候準備明天的簡報採排了。
Sam: I think we need to picture the figures and **compile**[9] a **general**[10] chart.	山姆：我們覺得需要善用圖表凸顯數據資料，並製作一個總表。
Michelle: Then, Sam, you'll be in charge of **creating**[11] those **charts**[12] and **graphs**[13]. What's next?	蜜雪：那麼，山姆，圖表製作就由你來負責。再來還有什麼？
Renee: We need to book a meeting room. But the meeting rooms are almost booked out. I'm still working on that.	芮妮：我們要預訂明天的會議室。不過目前會議室幾乎被預定光了，我還在努力協調當中。
Michelle: Please try your best to get us a room. You know we cannot reschedule the rehearsal.	蜜雪：請一定要盡全力幫我們弄一間出來，妳知道我們不可能將採排改期的。
Renee: I will do my best. And I'll make sure all the presentation **slides**[14] are ready on the computer.	芮妮：我會盡力去協調。我也會確定電腦上的簡報投影片檔案都準備就緒。
Michelle: Good. And don't forget to give me the **rundown**[15] on the rehearsal.	蜜雪：很好。記得向我概述一下採排的流程。
Sam: No problem. Renee and I will see to it.	山姆：沒問題，芮妮和我會照辦。
Michelle: Then that concludes our meeting today. Let's roll.	蜜雪：那麼今天會議就到此結束，大家幹活去吧。

職場會話 小技巧

在簡報當中若能善用各種圖表、顏色及不同的字體來表現數據資料，不僅能凸顯所要表達的重點，聽眾也能一目瞭然、印象深刻。一般常用的三種圖表包括：長條圖（bar chart）、派餅圖（pie chart）及折線圖（line graph）。

Unit 45 與組員討論並模擬

上班族單字哪些我不會？

先作個小測驗，看看這些單字的意思你懂嗎？

1. add→ (A) 減少 (B) 補充 (C) 除法 .... [æd] 答案：( )

2. disgusting→ (A) 噁心的 (B) 熱愛的 (C) 神氣的 ..... [dɪsˋgʌstɪŋ] 答案：( )

3. ashamed→ (A) 羞澀的 (B) 羞愧的 (C) 囂張的............ [əˋʃemd] 答案：( )

4. contain→ (A) 空地 (B) 桶子 (C) 包括........................[kənˋten] 答案：( )

5. main→ (A) 次要的 (B) 主要的 (C) 附加的.........................[men] 答案：( )

6. distribution→ (A) 流動 (B) 冷藏 (C) 分配 .... [ˌdɪstrəˋbjuʃən] 答案：( )

7. channel→ (A) 刺青 (B) 電線 (C) 通路 ....[ˋtʃænl] 答案：( )

8. suggest→ (A) 建議 (B) 建設 (C) 探討.....................[səgˋdʒɛst] 答案：( )

9. local→ (A) 國外的 (B) 本土的 (C) 偏遠的 ....[ˋlokl] 答案：( )

10. global→ (A) 宇宙的 (B) 北半球 (C) 全球的 ....[ˋglobl] 答案：( )

11. convincing→ (A) 不服輸的 (B) 有說服力的 (C) 輕浮的
.... [kənˋvɪnsɪŋ] 答案：( )

12. impress→ (A) 沒印象 (B) 打動 (C) 印象派..............[ɪmˋprɛsɪv] 答案：( )

13. vote→ (A) 提倡 (B) 宣導 (C) 投票 .... [vot] 答案：( )

14. raise→ (A) 扛起 (B) 舉起 (C) 放下 .... [rez] 答案：( )

15. continue→ (A) 繼續 (B) 停止 (C) 暫停 .... [kənˋtɪnju] 答案：( )

答案：
1. (B) **2.** (A) **3.** (B) **4.** (C) **5.** (B)
6. (C) **7.** (C) **8.** (A) **9.** (B) **10.** (C)
11. (B) **12.** (B) **13.** (C) **14.** (B) **15.** (A)

這些單字都將運用在以下的會話及解析中，哪些單字答錯了？請利用以下的單元好好的學習單字的正確用法吧！

上班族會話這樣說好糗！

看看以下的對話情境，是不是讓你似曾相識呢？以下列舉出中國人常犯的會話錯誤與中式英語，
看完後請務必接著看後續的「我不要再出糗！重點文法解析」及「上班族會話這樣講就對了」，
才不會不小心把錯誤的用法記在腦中喔！

Max: Everyone, before we begin the briefing rehearsal, does anyone have any questions or any thing they want to **add**[1]?... If not, then, Michelle, **I'm all yours.** ✗

邁斯：各位，在簡報採排開始前，有人有問題或是要補充說明的嗎？……沒有的話，蜜雪，我整個人都是妳的了。

Michelle: What?! Are you making a pass at me? How could you say such a thing?

蜜雪：什麼？！你是在吃我豆腐嗎？你怎麼可以說這種話？

Renee: Ugh, Max! You're **disgusting**[2]!

芮妮：邁斯，你真令人作嘔！

Max: What did I say? Why are you ladies so **mad about** ✗ me?

邁斯：我說了什麼嗎？妳們兩個女孩子們幹嘛如此為我瘋狂？

Michelle: What are you talking about? You really pissed me off, Max.

蜜雪：你在說什麼啊？你真的把我惹火了，邁斯！

Renee: Yeah, you should be **ashamed**[3] of yourself, Max!

芮妮：對啊，你真該為自己感到羞恥，邁斯！

Dan: Calm down, ladies. I believe what Max meant to say was "Michelle, it's all yours." And so he didn't understand why you're "mad at" him. it again!

阿丹：女士們，請冷靜一點。我想邁斯剛才是要說「蜜雪，接下來交給你了」。然後他不知道你們為什麼對他這麼「火大」。

Max: That's right! But instead, **I must say something terrible.** ✗ I'm so sorry.

邁斯：沒錯！不過相反地，我一定要說些惹人厭的話。我很抱歉。

Michelle: Aw, Max, you did it again just now! You really need to work on your English, or you'll get into trouble someday.

蜜雪：哎，邁斯，才剛說完你馬上又說錯話了！你真該好好加強你的英文，否則有天你會惹上麻煩的。

立刻翻閱次頁了解詳細解析

我不要再出糗！重點文法解析 ▶ MP3 Track 089

傳統背單字的方法，容易讓我們只把單字和中文背下來，卻完全誤解了用法，在這個單元中，將針對最容易混淆單字，作最徹底的解析，讓你出差、洽商都絕不再出糗！

辨析重點1

I'm all yours.

文中 Max 其實是想說「接下來交給你了」，卻誤說成「我整個人都是你的了」這種充滿愛意（或變態）的句子，難怪會被眾女將們討伐！這裡正確的說法應該是：It's all yours.（接下來交給妳了。）由於這兩句話乍聽（看）之下有點像，所以要小心不要搞混了。

另外，表示「該你了、輪到你了」的說法如下：

❏ It's your turn.
　　該你了。

❏ It's my turn to use the computer.
　　輪到我使用電腦了。

辨析重點2

mad about 與 mad at 的差別

介系詞的誤用也很常見。「be mad about」是表示「為～瘋狂、入迷」。然而在文中，Max 所要表達的是「對～火大、生氣」，所以應該要用「be mad at」才是正確的。

列出例句如下：

❏ I'm totally mad about rock music.
　　我超迷搖滾樂。

❏ My mother was mad at me.
　　我媽對我大發脾氣。

❏ Don't get mad.
　　你別發火。

辨析重點3

I must say something terrible.

這句的文法並沒有問題，可是用在這裡語意不對。這裡應該要說：I must have said something terrible.（我一定是說了什麼討人厭的話了。）表示你已經說了這句話，所以惹得別人不開心，故要用完成式來表示。

上班族會話這樣講就對了 ▶ MP3 Track 090

單字文法都很行，但是卻老是無法延續對話嗎？在這個單元中除了告訴你最正確的語法、最道地的說法以外，也告訴你最生活化的會話技巧，讓你輕輕鬆鬆就延續與對方的交談。

Max: Before we begin the briefing rehearsal, does anyone have any questions or anything they want to add?… If not, then let's start. Michelle, it's all yours.

邁斯：各位，在簡報採排開始前，有人有問題或是要補充說明的嗎？……沒有的話，那我們開始吧。蜜雪，交給妳囉。

Michelle: Thank you, Max. Hello, everyone. My presentation **contains**[4] two **main**[5] sections: sales and **distribution**[6] **channels**[7]. Let's start with the first section.

蜜雪：謝謝妳，邁斯。大家好，我的簡報包含兩個主要部分，就是銷售數字和通路。現在請看第一個部分。

Dan: May I **suggest**[8] something? I think we should take a look at the **local**[9] distribution channels before talking about the **global**[10] market share. It's more **convincing**[11] that way.

阿丹：我想建議一下：在談論全球市場佔有率之前，應該先談到我們本地的通路配置，這樣比較有說服力。

Renee: But I think we must first **impress**[12] the customer by our global market share.

芮妮：但是我覺得一開始就必須先用我們的全球市場佔有率讓客戶驚豔。

Sam: OK, let's **vote**[13]. If you agree with Dan, raise your hand. OK, two votes in favor. And if you agree with Renee, **raise**[14] your hand…three votes in favor. So let's go with Renee's.

珊珊：我們來表決。同意阿丹的請舉手……好，有兩票。同意芮妮的請舉手……有三票。那就依照芮妮的觀點。

Michelle: Now, where were we? Oh, the global market share. Let's **continue**[15].

蜜雪：好了，我們講到哪裡了？喔對了，全球市場佔有率。我們繼續吧。

職場會話 小技巧 在進行正式簡表前事先的擬稿、順稿及演練是非常重要的。演練時，小組成員都應就簡報內容及流程提出有建設性的建議，為主講者嚴格把關，這樣在進行正式簡報時，才有臻於完善的表現。

Unit 46 以簡報介紹產品

上班族單字哪些我不會？

先作個小測驗，看看這些單字的意思你懂嗎？

1. **proud**→ (A) 謙虛的 (B) 正直的 (C) 驕傲的 ....[praud] 答案：( )
2. **compliment**→ (A) 恭維 (B) 補充物 (C) 容器 .....[ˋkɑmpləmənt] 答案：( )
3. **concerned**→ (A) 關心的 (B) 情感的 (C) 惡意的 ....[kənˋsɝnd] 答案：( )
4. **pursue**→ (A) 從事 (B) 皮包 (C) 宣傳.........................[pɚˋsu] 答案：( )
5. **aggressive**→ (A) 積極的 (B) 消極的 (C) 中庸的 ....[əˋgrɛsɪv] 答案：( )
6. **approach**→ (A) 申請 (B) 途徑 (C) 政策 ....[əˋprotʃ] 答案：( )
7. **remain**→ (A) 評價 (B) 尊敬 (C) 維持 ....[rɪˋmen] 答案：( )
8. **market**→ (A) 展覽 (B) 市場 (C) 會館 ....[ˋmɑrkɪt] 答案：( )
9. **capable**→ (A) 第四台 (B) 能幹的 (C) 行動不便的........[ˋkepəbl] 答案：( )
10. **avoid**→ (A) 接受 (B) 避免 (C) 調查 .... [əˋvɔɪd] 答案：( )
11. **promotion**→ (A) 規則 (B) 射擊 (C) 晉升 ....[prəˋmoʃən] 答案：( )
12. **substantially**→ (A) 大大地 (B) 小小地 (C) 輕輕地
....[səbˋstænʃəlɪ] 答案：( )
13. **refer**→ (A) 參照 (B) 參加 (C) 偏好.........................[rɪˋfɝ] 答案：( )
14. **handout**→ (A) 手抄本 (B) 書面資料 (C) 考卷 ....[ˋhændaut] 答案：( )
15. **statistics**→ (A) 微積分 (B) 統計資料 (C) 電機學 .....[stəˋtɪstɪks] 答案：( )

答案：
1. (C) **2**. (A) **3**. (A) **4**. (A) **5**. (A)
6. (B) **7**. (C) **8**. (B) **9**. (B) **10**. (B)
11. (C) **12**. (A) **13**. (A) **14**. (B) **15**. (B)

這些單字都將運用在以下的會話及解析中，哪些單字答錯了？請利用以下的單元好好的學習單字的正確用法吧！

上班族會話這樣說好糗！

看看以下的對話情境，是不是讓你似曾相識呢？以下列舉出中國人常犯的會話錯誤與中式英語，看完後請務必接著看後續的「我不要再出糗！重點文法解析」及「上班族會話這樣講就對了」，才不會不小心把錯誤的用法記在腦中喔！

Lindsay: You're briefing is very impressive. I'm very **proud**[1] of you.

琳西：妳的簡報相當不錯。我為你感到驕傲。

Michelle: **Thank your compliments**[2], ✖ Lindsay.

蜜雪：謝謝妳的讚美，琳西。

Lindsay: …However, what I'm **concerned**[3] about is our competitors. They are still out there and even stronger than ever. Do you think we need to **pursue**[4] an **aggressive**[5] **approach**[6] in order to **remain**[7] competitive in the global **market**[8]?

琳西：⋯⋯不過，我擔心的是我們的競爭對象。他們像打不死的蟑螂一樣，甚至更壯大。妳覺得我們需要採取更積極的銷售途徑嗎？

Michelle: I think we don't need to. The price of our product is very competitive on the market. And we are well-known for supplying goods of high quality. I believe we shouldn't get involved in the cut-throat competition as they do.

蜜雪：我覺得不需要。我們的價格非常具有市場競爭性，而且我們以提供高品質的產品聞名。我認為我們不應該使用割喉戰的方式。

Lindsay: …You know what, Michelle? You are a very **capable**[9] and brilliant woman. But if you don't **avoid**[10] your Chinglish from now on, your chance of **promotion**[11] will be pretty slim because we have lots of people out there who are also capable but can speak English well.

琳西：⋯⋯你知道嗎，蜜雪，妳人很能幹又聰明。但是如果妳不從現在開始避免那些中式英文，妳晉升的機會會十分渺茫，因為公司裡能幹卻又能說一口好英文的員工大有人在。

Michelle: Oh, I got it. Thanks for the advice. I will do my best to improve my English.

蜜雪：喔，我瞭解了。謝謝妳的忠告。我會努力改善我的英文能力。

Lindsay: I believe you will. Don't let me down.

琳西：我相信妳會努力。別讓我失望。

立刻翻閱次頁了解詳細解析

我不要再出糗！重點文法解析 ▶ MP3 Track 091

傳統背單字的方法，容易讓我們只把單字和中文背下來，卻完全誤解了用法，在這個單元中，將針對最容易混淆單字，作最徹底的解析，讓你出差、洽商都絕不再出糗！

辨析重點1

Thank your compliments.

也許各位會覺得這樣的句子很可笑，即使英文再爛，也不會有人這樣用吧？其實不然。很多你知道的文法、正確用法，在你要開口的那一剎那，通通不知道跑哪裡去了，你只剩下中式思維，於是乎你會講出這樣令人啼笑皆非的英文。所以，請好好訓練用英文思考，才不會讓這種「大」錯誤發生在你身上。

正確的說法為：

❑ Thank you for your compliments.

❑ Thanks for your compliments.

謝謝你的讚美（或者簡單說 Thank you. / Thank you very much. 就可以了）。

辨析重點2

I think we don't need to.

這種錯誤在 Unit 44 裡已經提到過，但是因為實在是太常出現的錯誤，因此再次提醒各位，千萬記得要把否定的 don't 放在 think 的前面。

這裡的正確說法為：

❑ I don't think we need to.
我覺得我們不需要這麼做。

❑ I don't think so.
我不這麼認為。

（可參照 Unit 44 的文法解說。）

辨析重點3

I believe we shouldn't...

同辨析 2，這也是個出現頻繁的錯誤用法，完全是中式英文，因此下次要使用這種句型時，請先在腦中默想一遍：把否定的 don't 放在 believe 前面，確定無誤之後再說出口。

這裡的正確說法為：

❑ I don't believe we should...
我不認為我們應該……

上班族會話這樣講就對了 ▶ **MP3** Track 092

單字文法都很行，但是卻老是無法延續對話嗎？在這個單元中除了告訴你最正確的語法、最道地的說法以外，也告訴你最生活化的會話技巧，讓你輕輕鬆鬆就延續與對方的交談。

Michelle: Now if you'll take a look at this line graph, you'll see the sales of our new item PUR083 has been going up **substantially**[12] this quarter. And if you'll **refer**[13] to the numbers on page ten in your **handouts**[14], you'll find out the profits have increased by 25 percent. The **statistics**[15] show that sales could stand out in the third quarter even more.

蜜雪：請看一下這張曲線圖，妳會發現新產品PUR083的銷售數字在這季大幅提昇。如果妳參照書面資料中第十頁的數字，妳會發現我們的利潤已上升了百分之二十五。統計資料顯示，銷售數字在第三季將會有更傑出的表現。

Lindsay: However, what I'm concerned about is our competitors. They are still out there and even stronger than ever. Do you think we need to pursue an aggressive approach in order to remain competitive in the global market?

琳西：但是，我擔心的是我們的競爭對象。他們像打不死的的蟑螂一樣，甚至更強壯。妳覺得我們需要採取更積極的銷售途徑嗎？

Michelle: I don't think so. The price of our product is very competitive on the market. And we are well-known for supplying goods of high quality. I don't believe we should get involved in the cut-throat competition as they do.

蜜雪：我覺得不需要。我們的價格非常具有市場競爭性，而且我們以提供高品質的產品聞名。我不認為我們應該加入對手的價格割喉戰。

Lindsay: I'm impressed by your briefing. Now go and get in touch with Topcraft Co.

琳西：妳的簡報令人印象深刻。現在趕快去跟頂力公司聯繫。

Michelle: Noted. I'll get right on it.

蜜雪：瞭解了，我會立刻去辦。

職場會話 小技巧 對客戶做產品說明會之前，先在自家公司裡向主管做簡報是非常重要的事。一來可以讓主管瞭解整個產品的走向，二來也可以模擬客戶的反應，並預測是否會有正面的回饋。

Unit 47 客戶專題簡報製作

上班族單字哪些我不會？

先作個小測驗，看看這些單字的意思你懂嗎？

1. congratulate→ (A) 祝賀 (B) 福氣 (C) 幸運 ......[kənˋgrætʃəˌlet] 答案：（ ）

2. successful→ (A) 失敗的 (B) 成功的 (C) 持平的......[səkˋsɛsfəl] 答案：（ ）

3. awkward→ (A) 尷尬的 (B) 嘲笑的 (C) 激進的 ....[ˋɔkwəd] 答案：（ ）

4. talented→ (A) 世故的 (B) 有才幹的 (C) 平庸的.........[ˋtæləntɪd] 答案：（ ）

5. assign→ (A) 分別 (B) 分派 (C) 安插 ....[əˋsaɪn] 答案：（ ）

6. delighted→ (A) 愉快的 (B) 輕鬆的 (C) 憤怒的 ....[dɪˋlaɪtɪd] 答案：（ ）

7. assist→ (A) 和諧 (B) 協調 (C) 協助 ....[əˋsɪst] 答案：（ ）

8. case→ (A) 劇子 (B) 案子 (C) 蓋子 ....[kes] 答案：（ ）

9. qualified→ (A) 失格的 (B) 夠格的 (C) 品質 ....[ˋkwɑləˌfaɪd] 答案：（ ）

10. giant→ (A) 渺小的 (B) 巨大的 (C) 肥胖的 ....[ˋdʒaɪənt] 答案：（ ）

11. step→ (A) 一吋 (B) 一碼 (C) 一步 ....[stɛp] 答案：（ ）

12. chores→ (A) 雜草 (B) 雜事 (C) 雜亂.........................[tʃorz] 答案：（ ）

13. errand→ (A) 差事 (B) 差遣 (C) 移交 ....[ˋɛrənd] 答案：（ ）

14. real→ (A) 虛偽的 (B) 真實的 (C) 貴重的 ....[ˋriəl] 答案：（ ）

15. perfect→ (A) 殘缺的 (B) 完美的 (C) 認命的 ....[ˋpɝfɪkt] 答案：（ ）

答案：
1. (A)　**2.** (B)　**3.** (A)　**4.** (B)　**5.** (B)
6. (A)　**7.** (B)　**8.** (B)　**9.** (B)　**10.** (B)
11. (C)　**12.** (B)　**13.** (A)　**14.** (B)　**15.** (B)

這些單字都將運用在以下的會話及解析中，哪些單字答錯了？請利用以下的單元好好的學習單字的正確用法吧！

上班族會話這樣說好糗!

看看以下的對話情境,是不是讓你似曾相識呢?以下列舉出中國人常犯的會話錯誤與中式英語,看完後請務必接著看後續的「我不要再出糗!重點文法解析」及「上班族會話這樣講就對了」,才不會不小心把錯誤的用法記在腦中喔!

Renee: Congratulate[1] your successful[2] briefing, ❌ Michelle.

芮妮:蜜雪,恭喜妳簡報很成功。

Michelle: Uh…thanks, Renee. But I couldn't have done it without you guys. We're a team, remember?

蜜雪:呃⋯⋯謝了,芮妮。不過,若是沒有妳們,我可是無法辦到的喔。我們是個團隊,記得吧?

Renee: You are nice to say that. And I'm too proud to be on your team.

芮妮:妳這樣說人真的很好耶。我太驕傲了,不屑當妳的組員。

Michelle: Huh? What did you just say? Uh…never mind. Um…Renee, how long have you been working here?

蜜雪:嘎?妳剛才說什麼?呃⋯⋯算了。那個⋯⋯芮妮,妳在這家公司工作多久了?

Renee: About five years. Why?

芮妮:大約五年了,怎麼了嗎?

Michelle: Here's some advice for you. You need to improve your English or you'll hardly get promoted. And I'm afraid your English would get you in trouble someday!

蜜雪:聽聽我給妳的建議吧:妳要好好練一下英文,不然妳很難獲得升遷的,而且哪天妳還可能會因為用了錯誤的英文而招惹上麻煩。

Renee: Oh, gosh! Did I say something wrong again? I'm so embarrassed!

芮妮:天哪!我是不是又用錯了英文?真是非常不好意思。

Michelle: It did feel awkward[3] sometimes. But I know you're very talented[4]. So, I think it's about time for you to show your talent. You are now assigned[5] to make the product presentation to Topcraft Co.

蜜雪:有時候真的是蠻尷尬的。但我知道妳其實非常能幹,所以,該是讓妳展現能力的時候了。我任命妳負責向 Topcraft 公司做產品簡報。

立刻翻閱次頁了解詳細解析

我不要再出糗！重點文法解析 ▶ MP3 Track 093

傳統背單字的方法，容易讓我們只把單字和中文背下來，卻完全誤解了用法，在這個單元中，將針對最容易混淆單字，作最徹底的解析，讓你出差、洽商都絕不再出糗！

辨析重點1

Congratulate your successful briefing.

這句完全是從中文直接翻過去的錯誤用法。如果要使用動詞 congratulate，請在動詞前面加主詞，動詞後面加受詞，並在值得恭喜的事件前加上 on！千萬不要用中文直譯唷。
正確的說法如下：

❑ I (want to) congratulate you on your successful briefing.
　恭喜你的簡報辦得很成功。

❑ Congratulations on your successful presentation.
　恭喜你的簡報辦得很成功。

❑ Congrats, Eddy. I heard your presentation was very impressive.
　恭喜你啊，艾迪。聽說你的產品說明會辦得很成功。

辨析重點2

You are nice to say that.

也許大家會覺得為什麼不能這樣說？這樣說不是很符合我們中文的「你人真好耶」的感覺嗎？別傷腦筋了，因為這是英文，別人的語言，人家不習慣這麼使用，你就別再勉強了，把時間用在學習一般慣用的說法上吧！
正確的說法為：

❑ It's so nice of you to say that. / It's so sweet of you to say that. （你這樣說真體貼。）

另外，如果想表達「對待某人很好」，可以這樣說：

❑ She is nice to me. （她待我很好。）

辨析重點3

I'm too proud to be on your team.

其實這個句子的文法並沒有錯，但在這裡是誤用了「too... to...」（太……而不能……）這個句型，而導致語意錯誤。
要表達正確的語意，應該要說：

❑ I'm (very) proud to be on your team.　　我很驕傲能當你的組員。

❑ I'm proud of working with you.　　能與你共事，我引以為傲。

上班族會話這樣講就對了 ▶ MP3 Track 094

單字文法都很行，但是卻老是無法延續對話嗎？在這個單元中除了告訴你最正確的語法、最道地的說法以外，也告訴你最生活化的會話技巧，讓你輕輕鬆鬆就延續與對方的交談。

Renee: Congrats, Michelle. I heard the briefing you gave to Lindsay is very successful.

芮妮：恭喜啊，蜜雪。我聽說妳給琳西的產品簡報很成功。

Michelle: Thanks, Renee. But I couldn't do it without you guys. We are a team, remember?

蜜雪：謝啦，芮妮。不過，若是沒有妳們，我可是無法辦到的喔。我們是個團隊，記得嗎？

Renee: It's so nice of you to say that. I'm proud of working with you and **delighted**[6] to **assist**[7] all of you in work.

芮妮：妳這樣說真體貼。我很驕傲能與妳共事，也很開心能在工作上協助大家。

Michelle: Well, we are going to make a product presentation to Topcraft Co. I think it's about time for you to be in charge of a **case**[8] like this.

蜜雪：我們要向頂力公司做產品簡報。我覺得是該讓妳負責這種案子時候了。

Renee: But I don't think I'm **qualified**[9] yet. I'm not much of a talker.

芮妮：但是我覺得我還不夠資格耶。我不太會講話。

Michelle: I know this might be a rather **giant**[10] **step**[11] for you, but you have to grow into this. You don't want to do the **chores**[12] or run **errands**[13] for somebody all your life, do you? Think about that.

蜜雪：我知道這對妳來說是個非常巨大的一步，但妳必須要漸漸適應才行。妳總不想一輩子都做一些無關緊要的雜務或幫人跑腿吧？妳仔細想想。

Renee: …Maybe you're right. OK. I'll take this job and do my best to see the work through.

芮妮：……也許妳是對的。好的，我會接下這個任務，並徹底執行。

Michelle: I'm happy for you. Welcome to the **real**[14] world. It's not **perfect**[15], but you're gonna love it.

蜜雪：我真為妳感到高興。歡迎妳來到真實的世界！它並不完美，但妳會愛上它。

職場會話 小技巧 主管器重你並交代給你重要任務時，一定要相信自己的能力並盡力完成交辦事務，即使犯了錯，也能從錯誤中汲取教訓。千萬不要還沒開始就先失去自信，這樣不僅永遠在原地踏步，也會導致主管不再相信你的能力。

Unit 48 瞭解對方條件與簡報方式

上班族單字哪些我不會？

1. **part-time**→ (A) 兼職 (B) 全職 (C) 全天候 .... [ˋpɑrtˋtaɪm] 答案：( )
2. **full-time**→ (A) 兼職 (B) 全職 (C) 全天候 .... [fʊlˋtaɪm] 答案：( )
3. **employer**→ (A) 職業 (B) 雇主 (C) 雇員 .... [ɪmˋplɔɪə] 答案：( )
4. **mention**→ (A) 商量 (B) 佈告 (C) 提到 .... [ˋmɛnʃən] 答案：( )
5. **challenge**→ (A) 機會 (B) 挑戰 (C) 鬥士 ....[ˋtʃælɪndʒ] 答案：( )
6. **technical**→ (A) 實質上 (B) 意識上 (C) 技術上 .... [ˋtɛknɪkl̩] 答案：( )
7. **issue**→ (A) 期刊 (B) 問題 (C) 簽名 ....[ˋɪʃʊ] 答案：( )
8. **whatever**→ (A) 任何 (B) 何時 (C) 到處 .... [hwɑtˋɛvə] 答案：( )
9. **original**→ (A) 未來的 (B) 抄襲的 (C) 原創的 ....[əˋrɪdʒən̩l] 答案：( )
10. **concrete**→ (A) 液體的 (B) 具體的 (C) 彈性的 ....[ˋkɑnkrit] 答案：( )
11. **feasible**→ (A) 移動的 (B) 饗宴的 (C) 可行的 .... [ˋfizəbl̩] 答案：( )
12. **favorable**→ (A) 最喜歡的 (B) 好結果的 (C) 虧損的...[ˋfevərəbl̩] 答案：( )
13. **result**→ (A) 理由 (B) 條件 (C) 結果 .... [rɪˋzʌlt] 答案：( )
14. **detail**→ (A) 大綱 (B) 細節 (C) 分類 ....[ˋditel] 答案：( )
15. **last-minute**→ (A) 時針 (B)分針 (C) 臨時的 .... [ˋlæstˋmɪnɪt] 答案：( )

答案：
　1. (A)　**2.** (B)　**3.** (C)　**4.** (C)　**5.** (A)
　6. (C)　**7.** (B)　**8.** (A)　**9.** (C)　**10.** (B)
11. (C)　**12.** (B)　**13.** (C)　**14.** (B)　**15.** (C)

這些單字都將運用在以下的會話及解析中，哪些單字答錯了？請利用以下的單元好好的學習單字的正確用法吧！

上班族會話這樣說好糗！

看看以下的對話情境，是不是讓你似曾相識呢？以下列舉出中國人常犯的會話錯誤與中式英語，看完後請務必接著看後續的「我不要再出糗！重點文法解析」及「上班族會話這樣講就對了」，才不會不小心把錯誤的用法記在腦中喔！

Renee: Hi! I'm here to see Mr. Harbour. My name is Renee Chang.

芮妮：您好，我來見賀伯先生。我的名字是張芮妮。

Receptionist: Hi, Ms. Chang. Mr. Harbour is expecting you. This way, please.

接待員：您好，張小姐，賀伯先生正在等妳，這邊請。

Renee: Good morning, Mr. Harbour. **Are you OK?** ✖

芮妮：早安，賀伯先生，你還好吧？

Harbour: Uh, why'd you ask? I'm… all right. Please have a seat, Renee.

賀伯：呃，為什麼這樣問？我…沒事啊。來，請坐。

Renee: **I got a new job, Mr. Harbour. That's why I'm here to meet with you.** ✖

芮妮：賀伯先生，我有了新工作了，所以今天我過來見你。

Harbour: Oh, really? I didn't know that you had quit your job.

賀伯：噢，真的嗎？我不知道妳已經離職了耶。

Renee: I didn't quit my job. I just got a new job.

芮妮：我沒有辭掉工作啊，我只是有了新的工作。

Harbour: You mean… like a **part-time**[1] job?

賀伯：妳是指……兼差那類的工作嗎？

Renee: No, I've been a **full-time**[2] **employer**[3].

芮妮：不是啊，我一直都是全職的員工。

Harbour: Uh, you lost me, Renee.

賀伯：我實在搞不清楚妳在說什麼耶（直譯：妳失去了我），芮妮。

Renee: No, I didn't lose you, Mr. Harbour. You're right here.

芮妮：我沒失去你啊，你人就在這裡呢。

Harbour: Uh…This is kind of awkward. I don't know what to say…

賀伯：呃……這實在有點尷尬，我不知道該說些什麼……

立刻翻閱次頁了解詳細解析

我不要再出糗！重點文法解析 ▶ MP3
Track 095

傳統背單字的方法，容易讓我們只把單字和中文背下來，卻完全誤解了用法，在這個單元中，將針對最容易混淆單字，作最徹底的解析，讓你出差、洽商都絕不再出糗！

辨析重點1

Are you OK?

這句話是對方發生一些狀況時，用來詢問對方「還好吧？沒事吧？」的用語，不適合當成一般打招呼的問候語來使用，否則被問的人會像 Mr. Harbour 一樣一頭霧水喔。

一般打招呼的問候語如下：

❑ How are you? / How are you doing?
   你好嗎？

❑ How's everything?
   一切都好嗎？

❑ How have you been?
   近來好嗎？

辨析重點2

I got a new job, Mr. Harbour.
That's why I'm here to meet with you.

依照前後文，Renee 所說的 I got a new job 應該是「我被分派新工作（而且新工作內容應該跟 Mr. Harbour 的公司業務有關連）」的直譯。難怪 Mr. Harbour 會丈二金剛，摸不著頭緒了。「被分派新工作」的簡單說法為：I got a new assignment.

辨析重點3

No, I didn't lost you, Mr. Harbour. You're right here.

Renee 與 Mr. Harbour 會雞同鴨講的原因在於 Renee 不知道「You lost me.」其實是「我不懂你在講什麼。」的意思（就好像跟丟了一樣，我的思緒跟不上你的思緒，兩人根本無法溝通），因此她才會說「我沒有失去你啊，賀伯先生，你不就在這裡嗎？」所以英文常用的慣用語，大家也要把它們運用到習慣成自然，才不會惹出一堆笑話喔。

上班族會話這樣講就對了 ▶ **MP3** Track 096

單字文法都很行，但是卻老是無法延續對話嗎？在這個單元中除了告訴你最正確的語法、最道地的說法以外，也告訴你最生活化的會話技巧，讓你輕輕鬆鬆就延續與對方的交談。

Renee: Good morning, Mr. Harbour. How are you?

芮妮：早安，賀伯先生，您好嗎？

Harbour: How are you, Renee? Please have a seat. Let's start with where we left off last time.

賀伯：妳好，芮妮，請坐。我們從上次尚未討論完的地方談起吧。

Renee: Honestly, what you **mentioned**[4] last time will be a real **challenge**[5] for our company. That's more than a **technical**[6] **issue**[7]. Can't we do it our own way? We'll do **whatever**[8] we can.

芮妮：老實說，您上次提的方案，對我們公司將會是個很大的挑戰。那不僅僅是技術性的問題。不能照著我們的方式走嗎？我們會盡我們所能去做。

Harbour: That's all very interesting, but not good enough. We want something more **original**[9] and **concrete**[10]. Any ideas?

賀伯：聽起來很不錯，但還不夠好。我們需要更原創性的、更具體的方案。有其他想法嗎？

Renee: Hmm, I think I got one. But I have to make sure if it is **feasible**[11]. I'll let you know ASAP.

芮妮：嗯……我想到一個點子了！不過我必須先確認是否可行。我會盡快給您答覆。

Harbour: OK, sounds good to me. I look forward to a fa**vorable**[12] **result**[13]. Now, let's go through the **details**[14] again. I don't want any **last-minute**[15] changes, you know.

賀伯：好，聽起來還不錯，我期待有個令人滿意的結果。現在我們來討論一下細節。我可不希望在緊要關頭有什麼變數。

Renee: I understand your concern. We won't let you down.

芮妮：我明白你的擔憂。我們一定不會讓你失望。

職場會話 小技巧　一件方案尚未確認是否可行時，千萬不要貿然答應客戶，否則若事後反悔或辦不到，公司的形象與信譽將會大打折扣。要清楚讓客戶知道確認可行性的重要，但同時也要表現出積極的態度，讓客戶知道你正積極審查中，並會火速給予回覆，而不是只會信口開河或敷衍了事。

Unit 49 向客戶發表專題簡報（一）

上班族單字哪些我不會？

先作個小測驗，看看這些單字的意思你懂嗎？

1. **interesting**→ (A) 感興趣 (B) 有趣的 (C) 利息 .... [ˈɪntərɛstɪŋ] 答案：（ ）
2. **explain**→ (A) 示範 (B) 解體 (C) 解說 .... [ɪkˈsplen] 答案：（ ）
3. **example**→ (A) 例子 (B) 標誌 (C) 實驗 .... [ɪgˈzæmpl] 答案：（ ）
4. **demonstrate**→ (A) 展示 (B) 花車 (C) 監察 .... [ˈdɛmənˌstret] 答案：（ ）
5. **operate**→ (A) 操作 (B) 代考 (C) 購物 .... [ˈɑpəˌret] 答案：（ ）
6. **adjustable**→ (A) 習慣的 (B) 固定的 (C) 可調的 ..... [əˈdʒʌstəbl] 答案：（ ）
7. **shape**→ (A) 狀況 (B) 形狀 (C) 顏色 .... [ʃep] 答案：（ ）
8. **size**→ (A) 尺寸 (B) 抓住 (C) 把握 .... [saɪz] 答案：（ ）
9. **honor**→ (A) 取笑 (B) 光榮 (C) 國歌 .... [ˈɑnɚ] 答案：（ ）
10. **last**→ (A) 冗長 (B) 持續 (C) 最新.............................. [læst] 答案：（ ）
11. **introduce**→ (A) 介入 (B) 介紹 (C) 機能 .... [ˌɪntrəˈdjus] 答案：（ ）
12. **latest**→ (A) 最舊的 (B) 最廣的 (C) 最新的 .... [ˈletɪst] 答案：（ ）
13. **upgrade**→ (A) 長高 (B) 變寬 (C) 升級 .... [ˈʌpˈgred] 答案：（ ）
14. **dare**→ (A) 怕 (B) 敢 (C) 怨 .... [dɛr] 答案：（ ）
15. **normally**→ (A) 變態地 (B) 穩定地 (C) 正常地 .... [ˈnɔrmlɪ] 答案：（ ）

答案：
　1. (B)　**2.** (C)　**3.** (A)　**4.** (A)　**5.** (A)
　6. (C)　**7.** (B)　**8.** (A)　**9.** (B)　**10.** (B)
　11. (B)　**12.** (C)　**13.** (C)　**14.** (B)　**15.** (C)

這些單字都將運用在以下的會話及解析中，哪些單字答錯了？請利用以下的單元好好的學習單字的正確用法吧！

上班族會話這樣說好糗！

看看以下的對話情境，是不是讓你似曾相識呢？以下列舉出中國人常犯的會話錯誤與中式英語，看完後請務必接著看後續的「我不要再出糗！重點文法解析」及「上班族會話這樣講就對了」，才不會不小心把錯誤的用法記在腦中喔！

Mr. Harbour: I think it's a very **interesting**[1] product. Could you **explain**[2] how it is used?

賀伯先生：這是個很有意思的產品，可以說明一下怎麼使用嗎？

Renee: Sure. I'll make an example[3] of it. ☒

芮妮：當然。我會懲罰它以儆效尤。

Ms. Bourne: Huh?

波恩女士：嗄？

Mr. Harbour: I believe she means she'll **demonstrate**[4] how to use it.

賀伯先生： 她的意思是她要為我們示範如何使用。

Ms. Bourne: Oh, I get it.

波恩女士：噢，原來是這個意思。

Renee: It's very easy to **operate**[5] and it's **adjustable**[6]. In addition, this kind owns three shapes[7] and six sizes[8]. ☒

芮妮：它操作十分簡易，而且是可調式。此外，這款擁有三種造型與六種尺寸。

Ms. Bourne: …Uh, how long is it good for?

波恩女士：它的使用壽命多久？

Renee: Oh, it is very good. ☒ No competitors beat our quality.

芮妮：噢，它非常好。其他競爭者都無法超越我們的品質。

Ms. Bourne: …I think this young lady should improve her English before she is qualified to make a presentation.

波恩女士：我覺得這位年輕小姐應該先改善英文能力，才有資格發表產品說明會。

Mr. Harbour: Ha, you can say that again.

賀伯先生：阿，沒錯，的確是這樣。

立刻翻閱次頁了解詳細解析

我不要再出糗！重點文法解析 ▶ MP3 Track 097

傳統背單字的方法，容易讓我們只把單字和中文背下來，卻完全誤解了用法，在這個單元中，將針對最容易混淆單字，作最徹底的解析，讓你出差、洽商都絕不再出糗！

辨析重點1

I'll make an example of it.

這句是「我來為這個產品做個示範。」的直譯，其實這個句子真正的意思是「殺一儆百，以儆效尤」。常常我們背了許多單字、片語、慣用語等等，但如果沒有背熟或瞭解其真正的意思，就胡亂套用的話，真的會很糗！所以一定要避免！
正確的說法為：

❏ Let me demonstrate how to use it
   我來為各位示範如何使用。

❏ Let me explain how it is used.
   我來為各位解說如何使用。

❏ I'll show you how to use it.
   我來教各位如何使用。

辨析重點2

This kind owns three shapes and six sizes.

這句是「這款擁有三種造型與六種尺寸。」的直譯。其實有時候並不是不知道該怎麼說，而是一下子無法轉換成英文思緒，一不小心就脫口而出了，所以還是一句老話，請多多開口練習。
正確的說法為：

❏ It comes in three shapes and six sizes.
   它有三種造型與六種尺寸。

❏ It is available in three colors.
   它有三種顏色可供選擇。

辨析重點3

A: How long is it good for? B: Oh, it is very good.

在這裡，Ms. Bourne 提出問題，Renee 卻回答的文不對題，這是因為她一聽到「good」這個字，直覺反應就認為 Mr. Bourne 是在詢問產品好不好，而沒有去理解到「be good for + 一段時間」其實是「可以用多久」的意思，所以才會造成 Ms. Bourne 對 Renee 的英文程度不甚滿意，甚至認為她不夠資格主持這個產品說明會。你說是不是糗大了呢？

上班族會話這樣講就對了 ▶ MP3 Track 098

單字文法都很行，但是卻老是無法延續對話嗎？在這個單元中除了告訴你最正確的語法、最道地的說法以外，也告訴你最生活化的會話技巧，讓你輕輕鬆鬆就延續與對方的交談。

Renee: Ladies and gentlemen, I'm so **honored**[9] that you joined me for the presentation. The presentation will **last**[10] about thirty minutes. Please feel free to stop me with any questions when I go along. Today, I'd like to **introduce**[11] our new item PUR038. This is our latest[12] model. It's smaller and lighter than the old model. Besides, we've also **upgraded**[13] the quality.

芮妮：各位先生女士，非常榮幸你們能來參加這場產品說明會。說明會的過程大約持續三十分鐘。中途若有任何問題，請盡量發問。今天我要向各位介紹我們公司的新產品PUR038。這是最新的型號，它比舊型號更輕巧，除此之外，品質也升級了。

Mr. Harbour: I think it's very interesting. Could you explain how it is used?

賀伯先生：這是個很有意思的產品，可以說明一下怎麼使用嗎？

Renee: Sure. Let me demonstrate how to use it. It's very easy to operate and it's adjustable as well. In addition, it comes in three shapes and six sizes.

芮妮：當然。我來為各位示範如何使用。它操作十分簡易，而且是可調式。再來，它有三種造型與六種尺寸。

Ms. Bourne: It looks well-made. How long is it good for?

波恩女士：看起來工非常細，它的使用壽命多久？

Renee: This has the best quality. We **dare**[14] say that no competitors beat our quality. **Normally**[15], it'll be good for six years. But if you clean it often, it'll last even longer.

芮妮：它的品質是最頂級的。我們敢說其他的競爭者不可能超越我們的品質。一般來說，使用壽命為六年，但如果保養得當，可以使用長達六年以上。

職場會話 小技巧　產品簡報的過程盡量保持精簡且條理分明，把產品的特性及重點直接突顯出來，不要廢話太多或離題，畢竟「產品」才是主角，而且客戶在百忙之中騰出時間來，是希望能在最短的時間內得到充分解完善的訊息，冗長無重點的說明會只會令客戶坐立難安。

Unit 50 向客戶發表 專題簡報（二）

上班族單字哪些我不會？

先作個小測驗，看看這些單字的意思你懂嗎？

1. **model** → (A) 包裝 (B) 型號 (C) 仿造 ....[`mɑdl] 答案：( )
2. **compete** → (A) 賽跑 (B) 費力 (C) 競爭.........................[kəm`pit] 答案：( )
3. **competitive** → (A) 競爭力 (B) 失利 (C) 對手 ....[kəm`pɛtətɪv] 答案：( )
4. **sought-after** → (A) 爆香 (B) 搶手 (C) 滯銷..............[`sɔt,æftə] 答案：( )
5. **grammar** → (A) 祖母 (B) 奶媽 (C) 文法..................[`græmə] 答案：( )
6. **forgive** → (A) 失去 (B) 原諒 (C) 記恨 ....[fə`gɪv] 答案：( )
7. **interested** → (A) 感興趣 (B) 有趣 (C) 利息...........[`ɪntərəstɪd] 答案：( )
8. **effort** → (A) 努力 (B) 奴役 (C) 枉費...........................[`ɛfɜt] 答案：( )
9. **chance** → (A) 職業 (B) 機會 (C) 零件 ....[tʃæns] 答案：( )
10. **sample** → (A) 例句 (B) 樓梯 (C) 樣品...................[`sæmpl] 答案：( )
11. **receive** → (A) 話筒 (B) 收件人 (C) 收到 ....[rɪ`siv] 答案：( )
12. **feedback** → (A) 餵食 (B) 哺乳 (C) 回饋 ....[`fid,bæk] 答案：( )
13. **durability** → (A) 不耐 (B) 耐久性 (C) 延長線 ....[,djurə`bɪlətɪ] 答案：( )
14. **save** → (A) 擁有 (B) 節省 (C) 消費.............................[sev] 答案：( )
15. **purchase** → (A) 合併 (B) 構造 (C) 購買.....................[`pɜtʃəs] 答案：( )

答案：
1. (B)　**2.** (C)　**3.** (A)　**4.** (B)　**5.** (C)
6. (B)　**7.** (A)　**8.** (A)　**9.** (B)　**10.** (C)
11. (C)　**12.** (C)　**13.** (B)　**14.** (B)　**15.** (C)

這些單字都將運用在以下的會話及解析中，
哪些單字答錯了？請利用以下的單元好好的
學習單字的正確用法吧！

上班族會話這樣說好糗！

看看以下的對話情境，是不是讓你似曾相識呢？以下列舉出中國人常犯的會話錯誤與中式英語，看完後請務必接著看後續的「我不要再出糗！重點文法解析」及「上班族會話這樣講就對了」，才不會不小心把錯誤的用法記在腦中喔！

Renee: As you can see from this pie chart, **our new model**[1] **PUR038 is very compete**[2] **on the market.** ❌

芮妮：從這張派圖您們可以看出，我們的新產品 PUR038 在市場上非常競爭。

Mr. Harbour: Uh, I believe you meant it's very **"competitive**[3]**"** on the market.

賀伯先生：呃，我想妳是說它在上場上很有競爭力。

Renee: Mr. Harbour: Um…never mind. Please go ahead.
Yes. That's what I meant. Same thing, right?

芮妮：是的，我正是這個意思。我們講的是一樣的嘛，不是嗎？

賀伯先生：呃……算了，不打緊，請繼續。

Renee: And the figures in your handouts shows that this item is very **seeked-after** ❌ .

芮妮：書面資料中的數據顯示，這個產品很受反迎。

Mr. Harbour: Huh?…You should say **"sought-after**[4]**"**. Your **grammar's**[5] bad and you used words incorrectly. I had a hard time understanding what you're saying.

賀伯先生：嘎？……妳應該說「受歡迎」。妳的文法很差，又老是用錯字。我實在聽不太懂妳在講什麼。

Renee: Oh, I'm so sorry, Mr. Harbour. Please **forgive**[6] me for my poor English. **I hope you're still interesting in our product.** ❌

芮妮：噢，我很抱歉，賀伯先生。請原諒我的破英文。希望您對我們產品仍有高度的興趣。

Mr. Harbour: It's hard to remain **interested**[7] in something I'm not so sure of. But I can see you put a lot **effort**[8] into this presentation. I'm willing to give you another **chance**[9].

賀伯先生：要對一個我不清楚的產品保持興趣實在很難。但我看得出妳為這場說明會付出很多心力。我願意再給妳一次機會。

Renee: Thank you so much, Mr. Harbour. Here is a **sample**[10] for you company. And we look forward to **receiving**[11] your **feedback**[12] in the near future.

芮妮：非常感謝你，賀伯先生。這個是給貴公司的樣品。期待近期內能得到您對產品的回應。

立刻翻閱次頁了解詳細解析

我不要再出糗！重點文法解析 ▶ **MP3** Track 099

傳統背單字的方法，容易讓我們只把單字和中文背下來，卻完全誤解了用法，在這個單元中，將針對最容易混淆單字，作最徹底的解析，讓你出差、洽商都絕不再出糗！

辨析重點1

Our model PUR038 is very compete on the market.

按照中文的語意，compete 是「競爭」沒錯，但它是動詞。依照這個句子的結構，必須要將 compete 轉換成 competitive「有競爭力的」才對。如果堅持要用 compete，則整個句子結構都要換掉。正確的說法為：

❏ Our model PUR038 is very competitve in the market.
我們的新產品 PUR038 在市場上非常具有競爭力。

❏ It competes in the marketplace.
它在市場中有競爭力。

辨析重點2

seeked-after 或 sought-after

請注意，並沒有 seeked-after 這個字，正確的拼法為「sought-after」。「sought」是「seek」的過去分詞，因為 seek 是不規則動詞。「sought-after」表示「很熱門、很搶手」的意思。
這個字的用法如下：

❏ She is one of Bollywood's most sought-after actresses.
她是寶萊塢最受歡迎的女演員之一。

❏ Wii is very sought-after on the market.
Wii 在市場上非常搶手。

辨析重點3

I hope you're still interesting in our product.

看出這句的問題出在哪裡嗎？是的，這裡應該要是「人 be interested in 物」（對～感到興趣）的句型才對，而不能用 interesting（有趣的、有意思的）。雖然是很簡單的文法，但說錯、用錯的大有人在，所以用英文時不要急，清楚簡單的表達即可。
這句正確的說法應為：I hope you're still interested in our product.（希望你仍然對我們的產品感興趣。）

上班族會話這樣講就對了 ▶ **MP3** Track 100

單字文法都很行，但是卻老是無法延續對話嗎？在這個單元中除了告訴你最正確的語法、最道地的說法以外，也告訴你最生活化的會話技巧，讓你輕輕鬆鬆就延續與對方的交談。

Renee: Besides, as you can see from this pie chart, our model PUR038 is very competitive on the market. If you'll refer to the figures in your handouts, you'll see that this item is very sought-after and there is a big market for it.

芮妮：除此之外，從這張派圖您們可以看出，我們的新產品 PUR038 非常具有市場競爭性。或者若您們參考書面資料中的數據，可以發現這個產品很受歡迎，市場也很大。

Renee: One good thing about this item is its high technology. And its high tech leads to **durability**[13]. It can **save**[14] time and money, which I know is your company goal. Therefore, this product is just right for your needs. We highly recommend this item for you company.

芮妮：這個產品很大的一個特性是高科技，而高科技又導向耐久性。它能節省時間與金錢，這也是貴公司追求的目標。因此，這個產品完全符合你們的需求，我們也大力推薦。

Mr. Harbour: Please give us some good reasons why we should **purchase**[15] this item.

賀伯先生：為什麼我們應該要購買這個產品，可否給我們幾個好理由？

Mr. Harbour: Your presentation is very impressive. We do have great interest in this item. But we'd like to try it out before we place an order for it.

賀伯先生：妳的產品說明非常令我驚豔。我們的確對妳們的新產品很有興趣。不過我們在下單之前，想先試用看看。

Renee: That's for certain, Mr. Harbour. Here is a sample for your company. And we look forward to receiving your order in the near future.

芮妮：那是一定的，賀伯先生。這個是給貴公司的樣品。期待近期內能接到您的訂單。

職場會話 **小技巧**　簡報者的英文表達能力的確會影響客戶對產品的興趣。由於英文並非我們的母語，若沒有十足的把握，切勿使用艱澀的字彙，否則一來可能會讓客戶覺得妳的英文很饒口，二來你很有可能因為不太熟悉而誤用了字彙或文法，如果因此而失了訂單，真的是非常地不划算。

Marketing and Products • Marketing and Pro

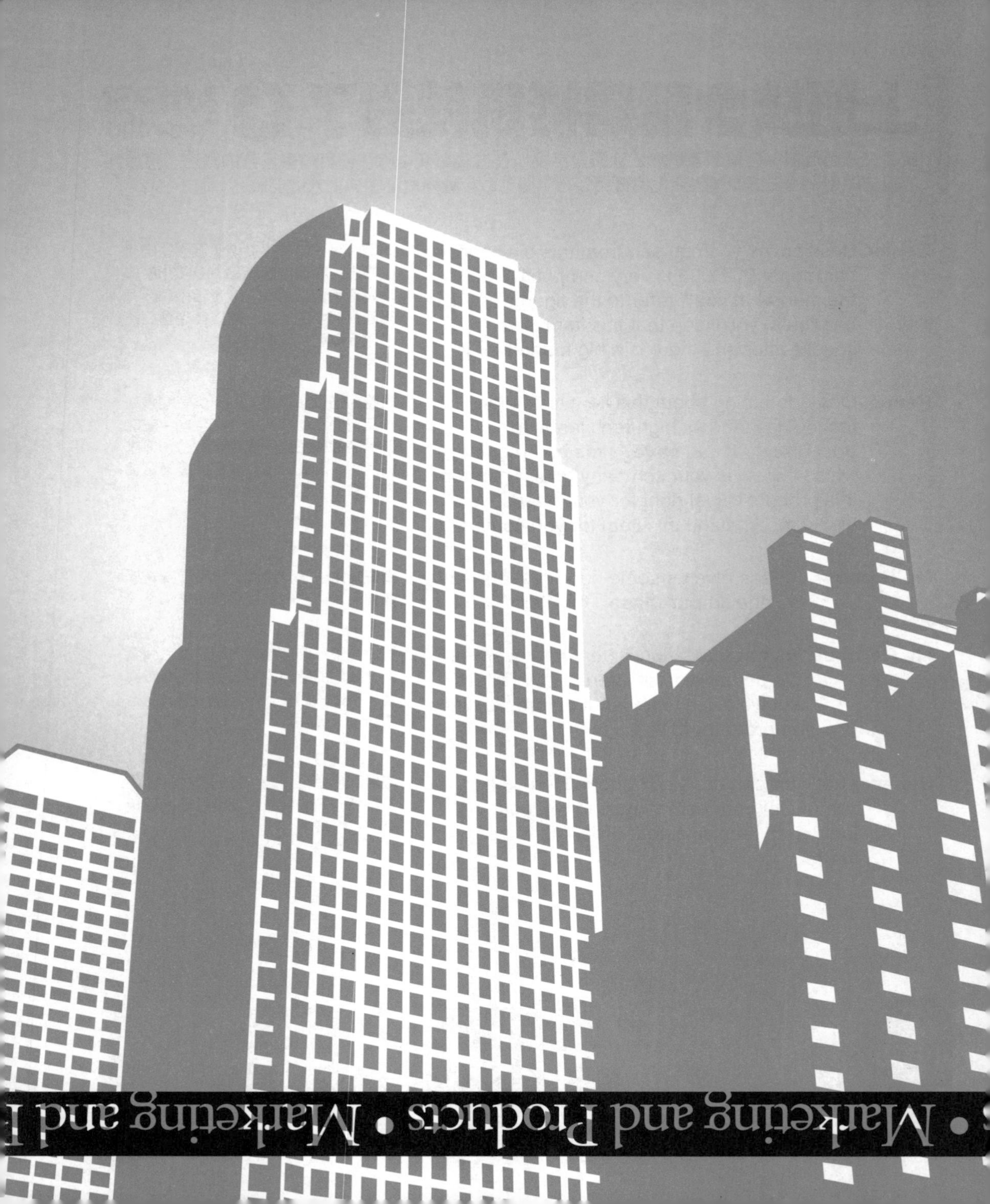

Part **6**

行銷活動與
商品瞭解
Marketing and Products

Unit 51 公司公佈 重點行銷產品

上班族單字哪些我不會？

先作個小測驗，看看這些單字的意思你懂嗎？

1. **decide**→ (A) 決定 (B) 體面 (C) 缺陷...........................[dɪˋsaɪd] 答案：( )
2. **quarter**→ (A) 兩季 (B) 一季 (C) 半年 ....[ˋkwɔrtɚ] 答案：( )
3. **idea**→ (A) 主義 (B) 主意 (C) 理想 .... [aɪˋdɪə] 答案：( )
4. **promote**→ (A) 推銷 (B) 專案 (C) 懷孕 ....[prəˋmot] 答案：( )
5. **sell**→ (A) 買進 (B) 賣出 (C) 交易 ....[sɛl] 答案：( )
6. **hot**→ (A) 冷的 (B) 熱的 (C) 溫的 ....[hɑt] 答案：( )
7. **cake**→ (A) 糖果 (B) 麵粉 (C) 蛋糕 .... [kek] 答案：( )
8. **standby**→ (A) 待命 (B) 站哨 (C) 崗位...................[ˋstændˏbaɪ] 答案：( )
9. **effort**→ (A) 提醒 (B) 內心 (C) 努力............................[ˋɛfɚt] 答案：( )
10. **cutting**→ (A) 減法 (B) 切剁 (C) 造型 ....[ˋkʌtɪŋ] 答案：( )
11. **board**→ (A) 箱子 (B) 盒子 (C) 板子 .... [bord] 答案：( )
12. **sought-after**→ (A) 吃香的 (B) 喝辣的 (C) 追尋 ....[ˋsɔtˏæftɚ] 答案：( )
13. **recently**→ (A) 很久 (B) 最近 (C) 好險 ....[ˋrisntlɪ] 答案：( )
14. **suppose**→ (A) 活該 (B) 應該 (C) 應得 ....[səˋpoz] 答案：( )
15. **objection**→ (A) 造反 (B) 拒絕 (C) 異議.................[əbˋdʒɛkʃən] 答案：( )

答案：
1. (A)　2. (B)　3. (B)　4. (A)　5. (B)
6. (B)　7. (C)　8. (A)　9. (C)　10. (B)
11. (B)　12. (A)　13. (B)　14. (B)　15. (C)

這些單字都將運用在以下的會話及解析中，哪些單字答錯了？請利用以下的單元好好的學習單字的正確用法吧！

上班族會話這樣說好糗！

看看以下的對話情境，是不是讓你似曾相識呢？以下列舉出中國人常犯的會話錯誤與中式英語，看完後請務必接著看後續的「我不要再出糗！重點文法解析」及「上班族會話這樣講就對了」，才不會不小心把錯誤的用法記在腦中喔！

Lindsay: Is everyone here?

琳西：大家都到了嗎？

Michelle: Yes.

蜜雪：是的。

Lindsay: OK. Today we're **deciding**[1] which items will be the key products that we are going to promote this **quarter**[2]. Any **ideas**[3]?

琳西：好，今天我們要決定這季的重點促銷商品。各位有什麼想法嗎？

Michelle: I think **we can keep operating our item PUR038.** ✕

蜜雪：我覺得我們可以繼續操作ＰＵＲ０３８這個產品。

Lindsay: You mean keep "**promoting**[4]" it, right? Why?

琳西：妳是說繼續「促銷」它吧？為什麼？

Michelle: Because it **sells**[5] like **hot**[6] **cakes**[7]! We can make it hotter in the marketplace.

蜜雪：因為它的銷路好極了。我們可以讓它在市場上越炒越熱。

Max: But we still have a lot of competitive items on **standby**[8].

邁斯：我們仍有許多具競爭力的商品等著我們去行銷。

Michelle: That's true.

蜜雪：是這樣沒錯。

Max: Since PUR038 sells like hot cakes, **it can speak by itself.** ✕ We can put our **effort**[9] into other products such as our cutting board series.

邁斯：既然ＰＵＲ０３８賣得這麼好，就讓它自己說話，我們可以把心力放在其他商品，例如切菜板系列。

Sam: I agree. **We suppose to plan a big promotion for our CB series.** ✕

山姆：我贊成。我們應該要幫ＣＢ系列大大地推銷一番。

Lindsay: Any objection? If not, then CB series will be our key items this quarter. That's all for today's meeting.

琳西：各位有任何異議嗎？沒有的話，那就決定ＣＢ系列為我們這季的重點行銷產品。今天的會議到此結束。

立刻翻閱次頁了解詳細解析

我不要再出糗！重點文法解析 ▶ MP3 Track 101

傳統背單字的方法，容易讓我們只把單字和中文背下來，卻完全誤解了用法，在這個單元中，將針對最容易混淆單字，作最徹底的解析，讓你出差、洽商都絕不再出糗！

辨析重點1

We can keep operating our item PUR038.

在這裡用「operate」這個字來表示「操作產品」並不恰當，因為「operate」是「操作機器」的意思。這裡直接改成「We can keep promoting our item PUR038.」即可，意思簡單明瞭。

辨析重點2

We can let it speak by itself.

這句是要表示「讓產品自己說話；讓產品自己推銷自己、為自己說話」，所以應該改成：We can let it speak for itself.（我們可以讓它推銷自己。）下麵的用法也一併記下來：

❏ My little sister went to school by herself.
我的小妹自己一個人去上學。

❏ Aunt Susie was beside herself with rage when she heard the news.
蘇西阿姨聽到這個消息後，氣得抓狂。

❏ I like a sofa to myself when watching TV.
看電視時我喜歡一個人獨佔一張沙發。

辨析重點3

We suppose to plan a big promotion for our CB series.

這裡的 suppose（認為應該）要改成被動式，即「be supposed to」=「should」，請這樣把它記下來。所以本句應該改成：We are supposed to plan a big promotion for our CB series.（我們應該要幫CB系列大大地推銷一番。）以下幾個簡單例句供參考：

❏ What am I supposed to do? = What should I do?
我應該怎麼做呢？

❏ You're not supposed to smoke in here. = You shouldn't smoke in here.
你不應該在這裡抽煙。

上班族會話這樣講就對了 ▶ MP3 Track 102

單字文法都很行，但是卻老是無法延續對話嗎？在這個單元中除了告訴你最正確的語法、最道地的說法以外，也告訴你最生活化的會話技巧，讓你輕輕鬆鬆就延續與對方的交談。

Lindsay: Is everyone here?

琳西：大家都到齊了嗎？

Michelle: Yes.

蜜雪：是的。

Lindsay: OK. Let's get started. Today we're deciding which items will be the key products that we are going to promote this quarter. Any ideas?

琳西：好，我們開始。今天我們要決定這季的重點促銷商品。各位有什麼想法嗎？

Michelle: I think we can keep promoting our item PUR038. It sells like hot cakes! We can make it hotter in the marketplace.

蜜雪：我覺得我們可以繼續促銷ＰＵＲ０３８這個產品，它的銷路好極了。我們可以讓它在市場上越炒越熱。

Max: I don't think that's a good idea. We still have a lot of competitive items on standby. They are good products, too. Since PUR038 sells like hot cakes, it can speak for itself. We can put our effort into other products such as our **cutting**[10] **board**[11] series.

邁斯：我覺得這個點子不好。我們仍有許多具競爭力的商品等著我們去行銷。它們也都是好產品。既然ＰＵＲ０３８賣得這麼好，就讓它自己推銷自己，我們可以把心力放在其他商品，例如切菜板系列。

Sam: I agree. The cutting boards have been sought-after[12] on the market **recently**[13]. We are **supposed**[14] to plan a big promotion for our CB series.

山姆：我贊成。最近切菜板在市面上很搶手。我們應該要幫ＣＢ系列大大地推銷一番。

Lindsay: That's a good point, Sam. Any **objection**[15]? If not, then CB series will be our key items this quarter. That's all for today's meeting.

琳西：說得很好，山姆。各位有任何異議嗎？如果沒有，那就決定ＣＢ系列為我們這季的重點行銷產品。今天會議到此結束。

職場會話 小技巧

開會時要盡可能發言，訓練自己的表達能力，並且可以讓會議進行得更順利。否則大家面面相覷，不發一言，或者主講人問話時，底下一點反應都沒有，這樣的會議很沒有價值。會議中大家意見不同是很正常的事，千萬不要一言不合而傷了感情，這樣非常不專業唷。

Unit 52 團隊行銷活動分配

上班族單字哪些我不會？

先作個小測驗，看看這些單字的意思你懂嗎？

1. **promotion**→ (A) 轉動 (B) 運轉 (C) 促銷 .... [prə'moʃən] 答案：（　）
2. **decide**→ (A) 決定 (B) 定時 (C) 定期 .... [dɪ'saɪd] 答案：（　）
3. **product**→ (A) 生產 (B) 產品 (C) 產生 .... ['prɑdəkt] 答案：（　）
4. **thought**→ (A) 辯論 (B) 想法 (C) 條理 .... [θɔt] 答案：（　）
5. **computer**→ (A) 機器 (B) 主機 (C) 電腦 .... [kəm'pjutə] 答案：（　）
6. **file**→ (A) 檔案 (B) 案子 (C) 報導 .... [faɪl] 答案：（　）
7. **previous**→ (A) 先前的 (B) 預先的 (C) 預告的 .... ['priviəs] 答案：（　）
8. **sponsor**→ (A) 工廠 (B) 廠商 (C) 贊助商 .... ['spɑnsə] 答案：（　）
9. **visit**→ (A) 頁數 (B) 文件 (C) 拜訪 .... ['vɪzɪt] 答案：（　）
10. **win**→ (A) 贏得 (B) 風車 (C) 模仿 .... [wɪn] 答案：（　）
11. **charge**→ (A) 扣款 (B) 責任 (C) 操作 .... [tʃɑrdʒ] 答案：（　）
12. **volunteer**→ (A) 主導 (B) 自願 (C) 義工 .... [,vɑlən'tɪr] 答案：（　）
13. **forward**→ (A) 向後 (B) 向上 (C) 向前 .... ['fɔrwəd] 答案：（　）
14. **succeed**→ (A) 失敗 (B) 成功 (C) 平手 .... [sək'sid] 答案：（　）
15. **benefit**→ (A) 藝人 (B) 受益 (C) 議程 .... ['bɛnəfɪt] 答案：（　）

答案：
1. (C) **2**. (A) **2**. (B) **4**. (B) **5**. (C)
6. (A) **7**. (A) **8**. (C) **9**. (C) **10**. (A)
11. (B) **12**. (C) **13**. (C) **14**. (B) **15**. (B)

這些單字都將運用在以下的會話及解析中，哪些單字答錯了？請利用以下的單元好好的學習單字的正確用法吧！

上班族會話這樣說好糗！

看看以下的對話情境，是不是讓你似曾相識呢？以下列舉出中國人常犯的會話錯誤與中式英語，看完後請務必接著看後續的「我不要再出糗！重點文法解析」及「上班族會話這樣講就對了」，才不會不小心把錯誤的用法記在腦中喔！

Michelle: Hi, guys! We're now discussing the **promotion**[1] plan on CB series. Before we **decide**[2] on how to market our **products**[3], I want to hear your **thoughts**[4] about this.

蜜雪：嗨，大夥們！我們要來討論ＣＢ系列的行銷計畫。在決定如何行銷我們的產品之前，我想聽聽你們的對此活動的想法。

Dan: We need sponsors. **I can look up to the computer**[5] **files**[6]  and find out our **previous**[7] **sponsors**[8]. **I'll visit**[9] them and try to **win**[10] them. ✗

阿丹：我們需要贊助商。我可以去尊敬資料，找出誰曾經贊助過我們的活動，我會去拜訪他們，說服他們跟我結婚。

Michelle: You mean to "look it up" on the computer files and "win them around," right?

蜜雪：你的意思是「查」電腦檔案，然後去「爭取贊助商」吧？

Dan: Uh, yes, you're right.

阿丹：呃，是的，妳說的沒錯。

Michelle: Good. Then you will be in **charge**[11] of this. Any other thoughts?

蜜雪：很好，那們你就負責這個部分。還有其他的想法嗎？

Renee: I **volunteer**[12] to visit all of our suppliers and see if **they have interest to support us.** ✗

芮妮：我自願去拜訪我們所有的廠商，看看他們願不願意資助我們的活動。

Dan: That's a good thought.

阿丹：這個想法不錯。

Michelle: Great. And this will be your assignment. I'm looking **forward**[13] to a favorable result. We will be discussing how to market CB series after I got your feedback. Let's roll.

蜜雪：太好了，那妳就負責這個任務，我靜待佳音。等我收到你們的回報後，我們再來討論行銷方式。各位開始行動吧

立刻翻閱次頁了解詳細解析

我不要再出糗！重點文法解析 ▶ MP3
Track 103

傳統背單字的方法，容易讓我們只把單字和中文背下來，卻完全誤解了用法，在這個單元中，將針對最容易混淆單字，作最徹底的解析，讓你出差、洽商都絕不再出糗！

辨析重點1

I can look up to the computer files.

「look up to ~」是「尊敬某人」的意思，而「look up」是「查閱」的意思，兩個片語找得十分類似。使用時很容易弄錯。本句的正確說法為：I can look it up on the computer files. （我可以查一下電腦檔案。）
現在就用以下的例句將兩個片語牢牢記住吧：

❏ I look up to my father. He is a great man.
　　我很尊敬我父親；他是個偉大的人。

❏ I can't find the payment list. I'll look it up on the comfuter files.
　　我找不到付款清單；我會查閱一下電腦檔案。

辨析重點2

I'll visit them and try to win them.

「win」是「贏、贏得」的意思。例如 I'll win the game.（我會贏得這場比賽。）但是如果是「win + 人」，是「贏得某人的心而結婚」的意思。所以如果是要表示「說服、爭取、贏得某人來幫你」，則要用片語「win round」或「win over」。所以這裡的正確說法為：

❏ I'll visit them and try to win them round.

❏ I'll visit them and try to win them over.
　　我會去拜訪他們，並爭取他們的贊助。

辨析重點3

They have interest to support us. wait ng意看出來喔 是 to see you.g to have a baby. me on the P U R 0 3 8 before we make a formal presentation to
這句是中文直接轉換成英文，而沒有去考慮到「介系詞」是否正確。正確的說法為：

❏ They have an interest in supporting us.

❏ They are interested to support us.

❏ They are interested in supporting us.
　　（他們有興趣支持我們。）

上班族會話這樣講就對了

MP3
Track 104

單字文法都很行，但是卻老是無法延續對話嗎？在這個單元中除了告訴你最正確的語法、最道地的說法以外，也告訴你最生活化的會話技巧，讓你輕輕鬆鬆就延續與對方的交談。

Michelle: Hi, guys! We're now discussing the promotion plan on CB series. Everyone of us will get a new assignment today. Before we decide on how to market our products, I want to hear your thoughts about this.

蜜雪：嗨，大夥們！我們要來討論ＣＢ系列的行銷計畫。每個組員今天都會分配到新任務。在決定如何行銷我們的產品之前，我想聽聽你們的對此活動的想法。

Dan: We need sponsors. I can look it up on the computer files and find out our previous sponsors. I'll visit them and try to win them around.

阿丹：我們需要贊助商。我可以去查閱電腦資料，找出誰曾經贊助過我們的活動，我會去拜訪他們，說服他們再次贊助我們。

Michelle: Good idea, Dan. Then you will be in charge of this. Any other thoughts?

蜜雪：很棒的想法，阿丹。那們你就負責這個部分。還有其他的想法嗎？

Renee: I volunteer to visit all of our suppliers and see if they are interested to support us. If our promotion **succeeds**[14], they will also **benefit**[15] by it.

芮妮：我自願去拜訪我們所有的廠商，看看他們願不願意資助我們的活動。如果我們促銷活動成功，他們自然也會受益。

Michelle: Great. And this will be your assignment. I'm looking forward to a favorable result. OK. We will be discussing how to market CB series after I got your feedback. Let's roll!

蜜雪：太好了，那妳就負責這個任務，我靜待佳音。好，等我收到你們的回報後，我們再來討論行銷方式。行動吧，各位！

職場會話
小技巧
開會時，若能主動爭取適合自己或可自我突破的任務，會議可以進行得順暢簡短。常常開會時大家都不發一言，或者推託任務，這樣一整天耗下來，或可自我突破的任務，會議可以進行得順暢簡短。常常開會時大家都不發一言，或者推託任務，這樣一整天耗下來，只是在浪費時間而已。

Unit 53 行銷方式 資料收集

上班族單字哪些我不會？

先作個小測驗，看看這些單字的意思你懂嗎？

1. **series**→ (A) 連續 (B) 系列 (C) 續集 ....[ˋsɪrɪz] 答案：（ ）

2. **project**→ (A) 專案 (B) 投影機 (C) 桌布 ....[ˋprɑdʒɛkt] 答案：（ ）

3. **clean**→ (A) 享受 (B) 體驗 (C) 清理 ....[klin] 答案：（ ）

4. **throw**→ (A) 丟拋 (B) 打架 (C) 重量 ....[θro] 答案：（ ）

5. **order**→ (A) 老人 (B) 年長 (C) 次序 ....[ɔrdɚ] 答案：（ ）

6. **useful**→ (A) 有效的 (B) 有用的 (C) 瑕疵的 ....[ˋjusfəl] 答案：（ ）

7. **confusion**→ (A) 困難 (B) 困頓 (C) 困惑 ....[kənˋfjuʒən] 答案：（ ）

8. **seem**→ (A) 看見 (B) 肯定 (C) 似乎 ....[sim] 答案：（ ）

9. **finally**→ (A) 簡直 (B) 好在 (C) 終於 ....[ˋfaɪnl̩ɪ] 答案：（ ）

10. **affect**→ (A) 影像 (B) 結果 (C) 影響 ....[əˋfɛkt] 答案：（ ）

11. **performance**→ (A) 表現 (B) 體能 (C) 證書 ....[pɚˋfɔrməns] 答案：（ ）

12. **sift**→ (A) 菜籃 (B) 篩選 (C) 竹筒 ....[sɪft] 答案：（ ）

13. **record**→ (A) 帳單 (B) 卡片 (C) 紀錄 ....[ˋrɛkɚd] 答案：（ ）

14. **carefully**→ (A) 仔細地 (B) 粗心地 (C) 大略地 ....[ˋkɛrfəlɪ] 答案：（ ）

15. **considerate**→ (A) 考慮 (B) 體貼的 (C) 結論 ....[kənˋsɪdərɪt] 答案：（ ）

答案：
1. (B)　2. (A)　3. (A)　4. (C)　5. (C)
6. (B)　7. (C)　8. (A)　9. (C)　10. (C)
11. (A)　12. (B)　13. (C)　14. (A)　15. (B)

這些單字都將運用在以下的會話及解析中，哪些單字答錯了？請利用以下的單元好好的學習單字的正確用法吧！

上班族會話這樣說好糗！

看看以下的對話情境，是不是讓你似曾相識呢？以下列舉出中國人常犯的會話錯誤與中式英語，看完後請務必接著看後續的「我不要再出糗！重點文法解析」及「上班族會話這樣講就對了」，才不會不小心把錯誤的用法記在腦中喔！

Sam: We're going to discuss how to market CB **series**[1] real soon. Did you work on your **project**[2]?	山姆：討論ＣＢ系列行銷方式的日子就快到了，你有沒有在進行你的任務啊？
Max: Of course. **I've cleaned**[3] **out all the materials we need.** ⊠	邁斯：當然有啊。我已經清理掉我們所需的資料。
Sam: What?! What have you done? Those materials were very important. How could you throw[4] them away?	山姆：什麼？你做了什麼？那些資料都十分重要，你怎可以把那些都丟了呢？
Max: What are you talking about? **I didn't throw them.** ⊠ I put them in **order**[5] and found out **useful**[6] information	邁斯：妳在說什麼啊？我沒有把資料丟掉啊，我把他們弄好，找出了有用的資訊。
Sam: Now I understand you. You "sorted out the materials," right?	山姆：我懂了，你是將他們整理出來了。
Max: Yes, you're correct. Sorry for the **confusion**[7].	邁斯：沒錯，妳說對了。 抱歉搞得妳一頭霧水。
Sam: That's OK. I'm getting used to it. Ha!	山姆：沒關係啦，我已經習慣了，哈哈。
Max: Ha-ha.	邁斯：一點都不好笑。
Sam: **Seems**[8] you've got it all planned out. Now I can **finally**[9] stop worrying and get back to work.	山姆：看來你都把事情規劃好了。現在我終於可以安地心回去工作了。
Max: **How come were you worried about my work?** ⊠	邁斯：你幹嘛擔心我的任務啊？
Sam: Because I was worried about your bad cold **affecting**[10] your job **performance**[11]	山姆：因為我擔心你的重感冒會影響你的工作表現。

立刻翻閱次頁了解詳細解析

我不要再出糗！重點文法解析 ▶ MP3 Track 105

傳統背單字的方法，容易讓我們只把單字和中文背下來，卻完全誤解了用法，在這個單元中，將針對最容易混淆單字，作最徹底的解析，讓你出差、洽商都絕不再出糗！

辨析重點1

I've cleaned out all the materials we need.

Max 想表達他「清裡出 / 整理出」許多有用的檔，結果直接用中文轉換，就變成 I've cleaned out all the materials we need. 難怪會讓 Sam 誤會他把文件都「清掉了 / 丟掉了」！
這句，只要把 clean out 改成 sort out，整個意思就對了。正確說法如下：

❏ I've sorted out all the materials we need.
　我已經將所需的資料整理出來 / 挑了出來。

辨析重點2

I didn't throw them.

這裡只用了一個「throw」這個字，感覺不是把東西丟到，而是把東西「丟向」某處或「砸向」某人，整個意思就不大對了。
正確的用法為：

❏ I didn't throw them away.
　我並沒有把那些東西丟掉。

❏ I didn't bin them.
　我並沒有把那些東西扔了。

辨析重點3

How come were you worried about my work?

雖然「how come」等於「why」，但句子的結構完全不同。用「how come」起頭的疑問句，動詞和主詞的位置不需對調，例句如下：

❏ How come you were worried about me?（你為何擔心我？） = Why were you worried about me?

看出其中的差別了嗎？所以這本題的句子就是錯在主詞與動詞的位置對掉了。是不是很簡單呢！立刻就把這種用法記起來吧！

上班族會話這樣講就對了 ▶ **MP3** Track 106

單字文法都很行，但是卻老是無法延續對話嗎？在這個單元中除了告訴你最正確的語法、最道地的說法以外，也告訴你最生活化的會話技巧，讓你輕輕鬆鬆就延續與對方的交談。

Sam: We're going to discuss how to market CB series real soon. Did you work on your project?	山姆：討論ＣＢ系列行銷方式的日子就快到了，你有沒有在進行你的任務啊？
Max: Absolutely. I've sorted out all the materials we need and **sifted**[12] three great ways of marketing from our previous **records**[13].	邁斯：當然有啊。我已經整理出所需的資料，並從過去的記錄中篩選出三種很棒的行銷方式。
Sam: Oh, that's good. That way, we can learn from our experience and avoid the same mistakes.	山姆：噢，真不錯。如此一來，我們可以從經驗中學習，並且避免犯下同樣的錯誤。
Max: You've got it. We can discuss them **carefully**[14] over the meeting and choose the best way to promote our key products.	邁斯：你答對了。我們可以好好在會議中討論，並從中挑選出最棒的方式來推銷我們的主要商品。
Sam: Seems you've got it all planned out. Now I can finally stop worrying and get back to work.	山姆：看來你都把事情規劃好了。現在我終於可以安地心回去工作了。
Max: Why were you worried about my work?	邁斯：你幹嘛擔心我的任務啊？
Sam: Because I was worried about your bad cold affecting your job performance. It seems like I was worried for nothing!	山姆：因為我擔心你的重感冒會影響你的工作表現。看來我是白擔心一場了！
Max: Aww, Sam. You are always so **considerate**[15] of everyone. Thank you.	邁斯：好貼心喔，山姆。你對大家總是很體貼，謝謝。

職場會話 小技巧 舉辦促銷活動時，公司有很多有用的資源與記錄可供參考。可參考過去的活動內容與行銷方式，截長補短，可加快決策時間，也有一定的成功率。

職場 English
ffice 英語，看這本就夠了

Unit 54 收集活動廠商資料

上班族單字哪些我不會？

先作個小測驗，看看這些單字的意思你懂嗎？

1. **luck**→ (A) 運氣 (B) 算命 (C) 天賦 .... [lʌk] 答案：（ ）
2. **lucky**→ (A) 好運的 (B) 倒楣的 (C) 樂天的 .... [ˋlʌkɪ] 答案：（ ）
3. **same**→ (A) 相異 (B) 相同 (C) 相交 .... [sem] 答案：（ ）
4. **right**→ (A) 疑問的 (B) 錯的 (C) 對的 .... [raɪt] 答案：（ ）
5. **misunderstand**→ (A) 瞭解 (B) 誤解 (C) 解釋

   .... [ˋmɪsʌndɚˋstænd] 答案：（ ）
6. **far**→ (A) 近的 (B) 短的 (C) 遠的 .... [fɑr] 答案：（ ）
7. **beat**→ (A) 鼓棒 (B) 打敗 (C) 蜜蜂 .... [bit] 答案：（ ）
8. **touch**→ (A) 觸碰 (B) 手套 (C) 飛踢 .... [tʌtʃ] 答案：（ ）
9. **envy**→ (A) 羨慕 (B) 恨意 (C) 熱情 .... [ˋɛnvɪ] 答案：（ ）
10. **chat**→ (A) 沈默 (B) 聊天 (C) 粉筆 .... [tʃæt] 答案：（ ）
11. **enthusiastic**→ (A) 熱衷 (B) 熟悉 (C) 陌生 .... [ɪnˌθjuzɪˋæstɪk] 答案：（ ）
12. **gossip**→ (A) 團體 (B) 閒聊 (C) 搜尋網站 .... [ˋgɑsəp] 答案：（ ）
13. **deal**→ (A) 行為 (B) 態度 (C) 處理 .... [dil] 答案：（ ）
14. **representative**→ (A) 代表 (B) 表現 (C) 愛現... [rɛprɪˋzɛntətɪv] 答案：（ ）
15. **worry**→ (A) 放心 (B) 生氣 (C) 擔憂 .... [ˋwɝɪ] 答案：（ ）

答案：
1. (A) 2. (A) 3. (B) 4. (C) 5. (B)
6. (C) 7. (B) 8. (A) 9. (A) 10. (B)
11. (A) 12. (B) 13. (C) 14. (A) 15. (C)

> 這些單字都將運用在以下的會話及解析中，哪些單字答錯了？請利用以下的單元好好的學習單字的正確用法吧！

上班族會話這樣說好糗！

看看以下的對話情境，是不是讓你似曾相識呢？以下列舉出中國人常犯的會話錯誤與中式英語，看完後請務必接著看後續的「我不要再出糗！重點文法解析」及「上班族會話這樣講就對了」，才不會不小心把錯誤的用法記在腦中喔！

Dan: I've won over three sponsors for our promotion plan. I think I've **lucked**[1] out!

阿丹：我已經說服三位贊助商來贊助我們的行銷計畫。沒想到我這麼走運！

Renee: No, I think you are very **lucky**[2]. Three sponsors are quite a lot. Why did you say your luck is out. ❌

芮妮：不會啊，我覺得你很幸運啊，三個贊助商很多耶，你怎麼會覺得自己運氣不好呢？

Dan: I didn't say I'm running out of luck. I said I've lucked out.

阿丹：我沒說我運氣不好啊，我說我走運了。

Renee: **Same**[3] thing, **right**[4]?

芮妮：不是一樣的意思嘛？

Dan: No, "I luck out" means I'm lucky.

阿丹：不是，「我走運」等於「我運氣好」的意思。

Renee: Oops! I misunderstanding[5] you. ❌ Sorry. I'm out of luck. No suppliers so **far**[6] would like to support our plan.

芮妮：唉呀，我誤解了，抱歉。我倒楣透了。目前沒有一個廠商願意贊助我們的計畫。

Dan: How come? What's the problem?

阿丹：為什麼？出了什麼問題呢？

Renee: You beat[7] me. ❌

芮妮：你打我。

Dan: No, I didn't. My hands are right here. I didn't **touch**[8] you at all.

阿丹：哪有，我收在這裡耶。我碰都沒碰你一下。

Renee: What are you talking about? I meant "I don't know why."

芮妮：你在說什麼啊？我是說「我不知道什麼原因」。

Dan: Now I get it. You meant "Beats me."

阿丹：現在我搞懂妳在說什麼了。

立刻翻閱次頁了解詳細解析

我不要再出糗！重點文法解析 ▶ MP3 Track 107

傳統背單字的方法，容易讓我們只把單字和中文背下來，卻完全誤解了用法，在這個單元中，將針對最容易混淆單字，作最徹底的解析，讓你出差、洽商都絕不再出糗！

辨析重點1

Your luck is out.

以上這句看似正常，其實不是正確的用法。「運氣不好、好運用盡」時，正確的說法如下：

❏ Your luck is running out.

❏ You are running out of luck.

❏ You are out of luck.

辨析重點2

I misunderstanding you.

這是一句很奇怪的錯誤用法，常常聽到周遭不太常用英文的友人這麼說，為什麼會用 misunderstanding 呢？這不是名詞嗎？怎麼會取代了動詞？我得到的答案是：因為 misunderstanding 念起來還蠻順口的……

其實只要說 I misunderstood.（我誤會了。）就可以了。

另外的說法有：

❏ I got you wrong.
我誤會你的話了。

❏ I got it all wrong.
我完全搞錯了。

辨析重點3

You beat me.

這句是很有趣的錯誤用法。英文有一句慣用語叫「Beats me.」，意思是「這你就問倒我了」、「我不知道」的意思。它省略掉了 you 所以就變成「Beats me.」了。

但在這裡 Renee 又用錯了這個句子，似乎好像聽過這樣的用法，但到底是不是這樣講，她沒有確認就脫口而出，結果引起了一陣誤會和慌亂。其實她只要老老實實說一句「I don't know」或「I have no idea.」就可以清楚表達了。再次提醒，雖然使用慣用語會令英文感覺更道地，但若用錯了可是很糗的唷。

上班族會話這樣講就對了 ▶ **MP3** Track 108

單字文法都很行，但是卻老是無法延續對話嗎？在這個單元中除了告訴你最正確的語法、最道地的說法以外，也告訴你最生活化的會話技巧，讓你輕輕鬆鬆就延續與對方的交談。

Dan: I've won over three sponsors for our promotion plan. They've promised to support our plan no matter how we would market our items. I think I've lucked out!

阿丹：我已經說服三位贊助商來贊助我們的行銷計畫。他們已經承諾不管我們的行銷方式為何都會贊助我們。沒想到我這麼走運！

Renee: Oh, I **envy**[9] you! I'm out of luck. No suppliers so far would like to support our plan.

芮妮：噢，我真羨慕你！我倒楣透了。目前沒有一個廠商願意贊助我們的計畫。

Dan: How come? What's the problem?

阿丹：為什麼？出了什麼問題呢？

Renee: Beats me. Maybe it's because I'm not much of a talker. I tried so hard to **chat**[10] with them about anything I could think of, but I just couldn't be **enthusiastic**[11] about **gossiping**[12].

芮妮：這你就問倒我了。也許是因為我太不擅言詞了。我很努力試著和他們大聊特聊，但我對東家長西家短這種事就是熱衷不起來。

Dan: I see what you mean. You used to work with papers and documents. You are not so used to **dealing**[13] with our suppliers. You've still got a lot to learn about how to be a sales **representative**[14].

阿丹：我瞭解妳的意思。你過去都是與文書工作為伍，仍然不習慣跟我們的廠商打交道。關於如何做個業務代表，妳要學的還很多。

Renee: I know. I wish someone could help me with this.

芮妮：我知道。真希望有人能在這方面指點我。

Dan: Hey, you're talking to him, Renee. Don't **worry**[15]. I'll help you out.

阿丹：嘿，那個人就是我啊，芮妮。別擔心，我會幫忙妳的。

職場會話 小技巧

剛跨入新領域時，一定會覺得「卡卡的」，十分不順手。這時若能有個「師父」帶領，一切都會順暢許多。無論妳資歷有多深，遇到不熟悉的領域時，還是放下身段，要不恥下問才行喔。

Unit 55 擬定正式行銷活動計畫

上班族單字哪些我不會？

先作個小測驗，看看這些單字的意思你懂嗎？

1. **sponsor**→ (A) 贊助商 (B) 廠商 (C) 供應商 .... [ˋspɑnsɚ] 答案：( )
2. **part**→ (A) 分子 (B) 分母 (C) 部分 .... [pɑrt] 答案：( )
3. **key**→ (A) 主要的 (B) 連鎖的 (C) 開鎖的 .... [ki] 答案：( )
4. **item**→ (A) 品項 (B) 頁數 (C) 欄位 .... [ˋaɪtəm] 答案：( )
5. **stop**→ (A) 開始 (B) 停止 (C) 煞車 .... [stɑp] 答案：( )
6. **tease**→ (A) 透明 (B) 商展 (C) 逗弄 .... [tiz] 答案：( )
7. **weird**→ (A) 女巫 (B) 巫術 (C) 奇怪 .... [wɪrd] 答案：( )
8. **business**→ (A) 企業家 (B) 正事 (C) 通路 .... [ˋbɪznɪs] 答案：( )
9. **means**→ (A) 建議 (B) 建設 (C) 手段 .... [minz] 答案：( )
10. **marketing**→ (A) 行銷 (B) 市集 (C) 展覽 .... [ˋmɑrkɪtɪŋ] 答案：( )
11. **current**→ (A) 目前的 (B) 事後的 (C) 未來的 .... [ˋkɝənt] 答案：( )
12. **trend**→ (A) 手套 (B) 招式 (C) 趨勢 .... [trɛnd] 答案：( )
13. **plenty**→ (A) 極少 (B) 適量 (C) 很多 .... [ˋplɛntɪ] 答案：( )
14. **banner**→ (A) 橫幅 (B) 棒子 (C) 打擊 .... [ˋbænɚ] 答案：( )
15. **website**→ (A) 站長 (B) 網路 (C) 網站 .... [ˋwɛbͺsaɪt] 答案：( )

答案：
1. (A) 2. (C) 3. (A) 4. (A) 5. (B)
6. (C) 7. (C) 8. (B) 9. (C) 10. (A)
11. (A) 12. (C) 13. (C) 14. (A) 15. (C)

> 這些單字都將運用在以下的會話及解析中，哪些單字答錯了？請利用以下的單元好好的學習單字的正確用法吧！

上班族會話這樣說好糗！

看看以下的對話情境，是不是讓你似曾相識呢？以下列舉出中國人常犯的會話錯誤與中式英語，看完後請務必接著看後續的「我不要再出糗！重點文法解析」及「上班族會話這樣講就對了」，才不會不小心把錯誤的用法記在腦中喔！

Michelle: Thanks so much fore your hard work. We got our **sponsors**[1] now. We have won over several suppliers supporting us and everything. Good job, everyone.

蜜雪：非常謝謝大家辛苦的工作。我們現在有贊助商了，也說服了幾家廠商資助我們，還有其他等等。大家做得太好了。

Sam: That's **part**[2] of our job. We're glad we helped.

山姆：那是我們分內的工作。很高興我們幫上了忙。

Michelle: Good. And it's time to discuss how we should promote our **key**[3] **items**[4]. **There are many information in your handouts. Now talk your minds.** ☒

蜜雪：很好。現在該來討論行銷方式了。你們手中的書面資料有豐富的資訊。現在，大家暢所欲談吧。

Sam: Uh, yes, we will "speak" our minds.

山姆：呃，好的，我們會暢所欲「言」的。

Michelle: Come on, you know what I mean. **Stop**[5] **tease**[6] **me.** ☒

蜜雪：唉唷，妳知道我的意思嘛。別尋我開心啦。

Sam: OK, OK. But it's **weird**[7] when people say that.

山姆：好啦、好啦，只不過這樣說真的很奇怪。

Max: Ladies, back to **business**[8]. We definitely need to choose Internet as a **means**[9] of **marketing**[10]. It's the **current**[11] **trend**[12].

邁斯：我們一定要選擇網路作為行銷的工具。這是目前的趨勢。

Sam: I agree.

山姆：我同意。

Michelle: Then the decisions are made. Let's do that.

蜜雪：那就這麼決定了，我們就照辦吧。

立刻翻閱次頁了解詳細解析

我不要再出糗！重點文法解析 ▶ **MP3** Track 109

傳統背單字的方法，容易讓我們只把單字和中文背下來，卻完全誤解了用法，在這個單元中，將針對最容易混淆單字，作最徹底的解析，讓你出差、洽商都絕不再出糗！

辨析重點1

There are many information in your handouts.

「information」是不可屬的單數名詞，所以不能與複數動詞或修飾可數名詞的形容詞連用。正確的說法如下：

❏ There is plenty of information in your handouts.

❏ There is a lot of information in your handouts.

你們手中的書面資料有豐富的資訊。

辨析重點2

Talk your minds.

雖然 talk 與 speak 都是「說」的意思，但在這裡，暢所欲言、直言不諱的固定說法為：

❏ Speak your mind.
　　暢所欲言。

❏ Speak out your thoughts.
　　毫不保留地說出自己的想法。

❏ Just speak out.
　　請直言不諱。

辨析重點3

Stop tease me.

這裡又出現常犯的錯誤：忘記將動詞變成 V-ing 的形式。請記住，stop 後面的動詞要變成動名詞的形式，所以正確的說法是：Stop teasing me.

另外還有一種用法，即 stop to V 的形式，以下用例句說明：

❏ I stop shopping.
　　我不買東西了。

❏ I stop to shop.
　　我停下手邊正在做的事，跑去買東西。

看出其中的差異了嗎？很簡單吧！

上班族會話這樣講就對了 ▶ MP3
Track 110

單字文法都很行，但是卻老是無法延續對話嗎？在這個單元中除了告訴你最正確的語法、最道地的說法以外，也告訴你最生活化的會話技巧，讓你輕輕鬆鬆就延續與對方的交談。

Michelle: Thanks so much fore your hard work. I'm so impressed by your feedback. We got our sponsors now. We have won over several suppliers supporting us and everything. Good job, everyone.	蜜雪：非常謝謝大家辛苦的工作，你們的成果非常驚人。我們現在有贊助商了，也說服了幾家廠商資助我們，還有其他等等。大家做得太好了。
Sam: That's part of our job. We're glad we helped.	山姆：那是我們分內的工作。很高興我們幫上了忙。
Michelle: Good. And it's time to discuss how we should promote our key items. There's **plenty**[13] of information in your handouts. Now speak your minds.	蜜雪：很好。現在該來討論行銷方式了。你們手中的書面資料有豐富的資訊。現在，大家暢所欲言吧。
Max: We definitely need to choose Internet as a means of marketing. It's the current trend.	邁斯：我們一定要選擇網路作為行銷的工具。這是目前的趨勢。
Sam: That's right. We can create a promotion page with attractive **banners**[14], and so our company **website**[15] can stay unchanged but we can still attract buyers.	山姆：沒錯。我們可以設計一個活動網頁與吸引人的點擊圖示，這樣我們不用更動公司網頁就可以吸引買家上門。
Michelle: Then the decisions are made. Let's do that.	蜜雪：那就這麼決定了，我們就照辦吧。

職場會話 小技巧
網路無遠弗屆，基本上現在每個公司都有網站，但如果每有活動都要更動設計一次網站，會耗費很多的金錢與精神。其實只要另外設置一個活動網頁，將所以有活動資訊詳細說明，再利用連結將顧客導向公司網站即可。

Unit 56 與廠商協調活動細項

上班族單字哪些我不會？

先作個小測驗，看看這些單字的意思你懂嗎？

1. **supplier**→ (A) 供應商 (B) 器具 (C) 補充 .... [sə`plaɪ&] 答案：（ ）
2. **plug**→ (A) 塞住 (B) 丟入 (C) 耳機 .... [plʌg] 答案：（ ）
3. **flier**→ (A) 蒼蠅 (B) 傳單 (C) 飛機 .... [`flaɪ&] 答案：（ ）
4. **customer**→ (A) 海關 (B) 恭維 (C) 顧客 .... [`kʌstəmɚ] 答案：（ ）
5. **shipment**→ (A) 出貨 (B) 油輪 (C) 母艦 .... [`ʃɪpmənt] 答案：（ ）
6. **insert**→ (A) 插入 (B) 手術刀 (C) 經典 .... [ɪn`sɝt] 答案：（ ）
7. **strange**→ (A) 奇怪的 (B) 神奇的 (C) 奇妙的 .... [strendʒ] 答案：（ ）
8. **send**→ (A) 寄送 (B) 採購 (C) 政策 .... [sɛnd] 答案：（ ）
9. **language**→ (A) 語音 (B) 語言 (C) 歌詞 .... [`læŋgwɪdʒ] 答案：（ ）
10. **wrong**→ (A) 準確的 (B) 偏差的 (C) 錯誤的 .... [rɔŋ] 答案：（ ）
11. **offend**→ (A) 冒犯 (B) 傲慢 (C) 偏見 .... [ə`fɛnd] 答案：（ ）
12. **phrase**→ (A) 措辭 (B) 階段 (C) 字典 .... [frez] 答案：（ ）
13. **improve**→ (A) 善良 (B) 改善 (C) 證明 .... [ɪm`pruv] 答案：（ ）
14. **representative**→ (A) 表情 (B) 代表 (C) 主席... [ˌrɛprɪ`zɛntətɪv] 答案：（ ）
15. **train**→ (A) 柔軟 (B) 體操 (C) 訓練 .... [tren] 答案：（ ）

答案：
1. (A) **2**. (A) **3**. (B) **4**. (C) **5**. (A)
6. (A) **7**. (A) **8**. (A) **9**. (B) **10**. (C)
11. (A) **12**. (A) **13**. (B) **14**. (B) **15**. (C)

這些單字都將運用在以下的會話及解析中，哪些單字答錯了？請利用以下的單元好好的學習單字的正確用法吧！

上班族會話這樣說好糗！

看看以下的對話情境，是不是讓你似曾相識呢？以下列舉出中國人常犯的會話錯誤與中式英語，看完後請務必接著看後續的「我不要再出糗！重點文法解析」及「上班族會話這樣講就對了」，才不會不小心把錯誤的用法記在腦中喔！

Michelle: Renee, did you talk to our **suppliers**[1] about our promotion details?	蜜雪：芮妮，妳跟廠商談過促銷細節了嗎？
Renee: Yes, I did. I've asked them to **plug**[2] **fliers**[3] **into the shipments** ✖ to our customers[4].	芮妮：有，談過了。我要求他們把傳單在塞住從他們那裡出給我們客戶的貨裡。
Michelle: Huh? Plug what?	蜜雪：嘎？塞住什麼？
Renee: Plug the fliers. Put it into the **shipments**[5].	芮妮：塞住傳單啊。
Michelle: You mean "**insert**[6]" fliers into the shipments. Don't use "plug". It's **strange**[7].	蜜雪：你是說把傳單「塞進」出貨裡。這種情況不要用「塞住」這個字，很奇怪。
Michelle: Do you need someone to help you **send**[8] messages to the customers by email?	蜜雪：需要找人幫妳用電子郵件傳送訊息給客戶嗎？
Renee: It's none of your business. ✖ I'm on top of that.	芮妮：那不關妳的事。我正在處理中。
Michelle: What?! Watch your **language**[9], Renee.	蜜雪：什麼？！你要小心說話，芮妮。
Renee: Oh, please **don't get wrong**[10] **my meaning.** ✖ What I was trying to say is "it's my job, my work." I didn't mean to **offend**[11] you.	芮妮：噢，請不要誤會。我的意思那是「我的工作」。我不是故意要冒犯妳。
Michelle: I was not offended because I knew what you're trying to express. But others could get you wrong if you say that **phrase**[12].	蜜雪：妳沒有冒犯到我，因為我知道妳的意思。但換做其他人，妳會因此被誤會喔。

立刻翻閱次頁了解詳細解析

我不要再出糗！重點文法解析 ▶ MP3 Track 111

傳統背單字的方法，容易讓我們只把單字和中文背下來，卻完全誤解了用法，在這個單元中，將針對最容易混淆單字，作最徹底的解析，讓你出差、洽商都絕不再出糗！

辨析重點1

plug 與 insert 的不同

「plug」是「塞住」的意思，例如把插頭塞進插座裡，整個插座被插頭塞住、堵住了。而「insert」除了塞住的意思，還有把信放入信封，把書籤夾入書中的那種「夾帶」的感覺，不一定要把空間塞滿。這裡要把傳單塞進（夾帶進）貨箱裡，如果用 plug 就好像把所以縫隙通通用相同傳單塞滿似的，但其實並不是這樣，一個貨箱裡只需要幾張張傳單就可以讓客戶接收到訊息了。所以改成 I've asked them to insert fliers into the shipments to our customers. 比較合適。

辨析重點2

It's none of your business.

這句是措辭非常強烈的句子，帶有強烈的負面意味，所以千萬不要隨便使用。這裡 Renee 其實是想表達她不需要幫手，因為這是她的工作（任務），她自己已經在處理了。因此，只需要說：No, thanks. It's my job. I'll take care of that. 就可以清楚表達了。有些慣用語我們常聽到，但如果妳對在什麼場合使用沒有確實的把握，就請不要使用，只要利用簡單的英文表達自己的想法即可，否則要是不小心說出「None of your business.」這類的話，可能會導致嚴重的後果喔。

辨析重點3

Don't get wrong my meaning.

這是一句典型的「中式英文」：不要誤會我的意思。但請真的不要誤會，這並不是正確的用法。其實只要講 Please don't get me wrong.（請不要誤解我的意思。）就可以了。
如果別人已經誤解了，你可以說：

❏ You've got it all wrong.
你完全搞錯了。

❏ You've got me wrong.
你誤會我了。

❏ That's not what I meant.
我並不是那個意思。

上班族會話這樣講就對了 ▶ MP3 Track 112

單字文法都很行，但是卻老是無法延續對話嗎？在這個單元中除了告訴你最正確的語法、最道地的說法以外，也告訴你最生活化的會話技巧，讓你輕輕鬆鬆就延續與對方的交談。

Michelle: Renee, did you talk to our suppliers about our promotion details?	蜜雪：芮妮，妳跟廠商談過促銷細節了嗎？
Renee: Yes, I did. I've asked them to insert fliers into the shipments to our customers. That way the customers who never bought our CB series can also receive the information and know about our promotional products.	芮妮：有，談過了。我要求他們把傳單塞進從他們那裡出給我們客戶的貨裡，這樣沒買過我們ＣＢ系列的客戶也能知道我們的促銷商品。
Michelle: Do you need someone to help you send messages to the customers by email?	蜜雪：需要找人幫妳用電子郵件傳送訊息給客戶嗎？
Renee: No, thanks. That's my job. I'm on top of that.	芮妮：不用了，謝謝。這部分的任務是由我負責，我正在處理中。
Michelle: Oh, and did you discuss the exhibitions we talked about last night with our channels?	蜜雪：喔，還有，妳跟通路商談過展覽事宜了嗎？就是我們昨晚談論的那件事。
Renee: Of course I did. And they've promised to help us with that.	芮妮：當然談過囉。而且他們答應要協助我們。
Michelle: Wow, I'm impressed, Renee. You've **improved**[13] a lot as a sales **representative**[14].	蜜雪：哇，妳真令我刮目相看耶，芮妮。身為一個業務代表，妳進步好多啊。
Renee: Thanks, Michelle. Dan **trained**[15] me well!	芮妮：謝了，蜜雪。一切多虧了阿丹的訓練。

職場會話小技巧

「I'm on top of that.」和「I'm working on that.」是很好用的應對用語。當上司或客戶詢問問他交代的事情的進度，在還沒完成前都可以用這兩句回應，表示你正在處理中。不過若上司或客戶要你 ASAP 時，你就要趕緊加快腳步完成交辦事項囉。

Unit 57 行銷活動 價格協商

上班族單字哪些我不會？

先作個小測驗，看看這些單字的意思你懂嗎？

1. **lower** → (A) 降低 (B) 蹲下 (C) 窪地 .... [ˋloɚ] 答案：（ ）
2. **coupon** → (A) 彩券 (B) 折價券 (C) 月票 .... [ˋkupɑn] 答案：（ ）
3. **clear** → (A) 澄清 (B) 半透明 (C) 混濁 .... [klɪr] 答案：（ ）
4. **explain** → (A) 解釋 (B) 分解 (C) 實驗 .... [ɪkˋsplen] 答案：（ ）
5. **laugh** → (A) 輕視 (B) 笑 (C) 感動 .... [læf] 答案：（ ）
6. **discount** → (A) 折損 (B) 索賠 (C) 折扣 .... [ˋdɪskaunt] 答案：（ ）
7. **spread** → (A) 分贓 (B) 散佈 (C) 眼線 .... [sprɛd] 答案：（ ）
8. **Internet** → (A) 國際 (B) 外部 (C) 網路 .... [ˋɪntɚˌnɛt] 答案：（ ）
9. **acceptable** → (A) 可安插 (B) 可分配 (C) 可接受 .... [əkˋsɛptəbl] 答案：（ ）
10. **major** → (A) 重要的 (B) 輕鬆的 (C) 次要的 .... [ˋmedʒɚ] 答案：（ ）
11. **willing** → (A) 有意願的 (B) 勉強的 (C) 脅迫的 .... [ˋwɪlɪŋ] 答案：（ ）
12. **gift** → (A) 任務 (B) 手段 (C) 禮物 .... [gɪft] 答案：（ ）
13. **comparatively** → (A) 對比地 (B) 對應地 (C) 爭奪地
  .... [kəmˋpærətɪvlɪ] 答案：（ ）
14. **fair** → (A) 刀子 (B) 歧視 (C) 公平 .... [fɛr] 答案：（ ）
15. **finalize** → (A) 結束 (B) 開始 (C) 停頓 .... [ˋfaɪnˌlaɪz] 答案：（ ）

答案：
1. (A) 2. (B) 3. (A) 4. (A) 5. (B)
6. (C) 7. (B) 8. (C) 9. (C) 10. (A)
11. (A) 12. (C) 13. (A) 14. (C) 15. (A)

這些單字都將運用在以下的會話及解析中，哪些單字答錯了？請利用以下的單元好好的學習單字的正確用法吧！

上班族會話這樣說好糗！

看看以下的對話情境，是不是讓你似曾相識呢？以下列舉出中國人常犯的會話錯誤與中式英語，看完後請務必接著看後續的「我不要再出糗！重點文法解析」及「上班族會話這樣講就對了」，才不會不小心把錯誤的用法記在腦中喔！

Renee: What are we going to do with the prices? We must **lower**[1] the price so can we compete.

芮妮：我們要如何決定價格呢？一定要有折扣才行，這樣我們才能競爭。

Dan: I got an idea. We can use e-**coupons**[2].

阿丹：我想到了，我們可以用電子折價券。

Michelle: **Clear**[3] **yourself** ❌, Dan.

蜜雪：為自己辯駁，阿丹。

Dan: I don't need to clear my self, Michelle. I just need to **explain**[4] my idea. Ha!

阿丹：我不用為自己辯駁，蜜雪，我只要說明我的想法即可。阿！

Michelle: That's exactly what I meant.

蜜雪：我就是這個意思啦。

Renee: **Don't laugh**[5] **her** ❌, Dan.

芮妮：別取笑她了，阿丹。

Dan: OK, I'm sorry.

蜜雪：沒關係啦，現在回到正題。

Michelle: That's OK. Now back to the business.

Dan: Here's what I thought: Buyers using e-coupons through Internet can buy three get one free. Mix & Match is acceptable.

阿丹：好啦，抱歉。我們回到正題。我的想法是這樣：買家利用電子折價券在網上購買，則可以買三送一，可任意搭配各種顏色、尺寸、樣式。

Renee: Ooh, that's a major **sell point** ❌. I'm willing to buy more if I can Mix & Match things.

芮妮：哦，那是很大的賣點。如果可以混搭購買，我也願意多買一點。

Michelle: Fair enough. So we all agree to this plan, right? Then it's finalized.

蜜雪：有道理。大家都同意這個方案了喔？那麼就照這樣定案了。

立刻翻閱次頁了解詳細解析

我不要再出糗！重點文法解析 ▶ MP3 Track 113

傳統背單字的方法，容易讓我們只把單字和中文背下來，卻完全誤解了用法，在這個單元中，將針對最容易混淆單字，作最徹底的解析，讓你出差、洽商都絕不再出糗！

辨析重點1

Clear yourself.

「clear oneself」是為自己辯駁，洗刷冤情的意思，不適合用在此對話中。正確的表達方式應該是：

❏ Please explain your idea.
請解釋你的想法。

❏ Please explain yourself.
請再說清楚一點。

辨析重點2

Don't laugh her.

很多人由於不常開口說英文，所以常常會遺漏了介系詞。這裡的 laugh 有取笑的意思，在取笑的事物前記得要加上屆系詞 at，變成：Don't laugh at her.
另外類似的一些短語有：

❏ Don't tease me.
別尋我開心了。

❏ Don't make fun of me.
別嘲笑我。

❏ He's just teasing.
他只是在逗你。

❏ You have gone too far.
你有點太超過囉！

辨析重點3

sell point

賣點的英文為「selling point」。雖然你說 sell point 一般人還是可以意會出來，但還是先把正確的用法學起來比較實在。

❏ 「Buy one get one free」 is a major selling point.
「買一送一」是個很大的賣點。

❏ We must create a unique selling point.
我們一定要創造出一個獨特的賣點。

254

上班族會話這樣講就對了 ▶ **MP3** Track 114

單字文法都很行，但是卻老是無法延續對話嗎？在這個單元中除了告訴你最正確的語法、最道地的說法以外，也告訴你最生活化的會話技巧，讓你輕輕鬆鬆就延續與對方的交談。

Renee: What are we going to do with the prices? There must be a **discount**[6] or how can we compete in the marketplace?

芮妮：我們要如何決定價格呢？一定要有折扣才行，不然我們怎麼在市場上競爭呢？

Dan: I got an idea. We can use e-coupons.

阿丹：我想到了，我們可以用電子折價券。

Michelle: Please explain your idea, Dan.

蜜雪：請解說一下，阿丹。

Dan: Here's what I thought: We **spread**[7] out the news that we got e-coupons on our promotion page. Buyers using e-coupons through **Internet**[8] can buy three get one free. Mix & Match is **acceptable**[9].

阿丹：我的想法是這樣：我們把消息散播出去，讓大家知道我們活動網頁上有電子折價券。買家利用電子折價券在網上購買，則可以買三送一，可任意搭配各種顏色、尺寸、樣式。

Renee: Ooh, that's a **major**[10] selling point. I'm **willing**[11] to buy more if I can Mix & Match things. People might buy them for themselves or as **gifts**[12].

芮妮：哦，那是很大的賣點。如果可以混搭購買，我也願意多買一點，因為送禮自用兩相宜。

Dan: But if they buy through our distribution channels, we don't offer "buy three get one free" because the prices are **comparatively**[13] lower already.

阿丹：但若在我們其他的通路購買則沒有買三送一的優惠，因為通路的價格本已相對便宜了。

Michelle: **Fair**[14] enough. So we all agree to this plan, right? Then it's **finalized**[15].

蜜雪：有道理。大家都同意這個方案了喔？那麼就照這樣定案了。

職場會話 小技巧 優惠的方法不一定要降價求售，可以利用贈品的方式，買多送多，這樣不但營收增加，還可以清庫存，一舉兩得。當然一定要先算好成本，不要反倒賠錢那就不划算了。

Unit 58 與通路確認活動內容

上班族單字哪些我不會？

先作個小測驗，看看這些單字的意思你懂嗎？

1. **extension**→ (A) 橡皮筋 (B) 橡膠 (C) 分機 .... [ɪkˋstɛnʃən] 答案：( )

2. **dumb**→ (A) 聾的 (B) 啞的 (C) 盲的 ....[dʌm] 答案：( )

3. **purpose**→ (A) 目的 (B) 格調 (C) 機會 ....[ˋpɝpəs] 答案：( )

4. **order**→ (A) 階級 (B) 取消 (C) 訂購.............................[ˋɔrdə] 答案：( )

5. **date**→ (A) 約會 (B) 失約 (C) 赴約 .... [det] 答案：( )

6. **colleague**→ (A) 同伴 (B) 同事 (C) 同儕 ....[ˋkɑlig] 答案：( )

7. **office**→ (A) 倉庫 (B) 辦公室 (C) 會議廳 ....[ˋɔfɪs] 答案：( )

8. **discussion**→ (A) 討論 (B) 公佈 (C) 執行 ....[dɪˋskʌʃən] 答案：( )

9. **exhibition**→ (A) 開發 (B) 銷路 (C) 展覽 ....[ɛksəˋbɪʃən] 答案：( )

10. **available**→ (A) 無效的 (B) 有空的 (C) 免費的............[əˋveləbl] 答案：( )

11. **staff**→ (A) 職員 (B) 核心 (C) 合作.....................................[stæf] 答案：( )

12. **brunch**→ (A) 午餐 (B) 午晚餐 (C) 早午餐...................[brʌntʃ] 答案：( )

13. **perfect**→ (A) 瑕疵的 (B) 一般的 (C) 完美的 ....[ˋpɝfɪkt] 答案：( )

14. **owe**→ (A) 擁抱 (B) 貓頭鷹 (C) 欠債.............................[prəˋporʃən] 答案：( )

15. **treat**→ (A) 步道 (B) 請客 (C) 訓練 .... [trit] 答案：( )

答案：
1. (C) 2. (B) 3. (A) 4. (C) 5. (A)
6. (B) 7. (B) 8. (A) 9. (C) 10. (B)
11. (A) 12. (C) 13. (C) 14. (C) 15. (B)

> 這些單字都將運用在以下的會話及解析中，哪些單字答錯了？請利用以下的單元好好的學習單字的正確用法吧！

上班族會話這樣說好糗！

看看以下的對話情境，是不是讓你似曾相識呢？以下列舉出中國人常犯的會話錯誤與中式英語，看完後請務必接著看後續的「我不要再出糗！重點文法解析」及「上班族會話這樣講就對了」，才不會不小心把錯誤的用法記在腦中喔！

Martin's Secretary: ABC Co. How may I help you?

馬丁的秘書：這裡是ABC公司，有什麼可以為您效勞的？

Renee: **Hello, I'm Renee Chang. Please turn extension[1] 41 for me.** ☒

芮妮：您好，我是從張芮妮打來的，請幫我轉分機41。

Martin's Secretary: Uh… I'm sorry. What?

馬丁的秘書：呃……抱歉，妳說什麼？

Renee: **I want to find Mr. Martin. Is he able to speak?** ☒

芮妮：我向要找馬丁先生。他能開口說話嗎？

Martin's Secretary: Of course he is able to speak. He's not **dumb**[2].

馬丁的秘書：他當然能說話，他又不是啞的。

Renee: Oh, sorry. That's not what I meant.

芮妮：噢，抱歉，我不是這個意思。

Martin's Secretary: What's the **purpose**[3] of your call?

馬丁的秘書：請問妳找他什麼事？

Renee: Oh, **I'm calling to order[4] date[5] time with Mr. Martin.** ☒

芮妮：噢，我打來是想跟馬丁先生訂時間約會時間。

Martin's Secretary: What did you just say?! Ugh, could you put someone who speaks English on the phone? I can't understand you.

馬丁的秘書：妳剛才說什麼？！唉呀，妳可不可以找一個會說英文的人幫妳講電話？我實在聽不懂妳在說什麼。

Renee: Oh, I'm so sorry. I'll get my one of **colleagues**[6] on the phone. Please don't go.

芮妮：噢，我真的很抱歉。我找我的同事來聽一下好了。

Martin's Secretary: …OK. I'll hold the line.

馬丁的秘書：……好，我不會掛斷。

立刻翻閱次頁了解詳細解析

我不要再出糗！重點文法解析 ▶ MP3 Track 115

傳統背單字的方法，容易讓我們只把單字和中文背下來，卻完全誤解了用法，在這個單元中，將針對最容易混淆單字，作最徹底的解析，讓你出差、洽商都絕不再出糗！

辨析重點1

Hello, I'm Renee Chang. Please turn extension 41 for me.

不要笑喔，很多人確實不知道電話英語中不使用「I'm XXX」這種說法！正確說法如下：
This is Jenny Wu (calling from ABC Co.)
我是（ABC公司的）吳珍妮。
想要「轉」接分機，可不是用 turn 這個字喔，外國人可是會聽得一頭霧水的。

❑ Please get me the extension 41.
　請幫我轉接分機41。

❑ Please connect me with extension 18.
　請幫我轉接分機18。

❑ Extension 15, please.
　請接分機15。

辨析重點2

I want to find Mr. Martin. Is he able to speak?

在電話英語中，找某人聽電話不可以用「find」，正確用法如下：
❑ May I speak to Mr. Martin, please?
❑ Could I speak to Mr. Martin, please?
❑ Could you put me through to Mr. Martin, please?
❑ I'd like to speak to Mr. Martin, please.

辨析重點3

I'm calling to order date time with Mr. Harbour.

如果你覺得「order date time」這種中式英文連你看起來都覺得很可怕，那更不用說外國人士聽了會有什麼感覺了。order 是訂購的意思，date 這個自大多指的是男女之間的約會，若誤用了可是會招來不必要的誤會的。
表達「預約會面時間」的用法如下：

❑ I'm calling to make an appointment with Mr. Wang.
　我打來跟王先生約見面的時間。

❑ I have an appointment with my dentist.
　我跟牙醫約好看牙齒。

上班族會話這樣講就對了 ▶ **MP3** Track 116

單字文法都很行，但是卻老是無法延續對話嗎？在這個單元中除了告訴你最正確的語法、最道地的說法以外，也告訴你最生活化的會話技巧，讓你輕輕鬆鬆就延續與對方的交談。

Renee: Hello, this is Renee Chang calling from Alpha Co. Please get me the extension 41.	芮妮：您好，我是艾法公司的張芮妮，請幫我接分機４１。
Martin's Secretary: Mr. Martin's **office**[7]. May I help you?	馬丁的秘書：馬丁先生辦公室，有什麼可以為您效勞的嗎？
Renee: Oh, hi, Miss Wood. This is Renee. How are you? I'm calling again to **discuss**[8] the **exhibitions**[9] with Mr. Martin. Is he **available**[10]?	芮妮：噢，嗨，伍德小姐，我是芮妮，妳好嗎？我又打來想跟馬丁先生討論展示會的事。他有空接電話嗎？
Martin's Secretary: Sorry, Renee. Mr. Martin can't come to the phone. He's all tied up in the **staff**[11] meeting. But he said he would be free tomorrow morning and you two could discuss it over **brunch**[12]. What do you say?	馬丁的秘書：抱歉，芮妮，馬丁先生沒辦法接電話，他正忙著開幹部會議呢。不過他說他明天上午有空，你們可以一邊吃早午餐一邊討論。妳覺得呢？
Renee: **Perfect**[13]! Thanks so much for your help. I **owe**[14] you one. Let's do lunch sometime. My **treat**[15].	芮妮：太好了！非常謝謝妳的幫忙，我欠妳一個人情。我們找個時間吃午餐，我請客。
Martin's Secretary: That's great. We'll talk later then.	馬丁的秘書：真棒，那晚點再聊囉。
Renee: OK. Call me!	芮妮：嗯，記得打給我喔！

職場會話小技巧

留意電話用語，介紹自己時不能說「I'm ~」，找誰聽電話時更不能說「I want to find ~」，這些都是基本常識，不要貽笑大方。與工作上常聯繫的視窗保持良好的關係，有助於工作順利推進。有禮誠懇是最好的利器。切記不要太過八卦，因為紙包不住火，你說過的是非很可能回頭來重創你。

Unit 59 行銷活動效益回報

上班族單字哪些我不會？

先作個小測驗，看看這些單字的意思你懂嗎？

1. **maniac**→ (A) 發飽的 (B) 發狂的 (C) 發願的 .... [ˈmenɪæk] 答案：（ ）

2. **crazy**→ (A) 瘋狂的 (B) 平靜的 (C) 顫抖的 .... [ˈkrezɪ] 答案：（ ）

3. **group**→ (A) 團體 (B) 筷子 (C) 容器 .... [grup] 答案：（ ）

4. **skyscraper**→ (A) 公寓 (B) 平房 (C) 摩天樓 .... [ˈskaɪˌskrepɚ] 答案：（ ）

5. **skyrocket**→ (A) 火箭 (B) 猛漲 (C) 火災 .... [ˈskaɪˌrɑkɪt] 答案：（ ）

6. **joke**→ (A) 名言 (B) 笑話 (C) 短文 .... [dʒok] 答案：（ ）

7. **funny**→ (A) 好吃 (B) 好看 (C) 有趣 .... [ˈfʌnɪ] 答案：（ ）

8. **crack**→ (A) 背誦 (B) 聽寫 (C) 裂開 .... [kræk] 答案：（ ）

9. **asset**→ (A) 階級 (B) 資產 (C) 帳目 .... [ˈæset] 答案：（ ）

10. **proud**→ (A) 驕傲的 (B) 同情的 (C) 敬佩的 .... [praʊd] 答案：（ ）

11. **superior**→ (A) 劣於 (B) 標準 (C) 優於 .... [səˈpɪrɪɚ] 答案：（ ）

12. **price**→ (A) 標籤 (B) 價格 (C) 報表 .... [praɪs] 答案：（ ）

13. **promising**→ (A) 有希望的 (B) 無希望的 (C) 承諾 ...[ˈprɑmɪsɪŋ] 答案：（ ）

14. **saturation**→ (A) 飢餓 (B) 飽和 (C) 升級 ....[ˌsætʃəˈreʃən] 答案：（ ）

15. **factor**→ (A) 工廠 (B) 卡車 (C) 因素 .... [ˈfæktɚ] 答案：（ ）

答案：
1. (B) **2.** (A) **3.** (A) **4.** (C) **5.** (B)
6. (B) **7.** (C) **8.** (C) **9.** (B) **10.** (A)
11. (C) **12.** (B) **13.** (A) **14.** (B) **15.** (C)

> 這些單字都將運用在以下的會話及解析中，哪些單字答錯了？請利用以下的單元好好的學習單字的正確用法吧！

上班族會話這樣說好糗！

看看以下的對話情境，是不是讓你似曾相識呢？以下列舉出中國人常犯的會話錯誤與中式英語，看完後請務必接著看後續的「我不要再出糗！重點文法解析」及「上班族會話這樣講就對了」，才不會不小心把錯誤的用法記在腦中喔！

Lindsay: How did we do?	琳西：目前的銷售如何？
Michelle: **They are selling like maniac[1]!!** ❌	蜜雪：簡直是發狂地賣！
Lindsay: Uh…actually, we don't say that. We say selling like "**crazy**[2]." But I know what you're getting at. I'm glad that CB series have taken off so well.	琳西：琳西：呃……其實我們不會這麼形容耶。我們會說「瘋狂地」賣。但我知道妳想表達什麼。我非常高興ＣＢ系列能有這麼好的成績。
Michelle: It was a **group**[3] effort. **I can't do this without my team.** ❌	蜜雪：這是團體的功勞。沒有我的組員我無法做到這樣的成果。
Lindsay: By the way, do you think sales will keep going up like this?	琳西：對了，妳覺得銷售會一直像這樣衝高嗎？
Michelle: I believe **sales will keep skyscraper**[4] **like this.** ❌	蜜雪：我相信銷售會一直像摩天大樓一樣高。
Lindsay: Haha, you mean sales will keep "**skyrocketing**[5]" like this, right?	琳西：哈哈，妳應該是說銷售會大幅攀升的意思吧？
Michelle: Uh, yes, I think so.	蜜雪：呃，對，沒錯。
Lindsay: Scrycraper! Haha, your **joke**[6]'s so **funny**[7]. You **cracks**[8] me up!	琳西：摩天大樓！哈哈，你這個笑話好好笑，我快被妳笑死了！
Michelle: Um…Actually…I'm not joking…	蜜雪：那個……其實……我沒有在說笑啦……
Lindsay: Uh…	琳西：呃……

立刻翻閱次頁了解詳細解析

我不要再出糗！重點文法解析 ▶ **MP3** Track 117

傳統背單字的方法，容易讓我們只把單字和中文背下來，卻完全誤解了用法，在這個單元中，將針對最容易混淆單字，作最徹底的解析，讓你出差、洽商都絕不再出糗！

辨析重點1

They are selling like maniac!!

這句話應該是「狂賣」的直譯。雖然這個句子的文法不能說有錯，但語言這種東西，其實就是一種習慣，有其慣用的方式。外國人講「狂賣」時，一般會說「sell like crazy」而不會用「maniac」這個字，雖然都有瘋狂的意思，還是不要太顛覆一般的說法比較好喔。

表達「暢銷」的用語有：

❏ The CD is selling like hot cakes.
　這當CD銷路非常好。

❏ The book is selling like crazy.
　這本書賣翻了。

❏ These jeans are selling so well.
　這些牛仔褲真的很暢銷。

辨析重點2

I can't do this without my team.

單就這句來看，文法沒有錯誤。但如果放在文中，應該以過去式或過去完成式來表達比較貼切，因為「事情是發生在過去」。因此改成 I couldn't have done this without my team. 比較適切。

辨析重點3

Sales will keep skyscraper like this.

這裡的情況應該就像是中文裡「有邊讀邊、沒邊讀中間」的感覺吧。因為 skyrocket（大幅飆升）和 skyscraper（摩天大樓）乍看之下還蠻類似的，所以一時想不起 skyrocket，順口講成 skyscraper 了。

還有幾種說法如下：

❏ The price of flour keeps soaring.
　麵粉的價格不斷飆升。

上班族會話這樣講就對了 ▶ **MP3** Track 118

單字文法都很行，但是卻老是無法延續對話嗎？在這個單元中除了告訴你最正確的語法、最道地的說法以外，也告訴你最生活化的會話技巧，讓你輕輕鬆鬆就延續與對方的交談。

Lindsay: How did we do? I heard our CB series are selling like hot cakes.	琳西：目前的銷售如何？我聽說我們的ＣＢ系列賣得非常好。
Michelle: Not selling like hot cakes. They are selling like crazy!! Look at these sales figures!	蜜雪：何止賣得非常好，簡直是賣翻了！您看看這些銷售數字！
Lindsay: Very good. I'm glad that CB series have taken off so well. Thanks, Michelle.	琳西：太好了。我非常高興我們的ＣＢ系列能有這麼好的成績。謝謝妳，蜜雪。
Michelle: It was a group effort. I couldn't have done this without my team.	蜜雪：這是團體的功勞。沒有我的組員我絕對無法做到這樣的成果。
Lindsay: All of you are a great **asset**[9] to our company. I'm so **proud**[10] of you all.	琳西：妳們都是公司重要的資產，我為妳們感到驕傲。
Michelle: Thank you, Boss!	蜜雪：謝謝妳，老闆。
Lindsay: By the way, do you think sales will keep going up like this?	琳西：對了，妳覺得銷售會一直像這樣衝高嗎？
Michelle: The quality of our product is **superior**[11] to others and our **prices**[12] are very competitive. So it looks **promising**[13]. But we still need to keep an eye on the market **saturation**[14] **factor**[15].	蜜雪：我們的品質優於別人，價格也非常具有競爭力，所以後勢依然看俏，但仍須密切注意市場需求是否飽和。

職場會話 小技巧

即使達到了很好的銷售目標，也不能一個人佔據著功勞，應該要將其他組員的辛苦投入一起報告給上司知道，其實你的上司都從這些小地方在默默觀察你，看你是個感恩的人，還是個好大喜功的人。還有，上司問你日後的銷售預估時，一定要說出審慎理智的答案，不要為老討上司歡心，而誇下海口，這樣到時可能會惹出大麻煩喔。

Unit 60 參加客戶邀約的晚宴派對

上班族單字哪些我不會？

先作個小測驗，看看這些單字的意思你懂嗎？

1. **invite**→ (A) 預約 (B) 邀請 (C) 違約 .... [ɪnˋvaɪt] 答案：( )
2. **party**→ (A) 部分 (B) 派對 (C) 分子 .... [ˋpɑrtɪ] 答案：( )
3. **traffic**→ (A) 交通 (B) 果醬 (C) 擠壓 .... [ˋtræfɪk] 答案：( )
4. **coat**→ (A) 貝雷帽 (B) 圍巾 (C) 外套 .... [kot] 答案：( )
5. **whiskey**→ (A) 白蘭地 (B) 白酒 (C) 威士忌 .... [ˋhwɪskɪ] 答案：( )
6. **twin**→ (A) 單人床 (B) 雙胞胎 (C) 三倍 .... [twɪn] 答案：( )
7. **Australia**→ (A) 奧地利 (B) 奧克拉荷馬 (C) 澳洲 .... [ɔˋstreljə] 答案：( )
8. **month**→ (A) 嘴巴 (B) 滑鼠 (C) 月份 .... [mʌnθ] 答案：( )
9. **grader**→ (A) 中產階級 (B) ～年級生(C) 上層社會 .... [ˋgredɚ] 答案：( )
10. **grow**→ (A) 成長 (B) 手肘 (C) 發光 .... [gro] 答案：( )
11. **bar**→ (A) 鐵鎚 (B) 釘子 (C) 吧 .... [bɑr] 答案：( )
12. **taste**→ (A) 難吃 (B) 嗜好 (C) 考試 .... [test] 答案：( )
13. **jeans**→ (A) 牛仔褲 (B) 連身褲 (C) 運動服 .... [dʒinz] 答案：( )
14. **hair**→ (A) 毛線 (B) 毛髮 (C) 毛巾 .... [hɛr] 答案：( )
15. **handbag**→ (A) 手提包 (B) 垃圾袋 (C) 嘔吐袋 .... [ˋhændˏbæg] 答案：( )

答案：
1. (B)　**2**. (B)　**3**. (A)　**4**. (C)　**5**. (C)
6. (B)　**7**. (C)　**8**. (C)　**9**. (B)　**10**. (A)
11. (C)　**12**. (B)　**13**. (A)　**14**. (B)　**15**. (C)

這些單字都將運用在以下的會話及解析中，哪些單字答錯了？請利用以下的單元好好的學習單字的正確用法吧！

上班族會話這樣說好糗！

看看以下的對話情境，是不是讓你似曾相識呢？以下列舉出中國人常犯的會話錯誤與中式英語，看完後請務必接著看後續的「我不要再出糗！重點文法解析」及「上班族會話這樣講就對了」，才不會不小心把錯誤的用法記在腦中喔！

Michelle: Good evening, Mr. Harris. Thank you for **inviting**[1] me to your dinner **party**[2]. **I'm sorry to keep you wait.** ❌ I was stuck in **traffic**[3]. I hope you started without me.

蜜雪：晚安，哈利先生。謝謝您邀請我參加晚宴派對。很抱歉讓您久等了，我剛才被塞在車陣中所以遲到了。希望沒有因為等我而耽誤了時間。

Mr. Harris: No worries. I'm so glad you could make it, Michelle. Come on in. Just drop your **coat here**[4] and make yourself at home.

哈利先生：別介意。我很高興妳能來，蜜雪。快進來，外套放這裡就可以了，別拘束。

Michelle: Thank you. **Here's a small something for you.** ❌ I hope you like it.

蜜雪：謝謝。這是我的一點小東西，希望你會喜歡。

Mr. Harris: Oh, my favorite **whiskey**[5]! You shouldn't have. Thanks for the gift, Michelle. I do love it.

哈利先生：噢，我最愛的威士忌。妳不該破費的。謝謝妳的禮物，蜜雪，我真的很喜歡。

Michelle: How are your wife and your lovely **twins**[6] in **Australia**[7]?

蜜雪：您的夫人和一對可愛的雙胞胎在澳洲都好嗎？

Mr. Harris: Oh, they are all well. I just flied home last **month**[8]. Jane and Dick are fifth **graders**[9] now. Ah, kids are **growing**[10] up so quickly.

哈利先生：噢，都很好。我上個月才飛回去呢。珍恩和迪克都五年級了。啊，小孩長得真快啊。

Michelle: That's wonderful. You must be very proud of them.

蜜雪：真是太好了。你一定很為他們驕傲。

Mr. Harris: Haha, I sure am. Oh, the **bar**[11]'s over there. Go ahead and help yourself. Go around and make yourself known.

哈利先生：哈哈，的確。噢，吧在那邊，快去喝杯飲料，吃點東西。到處走走，讓大家認識妳。

Michelle: Thank you. Your place is beautiful. **You have a wonderful taste**[12]. ❌

蜜雪：謝謝。你家真漂亮。你有一個很棒的嗜好。

Mr. Harris: Huh?

哈利先生：呃？

立刻翻閱次頁了解詳細解析

我不要再出糗！重點文法解析 ▶ MP3 Track 119

傳統背單字的方法，容易讓我們只把單字和中文背下來，卻完全誤解了用法，在這個單元中，將針對最容易混淆單字，作最徹底的解析，讓你出差、洽商都絕不再出糗！

辨析重點1

I'm sorry to keep you wait.

「抱歉讓您久等了」的正確說法是「I'm sorry to have kept you waiting.」，因為當你說這句話的時候，對方的等候已經結束，所以使用過去完成式。不過一般日常會話中，也常聽到「I'm sorry to keep you waiting」這樣的說法，可能是因為等候才剛結束，時間的分隔其實並不是很明確，所以使用現在式也可以。但如果你不確定該怎麼說，就說「I'm sorry to have kept you waiting.」吧！這樣一定不會錯。也因此，可以很清楚發現以上的例句是錯在哪裡了。

辨析重點2

Here's a small something for you.

「這是我的一點小心意」的正確說法為「Here's a little something for you.」，因為心意是一種比較抽象的感覺，因為雖然是小心意，但可不一定是「小小的東西」。所以如果說成「a small something」，就會令人感覺好像是一個「小的」東西（比較具體）。所以請不要照中文直接翻譯過去而使用「small」，要記得用「a little」才對喔。

辨析重點3

You have a wonderful taste.

在文中，稱讚別人住家很漂亮，接著便會說對方的「品味」很出眾。這時，一定要牢牢記住，「品味」是一個抽象的感覺，是不可數的名詞，不能加上冠詞，故正確的說法為「You have wonderful taste.」。如果加上冠詞，則表示「嗜好、興趣、愛好」，放在文中上下文意不符，難怪客戶會一臉茫然的說「Huh?」（嘎？）而感到一頭霧水了。

以下是一些延伸的日常稱讚句，快快熟記起來吧！

❏ Those **jeans**[13] look good on you.
　妳穿這條牛仔褲真好看。

❏ I like your **hair**[14].
　我喜歡你的髮型。

❏ Your **handbag**[15] is lovely.
　妳的手提包真漂亮。

上班族會話這樣講就對了 ▶ **MP3** Track 120

單字文法都很行，但是卻老是無法延續對話嗎？在這個單元中除了告訴你最正確的語法、最道地的說法以外，也告訴你最生活化的會話技巧，讓你輕輕鬆鬆就延續與對方的交談。

Michelle: Good evening, Mr. Harris. Thank you for inviting me to your dinner party. I'm sorry to have kept you waiting. I was stuck in traffic. I hope you started without me.

蜜雪：晚安，哈利先生。謝謝您邀請我參加晚宴派對。很抱歉讓您久等了，我剛才被塞在車陣中所以遲到了。希望沒有因為等我而耽誤了時間。

Mr. Harris: No worries. I'm so glad you could make it, Michelle. Come on in. Just drop your coat here and make yourself at home.

哈利先生：別介意。我很高興妳能來，蜜雪。快進來，外套放這裡就可以了，別拘束。

Michelle: Thank you. Here's a little something for you. I hope you like it.

蜜雪：謝謝。這是我的一點小心意，希望你會喜歡。

Mr. Harris: Oh, my favorite whiskey! You shouldn't have. Thanks for the gift, Michelle. I do love it.

哈利先生：噢，我最愛的威士忌。妳不該破費的。謝謝妳的禮物，蜜雪，我真的很喜歡。

Michelle: How are your wife and your lovely twins in Australia?

蜜雪：您的夫人和一對可愛的雙胞胎在澳洲都好嗎？

Mr. Harris: Oh, they are all well. I just flied home last month. Jane and Dick are fifth graders now. Ah, kids are growing up so quickly.

哈利先生：噢，都很好。我上個月才飛回去呢。珍恩和迪克都五年級了。啊，小孩長得真快啊。

Michelle: That's wonderful. You must be very proud of them.

蜜雪：真是太好了。你一定很為他們感到驕傲。

Mr. Harris: Haha, I sure am. Oh, the bar's over there. Go ahead and help yourself. Go around and make yourself known.

哈利先生：哈哈，的確。噢，吧 在那邊，快去喝杯飲料，吃點東西。到處走走，讓大家認識妳。

職場會話 小技巧　參加別人邀請的晚宴時，可以的話，帶瓶香檳、洋酒等送給主人，作為感謝邀約的心意，並且與主人寒暄一番。如果平日就能熟記對方的一些小事情，寒暄時就能派上用場，例如叫出對方小孩的名字，或詢問高爾夫球練得如何，如此真誠的寒暄會讓對方留下很好的印象。

Note

在以上的章節結束之後，關於上班族單字，還有那些是不熟悉的呢？職場上會使用到的會話及文法，是不是還有還不夠了解的用法呢？
各位可以利用以下的頁面，把前面兩個part吸收的東西做一下整理，對於比較不熟悉的單字、會話及文法，記錄在這邊，之後做複習的時候，效率也會比較高喔！

Part **7**

報價與協調

Quoting and Negotiation

Unit 61 收到客戶來信詢價以及寄送樣品

上班族單字哪些我不會？

先作個小測驗，看看這些單字的意思你懂嗎？

1. **whether**→ (A) 絕對 (B) 幾乎不 (C) 是否.....................[ˋhwɛðɚ] 答案：( )
2. **ago**→ (A) 在～之前 (B) 在～之下 (C) 在～之後 ....[əˋgo] 答案：( )
3. **factory**→ (A) 因素 (B) 工廠 (C) 工作坊 ....[ˋfæktərɪ] 答案：( )
4. **discontinue**→ (A) 量產 (B) 生產 (C) 停產..........[͵dɪskənˋtɪnju] 答案：( )
5. **sauce**→ (A) 來源 (B) 醬料 (C) 石油 ....[sɔs] 答案：( )
6. **source**→ (A) 來源 (B) 醬料 (C) 石油............................[sors] 答案：( )
7. **professional**→ (A) 業餘的 (B) 兼差的 (C) 專業的....[prəˋfɛʃən!] 答案：( )
8. **confuse**→ (A) 釐清 (B) 搞混 (C) 懷疑.....................[kənˋfjuz] 答案：( )
9. **pricing**→ (A) 報價 (B) 王子 (C) 公主 ....[ˋpraɪsɪŋ] 答案：( )
10. **approve**→ (A) 核准 (B) 推進 (C) 證明 ....[əˋpruv] 答案：( )
11. **ASAP**→ (A) 慢慢來 (B) 盡快 (C) 隨意................................. 答案：( )
12. **require**→ (A) 需要 (B) 應該 (C) 可能 ....[rɪˋkwaɪr] 答案：( )
13. **approval**→ (A) 核准 (B) 拒絕 (C) 異議 ....[əˋpruv!] 答案：( )
14. **mention**→ (A) 嗅覺 (B) 提到 (C) 講座 ....[ˋmɛnʃən] 答案：( )
15. **later**→ (A) 較晚地 (B) 較近的 (C) 較早地 ....[ˋletɚ] 答案：( )

答案：
1. (C) **2.** (A) **3.** (B) **4.** (C) **5.** (B)
6. (A) **7.** (C) **8.** (B) **9.** (A) **10.** (A)
11. (B) **12.** (A) **13.** (A) **14.** (B) **15.** (A)

這些單字都將運用在以下的會話及解析中，哪些單字答錯了？請利用以下的單元好好的學習單字的正確用法吧！

上班族會話這樣說好糗！

看看以下的對話情境，是不是讓你似曾相識呢？以下列舉出中國人常犯的會話錯誤與中式英語，看完後請務必接著看後續的「我不要再出糗！重點文法解析」及「上班族會話這樣講就對了」，才不會不小心把錯誤的用法記在腦中喔！

Lindsay: Kate just called and left a message. She wanted to know **whether**[1] we received her e-mail.	琳西：凱特剛才打過來留了言。她想知道我們有沒有收到她寄的電子郵件。
Michelle: I just received her e-mail ten minutes **ago**[2]. **Due to their current factory**[3] **discontinue**[4] **item GSL, ☒ she wants to know whether we have a sauce**[5] **☒ that can produce this item.**	蜜雪：我是在十分鐘前收到她的電子郵件。由於她們的工廠目前已停產 GSL，她想知道我們有沒有醬料可以生產這個產品。
Lindsay: …I believe you meant "**source**[6]," right? It's not very **professional**[7] to use the wrong word.	琳西：我想妳應該是指「生產來源」吧？妳這樣兩個字分不清楚，實在很不專業。
Michelle: I'm sorry. I always **confused**[8] source with sauce. I will be more careful next time.	蜜雪：真抱歉，我老是把「生產來源」跟「醬料」兩個字搞混。下次我會更小心一點。
Lindsay: OK. We do have a source who can produce this item, don't we?	琳西：回到正題。我們的確有可以生產這個產品的廠商，不是嗎？
Michelle: Right. She wants us to provide **pricing**[9] and samples **for their approve**[10] ☒ **ASAP**[11].	蜜雪：沒錯。她要我們盡快提供報價和樣品讓她們審核。
Lindsay: Does she mention what size and color she **requires**[12]?	琳西：她有提到她要什麼尺寸和顏色嗎？
Michelle: Yes. She requires size "10" x "12" x "1" inches in blue, red and brown.	蜜雪：有。她要「１０」×「１２」×「１」的尺寸和藍、紅、棕三色。
Lindsay: Send her our pricing today and tell her we can send samples no later than this Friday.	琳西：今天就寄報價給她，告訴她我們禮拜五前會寄出樣品。
Michelle: Got it. I'll do it right away.	蜜雪：知道了，我馬上去辦。

立刻翻閱次頁了解詳細解析

273

我不要再出糗！重點文法解析 ▶ MP3 Track 121

傳統背單字的方法，容易讓我們只把單字和中文背下來，卻完全誤解了用法，在這個單元中，將針對最容易混淆單字，作最徹底的解析，讓你出差、洽商都絕不再出糗！

辨析重點1

Due to their current factory discontinue item GSL...

因為英文不是我們的母語，所以在使用上常會忘了文法的動詞變化。這句的正確說法有兩種：「Due to their current factory discontinuing item GSL...」或者「Due to the fact that their current factory discontinued item GSL...」。其實瞭解文法最好的方法就是依照例句造出自己的句子，這樣不但印象深刻好記誦，更可以活用於日常生活中。例如：

❑ Due to the fact that my cat becomes ill, I have to take a day off to take care of her. =

❑ Due to my cat becoming ill, I have to take a day off to take care of her.
因為我家的貓咪生病了，我必須請假一天照顧牠。

辨析重點2

sauce 與 source 的發音

這兩個字的發音其實差很多，但很多人在背單字時常把這兩個字搞混，我想會混淆最大的原因是因為沒有仔細地、好好地聽過這兩個字的正確發音。很多人學英文都是用看的，耳朵卻閉的緊緊的。所以請把所有自認常會混淆的字都拿出來「聽」清楚，看著拼字聽聲音（網路上的字典大多有真人發音），漸漸地這種混淆的情況會改善。

辨析重點3

for their approve

這又是另一個詞類變化的問題。在這裡，approve 這個動詞要改成名詞，變成 approval 才是正確的。所以正確的說法是「for their approval」（供他們審核）。列舉一些例子如下：

❑ for your approval （動詞：approve）

❑ for your reference （動詞：refer）

❑ for your information （動詞：inform）

上班族會話這樣講就對了 ▶ MP3 Track 122

單字文法都很行，但是卻老是無法延續對話嗎？在這個單元中除了告訴你最正確的語法、最道地的說法以外，也告訴你最生活化的會話技巧，讓你輕輕鬆鬆就延續與對方的交談。

Lindsay: Kate just called and left a message. She wanted to know whether we received her e-mail.	琳西：凱特剛才打電話過來並且留了言。她想知道我們有沒有收到她寄的電子郵件。
Michelle: I just received her e-mail ten minutes ago. Due to their current factory discontinuing item GSL, she wants to know whether we have a source that can produce this item.	蜜雪：我是在十分鐘前收到她的電子郵件。由於她們的工廠目前已停產GSL，她想知道我們有沒有廠商可以生產這個產品。
Lindsay: We do have a source who can produce this item, don't we?	琳西：我們的確有可以生產這個產品的廠商，不是嗎？
Michelle: Right. She wants us to provide pricing and samples for their **approval**[13] ASAP.	蜜雪：沒錯。她要我們盡快提供報價和樣品讓她們審核。
Lindsay: Does she **mention**[14] what size and color she requires?	琳西：她有提到她要什麼尺寸和顏色嗎？
Michelle: Yes. She requires size "10" x "12" x "1" inches in blue, red and brown.	蜜雪：有。她要「10」x「12」x「1」的尺寸和藍、紅、棕三色。
Lindsay: Send her our pricing today and tell her we can send samples no **later**[15] than this Friday.	琳西：今天就寄報價給她，告訴她我們禮拜五前會寄出樣品。
Michelle: Got it. I'll do it right away.	蜜雪：知道了，我馬上去辦。

職場會話小技巧

給客戶報價之前，一定要問清楚客戶要的尺寸、顏色、規格或材質，如此一來供應商給的報價才會精準。寄給的報價表最好也可以附上彩圖，這樣才不會造成買賣雙方對產品的認知有差距或差距太大，也可以減少信件往返詢問所浪費的時間。

275

Unit 62 推銷公司新的產品優惠

上班族單字哪些我不會？

先作個小測驗，看看這些單字的意思你懂嗎？

1. **inform**→ (A) 通知 (B) 擁護 (C) 採購 ....[ɪnˋfɔrm] 答案：（ ）
2. **organize**→ (A) 機會 (B) 組織 (C) 機構 ....[ˋɔrgənˌaɪz] 答案：（ ）
3. **complete**→ (A) 一半的 (B) 殘缺的 (C) 完整的 ....[kəmˋplit] 答案：（ ）
4. **picture**→ (A) 照片 (B) 油畫 (C) 水彩畫 ....[ˋpɪktʃə] 答案：（ ）
5. **use**→ (A) 使勁 (B) 用途 (C) 因素 ....[jus] 答案：（ ）
6. **useless**→ (A) 沒勁 (B) 沒用 (C) 沒條理 ....[ˋjuslɪs] 答案：（ ）
7. **wonder**→ (A) 驚悚 (B) 驚奇 (C) 驚豔 ....[ˋwʌndə] 答案：（ ）
8. **fly**→ (A) 飛機 (B) 飛行 (C) 傳單 ....[flaɪ] 答案：（ ）
9. **count**→ (A) 計算 (B) 折價券 (C) 除法 ....[kaʊnt] 答案：（ ）
10. **specification**→ (A) 規矩 (B) 規定 (C) 規格 .....[ˌspɛsəfəˋkeʃən] 答案：（ ）
11. **tick**→ (A) 滴答聲 (B) 轟隆聲 (C) 風聲 ....[tɪk] 答案：（ ）
12. **post**→ (A) 使瞭解 (B) 使走運 (C) 使勤奮 ....[post] 答案：（ ）
13. **quote**→ (A) 扣款 (B) 報價 (C) 記誦 ....[kwot] 答案：（ ）
14. **certain**→ (A) 無疑的 (B) 無害的 (C) 無菌的 ....[ˋsɝtṇ] 答案：（ ）
15. **care**→ (A) 照料 (B) 粗心 (C) 良心 ....[kɛr] 答案：（ ）

答案：
1. (A)　2. (B)　3. (C)　4. (A)　5. (B)
6. (B)　7. (B)　8. (B)　9. (A)　10. (C)
11. (A)　12. (A)　13. (B)　14. (A)　15. (A)

這些單字都將運用在以下的會話及解析中，哪些單字答錯了？請利用以下的單元好好的學習單字的正確用法吧！

上班族會話這樣說好糗！

看看以下的對話情境，是不是讓你似曾相識呢？以下列舉出中國人常犯的會話錯誤與中式英語，看完後請務必接著看後續的「我不要再出糗！重點文法解析」及「上班族會話這樣講就對了」，才不會不小心把錯誤的用法記在腦中喔！

Michelle: Dan, did you **inform**[1] APR Co. that we are having a promotion for CB series?	蜜雪：阿丹，你有通知ＡＰＲ系列我們現在ＣＢ系列有優惠的訊息嗎？
Dan: Not yet, but I'm working on it right now. I'm **organizing**[2] a **complete**[3] price list with **pictures**[4]	阿丹：還沒，但我正在處理當中。我正在弄一張完整的價目表並附上圖片。
Michelle: What's the use[5]? ❌	蜜雪：應該沒什麼用吧？
Dan: But I think it's good that APR Co. could receive all the information at a time.	阿丹：但是我覺得可以讓ＡＰＲ系列一次就收到所有的資料很好啊。
Michelle: I thinks so, too.	蜜雪：我也覺得這樣很好。
Dan: Then why did you say **my price list is useless**[6]? ❌	阿丹：那妳剛才幹嘛說我的價格表格沒有用？
Michelle: I didn't say that. I just wanted to know what it's used for.	蜜雪：我那有這樣說！我剛才只是想知道這價格表要做什麼用的。
Dan: Oh. No **wonder**[7]	阿丹：喔，難怪妳會那樣說。
Michelle: The price list is a good think. But please finish it ASAP. **Time fly**[8], ❌ you know.	蜜雪：報價單是個好想法，但是你要盡快完成。時光飛逝啊，你知道的。
Dan: Don't worry. I'll finish the list and send it to APR Co. by today. You can **count**[9] on me.	阿丹：別擔心。我今天以前會完成價格表並寄給ＡＰＲ系列。包在我身上啦。
Michelle: That's what I want to hear. Keep up the great work.	蜜雪：這正是我想聽的。好好加油吧！

立刻翻閱次頁了解詳細解析

我不要再出糗！重點文法解析 ▶ MP3 Track 123

傳統背單字的方法，容易讓我們只把單字和中文背下來，卻完全誤解了用法，在這個單元中，將針對最容易混淆單字，作最徹底的解析，讓你出差、洽商都絕不再出糗！

辨析重點1

What's the use?

這裡的「use」是名詞，意思是「用途」，所以這句「What's the use?」照字面上是「用途是什麼？」但其實其引伸的含意是負面的，含有「應該沒什麼用處吧！」的意思。如果要詢問「做什麼用途呢？」正確的說法為：「What is it used for?」而這裡的「use」是「動詞」。請留意，動詞和名詞的 use 發音不同，如果沒發準確，有時也會造成誤會喔。

名詞 use：[jus]
動詞 use：[juz]

辨析重點2

My price list is a good think.

這裡的 think 是動詞，不能皆在冠詞及形容詞後面，應該要改成名詞 thught，故正確的說法為：
My price list is a good thought.
thought 這個字延伸出了一些實用的字彙，列舉如下：

❏ This is a thought-provoking movie.
　這是一部發人深省的電影

❏ My brother is always thoughtful of me.
　我弟弟一直對我很體貼。

辨析重點3

Time fly.

中文的「時光飛逝」，英文也是用「time」+「fly」，但是請留意動詞的變化，字尾必須去 y 加 ies，變成第三人稱單數的動詞，因為時間不可數的單數名詞。

正確的寫法為：

❏ Time flies.
　時光飛逝。

上班族會話這樣講就對了 ▶ MP3 Track 124

單字文法都很行，但是卻老是無法延續對話嗎？在這個單元中除了告訴你最正確的語法、最道地的說法以外，也告訴你最生活化的會話技巧，讓你輕輕鬆鬆就延續與對方的交談。

Michelle: Dan, did you inform APR Co. that we are having a promotion for CB series?	蜜雪：阿丹，你有通知ＡＰＲ系列我們現在ＣＢ系列有優惠的訊息嗎？
Dan: Not yet, but I'm working on it right now. I'm organizing a complete price list with pictures so that they can get all the information and **specifications**[10] at a time.	阿丹：還沒，但我正在處理當中。我正在弄一張完整的價目表並附上圖片，這樣他們一次就可以收到所有的資訊及產品規格。
Michelle: OK, that's a good thought. But please finish it ASAP. Time is **ticking**[11] away.	蜜雪：好，這個想法很好，但是你要盡快完成。時間一分一秒地過去了喔。
Dan: Sure, I'll finish the list and send it to APR Co. by today.	阿丹：我今天以前會完成價格表並寄給ＡＰＲ系列。
Michelle: Good. Keep me **posted**[12].	蜜雪：很好，讓我知道最新狀況。
Dan: Noted. I'll let you know if I have any information.	阿丹：知道了。有什麼事我一定會讓妳知道。
Michelle: Oh, bye the way, do let them know that we **quote**[13] them the best price.	蜜雪：喔，對了，一定要讓他們知道我們報給他們的價格是最好的價格。
Dan: That's for **certain**[14]. I'll take **care**[15] of that. You can count on me.	阿丹：那是一定要的。我會處理好的，妳儘管放心。
Michelle: That's what I want to hear. Keep up the great work.	蜜雪：這正是我想聽的。好好加油吧！

職場會話 小技巧　如果聽到上司說「Keep me posted」，可不是叫你把他貼在討論區什麼之類的，也不要想到郵局寄信或郵票之類的。「post」是「使熟悉、使瞭解」的意思，故「Keep me posted」就是讓我知道、讓我熟悉，即「隨時通知我最新狀況」的意思。

Unit 63 客戶要求減低價格

上班族單字哪些我不會？

先作個小測驗，看看這些單字的意思你懂嗎？

1. **reply**→ (A) 復原 (B) 答覆 (C) 快轉 .... [rɪ`plaɪ] 答案：( )
2. **concern**→ (A) 演唱會 (B) 關心 (C) 水泥 .... [kən`sɜn] 答案：( )
3. **mini**→ (A) 麥克風 (B) 袖珍的 (C) 侏儒 ....[`mɪnɪ] 答案：( )
4. **quantity**→ (A) 品質 (B) 數量 (C) 品管 ....[`kwɑntətɪ] 答案：( )
5. **requote**→ (A) 重生 (B) 重新規劃 (C) 重新報價 .... [rɪ`kwot] 答案：( )
6. **MOQ**→ (A) 最低訂購量 (B) 最長銷售期 (C) 最高報酬.............. 答案：( )
7. **conform**→ (A) 尊敬 (B) 遵照 (C) 崇拜 .... [kən`fɔrm] 答案：( )
8. **confirm**→ (A) 忽略 (B) 飭回 (C) 確認 ....[kən`fɜm] 答案：( )
9. **feedback**→ (A) 回應 (B) 反芻 (C) 吃飽.....................[`fid˛bæk] 答案：( )
10. **minimum**→A) 最小的 (B) 極限的 (C) 迷你裙 ....[`mɪnəməm] 答案：( )
11. **accept**→ (A) 除外 (B) 接近 (C) 接受 .... [ək`sɛpt] 答案：( )
12. **convince**→ (A) 挑釁 (B) 說服 (C) 證實 .... [kən`vɪns] 答案：( )
13. **enough**→ (A) 不足 (B) 充滿 (C) 足夠 .... [ə`nʌf] 答案：( )
14. **revise**→ (A) 修改 (B) 詩歌 (C) 散文 .... [rɪ`vaɪz] 答案：( )
15. **update**→ (A) 更新 (B) 修正 (C) 改變 .... [ʌp`det] 答案：( )

答案：
1. (B)　**2.** (B)　**3.** (B)　**4.** (B)　**5.** (C)
6. (A)　**7.** (B)　**8.** (C)　**9.** (A)　**10.** (A)
11. (C)　**12.** (B)　**13.** (C)　**14.** (A)　**15.** (A)

> 這些單字都將運用在以下的會話及解析中，哪些單字答錯了？請利用以下的單元好好的學習單字的正確用法吧！

上班族會話這樣說好糗！

看看以下的對話情境，是不是讓你似曾相識呢？以下列舉出中國人常犯的會話錯誤與中式英語，
看完後請務必接著看後續的「我不要再出糗！重點文法解析」及「上班族會話這樣講就對了」，
才不會不小心把錯誤的用法記在腦中喔！

Lindsay: Did you receive any **reply**[1] from Kate about pricing and samples we sent last week?

琳西：關於我們上星期給的報價和樣品，妳有收到凱特的回應嗎？

Michelle: Yes, **we just called on the phone.**  She has received our samples and she thinks they look good. But…

蜜雪：有，我們剛才通過電話了。她已經收到我們寄的樣品，樣品看起來很不錯，但是……

Lindsay: But what? What's her **concern**[2]?

琳西：但是什麼？她的顧慮是什麼？

Michelle: She thinks both our pricing and **mini**[3] **order quantity**[4] are too high. She needs to know if we can **requote**[5] the price.

蜜雪：她說我們報的價格和迷你訂購量都太高了。她想確認我們是不是可以重新報價。

Lindsay: If we could requote the price, could she accept the current **MOQ**[6]?

琳西：如果我們可以重新報價，她能接受目前的最低訂購量嗎？

Michelle: She didn't **conform**[7] yet.

蜜雪：她尚未遵守。

Lindsay: Didn't conform what?

琳西：尚未遵守什麼？

Michelle: Because she hasn't okayed our MOQ.

蜜雪：因為她尚未確認我們的最低訂購量。

Lindsay: So you mean she didn't "**confirm**[8]" yet. You used the wrong word again.

琳西：所以妳是說她尚未確認。妳看妳又用錯字了。

Michelle: Oh, how embarrassing.

蜜雪：噢，真尷尬。

Lindsay: I feel embarrassed for you, too.

琳西：我也替妳覺得尷尬。

立刻翻閱次頁了解詳細解析

我不要再出糗！重點文法解析 ▶ **MP3** Track 125

傳統背單字的方法，容易讓我們只把單字和中文背下來，卻完全誤解了用法，在這個單元中，將針對最容易混淆單字，作最徹底的解析，讓你出差、洽商都絕不再出糗！

辨析重點1

We just called on the phone.

這句英文很明顯是從中文直翻過去。其實因為你已經 on the phone（透過電話、在電話上）了，就不必再用 call（打電話）這個字眼，直接說「We just talked on the phone.」即可。
以下是跟電話有關的片語：

❏ answer the phone
　接電話

❏ hang up the phone
　掛斷電話

❏ pick up the phone
　接起電話

辨析重點2

mini order quantity 還是 minimum order quantity?

可能是因為懶得說這麼長的字，還是以訛傳訛，發現很多人說「最低訂購量」時，都自動說成「mini order quantity」！mini 是「袖珍的、迷你的」的意思，跟 minimum「最小的、最低的」意思完全不同，mini 並不是 minimum 的縮寫或簡稱。正確的說法是「minimum order quantity」（最低訂購量）。如果平常懶得講這麼長，可以直接說 MOQ 就好了。

辨析重點3

conform 和 confirm 大不同

這兩個字不僅長得很像，發音對東方人來說也有點類似，但只要仔細聽過正確的發音，就會發現其實差很多。「conform」是「遵照、遵從」；「confirm」是「確認、核准」。請用以下例句熟悉這兩個字的用法：

❏ Please confirm the purchase order so we can proceed with production.
　請確認這份訂單，然後我們才能進行生產。

❏ If you don't conform to our sales contract, we will end our business relationship with you.
　如果你不遵照合約上的規定，我們將終止與你們生意上的往來。

上班族會話這樣講就對了 ▶ MP3 Track 126

單字文法都很行，但是卻老是無法延續對話嗎？在這個單元中除了告訴你最正確的語法、最道地的說法以外，也告訴你最生活化的會話技巧，讓你輕輕鬆鬆就延續與對方的交談。

Lindsay: Did you receive any **feedback**[9] from Kate about pricing and samples we sent last week?	琳西：關於我們上星期給的報價和樣品，妳有收到凱特的回應嗎？
Michelle: Yes, we just talked on the phone. She has received our samples and she thinks they look good. But…	蜜雪：有，我們剛才通過電話了。她已經收到我們寄的樣品，樣品看起來很不錯，但是……
Lindsay: But what? What's her concern?	琳西：但是什麼？她的顧慮是什麼？
Michelle: She thinks both our pricing and **minimum**[10] order quantity are too high. She needs to know if we can requote the price.	蜜雪：她說我們報的價格和最低訂購量都太高了。她想確認我們是不是可以重新報價。
Lindsay: If we could requote the price, could she **accept**[11] the current MOQ?	琳西：如果我們可以重新報價，她能接受目前的最低訂購量嗎？
Michelle: She didn't confirm, but she said she would try her best to **convince**[12] her boss.	蜜雪：她尚未確認，但她說她會盡力說服她的老闆。
Lindsay: OK, fair **enough**[13]. Tell her we'll send out the **revised**[14] pricing by today.	琳西：好，很合理。告訴她我們今天就會傳新的報價過去。
Michelle: Got it. And I'll **update**[15] you as soon as I have any news.	蜜雪：知道了。一旦有任何最新消息，我會向妳報告。

職場會話 小技巧

當報價和樣品寄給客戶後，就要持續做後續追蹤，自己訂定時間表密集詢問客戶是否有任何 feedback 或 comment，即使客戶後來沒下單，也要從客戶那裡瞭解是因為價格、品質還是數量的問題，日後可以再跟供應商協商價格。千萬不要以為客戶會自己跟你聯絡而不主動聯繫，要是上司問你後續狀況卻一問三不知，上司會認為你不夠積極。

Unit 64 爭取大量訂單

上班族單字哪些我不會？

先作個小測驗，看看這些單字的意思你懂嗎？

1. **purchase**→ (A) 採購 (B)屋況 (C) 單據.....................[ˋpɝtʃəs] 答案：（ ）
2. **globe**→ (A) 球狀物 (B) 正方形 (C) 橢圓形 ....[glob] 答案：（ ）
3. **shortage**→ (A) 矮小 (B) 短缺 (C) 超過 ....[ˋʃɔrtɪdʒ] 答案：（ ）
4. **plastic**→ (A) 價格 (B) 油料 (C) 塑膠 ....[ˋplæstɪk] 答案：（ ）
5. **raw**→ (A) 一排 (B) 生的 (C) 乾的 ....[rɔ] 答案：（ ）
6. **insist**→ (A) 插入 (B) 無知 (C) 堅持 ....[ɪnˋsɪst] 答案：（ ）
7. **dozen**→ (A) 鼓棒 (B) 半箱 (C) 一打 ....[ˋdʌzn̩] 答案：（ ）
8. **process**→ (A) 處理 (B) 進步 (C) 熱情 ....[ˋprɑsɛs] 答案：（ ）
9. **merchandise**→ (A) 商業 (B) 商品 (C) 商機 ....[ˋmɝtʃən͵daɪz] 答案：（ ）
10. **separately**→ (A) 分開地 (B) 結合地 (C) 一體地 ..... [ˋsɛpərɪtlɪ] 答案：（ ）
11. **damage**→ (A) 保存 (B) 熟悉 (C) 損壞 ....[ˋdæmɪdʒ] 答案：（ ）
12. **split**→ (A) 團體 (B) 團結 (C) 劃分 ....[splɪt] 答案：（ ）
13. **express**→ (A) 表現 (B) 表達 (C) 表裡 ....[ɪkˋsprɛs] 答案：（ ）
14. **proposal**→ (A) 訂婚 (B) 專案 (C) 提議 ....[prəˋpozl̩] 答案：（ ）
15. **batch**→ (A) 海灘 (B) 一批 (C) 一支...........................[bætʃ] 答案：（ ）

答案：
1. (A)　**2**. (A)　**3**. (B)　**4**. (C)　**5**. (B)
6. (C)　**7**. (C)　**8**. (A)　**9**. (B)　**10**. (A)
11. (C)　**12**. (C)　**13**. (B)　**14**. (C)　**15**. (B)

這些單字都將運用在以下的會話及解析中，哪些單字答錯了？請利用以下的單元好好的學習單字的正確用法吧！

上班族會話這樣說好糗！

看看以下的對話情境，是不是讓你似曾相識呢？以下列舉出中國人常犯的會話錯誤與中式英語，看完後請務必接著看後續的「我不要再出糗！重點文法解析」及「上班族會話這樣講就對了」，才不會不小心把錯誤的用法記在腦中喔！

Max: Nice to see you, Ms. Reiner. I'm here to talk to you about your new **purchase**[1] order.

Ms. Reiner: Nice to see you, too, Max. What's the problem?

Max: As you know, there is a **globe**[2] **shortage**[3] of ✕ **plastic**[4] **raw**[5] martial. **Our supplier insists**[6] **to increase MOQ to 1000 dozen**[7] ✕ or they would have problem **processing**[8] your order.

Ms. Reiner: 1000 dozen? That's a large order. I don't think we can accept this.

Max: **We are willing to cut the merchandise**[9] **into three parts** ✕ so you can pay **separately**[10].

Ms. Reiner: What? Why would you do that? We can't sell **damaged**[11] goods to our customers! Please don't joke with me!

Max: Oh, we won't damage them. We'll just **split**[12] them in three shipments.

Ms. Reiner: Now I see what you're talking about.

Max: Sorry. I didn't **express**[13] myself well.

Ms. Reiner: That's fine. I'll think about your **proposal**[14] and get back to you later.

邁斯：很高興見到妳，萊諾小姐。我來是要跟妳談談妳最近下的新訂單。

萊諾小姐：你好，邁斯。發生什麼問題嗎？

邁斯：如妳所知道的，全球塑膠原料嚴重短缺，我們的廠商堅持一定要將最低訂購量調到1000打，不然他們很可能無法接妳們的單子。

萊諾小姐：1000打？這訂單太大了，我想我們無法接受。

邁斯：我們願意將產品切成三部份出貨，以利貴公司分三次付錢。

萊諾小姐：什麼？你怎麼會想要這麼做？壞掉的東西我們怎麼能賣給給客戶！請不要跟我開玩笑！

邁斯：噢，我們不會把貨弄壞，我們只是把貨分成三批而已。

萊諾小姐：我現在搞懂你在說什麼了。

邁斯：抱歉，我沒表達清楚。

萊諾小姐：不要緊。我會考慮一下你的提議，晚點再回覆你。

立刻翻閱次頁了解詳細解析

我不要再出糗！重點文法解析 ▶ MP3 Track 127

傳統背單字的方法，容易讓我們只把單字和中文背下來，卻完全誤解了用法，在這個單元中，將針對最容易混淆單字，作最徹底的解析，讓你出差、洽商都絕不再出糗！

辨析重點1

globe shortage of~

這句的錯誤是是由於直接從中文的「全球～短缺」翻過去，卻忘了詞性必須變化的事實。這句的 globe「球體」必須改成形容詞 global「全球的」才對。所以正確的說法是「a global shortage of ~」，例如：

❏ There is a global shortage of food.
全球食物短缺。

❏ There is a global shortage of petroleum.
全球石油短缺。

辨析重點2

Our supplier insists to increase MOQ to 1000 dozen.

這句是文法上的錯誤。要特別留意 insist 後接動詞的特別用法（各大考試必考題）。例如「My mother insisted that I should marry John.」（我媽媽堅持我一定要和約翰結婚。）這是句子的原本結構，但一般不寫這麼冗長，都會改寫成「My mother insisted that I marry John.」有沒有發現 should 被省略了，但保留動詞的「原形」？另一種用法是在 insist 後面接介系詞 on 再加 V-ing。例如：I insist on having lunch with you.（我一定要跟你吃午餐。）
所以本句的正確說法為：Our supplier insists on increasing MOQ to 1000 dozen.（我們廠商堅持最低訂購量要增加到１０００打。）

辨析重點3

We are willing to cut the merchandise into three parts.

其實這句文法沒錯，但這樣說會讓對方誤會你要把一個商品切成三等分，因此有時候不能直接這樣中翻英。若要比表達「願意把貨分成三批出貨」，你可以這樣說：

❏ We are willing to separate the goods into three shipments.

❏ We are willing to split the goods in three shipments.

上班族會話這樣講就對了 ▶ MP3 Track 128

單字文法都很行，但是卻老是無法延續對話嗎？在這個單元中除了告訴你最正確的語法、最道地的說法以外，也告訴你最生活化的會話技巧，讓你輕輕鬆鬆就延續與對方的交談。

Max: Nice to see you, Ms. Reiner. I'm here to talk to you about your new purchase order.	邁斯：很高興見到妳，萊諾小姐。我來是要跟妳談談妳最近下的新訂單。
Ms. Reiner: Nice to see you, too, Max. What seems to be the problem?	萊諾小姐：你好，邁斯。發生什麼問題嗎？
Max: As you know, there is a global shortage of plastic raw martial. We have tried our best to offer the best price for you. However, our supplier insists on increasing MOQ to 1000 dozen or they will have problem processing your order.	邁斯：如妳所知道的，全球塑膠原料嚴重短缺，我們已盡我們所能幫貴公司維持住最好的價格，但是，我們的廠商堅持一定要將最低訂購量調到１０００打，不然他們很可能無法接妳們的單子。
Ms. Reiner: 1000 dozen? That's a large order. I don't think we can accept this.	萊諾小姐：１０００打？這訂單太大了，我想我們無法接受。
Max: Please understand that we offer you the very best price. And, we are willing to separate the whole **batch**[15] into three shipments to benefit your company.	邁斯：請瞭解我們給妳的是最低的價格。而且，我們願意分三批出貨以利貴公司。
Ms. Reiner: Hmm. Sounds fair. But I need to think it over. I'll let you know by this Friday.	萊諾小姐：嗯……聽起來很合理。不過我還要再想一想，我禮拜五以前會告訴你答案。
Max: Thank you, Ms. Reiner. I'm looking forward to your favorable reply.	邁斯：謝謝妳，萊諾小姐。我靜待您的佳音。

職場會話 小技巧

「協商」（negotiation）是必備的辦公室技能之一。不論是跟廠商或客戶，都要必備這種協商的能力，才能在其中站穩腳步，取得應得的利潤。協商技巧不是一朝一夕就可完成的功夫。平常要多聽、多看，吸取別人的技巧，從中改進，截長補短，將其轉變成自己的能力。

Unit 65 與公司討論報價及方案

上班族單字哪些我不會？

先作個小測驗，看看這些單字的意思你懂嗎？

1. **condition**→ (A) 調整 (B) 條件 (C) 地點 .... [kənˋdɪʃən] 答案：( )
2. **lower**→ (A) 降低 (B) 趴下 (C) 平躺下 .... [ˋloɚ] 答案：( )
3. **dozen**→ (A) 兩打 (B) 十二個 (C) 二十四個 .... [ˋdʌzn̩] 答案：( )
4. **believe**→ (A) 疑惑 (B) 首肯 (C) 相信 .... [bɪˋliv] 答案：( )
5. **phrase**→ (A) 措辭 (B) 階段 (C) 讚美 .... [frez] 答案：( )
6. **mistake**→ (A) 正確 (B) 錯誤 (C) 改善 .... [məˋstek] 答案：( )
7. **agree**→ (A) 同儕 (B) 同意 (C) 同事 .... [əˋgri] 答案：( )
8. **definitely**→ (A) 當然地 (B) 當然不 (C) 幾乎不.......... [ˋdɛfənɪtlɪ] 答案：( )
9. **large**→ (A) 瘦的 (B) 長的 (C) 大的 .... [lɑrdʒ] 答案：( )
10. **profit**→ (A) 資本 (B) 通路 (C) 利潤 ....[ˋprɑfɪt] 答案：( )
11. **customer**→ (A) 客戶 (B) 商人 (C) 雇主 .... [ˋkʌstəmɚ] 答案：( )
12. **loyal**→ (A) 熱衷的 (B) 忠誠的 (C) 美味的 .... [ˋlɔɪəl] 答案：( )
13. **news**→ (A) 消息 (B) 通告 (C) 報紙.......................... [njuz] 答案：( )
14. **current**→ (A) 目前的 (B) 事後的 (C) 未來的 .... [ˋkɝənt] 答案：( )
15. **price**→ (A) 標誌 (B) 市場 (C) 價格..........................[praɪs] 答案：( )

答案：
1. (B) **2**. (A) **3**. (B) **4**. (C) **5**. (A)
6. (B) **7**. (B) **8**. (A) **9**. (C) **10**. (C)
11. (A) **12**. (B) **13**. (A) **14**. (A) **15**. (C)

這些單字都將運用在以下的會話及解析中，哪些單字答錯了？請利用以下的單元好好的學習單字的正確用法吧！

上班族會話這樣說好糗！

看看以下的對話情境，是不是讓你似曾相識呢？以下列舉出中國人常犯的會話錯誤與中式英語，看完後請務必接著看後續的「我不要再出糗！重點文法解析」及「上班族會話這樣講就對了」，才不會不小心把錯誤的用法記在腦中喔！

Max: Ms. Reiner said she will accept 1000 dozens on the **condition**[1] that we **lower**[2] the price to $15.00 per **dozen**[3]

邁斯：萊諾小姐說如果我們把價格降至每打 15 美元，她就接受我們新的最低訂購量。

Michelle: **She's riding a hard bargain.** ☒

蜜雪：她真的很會「宰價」。

Max: Oh, I can't **believe**[4] it. Did you just say "ride a hard bargain"?

邁斯：噢，真不敢相信！妳剛才是說「宰價」嗎？

Michelle: That's right. What's wrong?

蜜雪：沒錯啊，有問題嗎？

Max: It's wrooooong!! Where did you learn that **phrase**[5]?! I should be "drive a hard bargain."

邁斯：錯得可大了！妳從哪裡學來這句話的啊？應該說「殺價」。

Michelle: Oops! My **mistake**[6]. **I shouldn't use a phrase that I'm not sure of.** ☒

蜜雪：真糟糕！是我的錯。我不該亂用自己都不確定的用語。

Max: That's all right.

邁斯：算了，沒關係啦。

Michelle: OK. Will me make any money on this order if we **agree**[7] to her price?

蜜雪：回到正題。如果我們接受她的價格，我們還有利潤可賺嗎？

Max: **Definitely**[8]. Not a **large**[9] **profit**[10], though. But I think we should make it $15.00. After all, she is one of our best **customers**[11] and she's been **loyal**[12] to us all these years.

邁斯：但是我覺得我們應該降到 15 美元。畢竟她是我們最好的客戶之一，長久以來也很忠於我們公司。

Michelle: OK. Make it to $15.00. The price is for Ms. Reiner only. **Go fill her in the good news**[13]. ☒

蜜雪：好吧，降到 15 美元吧。這個價格只適用於萊諾小姐的訂單。去告訴她這個好消息吧。

立刻翻閱次頁了解詳細解析

我不要再出糗！重點文法解析 ▶ MP3 Track 129

傳統背單字的方法，容易讓我們只把單字和中文背下來，卻完全誤解了用法，在這個單元中，將針對最容易混淆單字，作最徹底的解析，讓你出差、洽商都絕不再出糗！

辨析重點1

She's riding a hard bargain.

這個慣用語正確的說法應為「drive a hard bargain」，即「很會殺價、價錢殺得很低」的意思。當學習一個新用語時，一定要先瞭解其意義，不要囫圇吞棗，有邊讀邊、沒邊讀中間，心想反正「ride」跟「drive」都差不多嘛！這樣不行喔！
其他有關「如何殺價」的句子如下：

❏ Can I get this cheaper? / Can you make it cheaper?
可以算我便宜一點嗎？

❏ What if I buy two?
如果我一次帶兩件呢？

❏ Can you give me a discount?
可以給幫我打折嗎？

辨析重點2

I shouldn't use a phrase that I'm not sure of.

這個句子結構完全沒問題，只不過如果是在講已經發生過的事（已經誤用不熟悉的英文了），就要用「shouldn't have...」的完成是結構。所以這句在文中應改成：I shouldn't have used a phrase that I'm not sure of.（我不該亂用自己不熟悉的用語。）
其他完成式的例句如下：

❏ Thanks for the gift. You shouldn't have (done this).
謝謝你的禮物，你不應該破費的。（一般括弧裡的字會省略不說）

❏ I should have known better.
我早該知道的。（但千金難買早知道，時機已經「過了」。）

辨析重點3

Go fill her in the good news.

「fill sb. in」是慣用語，亦為「告訴某人」，也等於「tell sb.」的意思。但如果後面要加上要告知的「資訊、內容」時，一定不要忘記在前面加上介系詞「on」，及「fill sb. In on sth.」。所以，這句要改成：Go fill her in on the good news.（去告訴她這個好消息吧。）

上班族會話這樣講就對了 ▶ **MP3**
Track 130

單字文法都很行，但是卻老是無法延續對話嗎？在這個單元中除了告訴你最正確的語法、最道地的說法以外，也告訴你最生活化的會話技巧，讓你輕輕鬆鬆就延續與對方的交談。

Max: Ms. Reiner said she will accept 1000 dozen on the condition that we lower the price to $15.00 per dozen	邁斯：萊諾小姐說如果我們把價格降至每打15美元，她就接受我們新的最低訂購量。
Michelle: She's driving a hard bargain. How much per dozen now?	蜜雪：她還真會殺價。目前一打的價格是多少？
Max: The **current**[14] **price**[15] is $18 per dozen.	邁斯：目前是一打18美元。
Michelle: Will me make any money on this order if we agree to her price?	蜜雪：如果我們接受她的價格，我們還有利潤嗎？
Max: Definitely. Not a large profit, though.	邁斯：絕對有的，只是不多而已。
Michelle: What do you think we should do?	蜜雪：你覺得我們應該怎麼做呢？
Max: I think we should make it $15.00. After all, she is one of our best customers and she's been loyal to us all these years.	邁斯：我覺得我們應該降到15美元。畢竟她是我們最好的客戶之一，長久以來也很忠於我們公司。
Michelle: OK. Make it to $15.00. The price is for Ms. Reiner only. Go fill her in on the good news.	蜜雪：好吧，降到15美元吧。這個價格只適用於萊諾小姐的訂單。去告訴她這個好消息吧。

職場會話 小技巧　面對不同的客戶，可根據與客戶交易往來的頻繁與購買數量的大小來決定價格及最低訂購量。通常面對不同屬性的客人，報的價格都不太一樣。由於客戶之間大多視彼此為競爭對手，故千萬不要因疏忽而洩漏了報價機密，這點在商場上非常重要。

Unit 66 以電話回覆客戶詢價

上班族單字哪些我不會?

先作個小測驗,看看這些單字的意思你懂嗎?

---

1. regarding→ (A) 尊敬 (B) 關於 (C) 補充 .... [rɪˋgɑrdɪŋ] 答案→ ( )

2. again→ (A) 一次 (B) 兩次 (C) 再一次 .... [əˋgɛn] 答案→ ( )

3. ask→ (A) 詢問 (B) 辯論 (C) 同意 .... [æsk] 答案→ ( )

4. twice→ (A) 兩次 (B) 再一次 (C) 一次 .... [twaɪs] 答案→ ( )

5. actually→ (A) 其實 (B) 一般 (C) 幾乎 .... [ˋæktʃʊəlɪ] 答案→ ( )

6. polite→ (A) 放肆的 (B) 禮貌的 (C) 野蠻的 .... [pəˋlaɪt] 答案→ ( )

7. slang→ (A) 諺語 (B) 口號 (C) 成語 .... [slæŋ] 答案→ ( )

8. German→ (A) 瑞士人 (B) 挪威人 (C) 德國人 .... [ˋdʒɝmən] 答案→ ( )

9. apology→ (A) 道歉 (B) 謊言 (C) 實話 .... [əˋpɑlədʒɪ] 答案→ ( )

10. perfectly→ (A) 完美地 (B) 瑕疵地 (C) 塗鴉地 .... [ˋpɝfɪktlɪ] 答案→ ( )

11. try→ (A) 嘗試 (B) 用力 (C) 實驗 .... [traɪ] 答案→ ( )

12. meet→ (A) 達到 (B) 果糖 (C) 糖漿 .... [mit] 答案→ ( )

13. requested→ (A) 要求的 (B) 入門的 (C) 進階的 .... [rɪˋkwɛst] 答案→ ( )

14. immediately→ (A) 拖延地 (B) 立刻地 (C) 隔天地 .... [ɪˋmidɪɪtlɪ] 答案→ ( )

15. long-standing→ (A) 長年的 (B) 久站的 (C) 藕斷絲連的

....[ˋlɔŋˋstændɪŋ] 答案→ ( )

答案:
1. (B) **2.** (C) **3.** (A) **4.** (A) **5.** (A)
6. (B) **7.** (B) **8.** (C) **9.** (A) **10.** (A)
11. (A) **12.** (A) **13.** (A) **14.** (B) **15.** (A)

這些單字都將運用在以下的會話及解析中,哪些單字答錯了?請利用以下的單元好好的學習單字的正確用法吧!

上班族會話這樣說好糗！

看看以下的對話情境，是不是讓你似曾相識呢？以下列舉出中國人常犯的會話錯誤與中式英語，
看完後請務必接著看後續的「我不要再出糗！重點文法解析」及「上班族會話這樣講就對了」，
才不會不小心把錯誤的用法記在腦中喔！

Max: Hello. This is Max Huang from Alpha Co. May I speak to Ms. Reiner, please?	邁斯：您好，我是艾法公司的黃邁斯。麻煩請萊諾小姐聽電話。
Ms. Reiner: Speaking.	萊諾小姐：我是萊諾。
Max: Good afternoon, Ms. Reiner. I'm calling to tell you the good news.	邁斯：午安，萊諾小姐。我打來告訴妳一個好消息。
Ms. Reiner: Oh, is this regarding[1] the price? ✖	萊諾小姐：噢，是有關價格的事嗎？
Max: You can say that **again**[2].	邁斯：妳說的沒錯（直譯：妳可以再說一次）。
Ms. Reiner: Is this regarding the price?	萊諾小姐：是有關價格的事嗎？
Max: Uh…yes. Why did you **ask**[3] **twice**[4]?	邁斯：呃……是的。妳為什麼要問兩遍？
Ms. Reiner: You told me to, aren't you?	萊諾小姐：不是你叫我再問一遍的嗎？
Max: Oh, I get it. **Actually**[5], "You can say that again" means yes.	邁斯：喔，我懂了。其實「妳可以再說一次」就是「妳說的沒錯」的意思。
Ms. Reiner: Hmm. It's not **polite**[6] to use English **slang**[7] when talking with your customer, especially she is a not American but a **German**[8].	萊諾小姐：嗯……跟客戶交談時參雜英文俚語不太禮貌，更何況我不是美國人，我是德國人。
Max: Oh, **I apology**[9]. ✖ **Oh, after negotiate with our supplier,** ✖ we can offer you $15.00 per dozen.	邁斯：噢，我很抱歉。對了，在跟廠商協商之後，我們可以提供妳一打15美元的價格。

立刻翻閱次頁了解詳細解析

我不要再出糗！重點文法解析 ▶ MP3 Track 131

傳統背單字的方法，容易讓我們只把單字和中文背下來，卻完全誤解了用法，在這個單元中，將針對最容易混淆單字，作最徹底的解析，讓你出差、洽商都絕不再出糗！

辨析重點1

A: Is this regarding the price? B: You can say that again.

是一句很常用的俚語，其延伸的意思為「妳說對了。」但在這裡，因為 Ms. Reiner 不是 英語系國家的人，所以她不瞭解這句話的意思，而是照著字面的解釋有講了一遍剛才說的話，鬧了小笑話。但是，對客戶或沒那麼熟的人，還是少用俚語為妙，免得節外生枝，引起不愉快。另外的類似用語：

❏ You said it.
　沒錯，妳說對了。

❏ You've got it.
　你答對了。

辨析重點2

I apology.

道歉的名詞為「apology」，動詞為「apologize」，是不是長得很像呢？但句子的結構一定是主詞+動詞，所以這句應該改成「I apologize.」或「My apology.」或「My apologies.」。注意不要張冠李戴囉。
其他的延伸例句有：

❏ It's (all) my fault.
　這（都）是我的錯。

❏ I'll take the blame.
　我願意承擔受罰。

辨析重點3

Oh, after negotiate with our supplier, ~

注意介系詞「after」後面的動詞要變成「動名詞」，所以這句要改成：「After negotiating with our supplier, ~」（在跟廠商協商之後～）。使用英文時，留意介系詞後面的動詞變化。

上班族會話這樣講就對了 ▶ MP3 Track 132

單字文法都很行,但是卻老是無法延續對話嗎?在這個單元中除了告訴你最正確的語法、最道地的說法以外,也告訴你最生活化的會話技巧,讓你輕輕鬆鬆就延續與對方的交談。

Max: Hello. This is Max Huang from Alpha Co. May I speak to Ms. Reiner, please?	邁斯:您好,我是艾法公司的黃邁斯。麻煩請萊諾小姐聽電話。
Receptionist: Please hold. I'll put you through.	接待員:請稍後,我幫您轉接。
Ms. Reiner: This is Reiner speaking.	萊諾小姐:我是萊諾。
Max: Good afternoon, Ms. Reiner. I'm calling to tell you the good news.	邁斯:午安,萊諾小姐。我打來告訴妳一個好消息。
Ms. Reiner: Oh, is this regarding the price?	萊諾小姐:噢,是有關價格的事嗎?
Max: You're right. After negotiating with our supplier, we now can offer you $15.00 per dozen.	邁斯:妳說對了。在跟廠商協商之後,現在我們可以提供妳一打15美元的價格。
Ms. Reiner: That's **perfectly**[10] wonderful! Thanks for **trying**[11] so hard. Please increase the quantity to **meet**[12] the **requested**[13] MOQ, which I believe is 1000 dozen.	萊諾小姐:這實在太棒了!謝謝你努力幫我們降價。請把我的訂單數量增加到你們要求的最低數量,是1000打沒錯吧。
Max: I'll get on it **immediately**[14]. Thank you for your **long-standing**[15] support.	邁斯:我馬上就去處理。也謝謝妳對我們長期的支持。

職場會話 小技巧　除了自行吸收成本已達到客戶的價格需求,也要向廠商反映現況,要求廠商降價格降低,通常如果採購的量很大,廠商都比較會願意配合,所以價格與數量的關係真的是密不可分。

Unit 67 訂貨以及確認交易方式

上班族單字哪些我不會？

先作個小測驗，看看這些單字的意思你懂嗎？

1. **fork**→ (A) 叉子 (B) 刀子 (C) 湯匙..................................[fɔrk] 答案：（　）
2. **prepare**→ (A) 預習 (B) 準備 (C) 複習 ....[pri`pɛr] 答案：（　）
3. **check**→ (A) 查看 (B) 骨折 (C) 事前 ....[tʃɛk] 答案：（　）
4. **ship**→ (A) 運送 (B) 娛樂 (C) 驗證..............................[ʃɪp] 答案：（　）
5. **top**→ (A) 等級 (B) 最重要的 (C) 分類 ....[tɑp] 答案：（　）
6. **urgent**→ (A) 隨遇而安 (B) 輕緩的 (C) 急迫的 ....[`ɝdʒənt] 答案：（　）
7. **schedule**→ (A) 彩券 (B) 機票 (C) 日程 ....[`skɛdʒul] 答案：（　）
8. **fright**→ (A) 恐怖 (B) 輕鬆 (C) 歡笑............................[fraɪt] 答案：（　）
9. **overtime**→ (A) 超時地 (B) 超強的 (C) 過份的 ....[`ovɚtaɪm] 答案：（　）
10. **line**→ (A) 一包 (B) 一欄 (C) 一行..............................[laɪn] 答案：（　）
11. **row**→ (A) 一排 (B) 一箱 (C) 一順 ....[ro] 答案：（　）
12. **proceed**→ (A) 激進 (B) 進步 (C) 進行 ....[prə`sid] 答案：（　）
13. **soon**→ (A) 慢地 (B) 快地 (C) 不疾不徐地 ....[sun] 答案：（　）
14. **receive**→ (A) 話筒 (B) 耳機 (C) 收到 ....[rɪ`siv] 答案：（　）
15. **freight**→ (A) 貨運 (B) 塔臺 (C) 母船 ....[fret] 答案：（　）

答案：
　1. (A)　**2.** (B)　**3.** (A)　**4.** (A)　**5.** (B)
　6. (C)　**7.** (C)　**8.** (A)　**9.** (A)　**10.** (C)
　11. (A)　**12.** (C)　**13.** (B)　**14.** (C)　**15.** (A)

這些單字都將運用在以下的會話及解析中，哪些單字答錯了？請利用以下的單元好好的學習單字的正確用法吧！

上班族會話這樣說好糗！

看看以下的對話情境，是不是讓你似曾相識呢？以下列舉出中國人常犯的會話錯誤與中式英語，
看完後請務必接著看後續的「我不要再出糗！重點文法解析」及「上班族會話這樣講就對了」，
才不會不小心把錯誤的用法記在腦中喔！

Mr. Moore: Hello. This is Bob Moore from RMC Co. I'd like to speak to Mr. Sam Lin, please.	摩爾先生：你好。我是ＲＭＣ公司的摩爾，我想請林山姆先生聽電話。
Sam: **I am Sam Lin.** ☒ Hi, Mr. Moore. How may I help you today?	山姆：我就是。你好，摩爾先生，今天有什麼可以為你效勞的？
Mr. Moore: Hello, Sam. I'd like to know what would be your production lead time for a new order of 10K **forks**[1].	摩爾先生：你好，山姆。我想知道１０萬支叉子從下單到出貨要多少時間。
Sam: We can **prepare**[2] 10K forks for you in 2 weeks.	山姆：我們兩個星期就可以幫您出１０萬支叉子的貨。
Mr. Moore: Could you please **check**[3] if you can **ship**[4] earlier? This is **top**[5] **urgent**[6]. This order is for one of our customers.	摩爾先生：可以麻煩你查查看能否更早出貨？這張訂單非常急，貨是我們的一個客戶要的。
Sam: Let me check the production **schedule**[7]...I believe we can ship the goods **by air fright**[8] ☒ in 10 days **if we work overtime**[9] three days in a... **in a line**[10]. ☒	山姆：讓我查一下生產排程……我想我們如果三天排成……排成一排加班，就可以在十天內空運出貨。
Mr. Moore: In a line? Oh, I see. You mean "three days in a **row**[11]."	摩爾先生：排成一排？喔，我懂了，你是說「連續三天」。
Sam: Yes! Sorry, I said the wrong word.	山姆：是的！抱歉，我說錯了。
Mr. Moore: That's Ok. I will be sending you a new purchase order in no time.	摩爾先生：沒關係。我會立刻寄新訂單過來給你。
Sam: Thank you. We will **proceed**[12] with your order as **soon**[13] as we **receive**[14] it.	山姆：謝謝你。一收到你的訂單我們就會馬上處理。

立刻翻閱次頁了解詳細解析

我不要再出糗！重點文法解析 ▶ MP3
Track 133

傳統背單字的方法，容易讓我們只把單字和中文背下來，卻完全誤解了用法，在這個單元中，將針對最容易混淆單字，作最徹底的解析，讓你出差、洽商都絕不再出糗！

辨析重點1

I am Sam Lin.

一般在電話中，我們介紹自己時不講「I am +人名」，而是說「This is +人名」。而在文中這個情況，如果接電話的人剛好是對方要找的人，就可以直接說： This is 人名.（我就是。）或者直接說「Speaking.」（我就是。）就可以了。所以以上這句，你知道要怎麼改了吧？

辨析重點2

freight 與 fright 的混用

又是一對超像的雙胞胎單字！所以使用上要特別小心。「fright」是「恐怖、可怕」的意思；「freight」有「貨物、貨運或運費」的意思。兩者的用法如下：

❏ Martha gave me a fright by bursting out screaming!
　瑪莎忽然尖叫起來，把我嚇壞了！

❏ Take off your witch costumes.! You look a fright.
　脫掉那身巫婆裝扮！妳看起來很可笑耶。

❏ Please ship the goods by air freight.
　貨物請用空運運送。

❏ We will take care of the air freight.
　空運費我們會負責。

辨析重點3

...if we work overtime three days in a...in a line.

文中 Sam 一下子想不起來「連續三天」該怎麼說，好像是 in a...什麼之類的，結果就隨便代入了一個字，說成 in a line 去了。其實正確的說法是「...if we work overtime three days in a row.」。「in a row」是固定的說法，為「連續」的意思。如果不清楚慣用語，直接說「...if we work overtime for three days.」就好了，簡單明瞭。

上班族會話這樣講就對了 ▶ MP3 Track 134

單字文法都很行，但是卻老是無法延續對話嗎？在這個單元中除了告訴你最正確的語法、最道地的說法以外，也告訴你最生活化的會話技巧，讓你輕輕鬆鬆就延續與對方的交談。

Mr. Moore: Hello. This is Bob Moore from RMC Co. I'd like to speak to Mr. Sam Lin, please.	**摩爾先生**：你好。我是ＲＭＣ公司的鮑伯摩爾，我想請林山姆先生聽電話。
Sam: Speaking. Hi, Mr. Moore. How may I help you today?	**山姆**：我就是。你好，摩爾先生，今天有什麼可以為你效勞的？
Mr. Moore: Hello, Sam. I'd like to know what would be your production lead time for a new order of 10K forks.	**摩爾先生**：你好，山姆。我想知道１０萬支叉子從下單到出貨要多少時間。
Sam: We can prepare 10K forks for you in 2 weeks.	**山姆**：我們兩個星期就可以幫您出１０萬支叉子的貨。
Mr. Moore: Could you please check if you can ship earlier? This is top urgent. This order is for one of our customers.	**摩爾先生**：可以麻煩你查查看能否更早出貨？這張訂單非常急，貨是我們的一個客戶要的。
Sam: Let me check the production schedule…I believe we can ship the goods by air **freight**[15] in 10 days if we work overtime three days in a row.	**山姆**：讓我查一下生產排程……我想我們如果一連加三天的班，就可以在十天內空運出貨。
Mr. Moore: That would be great! I will be sending you a new purchase order in no time.	**摩爾先生**：那太好了！我會立刻寄新訂單過來給你。
Sam: Thank you. We will proceed with your order as soon as we receive it.	**山姆**：謝謝你。一收到你的訂單我們就會馬上處理。

職場會話小技巧 一般客戶在下訂單前都會詢問「交貨期」，若是急貨，如果單子夠大、利潤夠多，一般都會加班幫完成。建議「交貨期」不要說死，盡量幫自己留下緩衝的時間，假設最後提早完成了，客戶反而會覺得開心。

Unit 68 簽訂合約

上班族單字哪些我不會？

先作個小測驗，看看這些單字的意思你懂嗎？

1. **fax**→ (A) 列印 (B) 影印 (C) 傳真 ....[fæks] 答案：( )
2. **minute**→ (A) 秒鐘 (B) 分鐘 (C) 時鐘..........................[ˋmɪnɪt] 答案：( )
3. **sales**→ (A) 銷售 (B) 清空 (C) 買進 ....[selz] 答案：( )
4. **contract**→ (A) 合群 (B) 合作 (C) 合約 ....[ˋkɑntrækt] 答案：( )
5. **sign**→ (A) 簽名 (B) 書籤 (C) 公證 ....[saɪn] 答案：( )
6. **reconfirm**→ (A) 再次約定 (B) 再次確認 (C) 再次赴約
   ....[͵riˋkʌnfɝm] 答案：( )
7. **term**→ (A) 暫時 (B) 條款 (C) 展覽..................................[tɝm] 答案：( )
8. **airport**→ (A) 機場 (B) 機師 (C) 空服員 ....[ˋɛr͵port] 答案：( )
9. **payment**→ (A) 明細 (B) 細項 (C) 款項 ....[ˋpemənt] 答案：( )
10. **T/T**→ (A) 發票 (B) 電匯 (C) 收據 .... 答案：( )
11. **barcode**→ (A) 條碼 (B) 條件 (C) 空調....................[ˋbɑr͵kod] 答案：( )
12. **repeat**→ (A) 約定 (B) 聽寫 (C) 重述..........................[rɪˋpit] 答案：( )
13. **similar**→ (A) 無效的 (B) 熟悉的 (C) 相似的 ....[ˋsɪmələ] 答案：( )
14. **familiar**→ (A) 無效的 (B) 熟悉的 (C) 相似的..............[fəˋmɪljə] 答案：( )
15. **return**→ (A) 轉向 (B) 回覆 (C) 瑕疵 ....[rɪˋtɝn] 答案：( )

答案：
1. (C)	2. (B)	3. (A)	4. (C)	5. (A)
6. (B)	7. (B)	8. (A)	9. (C)	10. (B)
11. (A)	12. (C)	13. (C)	14. (B)	15. (B)

> 這些單字都將運用在以下的會話及解析中，哪些單字答錯了？請利用以下的單元好好的學習單字的正確用法吧！

上班族會話這樣說好糗！

看看以下的對話情境，是不是讓你似曾相識呢？以下列舉出中國人常犯的會話錯誤與中式英語，看完後請務必接著看後續的「我不要再出糗！重點文法解析」及「上班族會話這樣講就對了」，才不會不小心把錯誤的用法記在腦中喔！

Mr. Moore: Hi, Sam. Did you receive my purchase order? I sent it by **fax**[1] a **minute**[2] ago.

Sam: Yes, Mr. Moore. The fax comes in just now. We got both your order and **sales**[3] **contract**[4].

Sam: Before we **sign**[5] the contract, I'd like to **reconfirm**[6] a few things.

Mr. Moore: Sure. Go ahead.

Sam: Stop me if I'm wrong. The goods should be shipped to L.A. by air. The freight **term**[7] is FOB CKS **airport**[8]. The **payment**[9] will be made by T/T[10]. No **barcode**[11] required.

Mr. Moore: **Come again.** ❌

Sam: **Uh…I don't think so.** ❌

Mr. Moore: Excuse me? Oh, you misunderstood. I meant please **repeat**[12].

Sam: Oh, I'm sorry. **I'm not very similar**[13] **with English slang.** ❌

Mr. Moore: I know. You're not "**familiar**[14]" with English slang.

Sam: Yes, and thanks for correcting me. OK. Let me repeat what I just said.

摩爾先生：嗨，山姆。妳有收到我的訂單嗎？我剛剛傳真過去了。

山姆：有的，摩爾先生。傳真剛剛進來了，我收到你的訂單和銷貨合約。

山姆：在我們簽銷貨合約之前，我們想再次確認一些細節。

摩爾先生：沒問題，請說。

山姆：如果我說錯了請告訴我。這批貨要空運至洛杉磯，運費條款是ＦＯＢ中正機場，會利用電匯付款，產品不需要貼電腦條碼。

摩爾先生：請再說一次（直譯：再過來一次）。

山姆：呃……不用了吧。

摩爾先生：你說什麼？喔，你誤會了。我剛才是說請再重複一遍。

山姆：喔，不好意思。我跟英文俚語不大像。

摩爾先生：我知道。你對英文俚語不太「熟悉」。

蜜雪：是的，謝謝你的糾正。好的，那我來重複一遍剛剛唸的內容。

立刻翻閱次頁了解詳細解析

我不要再出糗！重點文法解析 ▶ MP3 Track 135

傳統背單字的方法，容易讓我們只把單字和中文背下來，卻完全誤解了用法，在這個單元中，將針對最容易混淆單字，作最徹底的解析，讓你出差、洽商都絕不再出糗！

辨析重點1

The fax comes in just now.

這個句子的問題出在，「just now」這個詞，必須和「過去式」連用。「just now」表示「剛剛、現在正~」的意思。當妳看到「傳真」時，就表示它已經進來了，所以這句要改成「The fax came in just now.」才正確。

其他例句如下：

❏ John came by me just now.
約翰剛才從我旁邊走過去。

❏ We talked on the phone just now.
我們剛才在講電話。

辨析重點2

A: Come again. B: Uh...I don't think so.

這又是另一個誤會慣用語意思的雞同鴨講。「Come again?」就是「我沒聽清楚，再說一遍」的意思。但字面上看起來好像是說「過來，再一次，嗎？＝要再過來嗎？」，結果讓 Sam 誤會了，心想：「不用了吧！（沒事幹嘛再過去？）」而導致雞同鴨講。像這種很常見的日常用語，好好地將它牢記起來吧。

請人「再說一遍」的用法還有：

❏ Excuse me? / I'm sorry?
不好意思，請再說一遍？

❏ Could you please repeat that?
可以麻煩再說一次嗎？

辨析重點3

I'm not very similar with English slang.

「be similar to~」是「與~相似的」；「be familiar with~」則為「對~熟悉的」。兩個片語的意思差很多，但很多人會把這兩個片語搞混，是因為單字的字尾很相似的關係嗎？

這句的正確說法為「I'm not very familiar with English slang.」（我對英文俚語不太瞭解。）

上班族會話這樣講就對了 ▶ MP3
Track 136

單字文法都很行，但是卻老是無法延續對話嗎？在這個單元中除了告訴你最正確的語法、最道地的說法以外，也告訴你最生活化的會話技巧，讓你輕輕鬆鬆就延續與對方的交談。

Mr. Moore: Hi, Sam. Did you receive my purchase order? I sent it by fax a minute ago.	摩爾先生：嗨，山姆。妳有收到我的訂單嗎？我剛剛傳真過去了。
Sam: Yes, Mr. Moore. The fax came in just now. We got both your order and sales contract.	山姆：有的，摩爾先生。傳真剛剛進來了，我收到你的訂單和銷貨合約。
Mr. Moore: Good. Please confirm my order of 10K forks and sign the contract by **return**[15].	摩爾先生：好，請確認我１０萬支叉子的訂單，並且將合約簽好回傳。
Sam: Before we sign the contract, I'd like to reconfirm a few things.	山姆：在我們簽銷貨合約之前，我們想再次確認一些細節。
Mr. Moore: Sure. Go ahead.	摩爾先生：沒問題，請說。
Sam: Stop me if I'm wrong. The goods should be shipped to L.A. by air. The freight term is FOB CKS airport. The payment will be made by T/T. No barcode required.	山姆：如果我說錯了請告訴我。這批貨要空運至洛杉磯，運費條款是FOB中正機場，會利用電匯付款，產品不需要貼電腦條碼。
Mr. Moore: Correct. We will made the payment as soon as we receive the goods. Please process our order immediately.	摩爾先生：正確。一收到貨我們就會立刻付款。請馬上處理我們的訂單。
Sam: Sure. We will send the signed contract over and proceed with your order in no time.	山姆：沒問題。我們馬上會簽好合約寄過去，然後立刻處理您的訂單。

職場會話小技巧 出貨前一般都會發「出貨通知」給客戶，內容包括結關日、目的地、ETD（預計出貨日）、ETA（預計到達日）、才積、重量、貨櫃種類及金額等等。客戶同意後才可以出貨，但實際情況每種產業都不一樣。

Unit 69 催促付款

上班族單字哪些我不會？

先作個小測驗，看看這些單字的意思你懂嗎？

1. **bother**→ (A) 超前 (B) 打擾 (C) 兄弟..............................[ˋbɑðɚ] 答案：( )

2. **late**→ (A) 遲的 (B) 早的 (C) 舊的 ....[let] 答案：( )

3. **delay**→ (A) 延遲 (B) 加速 (C) 細節.............................[dɪˋle] 答案：( )

4. **simple**→ (A) 複合的 (B) 繁複的 (C) 簡單的 ....[ˋsɪmpl̩] 答案：( )

5. **complicated**→(A) 複合的 (B) 繁複的 (C) 簡單的

....[ˋkɑmpləˏketɪd] 答案：( )

6. **switch**→ (A) 傳送 (B) 轉換 (C) 通勤 ....[swɪtʃ] 答案：( )

7. **account**→ (A) 印章 (B) 銀行 (C) 戶頭 ....[əˋkaʊnt] 答案：( )

8. **paperwork**→ (A) 日程表 (B) 程式 (C) 文書作業.....[ˋpepɚˏwɝk] 答案：( )

9. **procedure**→(A) 安排 (B) 程式 (C) 文書作業...........[prəˋsidʒɚ] 答案：( )

10. **possible**→ (A) 可能的 (B) 無情的 (C) 機率的.............[ˋpɑsəbl̩] 答案：( )

11. **month**→ (A) 季 (B) 週 (C) 月..[mʌnθ] 答案：( )

12. **invoice**→ (A) 報表 (B) 發票 (C) 收據........................[ˋɪnvɔɪs] 答案：( )

13. **situation**→ (A) 情況 (B) 冷靜 (C) 承諾 ....[ˏsɪtʃʊˋeʃən] 答案：( )

14. **expedite**→ (A) 減速 (B) 加速 (C) 煞車 ....[ˋɛkspɪˏdaɪt] 答案：( )

15. **ton**→ (A) 許多 (B) 不多 (C) 很少 ....[tʌn] 答案：( )

答案：
1. (B)   2. (A)   3. (A)   4. (C)   5. (B)
6. (B)   7. (C)   8. (C)   9. (B)   10. (A)
11. (C)   12. (B)   13. (A)   14. (B)   15. (A)

這些單字都將運用在以下的會話及解析中，哪些單字答錯了？請利用以下的單元好好的學習單字的正確用法吧！

上班族會話這樣說好糗！

看看以下的對話情境，是不是讓你似曾相識呢？以下列舉出中國人常犯的會話錯誤與中式英語，看完後請務必接著看後續的「我不要再出糗！重點文法解析」及「上班族會話這樣講就對了」，才不會不小心把錯誤的用法記在腦中喔！

Max: Hello, Ms. Reiner. How are you?

邁斯：嗨，萊諾小姐，妳好嗎？

Ms. Reiner: Oh, hi, Max. I'm good. Thanks.

萊諾小姐：噢，嗨，邁斯。我很好，謝謝。

Max: Sorry to **bother**[1] you, but **I'd like to know when can we receive your payment?** ✗ It's a bit **late**[2] since it's supposed be made a month ago.

邁斯：很抱歉惹惱妳，但是我想知道我們什麼時候可以收到您的款項。這筆款項有點遲了，應該一個月以前就要付了。

Ms. Reiner: I'm sorry about the **delay**[3]. This **simple**[4] job gets **complicated**[5] because we are **switching**[6] bank **accounts**[7]. **We've got many paperworks**[8] to work on and need ten days again to finish all the **procedure**[9]. ✗

萊諾小姐：很抱歉延誤了。由於我們公司正在轉換帳戶，本來很簡單的付款動作變得很複雜，我們還需要１０天的時間完成所有的書面手續。

Max: Is it **possible**[10] that you pay it earlier by the end of this **month**[11]?

邁斯：有沒有可能提早到這個月底以前付款呢？

Ms. Reiner: The next payment run we're doing will be ten days later. **This is when the invoice**[12] **will pay,** ✗ not earlier. Please understand our **situation**[13].

萊諾小姐：我們公司下一次的款項核發日是１０天後，到那時才能付款，無法提早。請諒解我們的情況。

Max: We understand. But still, please **expedite**[14] the payment as soon as possible. Thank you.

邁斯：我們瞭解，但是還是請妳們盡可能地加速付款動作。謝謝妳。

Ms. Reiner: Sure. I'll try our best.

萊諾小姐：當然，我們會盡力。

立刻翻閱次頁了解詳細解析

我不要再出糗！重點文法解析 ▶ MP3 Track 137

傳統背單字的方法，容易讓我們只把單字和中文背下來，卻完全誤解了用法，在這個單元中，將針對最容易混淆單字，作最徹底的解析，讓你出差、洽商都絕不再出糗！

辨析重點1

I'd like to know when can we receive your payment?

以上的句子，如果只有後面的部分，即「When can we receive your payment?」，就是一個正確無誤的疑問句。但是這裡在前面加上了「I'd like to know～」，使得這個句子不再是疑問句，而是一句「直述句」。因此這個句子要改成「I'd like to know when we can receive your payment.」才對；主詞與助動詞不需對調，句末改為句點。

辨析重點2

We've got many paperworks to work on and need ten days again to finish all the procedure.

「paperwork」（文書作業）是「不可數」名詞，所以不能寫成 paperworks，也不能用 many 來修飾。故前半句要改成「We've got a lot of paperwork to work on」。
若要表示「需要再～天的時間」的說法為「need another ~ days」或「need ~ more days」，故後半句要改成「and need another ten days to finish all the procedure.」或「and need ten more days to finish all the procedure.」。

辨析重點3

This is when the invoice will pay.

「invoice」（發票）是要由人去付款，故這句要改成「This is when the invoice will be paid.」這不是覺得很奇怪，怎麼先有發票才付款？其實在國際貿易上，一般都要先將「出貨檔（包括發票）」先寄給客人去提貨，款項之後才會付。除非是信用不良的客戶，必須先收到款項才出貨，不然一般都會通融先給客戶檔去清關提貨。

上班族會話這樣講就對了 ▶ MP3 Track 138

單字文法都很行，但是卻老是無法延續對話嗎？在這個單元中除了告訴你最正確的語法、最道地的說法以外，也告訴你最生活化的會話技巧，讓你輕輕鬆鬆就延續與對方的交談。

Max: Hello, Ms. Reiner. How are you?	**邁斯**：嗨，萊諾小姐，妳好嗎？
Ms. Reiner: Oh, hi, Max. I'm good. Thanks.	**萊諾小姐**：噢，嗨，邁斯。我很好，謝謝。
Max: Sorry to bother you, but I'd like to know when we can receive your payment. It's a bit late since it's supposed be made a month ago.	**邁斯**：很抱歉打擾妳，但是我想知道我們什麼時候可以收到您的款項。這筆款項有點遲了，應該一個月以前就要付了。
Ms. Reiner: I'm sorry about the delay. This simple job gets complicated because we are switching bank accounts. We've got **tons**[15] of paperwork to work on and need another ten days to finish all the procedurs.	**萊諾小姐**：很抱歉延誤了。由於我們公司正在轉換帳戶，本來很簡單的付款動作變得很複雜，我們還需要10天的時間完成所有的書面手續。
Max: Is it possible that you pay it earlier by the end of this month?	**邁斯**：有沒有可能提早到這個月底以前付款呢？
Ms. Reiner: The next payment run we're doing will be ten days later. This is when the invoice will be paid, not earlier. Please understand.	**萊諾小姐**：我們公司下一次的款項核發日是10天後，到那時才能付款，無法提早。請體諒。
Max: We understand. But still, please expedite the payment as soon as possible. Thank you.	**邁斯**：我們瞭解，但是還是請妳們盡可能地加速付款動作。謝謝妳。

職場會話
小技巧

跟客戶請款時，用語一定要有禮貌但態度要堅定。除了理解客戶有困難時，我們也要表達出公司的立場。如果款項遲遲未入帳，一定要定期發電子郵件向聯絡窗口催促，倘若還是沒有消息，一般都會直接打對方公司的老闆，請求盡快入帳。

Unit 70 商品運送出錯向客戶道歉

上班族單字哪些我不會？

先作個小測驗，看看這些單字的意思你懂嗎？

1. **complaint**→ (A) 賠償 (B) 抱怨 (C) 嘲弄.............[kəm`plent] 答案：( )
2. **plating**→ (A) 電鍍 (B) 油漆 (C) 幣紙.....................[`pletɪŋ] 答案：( )
3. **replace**→ (A) 替換 (B) 兼職 (C) 掌握...............[rɪ`ples] 答案：( )
4. **apologize**→ (A) 憤怒 (B) 喜樂 (C) 道歉.............[ə`pɑləˏdʒaɪz] 答案：( )
5. **defective**→ (A) 完全的 (B) 瑕疵的 (C) 傾斜的 [dɪ`fɛktɪv] 答案：( )
6. **equivalent**→ (A) 同音字 (B) 等價物 (C) 反義字 ....[ɪ`kwɪvələnt] 答案：( )
7. **replacement**→ (A) 承諾 (B) 匯兌 (C) 替換.........[rɪ`plesmənt] 答案：( )
8. **interchangeable**→ (A) 可兌現 (B) 可抽成 (C) 可互換
.... [ˏɪntə`tʃendʒəbl] 答案：( )
9. **manage**→ (A) 認真 (B) 應付 (C) 惡劣...................[`mænɪdʒ] 答案：( )
10. **attitude**→ (A) 態度 (B) 希望 (C) 表現 ....[`ætəˏtjud] 答案：( )
11. **dismiss**→ (A) 集會 (B) 罷工 (C) 解散..............[dɪs`mɪs] 答案：( )
12. **inspect**→ (A) 聽力 (B) 檢查 (C) 原料..................[ɪn`spɛkt] 答案：( )
13. **remove**→ (A) 移除 (B) 跳動 (C) 跳高...............[rɪ`muv] 答案：( )
14. **airship**→ (A) 海運 (B) 空運 (C) 陸運........................[`ɛrˏʃɪp] 答案：( )
15. **cost**→ (A) 利潤 (B) 毛利 (C) 成本 ....[kɔst] 答案：( )

答案：
1. (B) **2.** (A) **3.** (A) **4.** (C) **5.** (B)
6. (B) **7.** (C) **8.** (C) **9.** (B) **10.** (A)
11. (C) **12.** (B) **13.** (A) **14.** (B) **15.** (C)

這些單字都將運用在以下的會話及解析中，哪些單字答錯了？請利用以下的單元好好的學習單字的正確用法吧！

上班族會話這樣說好糗！

看看以下的對話情境，是不是讓你似曾相識呢？以下列舉出中國人常犯的會話錯誤與中式英語，
看完後請務必接著看後續的「我不要再出糗！重點文法解析」及「上班族會話這樣講就對了」，
才不會不小心把錯誤的用法記在腦中喔！

Mr. Moore: Sam, we recently received a **complaint**[1] from a customer about the spoons. It's about the poor **plating**[2]. Can you **replace**[3] them?

Sam: **My apologize**[4] **for the defective**[5] **goods. The equivalents**[6] ☒ will be prepared in three days.

Max: Equivalents? No, they need those exact spoons. Not equivalents.

Sam: Oh, I mean the **replacement**[7]. Sorry, I thought those two words are **interchangeable**[8].

Mr. Moore: My advice for you: before you get a good hold of your English, use common, simple words to express your thoughts.

Sam: Thanks for the advice. **I'll manage.** ☒

Mr. Moore: ...You should say "I'll try" instead of "I'll **manage**[9]," or people will think you have a bad **attitude**[10].

Sam: Oh, I'm so embarrassed.

Mr. Moore: Don't be. OK. Class **dismissed**[11]. Let's get back to business.

摩爾先生：山姆，我的一個客戶向我們抱怨湯匙出了問題。湯匙的電鍍品質很差。你們可以換一批給他們嗎？

山姆：對於瑕疵品我們深感抱歉。三天的時間我們會把等價物準備好。

邁斯：等價物？不行，他們要的是那些一模一樣的湯匙，不要等價物。

山姆：噢，我是說換給他們一批一樣的貨。抱歉，我還以為我說的是一樣的意思。

摩爾先生：我給你的建議是：在你能確實掌控英文以前，盡量用簡單普通的字眼來表達你的想法。

山姆：謝謝你的建議。我自己會應付啦。

摩爾先生：……你應該要說「我會試著去做」，而不是說「我自己會應付啦」，否則很容易讓人覺得你的態度很不好。

山姆：噢，真尷尬。

摩爾先生：不必覺得尷尬。好了，英文課結束。我們該談正事了。

立刻翻閱次頁了解詳細解析 ➤

我不要再出糗!重點文法解析 ▶ MP3 Track 139

傳統背單字的方法,容易讓我們只把單字和中文背下來,卻完全誤解了用法,在這個單元中,將針對最容易混淆單字,作最徹底的解析,讓你出差、洽商都絕不再出糗!

辨析重點1

My apologize for the defective goods.

道歉的名詞為「apology」,動詞為「apologize」,故這句應該改成下列任一種說法:

❏ My apologies for the defective goods.

❏ I apologize for the defective goods.

對於瑕疵貨品我感到很抱歉。

(可參考 Unit 66 的文法解析)

辨析重點2

equivalent 與 replacement

一般在買賣貿易上,如果原本售出的商品有瑕疵,且非買主造成的,一般都會再寄另一批貨去替換,而替換的貨一般都用「replacement」這個字,幾乎沒有人會用「equivalent」。equivalent 給人一種不一定是同樣的貨,但價值一樣的感覺,與 replacement 的感覺有差別。請各位記住最道地的用法吧。

辨析重點3

I'll manage.

雖然「I'll manage.」字面上翻起來是「我會處理」,但其實這句話帶有點「不耐」的意味,有一種我會應付啦,你別囉唆或管太多的感覺。所以如果要表達我會「試著去做」或「盡力去做」,可以用以下的短句:

❏ I'll try.
   我會試著去做。

❏ I'll try my best. / I'll do my best.
   我會盡力去做。

上班族會話這樣講就對了 ▶ **MP3** Track 140

單字文法都很行,但是卻老是無法延續對話嗎?在這個單元中除了告訴你最正確的語法、最道地的說法以外,也告訴你最生活化的會話技巧,讓你輕輕鬆鬆就延續與對方的交談。

Mr. Moore: Sam, we recently received a complaint from a customer about the spoons.	**摩爾先生**:山姆,我的一個客戶向我們抱怨湯匙出了問題。
Sam: Oh, what's the problem?	**山姆**:噢,是出了什麼問題呢?
Mr. Moore: It's about the poor plating. Can you replace them? Or they'll hand **inspect**[12] and **remove**[13] the defective ones and charge you back.	**摩爾先生**:湯匙的電鍍品質很差。你們可以換一批給他們嗎?否則他們要請工人整批檢查找出瑕疵的數量,然後向你們索賠。
Sam: I'm sorry for the defective goods. The replacement will be prepared and shipped by sea in three days.	**山姆**:對於瑕疵品我們深感抱歉。三天內我們會把替換的貨準備好並用海運寄出。
Mr. Moore: This is not acceptable. They need the goods very urgently. You got to airfreight them.	**摩爾先生**:這樣不行。他們急需這批貨。你們必須用空運寄出。
Sam: But the air freight would be too expensive to afford. After all, we're making little money on this item in order to support your customer.	**山姆**:可是空運費太高我們負擔不起。畢竟為了照顧你的客戶,這個產品幾乎以成本價賣出。
Mr. Moore: I understand. **Airship**[14] the replacement, anyway. I'll ask them to share the **cost**[15].	**摩爾先生**:我瞭解。無論如何還是用空運寄出。我會要求客戶分擔空運費。
Sam: Thank you. We will proceed immediately. And sorry again for all the trouble.	**山姆**:謝謝你,我們會馬上進行。也要為造成的麻煩再次跟你說聲抱歉。

職場會話 小技巧 以上的對話內容,是貿易公司(或工廠)與 broker(掮客)的對話。一般國際貿易,國外有很多一人公司,幫買家、賣家牽線,下訂單或出貨都由他居中聯繫,抽取兩邊的傭金。

Part 8
前往國外參展
Fairs

Unit 71 前往國外參展

上班族單字哪些我不會？

先作個小測驗，看看這些單字的意思你懂嗎？

1. **annual**→ (A) 一年兩次 (B) 兩年一次 (C) 一年一次.......[ˋænjʊəl] 答案：（ ）

2. **fair**→ (A) 展覽 (B) 工廠 (C) 來源.....................................[fɛr] 答案：（ ）

3. **hold**→ (A) 量產 (B) 舉辦 (C) 考量.............................[hold] 答案：（ ）

4. **Boston**→ (A) 旁氏 (B) 威靈頓 (C) 波士頓....................[ˋbɔstn̩] 答案：（ ）

5. **miss**→ (A) 核准 (B) 錯過 (C) 停產...............................[mɪs] 答案：（ ）

6. **participate**→ (A) 參加 (B) 加入 (C) 會員............[parˋtɪsəˌpet] 答案：（ ）

7. **satisfied**→ (A) 興奮的 (B) 失望的 (C) 滿意的 ....[ˋsætɪsˌfaɪd] 答案：（ ）

8. **several**→ (A) 幾乎不 (B) 幾個 (C) 很多.....................[ˋsɛvərəl] 答案：（ ）

9. **assign**→ (A) 分派 (B) 搞混 (C) 懷疑 ....[əˋsaɪn] 答案：（ ）

10. **attend**→ (A) 報價 (B) 王子 (C) 公主...........................[əˋtɛnd] 答案：（ ）

11. **sincere**→ (A) 邪惡的 (B) 正直的 (C) 聰明的 ....[sɪnˋsɪr] 答案：（ ）

12. **serious**→ (A) 認真的 (B) 痛苦的 (C) 隨意的 ....[ˋsɪrɪəs] 答案：（ ）

13. **responsible**→ (A) 負責 (B) 拒絕 (C) 異議 ....[rɪˋspɑnsəbl̩] 答案：（ ）

14. **deserve**→ (A) 提到 (B) 應得 (C) 演講.....................[dɪˋzɝv] 答案：（ ）

15. **wonder**→ (A) 奇蹟 (B) 奇怪 (C) 其實 ....[ˋwʌndɚ] 答案：（ ）

答案：
1. (C)　**2**. (A)　**3**. (B)　**4**. (C)　**5**. (B)
6. (A)　**7**. (C)　**8**. (B)　**9**. (A)　**10**. (A)
11. (B)　**12**. (A)　**13**. (A)　**14**. (B)　**15**. (A)

這些單字都將運用在以下的會話及解析中，哪些單字答錯了？請利用以下的單元好好的學習單字的正確用法吧！

上班族會話這樣說好糗！

看看以下的對話情境，是不是讓你似曾相識呢？以下列舉出中國人常犯的會話錯誤與中式英語，看完後請務必接著看後續的「我不要再出糗！重點文法解析」及「上班族會話這樣講就對了」，才不會不小心把錯誤的用法記在腦中喔！

Lindsay: The **annual**[1] Home Product **Fair**[2] is to be **held**[3] in **Boston**[4] four weeks from now.

琳西：一年一度的居家用品展四個禮拜後就要在波士頓舉行了。

Michelle: We **missed**[5] the fair last year. **Are we going to participate**[6] **the fair this year?** ✖

蜜雪：公司去年錯過了展覽。我們今年打算參展設攤位嗎？

Lindsay: Definitely. We are very **satisfied**[7] with our **several**[8] latest lines of products, and we want to promote them into the global market.

琳西：當然了。最新的幾條產品線讓我們非常滿意，我們想將它們推進全球市場。

Lindsay: You would be more excited if you **know**[8] who would be **assigned**[9] to **attend**[10] the fair.

蜜雪：只要一想到要將新產品推進國際市場就讓我感到非常興奮。

Michelle: **Just think about it makes me excited.** ✖

琳西：妳要是知道公司準備派誰去參展，妳會更興奮。

Michelle: Oh, my goodness! **Are you sincere**[11]? ✖

蜜雪：噢，老天！妳是正直的嗎？

Lindsay: Don't you think I'm sincere?

琳西：難道妳覺得我不正直嗎？

Michelle: Sorry, I must have used the wrong word. I mean , are you **serious**[12]?

蜜雪：抱歉，我一定用錯字眼了。我是說，妳是認真的嗎？

Lindsay: Of course I mean it! You will be **responsible**[13] for the exhibition this year. You've been working so hard and you did great. You **deserve**[14] this.

琳西：我當然是認真的！妳將負責今年的展覽事宜。妳一直很努力，而且妳做得很好。這是妳應得的。

Michelle: Thank you so much, Lindsay. I'll do my best! I believe our products will work wonders.

蜜雪：謝謝妳，琳西。我會盡心盡力！相信我們的產品一定會創造奇蹟。

立刻翻閱次頁了解詳細解析

我不要再出糗！重點文法解析 ▶ MP3
Track 141

傳統背單字的方法，容易讓我們只把單字和中文背下來，卻完全誤解了用法，在這個單元中，將針對最容易混淆單字，作最徹底的解析，讓你出差、洽商都絕不再出糗！

辨析重點1

Are we going to participate the fair this year?

「participate」是參加的意思，其為不及物動詞，因此後面有一個介系詞「in」，千萬不要漏掉。這句正確的說法為：Are we going to participate in the fair this year?（我們今年打算參展嗎？）「參加」的其他的同義字如下：

❏ take part in（參加）

❏ join in（參加）

辨析重點2

Just think about it makes me excited.

這句的的前半段是當自主詞，即 makes 之前的部分是一個主詞，所以 think 要由動詞改為動名詞，故整句的正確說法為：

❏ Just thinking about it makes me excited.
　光想到這件事就讓我感到興奮。

辨析重點3

Are you sincere?

如果要詢問對方是說真的嗎？是認真的嗎？不能說 Are you sincere?（你是正直的嗎？）正確的說法應該是：

❏ Are you serious?
　你是認真的嗎？

❏ Do you mean it?
　你是說真的嗎？

316

上班族會話這樣講就對了 ▶ MP3 Track 142

單字文法都很行,但是卻老是無法延續對話嗎?在這個單元中除了告訴你最正確的語法、最道地的說法以外,也告訴你最生活化的會話技巧,讓你輕輕鬆鬆就延續與對方的交談。

Lindsay: The annual Home Product Fair is to be held in Boston four weeks from now.	琳西:一年一度的居家用品展四個禮拜後就要在波士頓舉行了。
Michelle: We missed the fair last year. Are we going to participate in the fair this year?	蜜雪:公司去年錯過了展覽。我們今年打算參展設攤位嗎?
Lindsay: Definitely. We are very satisfied with our several latest lines of products, and we want to promote them into the global market.	琳西:當然了。最新的幾條產品線讓我們非常滿意,我們想將它們推進全球市場。
Michelle: Just thinking about it makes me excited.	蜜雪:只要一想到要將新產品推進國際市場就讓我感到非常興奮。
Lindsay: You would be more excited if you knew who would be assigned to attend the fair.	琳西:妳要是知道公司準備派誰去參展,妳會更興奮。
Michelle: Oh, my goodness! Are you serious? Do you mean it?	蜜雪:噢,老天!妳是認真的嗎?妳是說真的嗎?
Lindsay: Of course I mean it! You will be responsible for the exhibition this year. You've been working so hard trying to promote the new lines. And you did great. You deserve this.	琳西:我當然是認真的!妳將負責今年的展覽事宜。妳一直很努力推展我們的新產品,而且妳做得很好。這是妳應得的。
Michelle: Thank you so much, Lindsay, for supporting me all the time. I'll do my best! I believe our products will work **wonders**[15].	蜜雪:謝謝妳一直支持我,琳西。我會盡心盡力!相信我們的產品一定會創造奇蹟。

職場會話 小技巧 能去國外參展是很值得高興的事。記得出國前要把自家產品的英文名稱記熟,也要模擬如何用英文展示說明產品。好的語文能力及表達能力,一定能吸引更多買家。

Unit 72 確認參展工作分配

上班族單字哪些我不會？

先作個小測驗，看看這些單字的意思你懂嗎？

1. **correct**→ (A) 糾正 (B) 擁護 (C) 採購.........................[kəˋrɛkt] 答案：( )
2. **exhibition**→ (A) 機會 (B) 展示 (C) 機構.................[ˌɛksəˋbɪʃən] 答案：( )
3. **volunteer**→ (A) 遲疑 (B) 逼迫 (C) 自願者...............[ˌvɑlənˋtɪr] 答案：( )
4. **contact**→ (A) 聯絡 (B) 報價 (C) 因素......................[ˋkɑntækt] 答案：( )
5. **show**→ (A) 使記誦 (B) 展示會 (C) 規格......................[ʃo] 答案：( )
6. **management**→ (A) 扣款 (B) 管理 (C) 條理......[ˋmænɪdʒmənt] 答案：( )
7. **collect**→ (A) 驚悚 (B) 收集 (C) 驚嘆.......................[kəˋlɛkt] 答案：( )
8. **application**→ (A) 飛行 (B) 申請 (C) 傳單.............[ˌæpləˋkeʃən] 答案：( )
9. **form**→ (A) 表格 (B) 折券價 (C) 乘法.........................[ɔrm] 答案：( )
10. **catalogue**→ (A) 規矩 (B) 彩圖 (C) 目錄....................[ˋkætlɔg] 答案：( )
11. **design**→ (A) 設計 (B) 設計師 (C) 勤奮.....................[dɪˋzaɪnɚ] 答案：( )
12. **booth**→ (A) 攤位 (B) 靴子 (C) 兩者都 ....[buθ] 答案：( )
13. **mention**→ (A) 照料 (B) 提到 (C) 看管......................[ˋmɛnʃən] 答案：( )
14. **daily**→ (A) 每日 (B) 每月 (C) 每年 ....[ˋdelɪ] 答案：( )
15. **event**→ (A) 事件 (B) 粗心 (C) 願望............................[ɪˋvɛnt] 答案：( )

答案：
1. (A) **2**. (B) **3**. (C) **4**. (A) **5**. (B)
6. (B) **7**. (B) **8**. (B) **9**. (A) **10**. (C)
11. (A) **12**. (A) **13**. (B) **14**. (A) **15**. (A)

這些單字都將運用在以下的會話及解析中，
哪些單字答錯了？請利用以下的單元好好的
學習單字的正確用法吧！

上班族會話這樣說好糗！

看看以下的對話情境，是不是讓你似曾相識呢？以下列舉出中國人常犯的會話錯誤與中式英語，
看完後請務必接著看後續的「我不要再出糗！重點文法解析」及「上班族會話這樣講就對了」，
才不會不小心把錯誤的用法記在腦中喔！

Michelle: Guys, **we are going to attend to the Home Product Fair in Boston.** ❌

蜜雪：大夥們，公司今年要參加波士頓的居家用品展。

Max: Attend to the fair? What do you mean?

邁斯：致力於展覽？什麼意思啊？

Renee: I believe Michelle means to participate in the fair.

芮妮：我想蜜雪是指要去參展。

Max: Oh, I get it. You mean to "attend the fair."

邁斯：喔，我懂了。妳是指「參加展覽」。

Michelle: Thanks for **correcting**[1] me, Max. And I will be responsible for the **exhibition**[2] this year.

蜜雪：謝謝指正，邁斯。而今年由我負責展覽事宜。

Sam: Oh, that's wonderful! **Congratulation, Michelle!** ❌ We are so happy for you.

山姆：那真是太棒了！恭喜妳，蜜雪！我們都為妳感到高興。

Michelle: Thanks, everyone. Today each of you will get a new assignment. Any **volunteers**[3]?

蜜雪：謝謝了，各位。今天每個人都會被分派新的任務。有人自願嗎？

Max: I'll get in **contact**[4] with the **show**[5] **management**[6] and **collect**[7] all the **application**[8] **forms**[9] and papers we need.

邁斯：我會聯絡主辦單位，收集所有需要的參展表格及文件。

Sam: I'll have the **catalogue**[10] of our products ready and will prepare flies ❌ for the show.

山姆：我會將產品目錄準備好，也會準備可以在展場發的傳單。

Renee: Dan and I will work on the **design**[11] of our **booth**[12].

芮妮：阿丹和我會負責設計我們的攤位。

Michelle: Great! I forgot to **mention**[13] that one of you will be going to Boston with me. I'll let you know my decision next week.

蜜雪：很好！喔，我忘了提，你們其中一個會跟我一起到波士頓參展。下禮拜我會揭曉答案。

立刻翻閱次頁了解詳細解析

我不要再出糗！重點文法解析 ▶ MP3 Track 143

傳統背單字的方法，容易讓我們只把單字和中文背下來，卻完全誤解了用法，在這個單元中，將針對最容易混淆單字，作最徹底的解析，讓你出差、洽商都絕不再出糗！

辨析重點1

We are going to attend to the Home Product Fair in Boston.

「attend」 是「參加」的意思，後面可直接接受詞，不需要加上介系詞。如果是「attend to」，則有照料、專心、致力於的意思，與對話內容不相符，因此本句應該改成：

❑ We are going to attend the Home Product Fair in Boston.
我們要參加波士頓的居家用品展。

辨析重點2

Congratulation, Michelle!

「congratulation」的確是恭喜的意思，但記得，使用時一定要變成複數，即「Congratulations!」。學英文時，除了大方向要抓好，更要留意小地方，讓你的英文道地。
其他例句如下：

❑ Congratulations on your baby boy.
恭喜妳生了小寶寶。

❑ We congratulate on your promotion.
我們恭喜你獲得升遷。

辨析重點3

flies

錯別字也是是用英文時很大的致命傷。上面這個字，是「fly」的第三人稱單數，也是「蒼蠅」的複數，但是，文中真正要說的是「傳單」這個字。傳單的英文是「flier」，複數「fliers」。所以要特別留意容易誤用的字。

上班族會話這樣講就對了 ▶ MP3 Track 144

單字文法都很行，但是卻老是無法延續對話嗎？在這個單元中除了告訴你最正確的語法、最道地的說法以外，也告訴你最生活化的會話技巧，讓你輕輕鬆鬆就延續與對方的交談。

Michelle: Guys, we are going to participate in the Home Product Fair in Boston. And I will be responsible for the exhibition this year.

蜜雪：大夥們，公司今年要參加波士頓的居家用品展。而今年由我負責展覽事宜。

Sam: Oh, that's wonderful! Congratulations, Michelle! We are so happy for you.

山姆：那真是太棒了！恭喜妳，蜜雪！我們都為妳感到高興。

Michelle: Thanks, everyone. Today each of you will get a new assignment. Any volunteers?

蜜雪：謝謝了，各位。今天每個人都會被分派新的任務。有人自願嗎？

Max: I'll get in contact with the show management and collect all the application forms and papers we need. I'll also check the **daily**[14] **event**[15] schedule of the show.

邁斯：我會聯絡主辦單位，收集所有需要的參展表格及文件。我也會查詢展場的每日活動表。

Sam: I'll have the catalogue of our products ready and will prepare fliers for the show.

山姆：我會將產品目錄準備好，也會準備可以在展場發的傳單。

Renee: Dan and I will work on the design of our booth.

芮妮：阿丹和我會負責設計我們的攤位。

Michelle: Great! You guys are excellent. Oh, I forgot to mention that one of you will be going to Boston with me. I'll let you know my decision next week. Now that's all for today. Let's roll.

蜜雪：很好！你們真的太優秀了。喔，我忘了提，你們其中一個會跟我一起到波士頓參展。下禮拜我會揭曉答案。今天就到此結束。大家行動吧。

職場會話 小技巧 參展的分工可粗可細，但工作內容常會互相重複到，這時一定要互相支援，不要互相推託，畢竟團隊的表現一個整體的評分。可多了解展覽的事前工作該如何用英文說明。

Unit 73 諮詢展覽事宜（一）
（主辦者、協辦者、時間、地點）

上班族單字哪些我不會？

先作個小測驗，看看這些單字的意思你懂嗎？

1. receive→ (A) 復原 (B) 接到 (C) 迴避......................[rɪˋsiv] 答案：( )

2. apply→ (A) 答覆 (B) 申請 (C) 快轉 ....[əˋplaɪ] 答案：( )

3. participant→ (A) 演唱 (B) 參加 (C) 合作 ....[parˋtɪsəpənt] 答案：( )

4. possible→ (A) 無疑的 (B) 可能的 (C) 確認的 ....[ˋpɑsəbl] 答案：( )

5. anything→ (A) 無論如何 (B) 到處 (C) 任何事 ....[ˋɛnɪˏθɪŋ] 答案：( )

6. information→ (A) 資訊 (B) 關心 (C) 品管 ....[ˏɪnfɚˋmeʃən] 答案：( )

7. space→ (A) 廣闊 (B) 空間 (C) 品質 ....[spes] 答案：( )

8. set→ (A) 建築 (B) 數量 (C) 設立 ....[sɛt] 答案：( )

9. according→ (A) 根據 (B) 規劃 (C) 重新 ....[əˋkɔrdɪŋ] 答案：( )

10. temp→ (A) 暫時的 (B) 銷售 (C) 報酬 ....[tɛmp] 答案：( )

11. representative→ (A) 演唱 (B) 關心 (C) 代表 ... [ˏrɛprɪˋzɛntətɪv] 答案：( )

12. spacious→ (A) 尊敬 (B) 寬廣 (C) 崇拜 ....[ˋspeʃəs] 答案：( )

13. complete→ (A) 祭拜 (B) 遵照 (C) 完成 ....[kəmˋplit] 答案：( )

14. co-organizer→ (A) 協辦者 (B) 飭回 (C) 營業...[koˋɔrgənˏaɪzɚ] 答案：( )

15. familiar→ (A) 熟悉的 (B) 反對的 (C) 理解的.............[fəˋmɪljɚ] 答案：( )

答案：
1. (B)　**2.** (B)　**3.** (B)　**4.** (B)　**5.** (C)
6. (A)　**7.** (B)　**8.** (C)　**9.** (A)　**10.** (A)
11. (C)　**12.** (B)　**13.** (C)　**14.** (A)　**15.** (A)

這些單字都將運用在以下的會話及解析中，哪些單字答錯了？請利用以下的單元好好的學習單字的正確用法吧！

上班族會話這樣說好糗！

看看以下的對話情境，是不是讓你似曾相識呢？以下列舉出中國人常犯的會話錯誤與中式英語，看完後請務必接著看後續的「我不要再出糗！重點文法解析」及「上班族會話這樣講就對了」，才不會不小心把錯誤的用法記在腦中喔！

Max: I have contact the show management ❌ and **received**[1] the **apply**[2] form ❌ for the fair **participants**[3]. I'm going to send the form over by today if **possible**[4].

邁斯：我已經聯絡主辦單位，也收到了參展廠商的請求表。可能的話，我今天就會把表格寄過去。

Michelle: You mean application form, I believe?

蜜雪：你是說申請表吧？

Max: Yes, you're right.

邁斯：是的，沒錯。

Michelle: Good. **Anything**[5] else?

蜜雪：很好。其他的呢？

Max: I've also got the **information**[6] about move-in and move-out hours and the show hours.

邁斯：我手上也有進出場時間及展示時間的資料。

Michelle: What about the exhibition **space**[7]? Do we know where to **set**[8] up our booth?

蜜雪：那關於展場空間呢？我們知道要在哪裡設攤位嗎？

Max: **According**[9] to John, you know, our **temp**[10] sales **representative**[11] in Boston, the exhibition space is very **spacious**[12]. And Renee and Dan have **completed**[13] the design of the booth. **They will keep you update.** ❌

邁斯：根據約翰的說法，就是我們臨時派駐在波士頓的業務代表，他說展場空間很寬敞。而且芮妮和阿丹已經設計好我們的攤位了，他們隨時會跟妳報告。

Michelle: Great. Anything else I need to know?

蜜雪：還有什麼我需要知道的嗎？

Max: Oh, I'm trying to say hello to some of the **co-organizers**[14] of the show. I see some **familiar**[15] names on the list. You know, just in case.

邁斯：對了，我在協辦名單上看到一些熟人，我試著跟他們打聲招呼，妳知道的，只是以防萬一。

立刻翻閱次頁了解詳細解析

我不要再出糗！重點文法解析 ▶ MP3 Track 145

傳統背單字的方法，容易讓我們只把單字和中文背下來，卻完全誤解了用法，在這個單元中，將針對最容易混淆單字，作最徹底的解析，讓你出差、洽商都絕不再出糗！

辨析重點1

I have contact the show management.

聯絡的英文為「contact」。以上這句錯誤的地方在於，使用完成式時，contact 忘記變化成過去分詞。所以本句應該改成：

❏ I have contacted the show management.

❏ I have got in contact with the show management.

我已經聯絡展示會的主辦單位了。

辨析重點2

apply form

基本上，沒有 apply form 這種用法，雖然中文直接翻譯為「申請表」，但是請記得把動詞 apply 的詞性改成名詞 application 才是正確的。所以申請書的正確說法是「application form」。各種文書單據的用字如下：

❏ form
   表格

❏ sheet
   單子（紙張）

❏ spreadsheet
   試算表（類似的格式）

辨析重點3

They will keep you update.

使某人了解最新進度，update 要改成 updated 才是正確的。所以本句的正確說法為：

❏ They will keep you updated.
   他們隨時為向你更新進度。

❏ They will keep you posted.
   他們隨時會向你報告最新情況。

上班族會話這樣講就對了 ▶ **MP3** Track 146

單字文法都很行，但是卻老是無法延續對話嗎？在這個單元中除了告訴你最正確的語法、最道地的說法以外，也告訴你最生活化的會話技巧，讓你輕輕鬆鬆就延續與對方的交談。

Max: I have got in contact with the show management and received the application form for the fair participants. I'm going to send the application form over by today if possible.

邁斯：我已經聯絡主辦單位，也收到了參展廠商的申請表。可能的話，我今天就會把表格寄過去。

Michelle: Good. Anything else?

蜜雪：很好。其他呢？

Max: I've also got the information about move-in and move-out hours and the show hours.

邁斯：我手上也有進出場時間及展示時間的資料。

Michelle: What about the exhibition space? Do we know where to set up our booth?

蜜雪：那關於展場空間呢？我們知道要在哪裡設攤位嗎？

Max: According to John, you know, our temp sales representative in Boston, the exhibition space is very spacious. And Renee and Dan have completed the design of the booth. They will keep you updated.

邁斯：根據約翰的說法，就是我們臨時派駐在波士頓的業務代表，他說展場空間很寬敞。而且芮妮和阿丹已經設計好我們的攤位了，他們隨時會跟妳報告。

Michelle: Great. Anything else I need to know?

蜜雪：很好。還有什麼我需要知道的嗎？

Max: Oh, I'm trying to say hello to some of the co-organizers of the show. I see some familiar names on the list. You know, just in case.

邁斯：對了，我在協辦名單上看到一些熟人，我試著跟他們打聲招呼，妳知道的，只是以防萬一。

職場會話
小技巧 如果是國外的展覽，聯絡國外的主辦單位時，英文非常重要。無論是書面往來或是透過電話，都要具備好的英文概念。隨時追蹤申請進度，也要隨時向上司更新資訊。

Unit 74 諮詢展覽事宜（二）
（參展條件、展品範圍、報名截止日期、參展費用）

上班族單字哪些我不會？

先作個小測驗，看看這些單字的意思你懂嗎？

1. **prepare**→ (A) 準備 (B) 採排 (C) 了解........................ [pri`pɛr] 答案：（ ）
2. **carton**→ (A) 紙箱 (B) 方形 (C) 橢圓 .... [`kɑrtn̩] 答案：（ ）
3. **flier**→ (A) 垃圾 (B) 傳單 (C) 超過 .... [`flaɪɚ] 答案：（ ）
4. **production**→ (A) 價格 (B) 油料 (C) 發音 .... [prə`dʌkʃən] 答案：（ ）
5. **print**→ (A)排隊 (B) 聽從 (C) 印刷 ....[prɪnt] 答案：（ ）
6. **limit**→ (A) 插入 (B) 無知 (C) 限制 .... [`lɪmɪt] 答案：（ ）
7. **deadline**→ (A) 終場休息 (B) 終場休息 (C) 截止日..... [`dɛd͵laɪn] 答案：（ ）
8. **anytime**→ (A) 隨時 (B) 任何人 (C) 隨處 .... [`ɛnɪ͵taɪm] 答案：（ ）
9. **okay**→ (A) 保存 (B) 熟悉 (C) 同意 ....[o`ke] 答案：（ ）
10. **proceed**→ (A) 處理 (B) 進步 (C) 熱情 .... [prə`sid] 答案：（ ）
11. **immediately**→ (A) 稍後 (B) 立即 (C) 商機 .... [ɪ`midɪɪtlɪ] 答案：（ ）
12. **copy**→ (A) 團保 (B) 團結 (C) 影本 .... [`kɑpɪ] 答案：（ ）
13. **badge**→ (A) 蝙蝠 (B) 名牌 (C) 棒子 .... [bædʒ] 答案：（ ）
14. **sign**→ (A) 訂婚 (B) 招牌 (C) 提議 .... [saɪn] 答案：（ ）
15. **aisle**→ (A) 大廳 (B) 走道 (C) 房間............................ [aɪl] 答案：（ ）

答案：
1. (A)　**2**. (A)　**3**. (B)　**4**. (C)　**5**. (B)
6. (C)　**7**. (C)　**8**. (A)　**9**. (C)　**10**. (A)
11. (B)　**12**. (C)　**13**. (B)　**14**. (B)　**15**. (B)

這些單字都將運用在以下的會話及解析中，哪些單字答錯了？請利用以下的單元好好的學習單字的正確用法吧！

上班族會話這樣說好糗！

看看以下的對話情境，是不是讓你似曾相識呢？以下列舉出中國人常犯的會話錯誤與中式英語，看完後請務必接著看後續的「我不要再出糗！重點文法解析」及「上班族會話這樣講就對了」，才不會不小心把錯誤的用法記在腦中喔！

Sam: I've **prepared**[1] five **cartons**[2] of our catalogues and **fliers**[3] ready for the show.

山姆：我已經準備了五箱目錄和傳單供展場使用。

Michelle: I believe you've made sure that all four **production**[4] **lines** ✕ are **printed**[5] on the catalogues and fliers, right?

蜜雪：我相信你已經確認五條生產線都在目錄和傳單上了，對吧？

Sam: Production lines? Why?

山姆：生產線？為什麼要把生產線放上去？

Michelle: Ah, sorry, I mean four "lines of products."

蜜雪：啊，抱歉，我是說四個「產品種類」。

Sam: Oh, of course. You can count on me!

山姆：喔，那當然，我做事妳放心。

Michelle: Thank you, Sam. By the way, **when is the application limit**[6]? ✕

蜜雪：謝謝你，山姆。對了，參展報名極限是什麼時候？

Sam: Huh? Application limit? Are you talking about the **deadline**[7]?

山姆：嗄？報名極限？妳是不是在說截止期限啊？

Michelle: Yes, that's what I'm talking about.

蜜雪：對，我就是在說這個。

Sam: The deadline is this Friday. I've filled him in on the product lines and exhibition cost as well. **He can send the application form anytime**[8] **now if you okay**[9]. ✕

山姆：截止期限是這個禮拜五。我已經告訴他哪些產品要參展，也告訴他參展費用了。只要妳允許，他隨時可以寄出申請。

Michelle: Good. Tell him to **proceed**[10] **immediately**[11]. Let me know if he needs **copies**[12] of my I.D.

蜜雪：很好，你請他盡快進行吧。如果他需要我的證件影本，再告訴我吧。

立刻翻閱次頁了解詳細解析

我不要再出糗！重點文法解析 ▶ MP3 Track 147

傳統背單字的方法，容易讓我們只把單字和中文背下來，卻完全誤解了用法，在這個單元中，將針對最容易混淆單字，作最徹底的解析，讓你出差、洽商都絕不再出糗！

辨析重點1

production line 與 lines of products 的不同

「production line」是生產線的意思，可以想像在生產線上工作的作業員或技師那樣的情景。而「lines of products」則是指不同種類的「商品」，例如：

❏ This skirt is one of our latest lines.
　這條裙子是我們最新的產品之一。

辨析重點2

When is the application limit?

截止日期的英文為「deadline」，各這句應改為「When is the application deadline?」。要小心不要直接把中文翻成英文，這樣真的很奇怪。
列舉一些常用日期的說法：

❏ closing date
　結關日

❏ ETD (estimated time of departure)
　預計出貨日

❏ ETA (estimated time of apprival)
　預計到貨日

辨析重點3

He can send the application form anytime now if you okay.

這句只有一個地方出了問題，就是「okay」後面忘了接受詞。「okay」當作「同意」時，是及物動詞，後面一定要接同意的事情。
表達「同意、允許行動」實用用語：

❏ We green light the shipment.
　我們同意出貨。

❏ We confirm the order. Please proceed.
　我們確認訂單。請進行。

上班族會話這樣講就對了 ▶ MP3 Track 148

單字文法都很行，但是卻老是無法延續對話嗎？在這個單元中除了告訴你最正確的語法、最道地的說法以外，也告訴你最生活化的會話技巧，讓你輕輕鬆鬆就延續與對方的交談。

Sam: I've prepared five cartons of our catalogues and fliers ready for the show.	山姆：我已經準備了五箱目錄和傳單供展場使用。
Michelle: I believe you've made sure that all four lines of products are printed on the catalogues and fliers, right?	蜜雪：我相信你已經確認四個產品種類都在目錄和傳單上了，對吧？
Sam: Of course. You can count on me!	山姆：那當然，我做事妳放心。
Michelle: Thank you, Sam. By the way, when is the application deadline? Max said he'd like to send out the form as soon as possible.	蜜雪：謝謝你，山姆。對了，參展報名截止是什麼時候？邁斯說他想盡快寄出申請表。
Sam: The deadline is this Friday. I've filled him in on the product lines and exhibition cost as well. He can send the application form anytime now if you okay it.	山姆：截止期限是這個星期五。我已經告訴他哪些產品要參展，也告訴他參展費用了。只要妳允許，他隨時可以寄出申請。
Michelle: Good. Tell him to proceed immediately. Let me know if he needs copies of my I.D.	蜜雪：很好，你請他盡快進行吧。如果他需要我的證件影本，再告訴我。
Sam: Oh, one more thing, the fair attendants should wear the **badge**[13]. And our banners and **signs**[14] can only be displayed in and around our own booth, not in **aisles**[15].	山姆：喔，還有一件事。參展人員必須配戴名牌。我們的旗幟或招牌只能放在我們的攤位裡面或旁邊，不能放在走道上。

職場會話 小技巧 參展前的事前準備，包括目錄、傳單的製作，也要了解展場的一些規定，譬如旗幟等能放置的範圍等等，一般參展人員都要配戴名牌，方便與一般顧客區隔。

Unit 75 收集展覽相關資料

上班族單字哪些我不會？

先作個小測驗，看看這些單字的意思你懂嗎？

1. **designer**→ (A) 設計 (B) 設計師 (C) 地點 ....[dɪˋzaɪnɚ] 答案：( )
2. **design**→ (A) 設計 (B) 設計師 (C) 地點........................ [dɪˋzaɪn] 答案：( )
3. **blush**→ (A) 蒼白 (B) 臉紅 (C) 沖水 ....[blʌʃ] 答案：( )
4. **title**→ (A) 名單 (B) 首肯 (C) 頭銜.............................[bɪˋliv] 答案：( )
5. **joke**→ (A) 開玩笑 (B) 騎士 (C) 唱機 ....[ˋtaɪtl] 答案：( )
6. **beside**→ (A) 在～上面 (B) 在～旁邊 (C) 在～下方 ....[bɪˋsaɪd] 答案：( )
7. **aside**→ (A) 丟掉 (B) 放一旁 (C) 絞碎.........................[əˋsaɪd] 答案：( )
8. **welcome**→ (A) 歡迎 (B) 當然 (C) 幾乎 ....[ˋwɛlkəm] 答案：( )
9. **large**→ (A) 瘦的 (B) 長的 (C) 大的 ....[lɑrdʒ] 答案：( )
10. **excellent**→ (A) 資本 (B) 通路 (C) 優秀 ....[ˋɛksḷnt] 答案：( )
11. **actually**→ (A) 其實 (B) 終於 (C) 否則 ....[ˋæktʃʊəlɪ] 答案：( )
12. **online**→ (A) 購物 (B) 上網 (C) 美味 ....[ɑnˋlaɪ] 答案：( )
13. **related**→ (A) 相關的 (B) 通告 (C) 宣傳 ....[rɪˋletɪd] 答案：( )
14. **choice**→ (A) 選擇 (B) 事件 (C) 未來 ....[tʃɔɪc] 答案：( )
15. **refer**→ (A) 標誌 (B) 提議 (C) 參考............................[rɪˋfɝ] 答案：( )

答案：
1. (B)　**2**. (A)　**3**. (B)　**4**. (C)　**5**. (A)
6. (B)　**7**. (B)　**8**. (A)　**9**. (C)　**10**. (C)
11. (A)　**12**. (B)　**13**. (A)　**14**. (A)　**15**. (C)

這些單字都將運用在以下的會話及解析中，哪些單字答錯了？請利用以下的單元好好的學習單字的正確用法吧！

上班族會話這樣說好糗！

看看以下的對話情境，是不是讓你似曾相識呢？以下列舉出中國人常犯的會話錯誤與中式英語，看完後請務必接著看後續的「我不要再出糗！重點文法解析」及「上班族會話這樣講就對了」，才不會不小心把錯誤的用法記在腦中喔！

Michelle: **Designers**[1], how are the **both** ☒ **design**[2] going?

蜜雪：設計師們，我們的攤位設計得如何了？

Renee: Oh, Michelle! Don't call me a designer. You're making me **blush**[3].

芮妮：噢，蜜雪！不要叫我設計師啦！我臉都紅了。

Dan: But I like that **title**[4]. You can call me a designer, Michelle.

阿丹：可是我喜歡這個頭銜耶。妳可以這麼叫我，蜜雪。

Michelle: Haha. OK, **joking**[5] **beside**[6], ☒ how are the things going?

蜜雪：好了，說正經的，事情進行得怎麼樣了？

Dan: You should say joking "**aside**[7], not beside.

阿丹：妳的意思應該是笑話「擺一旁」，而不是笑話在旁邊。

Michelle: I got it. Thank you, teacher Dan.

蜜雪：我知道了，謝謝阿丹老師。

Dan: You're **welcome**[8]. Haha.

阿丹：不客氣，呵呵。

Renee: We've designed the booth in three sizes because we're not sure how **large**[9] our space will be. Here you are.

芮妮：我們設計了三種不同尺寸的攤位，因為我們不知道分配到的範圍有多大。

Michelle: These are **excellent**[10]. You two must have put a lot of thoughts into this.

蜜雪：這些設計得真好。你們兩個一定花了很多心思在上面。

Dan: **Actually**[11], we went **online**[12] and collected lots of fair **related**[13] materials.

阿丹：其實，我們上網收集了很多展覽相關資料。

Michelle: Thanks for your hard work. **We'll choice one of the booths for the show** ☒ in the meeting.

蜜雪：謝謝，辛苦你們了。我們會在開會時選出最合適的展場攤位。

立刻翻閱次頁了解詳細解析 ➡

我不要再出糗！重點文法解析 ▶ MP3 Track 149

傳統背單字的方法，容易讓我們只把單字和中文背下來，卻完全誤解了用法，在這個單元中，將針對最容易混淆單字，作最徹底的解析，讓你出差、洽商都絕不再出糗！

辨析重點1

錯別字：both、booth、boot、boost

以上四個字相互誤用的是錯誤率極高，一般都是在粗心的情況下，沒有好好理解清楚而誤用。
因此，一定要多加小心，不要讓錯別字影響你的英文實力。

❑ both
　　兩者都～

❑ booth
　　攤位

❑ boot
　　靴子

❑ boost
　　促進

辨析重點2

joking beside

要表達「不說笑了，說正經的」時，正確的說法是「joking aside」，而不是 joking beside。很多時候，差一個字就差很多，請千萬要把正在學習的英文用語了解清楚，不要有邊讀邊，沒邊讀中間的誤用了。

辨析重點3

We'll choice one of the booths for the show.

「choice」是選擇的意思，照中文翻譯好像沒錯。但是不要忘了，一個句子一定要有動詞，因為 choice 是「選擇」的名詞，所以要改成選擇的動詞，即「choose」才正確。
因此，本句的正確說法為：

❑ We'll choose one of the booths for the show.
　　我們選出一個展示用的攤位。

上班族會話這樣講就對了 ▶ **MP3**
Track 150

單字文法都很行，但是卻老是無法延續對話嗎？在這個單元中除了告訴你最正確的語法、最道地的說法以外，也告訴你最生活化的會話技巧，讓你輕輕鬆鬆就延續與對方的交談。

Michelle: Designers, how are the booth design going?	蜜雪：設計師們，我們的攤位設計得如何了？
Renee: Oh, Michelle! Don't call me a designer. You're making me blush.	芮妮：噢，蜜雪！不要叫我設計師啦！我臉都紅了。
Dan: But I like that title. You can call me a designer, Michelle.	阿丹：可是我喜歡這個頭銜耶。妳可以這麼叫我，蜜雪。
Michelle: Haha. OK, joking aside, how are the things going?	蜜雪：哈……好了，說正經的，事情進行得怎麼樣了？
Renee: We've designed the booth in three sizes because we're not sure how large our space will be. Here you are.	芮妮：我們設計了三種不同尺寸的攤位，因為我們不知道分配到的範圍有多大。
Michelle: These are excellent. You two must have put a lot of thoughts into this.	蜜雪：這些設計得真好。妳們兩個一定花了很多心思在上面。
Dan: Actually, we went online and collected lots of fair related materials. We also **referred**[15] to some photos of previous exhibitions on the computer.	阿丹：其實，我們上網收集了很多展覽相關資料。我們也在電腦裡找到一些過去參展的照片作參考。
Michelle: Thanks for your hard work. We'll choose one of the booths for the show in the meeting.	蜜雪：謝謝，辛苦你們了。我們會在開會時選出最合適的展場攤位。

職場會話 小技巧
攤位設計的用心程度，也會反映在銷售成果上，設計優良的攤位容易吸引顧客上門。設計方面可參考公司過去的紀錄，或者上網查詢相關照片。讓主管知道你設計的主軸與考量的方向吧。

Unit 76 討論參展執行重點

上班族單字哪些我不會？

先作個小測驗，看看這些單字的意思你懂嗎？

1. **highlight**→ (A) 高山 (B) 強調 (C) 補充 ....[ˋhaɪˏlaɪt] 答案：( )
2. **convinced**→ (A) 確實的 (B) 強行的 (C) 確信的 ...... [kənˋvɪnst] 答案：( )
3. **pull**→ (A) 拉 (B) 推 (C) 彈 .... [pʊl] 答案：( )
4. **buyer**→ (A) 買家 (B) 賣家 (C) 買賣 ....[ˋbaɪɚ] 答案：( )
5. **attention**→ (A) 注意力 (B) 公信力 (C) 魄力 ....[əˋtɛnʃən] 答案：( )
6. **attract**→ (A) 放肆 (B) 吸引 (C) 說服..........................[əˋtrækt] 答案：( )
7. **draw**→ (A) 花費 (B) 吸引 (C) 承諾 ....[drɔ] 答案：( )
8. **memory**→ (A) 背誦 (B) 磁碟 (C) 回憶 ....[ˋmɛmərɪ] 答案：( )
9. **phrase**→ (A) 用語 (B) 謊言 (C) 實話 ....[frez] 答案：( )
10. **memorize**→ (A) 記憶 (B) 瑕疵 (C) 塗鴉............[ˋmɛməˏraɪz] 答案：( )
11. **focus**→ (A) 焦點 (B) 雷射 (C) 實驗 ....[ˋfokəs] 答案：( )
12. **latest**→ (A) 最新的 (B) 最舊的 (C) 最棒的 ....[ˋletɪst] 答案：( )
13. **result**→ (A) 要求的 (B) 入門的 (C) 進階的...................[rɪˋzʌlt] 答案：( )
14. **technology**→ (A) 結果 (B) 經費 (C) 類比 ....[tɛkˋnɑlədʒɪ] 答案：( )
15. **book**→ (A) 預訂 (B) 雜誌 (C) 大詞典............................. [bʊk] 答案：( )

答案：
1. (B) **2.** (C) **3.** (A) **4.** (A) **5.** (A)
6. (B) **7.** (B) **8.** (C) **9.** (A) **10.** (A)
11. (A) **12.** (A) **13.** (A) **14.** (B) **15.** (A)

這些單字都將運用在以下的會話及解析中，哪些單字答錯了？請利用以下的單元好好的學習單字的正確用法吧！

上班族會話這樣說好糗！

看看以下的對話情境，是不是讓你似曾相識呢？以下列舉出中國人常犯的會話錯誤與中式英語，
看完後請務必接著看後續的「我不要再出糗！重點文法解析」及「上班族會話這樣講就對了」，
才不會不小心把錯誤的用法記在腦中喔！

Michelle: Today we'll discuss how we should **highlight**[1] our exhibition. Any ideas?	**蜜雪**：今天我們要討論如何強調我們這次的展覽。有什麼想法嗎？
Max: The main point of our show is to promote our latest products into the global market. So I think the demonstration is the most important part of our show.	**邁斯**：我們展覽的重點就是要把最新的產品推到國際市場。因此，我覺得產品展示說明是最重要的部分。
Renee: I agree with. Max. I'm **convinced**[2] that our products will sell pretty well **if we can pull**[3] **buyers**[4,] **attention**[5] **to our demonstrations.** ✖ **They will be amazing at what they see.** ✖	**芮妮**：我同意邁斯的看法。我很肯定，只要我們的產品解說展示能把買家的注意力拖過來，我們的產品一定會大賣。看到我們的產品，他們一定會令人驚奇。
Max: What did you say? Pull buyer's attention? What's that?	**邁斯**：妳剛才說什麼？拖買家的注意力？什麼意思啊？
Renee: You know, to **attract**[6] them.	**芮妮**：就是把他們吸引過來啊。
Max: Oh, I get it. You mean to "**draw**[7] their attention."	**邁斯**：喔，我懂了。妳是說把他們的注意力吸引過來。
Renee: Oh, I used the wrong word. **I'll memory**[8] **the phrase**[9]. ✖	**芮妮**：喔，我用錯字眼了。我會回憶這個用語。
Max: You'll "**memorize**[10]" it.	**邁斯**：妳會把這個用語「記下來」。
Renee: Oops! I did it again.	**芮妮**：噢！又說錯了。
Michelle: That's OK, Renee. OK, back to the business.	**蜜雪**：沒關係啦，芮妮。好，回到正題吧。

立刻翻閱次頁了解詳細解析

我不要再出糗！重點文法解析 ▶ MP3 Track 151

傳統背單字的方法，容易讓我們只把單字和中文背下來，卻完全誤解了用法，在這個單元中，將針對最容易混淆單字，作最徹底的解析，讓你出差、洽商都絕不再出糗！

辨析重點1

...if we can pull buyers' attention to our demonstrations.

這句是「將買家的注意力拉過來」的直譯，但你知道，實際上並不是這樣講。「吸引某人的注意」應該說成「draw someone's attention to~」，因此本句的正確說法為：

...if we can draw buyers' attention to our demonstrations.
如果我們可以將買家的注意力吸引到我們的產品展示說明上。

辨析重點2

They will be amazing at what they see.

「amazing」是「令人驚奇的」；「amazed」是「感到驚奇的」。因此，這句應該改成「They will be amazed at what they see.」（他們將會驚嘆自己所看到的。）

常用的類似的用法還有：

❑ interesting
　有意思的

❑ interested
　感到有興趣的

❑ impressing
　令人印象深刻的

❑ impressed
　感到印象深刻的

辨析重點3

I'll memory the phrase.

「memory」是名詞，要記住，一個句子裡一定要有動詞，因此這句應該改成「I'll memorize the phrase.」（我會記住這個片語。）

表達「記憶、記誦」的單字有：

❑ remember
　記住

❑ learn something by heart
　背熟

上班族會話這樣講就對了 ▶ MP3 Track 152

單字文法都很行，但是卻老是無法延續對話嗎？在這個單元中除了告訴你最正確的語法、最道地的說法以外，也告訴你最生活化的會話技巧，讓你輕輕鬆鬆就延續與對方的交談。

Michelle: Today we'll discuss how we should highlight our exhibition and decide on the **focus**[11] of our show. Any ideas?

蜜雪：今天我們要討論如何強調我們這次的展覽，要決定什麼是這次展覽的重點。有什麼想法嗎？

Max: The main point of our show is to promote our **latest**[12] products into the global market. So I think the demonstration is the most important part of our show.

邁斯：我們展覽的重點就是要把最新的產品推到國際市場。因此，我覺得產品展示說明是最重要的部分。

Renee: I agree with Max. I'm convinced that our products will sell pretty well if we can draw buyers' attention to our demonstrations. They will be amazed at what they see.

芮妮：我同意邁斯的看法。我很肯定，只要我們的產品解說展示能把買家的目光吸引過來，我們的產品一定會大賣。我們的產品一定會令大家大為驚奇。

Sam: After all, our products are the **result**[13] of the latest **technology**[14]. They are high-tech items.

山姆：畢竟我們的產品是最新科技的結晶，是高科技產品。

Michelle: Good point. Then demonstrations will be the highlight of our show. By the way, Dan, I'll confirm our daily schedule during the fair later today. And you need to **book**[15] our flights first thing in the morning.

蜜雪：說得很好。那就決定產品展示說明為我們展覽的重點。對了，阿丹，我今天晚點會確認展場那幾天的行程。你明天一早就要先預定好機票。

Dan: Sure. I'll see to it.

阿丹：沒問題，我會照辦。

職場會話小技巧 每個展覽都有強調的重點，在會議中把你的想法說出來讓大家知道，也可以由此看出你對此專案用心的程度。大展覽的前夕，一定要及早預定機位及住宿的旅館，以免向隅。最好住在展場附近的旅館，交通方便又能節省時間。

Unit 77 確認抵達 展場路線

上班族單字哪些我不會？

先作個小測驗，看看這些單字的意思你懂嗎？

1. **situation**→ (A) 情況 (B) 相處 (C) 湯匙 .... [ˌsɪtʃʊˋeʃən] 答案：( )
2. **grip**→ (A) 搔 (B) 抓 (C) 踢 ....[grɪp] 答案：( )
3. **bite**→ (A) 便餐 (B) 骨折(C) 受傷 .... [baɪt] 答案：( )
4. **hungry**→ (A) 餓了 (B) 睏了 (C) 倦了 ....[ˋhʌŋgrɪ] 答案：( )
5. **grab**→ (A) 匆忙趕著 (B) 慢慢做事 (C) 速戰速決 .... [græb] 答案：( )
6. **embarrassing**→ (A) 感到尷尬 (B) 害羞 (C) 令人尷尬

.... [ɪmˋbærəsɪŋ] 答案：( )
7. **shuttle**→ (A) 穿梭 (B) 太空梭 (C) 關上 .... [ˋʃʌt!] 答案：( )
8. **move**→ (A) 移動 (B) 跳躍 (C) 蹲下 ....[muv] 答案：( )
9. **far**→ (A) 遠的 (B) 近的 (C) 熱鬧的 .... [fɑr] 答案：( )
10. **map**→ (A) 座標 (B) 指南針 (C) 地圖 ....[mæp] 答案：( )
11. **turning**→ (A) 轉角 (B) 回憶 (C) 尺規 ....[ˋtɝnɪŋ] 答案：( )
12. **library**→ (A) 閱讀 (B) 欄位 (C) 圖書館 ....[ˋlaɪˏbrɛrɪ] 答案：( )
13. **close**→ (A) 上面 (B) 靠近 (C) 斜角 ....[klos] 答案：( )
14. **next**→ (A) 上一個 (B) 中間 (C) 下一個 ....[nɛkst] 答案：( )
15. **block**→ (A) 街口 (B) 大道 (C) 公園 ....[blɑk] 答案：( )

答案：
1. (A) **2**. (B) **3**. (A) **4**. (A) **5**. (B)
6. (C) **7**. (C) **8**. (A) **9**. (A) **10**. (C)
11. (A) **12**. (C) **13**. (B) **14**. (C) **15**. (A)

這些單字都將運用在以下的會話及解析中，哪些單字答錯了？請利用以下的單元好好的學習單字的正確用法吧！

上班族會話這樣說好糗！

看看以下的對話情境，是不是讓你似曾相識呢？以下列舉出中國人常犯的會話錯誤與中式英語，看完後請務必接著看後續的「我不要再出糗！重點文法解析」及「上班族會話這樣講就對了」，才不會不小心把錯誤的用法記在腦中喔！

Michelle: The show is tomorrow. But today we need to check our booth and make sure all our products are **in good situation**[1]. ✖

蜜雪：展覽明天才開始，但是今天我們要先檢查一下攤位，確認所有產品的情況都良好。

Dan: Yes, ma'am. Let's go. Maybe we can **grip**[2] **a bite**[3] ✖ on the way to the fair. I'm hungry.

阿丹：好的，小姐。 我們走吧，看能不能順便在路上咬點東西，我肚子餓了。

Michelle: I believe you mean "**grab**[5]" a bite.

蜜雪：我想你應該是說「隨便吃」點東西吧？

Dan: Haha, it's **embarrassing**[6]!

阿丹：哈哈，真尷尬。

Michelle: What are you hungry for?

蜜雪：你想吃什麼？

Dan: A hot dog, the works, would be great.

阿丹：一份熱狗，什麼醬料都加，就再好不過了。

Michelle: Ah, here comes the **shuttle**[7] bus. Come on, let's **move**[8].

蜜雪：啊，接駁車來了，快點，我們走了。

Dan: We are not **far**[9] from the fair. The **map**[10] says it's the first **turning**[11] on the right after the **library**[12].

阿丹：我們離展場並不遠，地圖是標示著過了圖書館右邊第一個左轉。

Michelle: Oh, then we're quite **close**[13] to the fair. Are we there yet?

蜜雪：喔，那我們離展場相當近耶。到了嗎？

Dan: It's on the **next**[14] **block**[15].

阿丹：就在下個路口。

Michelle: OK. We're here. **Let's get down the bus.** ✖

蜜雪：好了，我們到了。下車吧。

立刻翻閱次頁了解詳細解析

我不要再出糗！重點文法解析 ▶ MP3 Track 153

傳統背單字的方法，容易讓我們只把單字和中文背下來，卻完全誤解了用法，在這個單元中，將針對最容易混淆單字，作最徹底的解析，讓你出差、洽商都絕不再出糗！

辨析重點1

in good situation

要表達「狀況良好」應該說「in good condition」。雖然 situation 與 condition 都有「情況」的意思，但這裡不能用 situation替代 condition。故正確的說法為「in good condition」。

由「condition」組成的其他用法如下：

❏ on the condition that~
在～條件之下

❏ in dreadful conditions
在惡劣的環境下

辨析重點2

grip a bite

雖然「grip」和「grab」都有抓取的意思，這裡不能說成grip a bite，而要說成「grab a bite」（隨意買點東西吃），因為「grab」有「匆匆吃什麼東西」的意思。

關於「grip」這個單字，以下這個慣用語很好用，請務必記下來：

❏ get a grip
冷靜一點

辨析重點2

Let's get down the bus.

這句如果照中文來看，似乎很順啊，不就是下車嗎？很可惜，英文不是中文，所以這句的正確說法為「get down from the bus.」（從車上下來。下車。），另外的用法為：

❏ get on the bus
上公車

❏ get off the bus
下公車

❏ get in the car
坐上汽車

❏ get out of the car
下（汽）車

上班族會話這樣講就對了 ▶ MP3 Track 154

單字文法都很行,但是卻老是無法延續對話嗎?在這個單元中除了告訴你最正確的語法、最道地的說法以外,也告訴你最生活化的會話技巧,讓你輕輕鬆鬆就延續與對方的交談。

Michelle: The show is tomorrow. But today we need to check our booth and make sure all our products are in good condition.

蜜雪:展覽明天才開始,但是今天我們要先檢查一下攤位,確認所有產品的狀況都良好。

Dan: Yes, ma'am. Let's go. Maybe we can grab a bite on the way to the fair. I'm hungry.

阿丹:好的,小姐。 我們走吧,看能不能順便在路上吃點東西,我肚子餓了。

Michelle: What are you hungry for?

蜜雪:你想吃什麼?

Dan: A hot dog, the works, would be great.

阿丹:一份熱狗,什麼醬料都加,就再好不過了。

Michelle: Ah, here comes the shuttle bus. Come on, let's move.

蜜雪:啊,接駁車來了,快點,我們走了。

Dan: We are not far from the fair. The map says it's the first turning on the right after the library.

阿丹:我們離展場並不遠,地圖是標示著過了圖書館右邊第一個左轉。

Michelle: Oh, then we're quite close to the fair. Are we there yet?

蜜雪:喔,那我們離展場相當近耶。到了嗎?

Dan: It's on the next block.

阿丹:就在下個路口。

Michelle: OK. We're here. Let's get off the bus.

蜜雪:好了,我們到了。下車吧。

職場會話 小技巧　發現很多英文不錯的人,卻沒什麼方向感,對於方向路線的英文不大會表達。為了避免臨時要用到這類的英文,請每天一點一點的加強這部分,直到熟悉為止,要訓練到即使臨時遇到狀況,也能脫口而出。

Unit 78 參展重點紀錄

上班族單字哪些我不會？

先作個小測驗，看看這些單字的意思你懂嗎？

1. **match**→ (A) 摔角 (B) 攻擊 (C) 匹敵 .... [mætʃ] 答案：( )
2. **concern**→ (A) 服務 (B) 涉及 (C) 傷心 .... [kən`sɜn] 答案：( )
3. **edge**→ (A) 優勢 (B) 清空 (C) 退化 ....[ɛdʒ] 答案：( )
4. **quite**→ (A) 超過 (B) 合作 (C) 相當 .... [kwaɪt] 答案：( )
5. **approach**→ (A) 方法 (B) 書籍 (C) 公證 .... [ə`protʃ] 答案：( )
6. **aggressive**→ (A) 激進的 (B) 偷懶的 (C) 開放的 ....[ə`grɛsɪv] 答案：( )
7. **improve**→ (A) 暫時 (B) 改善 (C) 雕刻 .... [ɪm`pruv] 答案：( )
8. **button**→ (A) 按鈕 (B) 底線 (C) 飛安 ....[`bʌtn̩] 答案：( )
9. **main**→ (A) 次要 (B) 旁支 (C) 主要 ....[men] 答案：( )
10. **point**→ (A) 發票 (B) 要點 (C) 收據.....................[pɔɪnt] 答案：( )
11. **conclusion**→ (A) 結論 (B) 條件 (C) 支票 .... [kən`kluʒən] 答案：( )
12. **pronunciation**→ (A) 約定 (B) 聽寫 (C) 發音
    ....[prəˌnʌnsɪ`eʃən] 答案：( )
13. **bottom**→ (A) 按鈕 (B) 底線 (C) 飛安 ....[`bɑtəm] 答案：( )
14. **note**→ (A) 記性 (B) 記下 (C) 記得 ....[not] 答案：( )
15. **opinion**→ (A) 合作 (B) 觀點 (C) 瑕疵 ....[ə`pɪnjən] 答案：( )

答案：
1. (C) 2. (B) 3. (A) 4. (C) 5. (A)
6. (B) 7. (B) 8. (A) 9. (C) 10. (B)
11. (A) 12. (C) 13. (C) 14. (B) 15. (B)

這些單字都將運用在以下的會話及解析中，哪些單字答錯了？請利用以下的單元好好的學習單字的正確用法吧！

上班族會話這樣說好糗！

看看以下的對話情境，是不是讓你似曾相識呢？以下列舉出中國人常犯的會話錯誤與中式英語，看完後請務必接著看後續的「我不要再出糗！重點文法解析」及「上班族會話這樣講就對了」，才不會不小心把錯誤的用法記在腦中喔！

Michelle: Dan, **what do you think our exhibition so far?** ❌

蜜雪：阿丹，你覺得到目前為止我們展覽辦得如何？

Dan: I think no one can **match**[1] us as far as quality is **concerned**[2].

阿丹：我覺得就品質來說，沒有別的產品比得上得我們。

Michelle: So you think our quality give us an **edge**[3] over our competitors?

蜜雪：所以你覺得我們的品質可以讓我們勝過競爭對手？

Dan: That's right.

阿丹：沒錯。

Michelle: What do you think about TG Co. next to our booth?

蜜雪：你覺得我們隔壁攤的ＴＧ公司怎麼樣？

Dan: I must say **I'm quite**[4] impressing by their **approach**[5] to business. ❌

阿丹：我得承認他們做生意的方法讓我印象深刻。

Michelle: I feel the same way. Their way of doing business is quite **aggressive**[6].

蜜雪：我也有同感。他們做生意的手段很激進。

Dan: But I don't think they'll go very far if they don't **improve**[7] the quality of their products.

阿丹：但是我不認為他們生意能做得長久，如果他們不改善產品品質的話

Michelle: So the **button**[8] ❌ line is quality.

蜜雪：所以按鈕線在品質。

Dan: What? What is button line?

阿丹：妳說什麼？什麼是按鈕線？

Michelle: You don't know? It means the **main**[9] **point**[10], the **conclusion**[11].

蜜雪：你不知道？就是重點的、結論意啊。

Dan: Michelle, you really need to work on your **pronunciation**[12]. It's "**bottom**[13]" line.

阿丹：蜜雪，妳真該好好練習一下正確發音！是「重點」才對！

立刻翻閱次頁了解詳細解析

我不要再出糗！重點文法解析  MP3 Track 155

傳統背單字的方法，容易讓我們只把單字和中文背下來，卻完全誤解了用法，在這個單元中，將針對最容易混淆單字，作最徹底的解析，讓你出差、洽商都絕不再出糗！

辨析重點1

What do you think our exhibition so far?

這句是從中文直接翻過來的，所以不正確，正確的說法為「What do you think of our exhibition so far?」（你覺得到目前為止我們的展覽辦得如何？）千萬不要忘記介系詞！

辨析重點2

I'm quite impressing by their approach to business.

「aimpressing」是「令人印象深刻的」；「impressed」是「感到印象深刻」。因此，這句應該改成「I'm quite impressed by their approach to business.」（他們做生意的方法讓我印象深刻。）

常用的類似的用法還有：

❑ confusing
令人困惑的

❑ confused
感到困惑的

❑ embarrassing
令人尷尬的

❑ embarrassed
感到尷尬的

辨析重點3

button 與 bottom 的發音請分清楚

這是國人很常發錯音的兩個字！兩個字最大的不同在於「bottom」說完嘴巴要閉上，而「button」說完嘴巴不必闔上。如果能把尾音發清楚，就成功了一半。剩下的一半請上網查詢有真人發音的網路字典，聽清楚箇中差別，從此不要再發錯音囉！

上班族會話這樣講就對了

MP3
Track 156

單字文法都很行，但是卻老是無法延續對話嗎？在這個單元中除了告訴你最正確的語法、最道地的說法以外，也告訴你最生活化的會話技巧，讓你輕輕鬆鬆就延續與對方的交談。

Michelle: Dan, what do you think of our exhibition so far? I need to take some **notes**[14] and I need your **opinion**[15].	蜜雪：阿丹，你覺得到目前為止我們展覽辦得如何？我需要做些記錄，以及你的觀點。
Dan: I think no one can match us as far as quality is concerned.	阿丹：我覺得就品質來說，沒有別的產品比得上我們。
Michelle: So you think our quality give us an edge over our competitors?	蜜雪：所以你覺得我們的品質可以讓我們勝過競爭對手？
Dan: That's right.	阿丹：沒錯。
Michelle: What do you think about TG Co. next to our booth?	蜜雪：你覺得我們隔壁攤的ＴＧ公司怎麼樣？
Dan: I must say I'm quite impressed by their approach to business.	阿丹：我得承認他們做生意的方法讓我印象深刻。
Michelle: I feel the same way. Their way of doing business is quite aggressive.	蜜雪：我也有同感。他們做生意的手段很激進。
Dan: But I don't think they'll go very far if they don't improve the quality of their products.	阿丹：但是我不認為他們生意能做得長久，如果他們不改善產品品質的話。
Michelle: So the bottom line is quality.	蜜雪：所以重點是品質。

職場會話小技巧 當別人詢問你的觀點時，你的回答不要太簡略，最好能舉例交叉比對，談話才能有層次感，並能說服別人接受你的想法。遇到與自己觀點不同的人，也要仔細聆聽對方提出的內容，也許會發現有你漏掉沒有思考到的部分。

Unit 79 購買參考商品

上班族單字哪些我不會？

先作個小測驗，看看這些單字的意思你懂嗎？

1. **ma'am**→ (A) 阿姨 (B) 小姐 (C) 爵士.............................[mæm] 答案：（ ）

2. **high-tech**→ (A) 高科技 (B) 草創 (C) 落後.................[ˈhaɪˋtɛk] 答案：（ ）

3. **brochure**→ (A) 小冊子 (B) 參考書 (C) 劇本 ....[broˈʃur] 答案：（ ）

4. **operate**→ (A) 延遲 (B) 加速 (C) 細節 ....[ˈɑpəˌret] 答案：（ ）

5. **ahead**→ (A) 複後 (B) 向前 (C) 向下 ....[əˋhɛd] 答案：（ ）

6. **press**→(A) 揪 (B) 按 (C) 摔...[prɛs] 答案：（ ）

7. **helmet**→ (A) 棒球帽 (B) 貝雷帽 (C) 頭盔...............[ˈhɛlmɪt] 答案：（ ）

8. **umbrella**→ (A) 雨衣 (B) 雨帽 (C) 雨傘 ....[ʌmˈbrɛlə] 答案：（ ）

9. **weight**→ (A) 容量 (B) 重量 (C) 長度 ....[wet] 答案：（ ）

10. **light**→(A) 輕的 (B) 重的 (C) 沉的 ....[laɪt] 答案：（ ）

11. **heavy**→ (A) 輕的 (B) 薄的 (C) 重的 ....[ˈhɛvɪ] 答案：（ ）

12. **amazing**→ (A) 很差 (B) 很棒 (C) 很恐怖 ....[əˋmezɪŋ] 答案：（ ）

13. **creative**→ (A) 創意 (B) 抄襲 (C) 專注 ....[krɪˋetɪv] 答案：（ ）

14. **RD**→ (A) 研發 (B) 人力資源 (C) 業務 .... 答案：（ ）

15. **team**→ (A) 團隊 (B) 加速 (C) 歡呼 ....[tim] 答案：（ ）

答案：
1. (B) 2. (A) 3. (A) 4. (C) 5. (B)
6. (B) 7. (C) 8. (C) 9. (B) 10. (A)
11. (C) 12. (B) 13. (A) 14. (A) 15. (A)

> 這些單字都將運用在以下的會話及解析中，哪些單字答錯了？請利用以下的單元好好的學習單字的正確用法吧！

上班族會話這樣說好糗！

看看以下的對話情境，是不是讓你似曾相識呢？以下列舉出中國人常犯的會話錯誤與中式英語，
看完後請務必接著看後續的「我不要再出糗！重點文法解析」及「上班族會話這樣講就對了」，
才不會不小心把錯誤的用法記在腦中喔！

Salesperson: Hello, **ma'am**[1]. Would you like to look at our products? They are **high-tech**[2] items.

業務員：小姐，您好。您要不要參考一下我們的產品？我們賣的都是高科技產品。

Michelle: Hmm, they look interesting. Can I have a copy of your **brochure**[3]?

蜜雪：嗯，你們的產品看起來蠻有意思的。可以給我一本介紹手冊嗎？

Salesperson: Sure. **Do you have the time?** ❌

業務員：沒問題。請問現在幾點？

Michelle: It's 3:10.

蜜雪：三點十分。

Salesperson: No, no, no. I meant to say, do you have a minute? Why don't you **have a sit** ❌ and let me show you how to **operate**[4] this item?

業務員：不是、不是、不是。我是要問，可以打擾一分鐘嗎？您要不要請坐，我可以示範怎麼操作這個產品給您看？

Michelle: OK. Go **ahead**[5].

蜜雪：好啊，你開始操作吧。

Salesperson: You see, if you **press**[6] this red button, the **helmet**[7] becomes an **umbrella**[8]. **And it's not weight**[9] **at all.** ❌ You can try it yourself.

業務員：妳瞧，如果妳按下這個紅色按鈕，這頂安全帽就變成一支雨傘，而且一點也不重。妳可以自己試試看。

Michelle: It's not weight? What do you mean?

蜜雪：它不重量？什麼意思？

Salesperson: I mean it's **light**[10].

業務員：我是說它很輕。

Michelle: Oh, you mean it's not "**heavy**[11]". It is very light. How **amazing**[12]!

蜜雪：喔，你是說「不重」。真的很輕耶。真神奇！

立刻翻閱次頁了解詳細解析

我不要再出糗！重點文法解析 ▶ MP3 Track 157

傳統背單字的方法，容易讓我們只把單字和中文背下來，卻完全誤解了用法，在這個單元中，將針對最容易混淆單字，作最徹底的解析，讓你出差、洽商都絕不再出糗！

辨析重點1

Do you have the time?

「Do you have the time?」是「請問現在幾點？」的意思。在文中，銷售員可能是要問 Michelle 有沒有空，可不可以停留一下看他展示商品，但他說錯了（非美籍的銷售員），說成「Do you have the time?」，所以 Michelle 才會回答現在三點十分。

另外一句看起來很像的句子「Do you have time?」（你有空嗎？）如果這句用在陌生人身上，會給人感覺有點輕浮。所以建議，如果樣搭訕，可以請問對方「Do you have the time?」（請問現在幾點？）也可以達到開啟話題的功效。

辨析重點2

have a sit

要人家請做的說法是「have a seat」。國人發 sit（短音）和 seat（長音）時，常常發得都一樣，沒有區別，因此要特別注意發音上的問題。同樣建議，請上有真人發音的網路字典聽聽其中的差別。

辨析重點3

And it's not weight at all.

這句是從中文直譯過去的，但正確的說法應該是「And it's not heavy at all.」（它一點也不重。）請一定要先留意詞性的變化，再套入句子中。

表達「重的、龐大的」說法有：

❏ weighty
　沈重的、有心事的

❏ hefty
　重的、肌肉發達的

❏ bulky
　笨重的

上班族會話這樣講就對了 ▶ **MP3** Track 158

單字文法都很行，但是卻老是無法延續對話嗎？在這個單元中除了告訴你最正確的語法、最道地的說法以外，也告訴你最生活化的會話技巧，讓你輕輕鬆鬆就延續與對方的交談。

Salesperson: Hello, ma'am. Would you like to take a look at our products? They are high-tech items.

業務員：小姐，您好。您要不要參考一下我們的產品？我們賣的都是高科技產品。

Michelle: Hmm, they look interesting. Can I have a copy of your brochure?

蜜雪：嗯，你們的產品看起來蠻有意思的。可以給我一本介紹手冊嗎？

Salesperson: Sure. Do you have a minute? Why don't you have a seat and let me show you how to operate this item?

業務員：沒問題。可以打擾一分鐘嗎？您要不要請坐，我可以示範怎麼操作這個產品給您看。

Michelle: OK. Go ahead.

蜜雪：好啊，你開始操作吧。

Salesperson: You see, if you press this red button, the helmet becomes an umbrella. And it's not heavy at all. You can try it yourself.

業務員：妳瞧，如果妳按下這個紅色按鈕，這頂安全帽就變成一支雨傘，而且一點也不重。妳可以自己試試看。

Michelle: It is very light. How amazing!

蜜雪：真的很輕耶。真神奇！

Dan: Michelle, here you are. What are you doing here?

阿丹：蜜雪，原來妳在這裡。妳在這裡幹嘛？

Michelle: I found something very interesting . Maybe we should buy some **creative**[13] products for our **RD**[14] **team**[15].

蜜雪：我發現很有意思的東西。也許我們該幫研發團隊帶些有創意的產品回去。

職場會話
小技巧
在展場時，如果妳不趕時間，可以停下腳步聽聽其他銷售人員的介紹，不僅可以了解市場中的其他競爭商品，也可以學習別人的談話技巧，如果遇到的事美籍的銷售員，可以聽到許多相當道地的英語用法。

Unit 80 確認商品運送事宜

上班族單字哪些我不會？

先作個小測驗，看看這些單字的意思你懂嗎？

1. **fill**→ (A) 賠償 (B) 填滿 (C) 丟棄 ....[fɪl] 答案：（ ）
2. **sheet**→ (A) 單子 (B) 零錢 (C) 幣紙 ....[ʃit] 答案：（ ）
3. **forget**→ (A) 忘記 (B) 記得 (C) 掌握 ....[fɚˋgɛt] 答案：（ ）
4. **write**→ (A) 唱 (B) 寫 (C) 畫 ....[raɪt] 答案：（ ）
5. **address**→ (A) 門牌 (B) 信箱 (C) 地址 ....[əˋdrɛs] 答案：（ ）
6. **telephone**→ (A) 手機 (B) 電話 (C) 電郵 ....[ˋtɛləˌfon] 答案：（ ）
7. **goods**→ (A) 很好 (B) 抽屜 (C) 貨物 ....[gʊdz] 答案：（ ）
8. **normally**→ (A) 同音的 (B) 變態的 (C) 正常的 ....[ˋnɔrmḷɪ] 答案：（ ）
9. **sooner**→ (A) 最快 (B) 較快 (C) 較慢 ....[ˋsunɚ] 答案：（ ）
10. **arrive**→ (A) 到達 (B) 離開 (C) 互換........................[əˋraɪv] 答案：（ ）
11. **month**→ (A) 嘴巴 (B) 老鼠 (C) 月份 ....[mʌnθ] 答案：（ ）
12. **proceed**→ (A) 憤怒 (B) 進行 (C) 道歉 ....[prəˋsid] 答案：（ ）
13. **inform**→ (A) 通知 (B) 應付 (C) 平等 ....[ɪnˋfɔrm] 答案：（ ）
14. **long-term**→ (A) 短期 (B) 長期 (C) 暫時 ....[ˋlɔŋˌtɝm] 答案：（ ）
15. **relationship**→ (A) 婚姻 (B) 親戚 (C) 關係 ....[rɪˋleʃənˌʃɪp] 答案：（ ）

答案：
1. (B) **2.** (A) **3.** (A) **4.** (C) **5.** (B)
6. (B) **7.** (C) **8.** (C) **9.** (B) **10.** (A)
11. (C) **12.** (B) **13.** (A) **14.** (B) **15.** (C)

這些單字都將運用在以下的會話及解析中，哪些單字答錯了？請利用以下的單元好好的學習單字的正確用法吧！

上班族會話這樣說好糗！

看看以下的對話情境，是不是讓你似曾相識呢？以下列舉出中國人常犯的會話錯誤與中式英語，
看完後請務必接著看後續的「我不要再出糗！重點文法解析」及「上班族會話這樣講就對了」，
才不會不小心把錯誤的用法記在腦中喔！

Dan: **Please fill**[1] **this order sheet**[2]. ☒ And don't **forget**[3] to **write**[4] down your name, **address**[5] and **telephone**[6] number.	阿丹：麻煩填滿這張訂購單。別忘了填上妳的大名、地址和電話。
Customer: I will "fill out" this sheet.	客戶：我會「填寫」這張單。
Dan: Oh, thanks for correcting me.	阿丹：喔，謝謝妳糾正我。
Customer: When will I receive the **goods**[7]?	客戶：我們什麼時候可以收到貨？
Dan: **Normally**[8] our lead time is 14 days.	阿丹：一般我們的交貨期是14天。
Customer: Can you ship it any **sooner**[9]? **Can the goods be arrived**[10] no later than this **month**[11]? ☒	客戶：能快一點出貨嗎？貨物可以在月底前到達嗎？
Dan: We'll do our best. We'll **proceed**[12] with your order first thing in the morning.	阿丹：我們會盡量趕。我們明天一早就會先處理妳的訂單。
Customer: Thank you, young man.	客戶：謝了，年輕人。
Dan: No problem. **We will inform**[13] **you the shipping details** ☒ before we ship the goods. Thank you for your order, ma'am.	阿丹：不客氣。我們出貨前還會再通知妳出貨明細。謝謝妳的訂單，女士。
Customer: I've been looking for a product like this, and now I found it at last. Hope we will have a good and **long-term**[14] business **relationship**[15].	客戶：我一直在尋找你們生產的這種產品，現在終於被我找到了。希望我們能有一個美好、長久的合作關係。

立刻翻閱次頁了解詳細解析

我不要再出糗！重點文法解析 ▶ MP3 Track 159

傳統背單字的方法，容易讓我們只把單字和中文背下來，卻完全誤解了用法，在這個單元中，將針對最容易混淆單字，作最徹底的解析，讓你出差、洽商都絕不再出糗！

辨析重點1

Please fill this order sheet.

要表達「填寫表格」時，英文要用「fill out」或「fill in」這兩個片語。所以本句的正確說法為「Please fill out this order sheet.」或「Please fill in this order sheet.」（請填寫這張訂購單。）

另外一些相關用法為：

❏ write down
　　寫下

❏ note down
　　記錄下來

❏ keep a diary (keeps a journal)
　　寫日記

辨析重點2

Can the goods be arrived no later than this month?

這裡有個很重要的地方，「arrive」這個字很妙，無論主詞是人或物，他都是使用「主動式」，所以這個句子應該改成「Can the goods arrive no later than this month?」（貨可以在這個月前送到嗎？）再舉一些實用例句：

❏ The magazine I ordered will arrive in two days.
　　我訂的雜誌兩天後會送到。

❏ We arrived in Hong Kong last night.
　　我們昨天晚上抵達香港。

❏ The baby girl arrived yesterday morning.
　　這名女嬰是昨天早上出生的。

辨析重點3

We will inform you the shipping details.

「通知某人事情」時，要用「inform sb. of sth.」這個片語，記得這裡的介系詞是「of」喔。所以這句正確的說法為「We will inform you of the shipping details.」（我們會通知你出貨明細。）「inform sb. of sth.」是個任何考試都會出現的片語，請一定要想辦法記下來喔。

上班族會話這樣講就對了 ▶ MP3 Track 160

單字文法都很行，但是卻老是無法延續對話嗎？在這個單元中除了告訴你最正確的語法、最道地的說法以外，也告訴你最生活化的會話技巧，讓你輕輕鬆鬆就延續與對方的交談。

Dan: Please fill out this order sheet. And don't forget to write down your name, address and telephone number.	阿丹：麻煩填寫這張訂購單。別忘了填上妳的大名、地址和電話。
Customer: When will I receive the goods?	客戶：我們什麼時候可以收到貨？
Dan: Normally our lead time is 14 days.	阿丹：一般我們的交貨期是１４天。
Customer: Can you ship it any sooner? Can the goods arrive no later than this month?	客戶：能快一點出貨嗎？貨物可以在月底前到達嗎？
Dan: We'll do our best. We'll proceed with your order first thing in the morning.	阿丹：我們會盡量趕。我們明天一早就會先處理妳的訂單。
Customer: Thank you, young man.	客戶：謝了，年輕人。
Dan: No problem. We will inform you of the shipping details before we ship the goods. Thank you for your order, ma'am.	阿丹：不客氣。我們出貨前還會再通知妳出貨明細。謝謝妳的訂單，女士。
Customer: I've been looking for a product like this, and now I found it at last. Hope we will have a good and long-term business relationship.	客戶：我一直在尋找你們生產的這種產品，現在終於被我找到了。希望我們能有一個美好、長久的合作關係。

職場會話 小技巧

職場上很多生意伙伴，都是從商場認識進而交易，然後維持長年的貿易關易。因此，遇到有潛力的客戶，一定要細心準備公司或自己的名片，上面留有詳細的聯絡資料，並且也請對方留下聯絡方式，利於往後的產品推薦與銷售。

Note

在以上的章節結束之後，關於上班族單字，還有那些是不熟悉的呢？職場上會使用到的會話及文法，是不是還有還不夠了解的用法呢？

各位可以利用以下的頁面，把前面兩個part吸收的東西做一下整理，對於比較不熟悉的單字、會話及文法，記錄在這邊，之後做複習的時候，效率也會比較高喔！

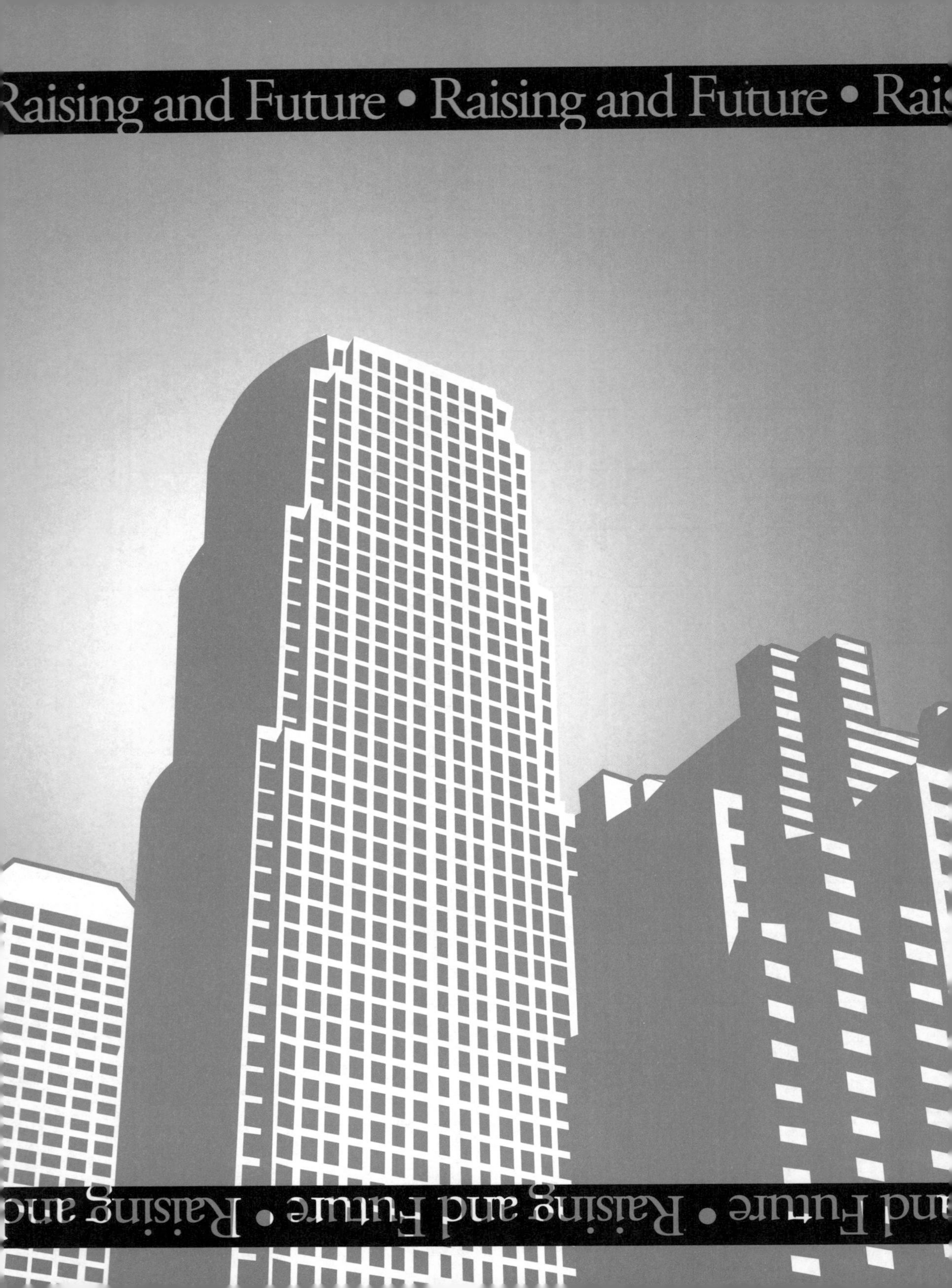
Raising and Future • Raising and Future

Part **9**

個人薪資與
未來展望

Raising and Future

Unit 81 參加社交活動

上班族單字哪些我不會？

先作個小測驗，看看這些單字的意思你懂嗎？

1. aware→ (A) 獎品 (B) 察覺 (C) 離開 ....[əˋwɛr] 答案：（ ）

2. serve→ (A) 幫忙 (B) 服務 (C) 衝浪 ....[ˋsɝv] 答案：（ ）

3. correct→ (A) 正確 (B) 腐敗 (C) 時鐘 ....[kəˋrɛkt] 答案：（ ）

4. vocational school→ (A) 專科學校 (B) 假期學校 (C) 自然學校
....[voˋkeʃənl skul] 答案：（ ）

5. mistake→ (A) 拿取 (B) 錯誤 (C) 誤導 ....[mɪˋstek] 答案：（ ）

6. consider→ (A) 保存 (B) 組成 (C) 考慮 ....[kənˋsɪdərɪt] 答案：（ ）

7. decision→ (A) 決定 (B) 拒絕 (C) 欺騙 ....[dɪˋsɪʒən] 答案：（ ）

8. accurate→ (A) 累計 (B) 準確 (C) 指責 ....[ˋækjərɪt] 答案：（ ）

9. statistic→ (A) 聲明 (B) 國家 (C) 數據 ....[stəˋtɪstɪks] 答案：（ ）

10. communicate→ (A) 溝通 (B) 廣告 (C) 社區 ....[əˋmjunəˏket] 答案：（ ）

11. client→ (A) 書記 (B) 診所 (C) 客戶 ....[ˋklaɪənt] 答案：（ ）

12. proposal→ (A) 散文 (B) 目標 (C) 提案 ....[prəˋpozəl] 答案：（ ）

13. coordinate→ (A) 協調 (B) 公司 (C) 普通 ....[koˋɔrdənet] 答案：（ ）

14. aggressiveness→ (A) 進入 (B) 進取 (C) 後悔 .....[əˋgrɛsɪvnəs] 答案：（ ）

15. impress→ (A) 印象深刻 (B) 驚嚇 (C) 媒體 ....[ɪmˋprɛs] 答案：（ ）

答案：
1. (B)　**2.** (B)　**3.** (A)　**4.** (A)　**5.** (B)
6. (C)　**7.** (A)　**8.** (B)　**9.** (C)　**10.** (A)
11. (C)　**12.** (C)　**13.** (A)　**14.** (B)　**15.** (A)

這些單字都將運用在以下的會話及解析中，
哪些單字答錯了？請利用以下的單元好好的
學習單字的正確用法吧！

上班族會話這樣說好糗！

看看以下的對話情境，是不是讓你似曾相識呢？以下列舉出中國人常犯的會話錯誤與中式英語，看完後請務必接著看後續的「我不要再出糗！重點文法解析」及「上班族會話這樣講就對了」，才不會不小心把錯誤的用法記在腦中喔！

（藍天公司業務部的主管湯瑪士開始考慮下屬的升遷……）

Stanley: Mr. Thomas, I heard that you want to see me.	史丹利：湯瑪士先生，你找我嗎？
Mr. Thomas: Yes. Take a seat. I am **aware**[1] that you've been **serving**[2] in our company for about three years.	湯瑪士先生：沒錯，請坐。我注意到你已經在本公司工作了三年。
Stanley: **Correct**[3]. ❌ I have been working here **since** ❌ I graduating from **vocational school**[4].	史丹利：是的，專科畢業後我開始在這裡工作。
Mr. Thomas: Do you like the job?	湯瑪士先生：你喜歡這份工作嗎？
Stanley: Yes. I **very like** ❌ my job.	史丹利：是的，我非常喜歡我的工作。
Mr. Thomas: It should be "I like my job very much".	湯瑪士先生：我非常喜歡我的工作。
Stanley: That's great! We both very like our job.	史丹利：太好了！我們都喜歡我們的工作。
Mr. Thomas: No. I mean you're having a grammar **mistake**[5].	湯瑪士：不，我的意思是你的文法錯了。
Stanley: I'm sorry.	史丹利：對不起。
Mr. Thomas: Have you **consider**[6] taking English classes?	湯瑪士先生：你有考慮去上英文課嗎？
Stanley: ……	史丹利：……

立刻翻閱次頁了解詳細解析

我不要再出糗！重點文法解析 ▶ MP3 Track 161

傳統背單字的方法，容易讓我們只把單字和中文背下來，卻完全誤解了用法，在這個單元中，將針對最容易混淆單字，作最徹底的解析，讓你出差、洽商都絕不再出糗！

辨析重點1

correct/right/accurate 同樣都是「正確」，該怎麼用呢？

correct 與 accurate 通常不會用於表示「認同」，前者所強調的是某個答案或某個事情的「正確性」，後者則是「準確性」；right 除了可回答事情「正確與否」外，也能用來表示認同他人：

❏ You should write down the correct answer.
　你必須寫上正確的答案。

❏ You're not making the right **decision**[7].
　你的決定並不正確。

❏ Please give me the **accurate**[8] **statistics**[9].
　請給我準確的數據。

辨析重點2

since 的用法

since 可用於表示「自……以來」，如果 since 後面接名詞，則動詞必須以過去式呈現：

❏ I've been working here since I graduated from high school.

若無名詞，則可於 since 之後加上動名詞：

❏ I've been working here since graduating from high school.

辨析重點3

I very like my job.

由中文「我非常喜歡我的工作」直譯而來，這是錯誤的用法。若想強調自己非常喜歡某件東西或某樣事情，可以說：

❏ I like his car very much.

❏ Our manager likes to drink very much.

❏ She likes dancing very much.

enjoy 與 like 同樣指「喜歡」，enjoy 之後必須加上動名詞：

❏ Chris enjoys jogging every morning.

❏ They enjoy working together very much.

上班族會話這樣講就對了 ▶ **MP3**
Track 162

單字文法都很行，但是卻老是無法延續對話嗎？在這個單元中除了告訴你最正確的語法、最道地的說法以外，也告訴你最生活化的會話技巧，讓你輕輕鬆鬆就延續與對方的交談。

（藍天公司業務部的主管湯瑪士開始考慮下屬的升遷……）

Stanley: Mr. Thomas, I heard that you want to see me.

史丹利：湯瑪士先生，你找我嗎？

Mr. Thomas: Yes. Take a seat. I am aware that you've been serving in our company for about three years.

湯瑪士先生：沒錯，請坐。我注意到你已經在本公司工作了三年。

Stanley: That's right. I've been working here since I graduated from vocational school.

史丹利：是的，專科畢業後我就開始在這裡工作。

Mr. Thomas: Do you like this job?

湯瑪士先生：你喜歡這份工作嗎？

Stanley: I like this job very much. I enjoy **communicating**[10] with my **clients**[11], bringing up ideas and **proposals**[12] and , last but not least, **coordinating**[13] with colleagues.

史丹利：我熱愛我的工作。與客戶溝通、提出構想與企劃，都讓我樂在其中，最後但並非最不重要的一點，我也喜歡與同事一同工作。

Mr. Thomas: I'm glad to hear that. In fact, your **aggressiveness**[14] on work **impressed**[15] me a lot. And you always did a good job. Among all the assistants, I think you're on top of it.

湯瑪士先生：聽你這麼說，我很高興。事實上，你對工作的幹勁讓我印象深刻，而且你總是能把工作做好。在眾多助理當中，我想你的能力是數一數二的。

職場會話 小技巧　與上司交談時，儘可能避免使用太多口語或是過於隨性的句子。除此之外，最好先聽清楚對方的意思，再依據問題作出回應。如此才不會因會錯意而造成尷尬，得體的應對也能讓上司留下好印象！

Unit 82 要求加薪

上班族單字哪些我不會？

先作個小測驗，看看這些單字的意思你懂嗎？

1. **probation** → (A) 預防 (B) 試用 (C) 探查 ....[proˋbeʃən] 答案：( )
2. **period** → (A) 期間 (B) 凝視 (C) 優先...............................[ˋpɪrɪəd] 答案：( )
3. **salary** → (A) 薪資 (B) 銷售 (C) 沙拉 ....[ˋsælərɪ] 答案：( )
4. **raise** → (A) 比賽 (B) 種族 (C) 增加................................. [rez] 答案：( )
5. **position** → (A) 職務 (B) 郵局 (C) 決定...................[pəˋzɪʃən] 答案：( )
6. **confidence** → (A) 困惑 (B) 充公 (C) 自信 ....[ˋkɑnfədəns] 答案：( )
7. **request** → (A) 要求 (B) 必需品 (C) 消遣.................[rɪˋkwɛst] 答案：( )
8. **contractor** → (A) 承包商 (B) 聯絡人 (C) 叛徒........ [ˋkɑntræktɚ] 答案：( )
9. **ballet** → (A) 子彈 (B) 芭蕾 (C) 談判 ....[ˋbæle] 答案：( )
10. **part-timer** → (A) 工讀生 (B) 全職 (C) 分擔者 .... [ˋpɑrtˏtaɪmɚ] 答案：( )
11. **flier** → (A) 騙子 (B) 飛魚 (C) 傳單.................................[ˋflaɪɚ] 答案：( )
12. **technician** → (A) 建築師 (B) 老師 (C) 技師...............[tɛkˋnɪʃən] 答案：( )
13. **escalator** → (A) 電扶梯 (B) 階梯 (C) 電梯...............[ˋɛskəˏletɚ] 答案：( )
14. **possibility** → (A) 可能性 (B) 地位 (C) 持有人 .....[ˏpɑsəˋbɪlətɪ] 答案：( )
15. **furthermore** → (A) 因此 (B) 此外 (C) 由於 ....[ˋfɝðɚˏmor] 答案：( )

答案：
1. (B) **2.** (A) **3.** (A) **4.** (C) **5.** (A)
6. (C) **7.** (A) **8.** (A) **9.** (B) **10.** (A)
11. (C) **12.** (C) **13.** (A) **14.** (A) **15.** (B)

> 這些單字都將運用在以下的會話及解析中，哪些單字答錯了？請利用以下的單元好好的學習單字的正確用法吧！

上班族會話這樣說好糗！

看看以下的對話情境，是不是讓你似曾相識呢？以下列舉出中國人常犯的會話錯誤與中式英語，看完後請務必接著看後續的「我不要再出糗！重點文法解析」及「上班族會話這樣講就對了」，才不會不小心把錯誤的用法記在腦中喔！

Kevin: Good morning, Mr. Thomas. **Do you have the time now?** ❌

凱文：早安，湯瑪士先生，請問你現在有空嗎？

Mr. Thomas: It's 9:30 a.m. You forgot your watch?

湯瑪士先生：現在是早上九點半。你忘了戴手錶嗎？

Kevin: No. I mean…Can I talk to you?

凱文：不是，我的意思是……我能跟你談談嗎？

Mr. Thomas: Sure. Sit down. What is it?

湯瑪士先生：好啊，坐吧。你想說什麼？

Kevin: I want to discuss with you about my job.

凱文：我想跟你談談我的工作。

Mr. Thomas: Is there any problem?

湯瑪士先生：工作上遇到問題了嗎？

Kevin: No, not at all. Well, I've been **worked** ❌ really hard during the **probation**[1] **period**[2] and I…I want to know if… I can have a **salary**[3] **raise**[4].

凱文：不，工作完全沒有問題。是這樣的，試用期間我非常地努力，所以我想知道…是否有加薪的機會。

Mr. Thomas: Kevin, do you think your ability is good enough for this **position**[5]?

湯瑪士先生：凱文，你覺得你具備這份職務所要求的能力嗎？

Kevin: Er… **I think.** ❌

凱文：嗯……我想有吧！

Mr. Thomas: You've been working really hard these three months. However, I'm not sure if you have enough **confidence**[6] with yourself and with the job as well. I will put your **request**[7] into consideration.

湯瑪士先生：這三個月來你非常努力。但是對於自己的能力以及這份工作，你似乎有些遲疑。我會考慮你的請求。

立刻翻閱次頁了解詳細解析

我不要再出糗！重點文法解析 ▶ **MP3** Track 163

傳統背單字的方法，容易讓我們只把單字和中文背下來，卻完全誤解了用法，在這個單元中，將針對最容易混淆單字，作最徹底的解析，讓你出差、洽商都絕不再出糗！

辨析重點1

Do you have the time? 與 Do you have time? 的差別

Do you have the time?是要詢問他人「是否知道時間」，其用法與 What time is it?相同：

❑ Dan, do you have the time?
　丹，現在幾點了？

若要問對方而「是否有空」，有以下說法：

❑ Do you have time now? We should have a short meeting with the **contractor**[8].
　你有空嗎？我們應該跟承包商開會討論一下。

❑ Do you have a minute?
　你有空嗎？

❑ Are you available tonight? There's a **ballet**[9] show tonight, would you like to come along?
　你今晚有空嗎？今晚有一場芭蕾舞表演，要一起去嗎？

辨析重點2

「have / has been+ 現在分詞」的用法

現在完成進行式，用於表示某件事從過去到現在一直持續進行中，其句型為「has / have been +現在分詞」，要注意的是 been 後面一定得用現在分詞：

❑ That **part-timer**[10] has been giving away **fliers**[11] for four hours.
　那位工讀生在那裡發傳單已經發了四個小時。

❑ The **technicians**[12] have been fixing the **escalator**[13] for two hours.
　技師們從兩個小時以前就開始修理手扶梯。

辨析重點3

I think.

I think 是指「我想……」、「我覺得……」，因此不得單獨存在，其用法為：

❑ I think you should call him.

若要表示認同，則可回答 I think so.

❑ A: Do you think this is a great idea?

❑ B: I think so.

上班族會話這樣講就對了 ▶ MP3 Track 164

單字文法都很行，但是卻老是無法延續對話嗎？在這個單元中除了告訴你最正確的語法、最道地的說法以外，也告訴你最生活化的會話技巧，讓你輕輕鬆鬆就延續與對方的交談。

Kevin: Good morning, Mr. Thomas. Do you have time now?	凱文：早安，湯瑪士先生，請問你現在有空嗎？
Mr. Thomas: Sure. Sit down. What is it?	湯瑪士先生：有啊，坐吧！你想說什麼？
Kevin: I would like to discuss with you about my job.	凱文：我想跟你談談我的工作。
Mr. Thomas: Is there any problem?	湯瑪士先生：工作上遇到問題了嗎？
Kevin: No, not at all. Well, I've been working really hard during the probation period and I would like to know if I'm qualified for this position and if there's any **possibility**[14] for a salary raise.	凱文：不，工作完全沒有問題。是這樣的，試用期間我非常地努力，所以想知道我的能力是否符合此職務的要求，以及是否有加薪的機會。
Mr. Thomas: I know you've been working really hard these three months and you have certain abilities that are required by our company. **Furthermore**[15], I can see that you do fit in with the company. I will sure put your request into consideration.	湯瑪士先生：我知道這三個月來你非常努力，而且你的能力也符合本公司的要求。不僅如此，我覺得你適應得不錯。我會認真考慮你的請求。

職場會話 小技巧　與主管或上司談及加薪問題時，態度與用語應該大方，支支吾吾會讓對方覺得你缺乏自信。向某人提出請求時應當簡潔有條理，讓對方清楚了解你的問題與要求，以避免任何不禮貌的情況發生，也可以讓話題延續更長，不會落得講完一句就不知道下一句要說什麼的窘境喔！

Unit 83 討論加薪幅度

上班族單字哪些我不會？

先作個小測驗，看看這些單字的意思你懂嗎？

1. **increase**→ (A) 減少 (B) 增加 (C) 控告 .... [ɪnˋkris] 答案：（ ）
2. **considerable**→ (A) 相當的 (B) 保存 (C) 保守 .... [kənˋsɪdərəbl] 答案：（ ）
3. **newcomer**→ (A) 新人 (B) 收入 (C) 新聞播報員 ...... [ˋnjuˌkʌmɚ] 答案：（ ）
4. **satisfy**→ (A) 公認 (B) 滿意 (C) 諷刺 .... [ˋsætɪsˌfaɪ] 答案：（ ）
5. **contribute**→ (A) 貢獻 (B) 分佈 (C) 合約 .... [kənˋtrɪbjut] 答案：（ ）
6. **research**→ (A) 搜查 (B) 收據 (C) 調查 .... [ˋrisɝtʃ] 答案：（ ）
7. **projector**→ (A) 投影機 (B) 印表機 (C) 傳真機 .... [prəˋdʒɛktɚ] 答案：（ ）
8. **unrealistic**→ (A) 不切實際 (B) 現實 (C) 難以辨認

     .... [ˌʌnrɪəˋlɪstɪk] 答案：（ ）
9. **promise**→ (A) 隱瞞 (B) 預告 (C) 承諾 .... [ˋpramɪs] 答案：（ ）
10. **croissant**→ (A) 可頌 (B) 十字架 (C) 貝果 .... [krwɑˋsan] 答案：（ ）
11. **participation**→ (A) 分開 (B) 參與 (C) 預期 ...... [parˌtɪsəˋpeʃən] 答案：（ ）
12. **patience**→ (A) 耐心 (B) 病人 (C) 貴族 .... [ˋpeʃəns] 答案：（ ）
13. **reporter**→ (A) 記者 (B) 歌手 (C) 畫家 .... [rɪˋportɚ] 答案：（ ）
14. **press**→ (A) 稱讚 (B) 新聞媒體 (C) 沮喪 .... [prɛs] 答案：（ ）
15. **conference**→ (A) 參考 (B) 招認 (C) 會議 .... [ˋkɑnfərəns] 答案：（ ）

答案：
  1. (B)　**2**. (A)　**3**. (A)　**4**. (B)　**5**. (A)
  6. (C)　**7**. (A)　**8**. (A)　**9**. (C)　**10**. (A)
  11. (B)　**12**. (A)　**13**. (A)　**14**. (B)　**15**. (C)

這些單字都將運用在以下的會話及解析中，哪些單字答錯了？請利用以下的單元好好學習單字的正確用法吧！

上班族會話這樣說好糗！

看看以下的對話情境，是不是讓你似曾相識呢？以下列舉出中國人常犯的會話錯誤與中式英語，看完後請務必接著看後續的「我不要再出糗！重點文法解析」及「上班族會話這樣講就對了」，才不會不小心把錯誤的用法記在腦中喔！

Mr. Thomas: Kevin, I would like to have a word with you. Have a seat.	湯瑪士先生：凱文，我想跟你談談，請坐！
Kevin: Thank you.	凱文：謝謝！
Mr. Thomas: After our last discussion, I decided to give you a salary **increase**[1]…	湯瑪士先生：經過我們上一次的面談，我決定調整你的薪資……
Kevin: Really? How **many?** ❌	凱文：真的嗎？那是多少？
Mr. Thomas: Starting next month, there will be a NT3,000 raise to your salary…	湯瑪士先生：下個月開始，你的薪資將調漲台幣三千元……
Kevin: NT3,000?	凱文：台幣三千元？
Mr. Thomas: Kevin, please let me finish my sentence first. Although your first raise might not sound **considerable**[2], but the company believes that with your ability, sooner or later you will have a better raise.	湯瑪士先生：凱文，請讓我把話說完。或許第一次的調薪金額不盡理想，但公司相信依你的能力，很快就會有更好的調漲。
Kevin: **Thanks very much** ❌, Mr. Thomas. As a **newcomer**[3] of the company, I understand that you have your consideration and I am **satisfied**[4] with the raise.	凱文：非常謝謝你，湯瑪士先生。我是公司的新進員工，因此瞭解你有你的考量。我對此次的加薪感到很滿意。
Mr. Thomas: I think you deserved this.	湯瑪士先生：我認為這是你應得的。
Kevin: I will continue to **work** ❌ my best and **contribute**[5] to the company.	凱文：我會繼續努力，為公司盡一份心力。

立刻翻閱次頁了解詳細解析

我不要再出糗！重點文法解析 ▶ MP3 Track 165

傳統背單字的方法，容易讓我們只把單字和中文背下來，卻完全誤解了用法，在這個單元中，將針對最容易混淆單字，作最徹底的解析，讓你出差、洽商都絕不再出糗！

辨析重點1

do/work/make 同樣都是「做」，該怎麼用呢？

請注意，以說話人為中心的「來」必須用 bring，以說話人為中心的「去」必須用 take；而 carry 不含方向，只表示「拿、帶」。請利用下面的例句，幫助更熟悉記憶單字的用法：
do 實際強調「做」的動作，帶有「實行」、「完成」的意味；work 本身有很多意思，但若要用來指「做」時，則有讓某樣東西得以「運作」的意思；make 指的是「製造」或做某個舉動的意思。

❑ You ought to do the **research**[6] by yourself.
你必須自己完成這份研究。

❑ We don't know how to work that **projector**[7].
我們不知道如何使用這台投影機。

❑ Please stop making **unrealistic**[8] **promises**[9].
請不要作出不切實際的承諾。

辨析重點2

many 和 much 的用法

當所指的事物為可數名詞時，得用 many；所指對象是不可數名詞時，就用 much。

❑ How many reporters attended the press conference?
有多少位記者來參加記者會？

❑ I don't have much time left.
我沒有多少時間了。

辨析重點3

Thanks very much.

Thanks. 是較為口語的說法，後面不可接 very much。要向他人表示感謝，還有以下用法：

❑ Thanks for the coffee and croissant.
謝謝你的咖啡和可頌麵包。

❑ Thank you very much for your participation.
非常感謝你的參與。

❑ I appreciate your patience.
感謝你的耐心等候。

上班族會話這樣講就對了 ▶ MP3
Track 166

單字文法都很行，但是卻老是無法延續對話嗎？在這個單元中除了告訴你最正確的語法、最道地的說法以外，也告訴你最生活化的會話技巧，讓你輕輕鬆鬆就延續與對方的交談。

Mr. Thomas: Kevin, I would like to have a word with you. Have a seat.	湯瑪士先生：凱文，我想跟你談談，請坐！
Kevin: Thank you.	凱文：謝謝！
Mr. Thomas: After our last discussion, I decided to give you a salary increase. Starting next month, there will be a NT3,000 raise to your salary. Although your first raise might not sound considerable, but the company believes that with your ability, sooner or later you will have a better raise.	湯瑪士先生：經過我們上一次的面談，我決定調整你的薪資。下個月開始，你的薪資將調漲台幣三千元。或許第一次的調薪金額不盡理想，但公司相信依你的能力，很快就會有更好的調漲幅度。
Kevin: Thank you very much, Mr. Thomas. As a newcomer of the company, I understand that you have your consideration and I am satisfied with the raise.	凱文：謝謝你，湯瑪士先生。我是公司的新進員工，因此瞭解你有你的考量。我對此次的加薪感到很滿意。
Mr. Thomas: I think you deserved this.	湯瑪士先生：我認為這是你應得的。
Kevin: I will continue to do my best and contribute to the company.	凱文：我會繼續努力，為公司盡一份心力。

職場會話
小技巧　職場上談及加薪與調薪幅度是一門學問，態度過於急躁或強硬有可能會產生反效果，不管對於薪資調漲的幅度同意與否，態度務必誠懇。此外，與主管也須清楚達成共識，了解公司的期望與自身的責任，以免導致誤會！

Unit 84 工作內容調整

上班族單字哪些我不會？

先作個小測驗，看看這些單字的意思你懂嗎？

1. **estimation**→ (A) 疏遠 (B) 決定 (C) 評估 .... [ˌɛstəˋmeʃə] 答案：（ ）
2. **capability**→ (A) 能力 (B) 能源 (C) 容量.................[kəˋpæsətɪ] 答案：（ ）
3. **efficiency**→ (A) 效率 (B) 熱情 (C) 經歷 ....[əˋfɪʃənsɪ] 答案：（ ）
4. **admiration**→ (A) 欽佩 (B) 討厭 (C) 管理............[ˌædməˋreʃən] 答案：（ ）
5. **acquire**→ (A) 取得 (B) 認識 (C) 通曉......................[əˋkwaɪr] 答案：（ ）
6. **decisiveness**→ (A) 成果 (B) 果斷 (C) 果樹.........[dɪˋsaɪsɪvnɪs] 答案：（ ）
7. **flattered**→ (A) 受寵若驚 (B) 扁平 (C) 跟蹌..........[ˋflætə] 答案：（ ）
8. **assure**→ (A) 疑慮 (B) 保證 (C) 估計 ....[əˋʃur] 答案：（ ）
9. **effort**→ (A) 負擔 (B) 努力 (C) 實施.............................[ˋɛfət] 答案：（ ）
10. **define**→ (A) 規定 (B) 緊縮 (C) 提煉.....................[dɪˋfaɪn] 答案：（ ）
11. **assist**→ (A) 反抗 (B) 堅持 (C) 協助.........................[əˋsɪst] 答案：（ ）
12. **individual**→ (A) 團體的 (B) 個人的 (C) 家庭的 ...[ˌɪndəˋvɪdʒuəl] 答案：（ ）
13. **target**→ (A) 忘記 (B) 尖酸 (C) 目標 ....[ˋtɑrgɪt] 答案：（ ）
14. **motivated**→ (A) 有積極性的 (B) 多元的 (C) 有主題的
....[ˋmotɪvetɪd] 答案：（ ）
15. **inspired**→ (A) 注意的 (B) 有靈感的 (C) 可解決的.....[ɪnˋspaɪrd] 答案：（ ）

答案：
1. (C) **2.** (A) **3.** (A) **4.** (A) **5.** (A)
6. (B) **7.** (A) **8.** (B) **9.** (B) **10.** (A)
11. (B) **12.** (B) **13.** (C) **14.** (A) **15.** (B)

> 這些單字都將運用在以下的會話及解析中，哪些單字答錯了？請利用以下的單元好好的學習單字的正確用法吧！

上班族會話這樣說好糗！

看看以下的對話情境，是不是讓你似曾相識呢？以下列舉出中國人常犯的會話錯誤與中式英語，
看完後請務必接著看後續的「我不要再出糗！重點文法解析」及「上班族會話這樣講就對了」，
才不會不小心把錯誤的用法記在腦中喔！

Mr. Thomas: Stanley, recently I did a careful **estimation**[1] on your performance of work. I am satisfied with your **capability**[2], **efficiency**[3] and decisiveness.

湯瑪士先生：史丹利，最近我仔細評估了你工作上的表現。你的能力、工作效率與果斷性令我非常滿意。

Stanley: I am flattered by your **admiration**[4].

史丹利：你對我的欽佩，讓我感到受寵若驚。

Mr. Thomas: I was praising you, but not admiring you. There's a big difference.

湯瑪士先生：我是在稱讚你，並不是對你感到欽佩，差別很大。

Stanley: I am sorry about the misunderstanding.

史丹利：對不起，我誤會你的意思了。

Mr. Thomas: Never mind. As a result, I decided to promote you as the Sales Manager.

湯瑪士先生：沒關係。因此我決定將你升職為業務經理。

Stanley: I **sure** ☒ you that I **required** ☒ all the requirements for this job.

史丹利：我向你保證我具備這份工作所需的條件。

Mr. Thomas: Now, we need to discuss about your new responsibilities. Are you clear about your duties as a Sales Manager?

湯瑪士先生：現在我們必須討論你的工作內容。你瞭解業務經理的職責嗎？

Stanley: A Sales Manager should make great efforts to achieve **more high** ☒ goals. All the team members should obey and follow whatever I said, and work hard to achieve targets that I set.

史丹利：身為業務經理，我必須訂定部門的目標，並協助每位業務達成其個人目標。身為團隊領導人，我也得激發團隊的動力與靈感。

Mr. Thomas: Stanley, you should know that as a leader, it's not always about you. In fact, you should lead and help your members to achieve a common goal.

湯瑪士先生：史丹利，你必須瞭解，身為領導人不代表你只需為你自己負責。實際上，你必須領導並協助你的團員達成一共同目標。

Stanley: OK. I get it now.

史丹利：好的，我懂了！

立刻翻閱次頁了解詳細解析

我不要再出糗！重點文法解析 ▶ MP3 Track 167

傳統背單字的方法，容易讓我們只把單字和中文背下來，卻完全誤解了用法，在這個單元中，將針對最容易混淆單字，作最徹底的解析，讓你出差、洽商都絕不再出糗！

辨析重點1

require/acquire/enquire 該怎麼用呢？

這三個單字看似類似，發音也頗雷同，一不小心就會造成混淆。require 指「需要」或「要求」，通常後面接動作；**acquire**[5] 有「取得」的意思；enquire 則是指「詢問、查詢」。請利用下面的例句，幫助更熟悉記憶單字的用法：

- ❏ Employers are required not to be late for work.
  公司要求員工不得遲到。

- ❏ I have just acquired my supervisor's permission.
  我剛剛取得主管的允許。

- ❏ She enquired about the next train to Kaohsiung.
  她詢問有關下一班開往高雄的火車班次。

辨析重點2

more high 或 higher?

常見的形容詞比較級有兩種方式：「more + 形容詞」或者「形容詞-er」，high 這個字屬於單音節，因此它的比較級屬於後者。

- ❏ My team scored higher than his.
  我們隊伍贏得的分數他們的高。

辨析重點3

I sure you.

sure 不是動詞，而是形容詞，因此不得直接置於受詞前面。要向他人作出保證，可說：

- ❏ I can assure you of his ability.
  我向你保證他的能力。

- ❏ The manufacturer guarantees that their products are safe and edible.
  該製造商保證他們的產品安全可食用。

- ❏ I can ensure that the problem will be solved.
  我保證將有辦法解決問題。

上班族會話這樣講就對了 ▶ MP3 Track 168

單字文法都很行，但是卻老是無法延續對話嗎？在這個單元中除了告訴你最正確的語法、最道地的說法以外，也告訴你最生活化的會話技巧，讓你輕輕鬆鬆就延續與對方的交談。

Mr. Thomas: Stanley, recently I did a careful estimation on your performance of work. I am satisfied with your capability, efficiency and **decisiveness**[6].	湯瑪士先生：史丹利，最近我仔細評估了你工作上的表現。你的能力、工作效率與果斷性令我非常滿意。
Stanley: I am **flattered**[7] by your praise.	史丹利：對於你的稱讚，我感到受寵若驚。
Mr. Thomas: As a result, I decided to promote you as the Sales Manager.	湯瑪士先生：因此我決定將你升職為業務經理。
Stanley: You can be **assured**[8] that I acquired all the requirements for this job. I am well familiar with the department's duty and goals.	史丹利：我向你保證我具備這份工作所需的條件。我也非常熟悉此部門的職責與目標。
Mr. Thomas: I am glad to hear that. Nevertheless, we need to discuss about your new responsibilities. Are you clear about your duties as a Sales Manager?	湯瑪士先生：很高興聽你這麼說。不過，我們必須先討論你的工作內容。你瞭解業務經理的職責嗎？
Stanley: Yes. A Sales Manager should make great **efforts**[9] to achieve a higher goal himself. Other than that, he should help the department to **define**[10] its goals and **assist**[11] each **individual**[12] to achieve their personal **target**[13]. As a leader of the team, he should also keep the team **motivated**[14] and **inspired**[15].	史丹利：是的。一位業務經理必須盡力達成更高的目標。除此之外，他也必須協助訂定部門目標，並協助每位業務達成其個人目標。身為團隊領導人，業務經理也得激發團隊的動力與靈感。

職場會話 小技巧
不管職位高低，每位職員必須清楚瞭解本身工作的職責以及應有的責任，身為團隊的領袖更應如此。不僅如此，領導者帶領團隊時，不應該只想到自己的目標與權力，而是應該以團隊為考量。領袖們應該帶領底下的隊員一同努力，並且制定共同的目標並達成共識，才能激發團隊的向心力與幹勁！

Unit 85 主管期望

上班族單字哪些我不會？

先作個小測驗，看看這些單字的意思你懂嗎？

1. **expectation**→ (A) 期望 (B) 流放 (C) 展開 ....[ˌɛkspɛkˋteʃən] 答案：( )
2. **strategy**→ (A) 海峽 (B) 數據 (C) 策略 ....[ˋstrætədʒɪ] 答案：( )
3. **confuse**→ (A) 困惑 (B) 充公 (C) 拒絕.................[kənˋfjuz] 答案：( )
4. **action**→ (A) 行為 (B) 行動 (C) 保護 ....[ˋækʃən] 答案：( )
5. **haste**→ (A) 濃霧 (B) 急忙 (C) 大麻 ....[hest] 答案：( )
6. **waste**→ (A) 嘗試 (B) 等待 (C) 浪費.........................[west] 答案：( )
7. **slang**→ (A) 俚語 (B) 動詞 (C) 名辭 ....[slæŋ] 答案：( )
8. **cocktail**→ (A) 公雞 (B) 雞尾酒 (C) 果汁.................[ˋkakˌtel] 答案：( )
9. **delay**→ (A) 延遲 (B) 交易 (C) 接力 ....[dɪˋle] 答案：( )
10. **divorce**→ (A) 草皮 (B) 離婚 (C) 貢獻 ....[dəˋvors] 答案：( )
11. **least**→ (A) 最大的 (B) 最少的 (C) 最多的 ....[list] 答案：( )
12. **addition**→ (A) 扣除 (B) 發行數 (C) 附加 ....[əˋdɪʃən] 答案：( )
13. **observe**→ (A) 觀察 (B) 忽略 (C) 重視 ....[əbˋzɝv] 答案：( )
14. **co-worker**→ (A) 屬下 (B) 伴侶 (C) 同事.................[ˋkoˋwɝkə] 答案：( )
15. **energetic**→ (A) 疲憊的 (B) 無精打采的 (C) 精力旺盛的
....[ˌɛnəˋdʒɛtɪk] 答案：( )

答案：
1. (A)　**2.** (C)　**3.** (A)　**4.** (B)　**5.** (B)
6. (C)　**7.** (A)　**8.** (B)　**9.** (A)　**10.** (B)
11. (B)　**12.** (C)　**13.** (A)　**14.** (C)　**15.** (C)

這些單字都將運用在以下的會話及解析中，哪些單字答錯了？請利用以下的單元好好的學習單字的正確用法吧！

上班族會話這樣說好糗！

看看以下的對話情境，是不是讓你似曾相識呢？以下列舉出中國人常犯的會話錯誤與中式英語，看完後請務必接著看後續的「我不要再出糗！重點文法解析」及「上班族會話這樣講就對了」，才不會不小心把錯誤的用法記在腦中喔！

Mr. Thomas: Well begun is half done. Let's start talking about the company's **expectation**[1] on you and the Sales Department.

湯瑪士先生：好的開始是成功的一半。不如我們來談談公司對你與業務部門的期望吧！

Stanley: I will try my best and I promise I **wouldn't disappoint** ☒ you.

史丹利：我會盡最大的努力，也向你保證不會讓你失望。

Mr. Thomas: Well, actions speak louder than words. You should keep this in mind. Please note that you should be responsible for every **strategy**[2] you make.

湯瑪士先生：行動勝於言辭，請記得。還有，你必須為你所做的每一項決策負責。

Stanley: I'm sorry but I don't get it.

史丹利：對不起，我不太明白。

Mr. Thomas: Did I say something that made you **confused**[3]?

湯瑪士先生：我剛剛說的話讓你困惑嗎？

Stanley: What **action**[4]? **Haste**[5] makes **waste**[6]. I don't think it's a good idea to act before any discussion.

史丹利：什麼行動？欲速則不達，我認為沒有討論而貿然採取行動並非明智之舉。

Mr. Thomas: No, it's a **slang**[7]. I was just suggesting that it's better to get working than just sit and talk.

湯瑪士先生：不，那是諺語。我只是建議你，與其說一堆，不如實際行動。

Stanley: Oh, I see. Sorry for the **interrupt**. ☒

立刻翻閱次頁了解詳細解析

我不要再出糗！重點文法解析 ▶ MP3
Track 169

傳統背單字的方法，容易讓我們只把單字和中文背下來，卻完全誤解了用法，在這個單元中，將針對最容易混淆單字，作最徹底的解析，讓你出差、洽商都絕不再出糗！

辨析重點1

won't / wouldn't 該怎麼區分呢？

兩者在拼法上略為雷同，因此有時會產生混淆。Won't 是 will not 的縮寫，屬於未來式；而 wouldn't 則是 would not 的縮寫，would not 是過去式：

❑ I won't give up.
　我決不放棄。

❑ I wouldn't lie to you if I knew you care.
　早知道你在意的話，我就不會隱瞞你。

辨析重點2

disappoint 的用法

動詞的 disappoint 是指「使……失望」，屬被動形式，若沒有輔以介係詞則不得直接接受詞。其用法：

❑ I was disappointed with him.

Disappointed是形容詞，後面必須接at、that、with，指「失望的」、「沮喪的」：

❑ She was disappointed at our work.
　她對我們的工作表現很失望。

❑ They are disappointed that I won't attend their **cocktail**[8] party.
　我無法出席雞尾酒派對，讓他們很失望。

辨析重點3

Sorry for the interrupt.

此句子中 the 後面必須接名詞，而 interrupt 本身只有動詞的意思，因此無法成立。要針對某件事表示歉意，可說：

❑ Sorry for the **delay**[9].　　拖了這麼久，我很抱歉。

❑ I'm sorry to hear about your **divorce**[10].　　我聽說你離婚了，我很遺憾。

❑ I am sorry about your loss.　　比賽輸了，我很抱歉。

上班族會話這樣講就對了 ▶ MP3 Track 170

單字文法都很行，但是卻老是無法延續對話嗎？在這個單元中除了告訴你最正確的語法、最道地的說法以外，也告訴你最生活化的會話技巧，讓你輕輕鬆鬆就延續與對方的交談。

Mr. Thomas: Well begun is half done. Let's start talking about the company's expectation on you and the Sales Department.	湯瑪士先生：好的開始是成功的一半。不如我們來談談公司對你與業務部門的期望吧！
Stanley: I will try my best and I promise won't let you down.	史丹利：我會盡最大的努力，也向你保證一定不會讓你失望。
Mr. Thomas: Well, actions speak louder than words. Please put in mind that you should be responsible for every decision you make.	湯瑪士先生：行動勝於言辭。請記住，你必須為你所做的每一項決策負責。
Stanley: Yes. I understand. With greater power, comes the greater responsibility.	史丹利：是的，我瞭解。能力越強，責任越大。
Mr. Thomas: Good. The company hopes that sales of this year should have a raise of at **least**[11] 5%. In **addition**[12] to this, I **observed**[13] that some of the employees in the Sales Department seemed to lose interest. I hope you can inspire them with new stimulations.	湯瑪士先生：很好。公司希望今年的銷售成績得以提升百分之五。與此同時，我注意到某幾位業務部同仁似乎提不起勁了，我希望你能激勵他們。
Stanley: I got it. I will start to working on a new sales plan right away. I will have a meeting with the **co-workers**[14].	史丹利：我明白。我會馬上著手擬定一個新的業務計劃書。上任後，我們內部也將進行業務會議。
Mr. Thomas: OK. I expect to see a new and **energetic**[15] team.	湯瑪士先生：好的。我期待能看到一個全新、充滿幹勁的團隊。

職場會話小技巧　談話時必須聽清楚對方的意思再作出回應。當上級表達對你的工作期望後，必須先評估可行性。若可行則可開始擬定方案；評估後認為上級的期望無法達成，則可提出疑問並向上司解釋，如此一來，才不至於產生誤會。

Unit 86 公司公布升職

上班族單字哪些我不會？

先作個小測驗，看看這些單字的意思你懂嗎？

1. **bakery**→ (A) 糕點店 (B) 郵局 (C) 博物館 .... [ˋbekərɪ] 答案：( )
2. **grab**→ (A) 抓取 (B) 祝福 (C) 分級 .... [græb] 答案：( )
3. **announcement**→ (A) 廢除 (B) 困擾 (C) 通知....[əˋnaʊnsmənt] 答案：( )
4. **bulletin**→ (A) 公告 (B) 子彈 (C) 鬥牛 .... [ˋbʊlətɪn] 答案：( )
5. **promote**→ (A) 升遷 (B) 催促 (C) 產品 .... [prəˋmot] 答案：( )
6. **product**→ (A) 預言 (B) 奇蹟 (C) 產品 .... [ˋprɑdəkt] 答案：( )
7. **drop**→ (A) 抬高 (B) 丟下 (C) 撿起 .... [drɑp] 答案：( )
8. **law**→ (A) 草坪 (B) 低的 (C) 法律 .... [lɔ] 答案：( )
9. **firm**→ (A) 公司 (B) 學校 (C) 影片 .... [fɝm] 答案：( )
10. **MRT station**→ (A) 機場 (B) 捷運站 (C) 公車站
.... [ɛmɑrti ˋsteʃən] 答案：( )
11. **construction**→ (A) 解釋 (B) 健身 (C) 建設 ....[kənˋstrʌkʃən] 答案：( )
12. **site**→ (A) 地點 (B) 引用 (C) 情境喜劇 .... [saɪt] 答案：( )
13. **earn**→ (A) 耳朵 (B) 賺得 (C) 渴望 .... [ɝn] 答案：( )
14. **reputation**→(A) 名譽 (B) 代表 (C) 歸還 ....[ˏrɛpjəˋteʃən] 答案：( )
15. **terrific**→ (A) 非常好的 (B) 緊急的 (C) 友善的 ....[təˋrɪfɪk] 答案：( )

答案：
1. (A)   2. (A)   3. (C)   4. (A)   5. (A)
6. (C)   7. (B)   8. (C)   9. (A)   10. (B)
11. (C)   12. (A)   13. (B)   14. (A)   15. (A)

> 這些單字都將運用在以下的會話及解析中，哪些單字答錯了？請利用以下的單元好好的學習單字的正確用法吧！

上班族會話這樣說好糗！

看看以下的對話情境，是不是讓你似曾相識呢？以下列舉出中國人常犯的會話錯誤與中式英語，看完後請務必接著看後續的「我不要再出糗！重點文法解析」及「上班族會話這樣講就對了」，才不會不小心把錯誤的用法記在腦中喔！

Irene: I'm in a **hurry** ❌. Let's **drop by** ❌ the **bakery**[1] and **grab**[2] something to eat.	愛琳：時間不多，我們到麵包店買點東西裹腹吧！
Sabrina: Sure.	莎賓娜：好啊！
Irene: Have you seen the **announcement**[3] on the **bulletin**[4] board?	愛琳：你看到公佈欄上的公告了嗎？
Sabrina: No. Why?	莎賓娜：沒有，怎麼了？
Irene: Stanley has been **promoted**[5] as the Sales Manager.	愛琳：史丹利升職為業務經理了。
Sabrina: What **product**[6] does he sell?	莎賓娜：他要推銷什麼產品？
Irene: No. That's not what I mean.	愛琳：不，我不是這個意思
Sabrina: Then **what you mean** ❌?	莎賓娜：那麼妳指的是什麼？
Irene: The company made him the Sales Manager.	愛琳：公司將他晉升為業務經理了。
Sabrina: Now I get it.	莎賓娜：我明白了。

立刻翻閱次頁了解詳細解析

我不要再出糗！重點文法解析 ▶ MP3 Track 171

傳統背單字的方法，容易讓我們只把單字和中文背下來，卻完全誤解了用法，在這個單元中，將針對最容易混淆單字，作最徹底的解析，讓你出差、洽商都絕不再出糗！

辨析重點1

drop by/drop off/drop behind，該怎麼用呢？

drop[7] by 指的是「順道拜訪」的意思；drop off 則有「讓……下車」的意思，需搭配受詞使用；當進度落後時，可說 drop behind。

❏ She dropped by on her way home from the **law**[8] **firm**[9].
她從法律事務所回來的路上順道過來了。

❏ Please drop me off at the **MRT station**[10].
請在捷運站讓我下車。

❏ The progress at the **construction**[11] **site**[12] has been dropping behind in the last few weeks.
工地進度在過去的幾個星期落後了。

辨析重點2

promote 的用法

Promote 除了有「推銷、宣傳」的意思外，亦可指「升遷」，兩者用法略有不同：

❏ They are promoting their latest product.
他們在促銷最新的產品。

❏ He has been promoted as the new manager.
他升職成為新任經理。

辨析重點3

What you mean.

此問句為典型的中式英文，直接由「你是指什麼意思?」英譯。
想問對方指的是什麼意思，或想知道他人在說什麼，應該說：

❏ What do you mean?

❏ What are you talking about?

上班族會話這樣講就對了 ▶ **MP3** Track 172

單字文法都很行，但是卻老是無法延續對話嗎？在這個單元中除了告訴你最正確的語法、最道地的說法以外，也告訴你最生活化的會話技巧，讓你輕輕鬆鬆就延續與對方的交談。

Irene: I'm in a hurry. Let's grab something to eat.	愛琳：時間不多了，我們買點東西裹腹吧！
Sabrina: Sure.	莎賓娜：好啊！
Irene: Have you seen the announcement on the bulletin board?	愛琳：你看到公布欄上的公告了嗎？
Sabrina: No. Why?	莎賓娜：沒有，怎麼了？
Irene: Stanley has been promoted as the Sales Manager.	愛琳：史丹利升職為業務經理了。
Sabrina: That's wonderful. Good for him.	莎賓娜：太好了！真羨慕他呢！
Irene: I know. He works really hard. Besides, his great personality **earned**[13] him good **reputation**[14].	愛琳：沒錯。他真的很賣力，而且他的個性不差，所以也擁有好人緣。
Sabrina: As his colleague and friend, I'm glad he is making progress.	莎賓娜：身為他的同事與朋友，看到他的進步讓我感到很開心。
Irene: Let's throw a party for him. What do you say?	愛琳：我們幫他辦一場派對吧！妳覺得呢？
Sabrina: That's a **terrific**[15] idea.	莎賓娜：這是個好主意！

職場會話 小技巧　公司會將重要訊息與公告放置於佈告欄上，員工應定期前往查看，除了能得知最新的訊息，也不會錯過重要的公告。在網路發達的年代，許多公司會把公告貼於網路上，因此也建議員工務必常常上網查看！

Unit 87 參加升職慶祝會

上班族單字哪些我不會？

先作個小測驗，看看這些單字的意思你懂嗎？

1. **hold**→ (A) 舉辦 (B) 挑釁 (C) 宣佈..............................[hold] 答案：( )
2. **join**→ (A) 滲透 (B) 慢跑 (C) 參加..............................[dʒɔɪn] 答案：( )
3. **carry**→ (A) 領取 (B) 攜帶 (C) 照顧...........................[ˋkærɪ] 答案：( )
4. **mention**→ (A) 慈悲 (B) 提及 (C) 懷念 ....[ˋmɛnʃɪm] 答案：( )
5. **coat**→ (A) 外套 (B) 羊 (C) 目標............................[kot] 答案：( )
6. **waitress**→ (A) 女服務生 (B) 女主人 (C) 女歌手..........[ˋwetrɪs] 答案：( )
7. **Jack-o'-lantern**→ (A) 桌燈 (B) 南瓜燈籠 (C) 聖誕節
....[dʒæk o ˋlæntən] 答案：( )
8. **donation**→ (A) 捐款 (B) 募集 (C) 招待 ....[ˋdoneʃən] 答案：( )
9. **celebrate**→ (A) 名人 (B) 慶祝 (C) 紀念日 ....[ˋsɛləˌbret] 答案：( )
10. **promotion**→ (A) 升職 (B) 提案 (C) 動機..............[prəˋmoʃən] 答案：( )
11. **fortune**→ (A) 命運 (B) 叉子 (C) 打鬥 ....[ˋfɔrtʃən] 答案：( )
12. **deserve**→ (A) 值得 (B) 點心 (C) 沙漠 ....[dɪˋzɜv] 答案：( )
13. **earnings**→ (A) 支出 (B) 收入 (C) 費用 ....[ˋɜnɪŋz] 答案：( )
14. **achievement**→ (A) 成就 (B) 節目 (C) 祖母............[əˋtʃivmənt] 答案：( )
15. **workaholic**→ (A) 懶惰蟲 (B) 工作狂 (C) 酒鬼 .....[ˌwɜkəˋhɔlɪk] 答案：( )

答案：
1. (A) 2. (C) 3. (B) 4. (B) 5. (A)
6. (A) 7. (B) 8. (A) 9. (B) 10. (A)
11. (A) 12. (A) 13. (B) 14. (A) 15. (B)

這些單字都將運用在以下的會話及解析中，哪些單字答錯了？請利用以下的單元好好的學習單字的正確用法吧！

上班族會話這樣說好糗！

看看以下的對話情境，是不是讓你似曾相識呢？以下列舉出中國人常犯的會話錯誤與中式英語，
看完後請務必接著看後續的「我不要再出糗！重點文法解析」及「上班族會話這樣講就對了」，
才不會不小心把錯誤的用法記在腦中喔！

Stanley: Hey, Cesar, we are going to **hold**[1] a party in our company tonight. Would you like to **join**[2] us?	史丹利：嗨，凱薩，我們公司晚上要舉辦一個派對，你要不要一起來參加啊？
Cesar: Really? **Can I carry[3] some friends to go together?** ☒	凱薩：真的嗎？我可以「攜」一些朋友一起去嗎？
Stanley: What?! Carry some friends?	史丹利：什麼？！「攜」一些朋友？
Cesar: Yes, I'm **afraid** ☒ I will feel bored there.	凱薩：是的，我怕我在哪裡會覺得無聊。
Stanley: Oh, I got it. You mean "bring" some friends to join the party, right?	史丹利：喔，我聽懂了！你是說「帶」一些朋友一起來參加派對，是嗎？
Cesar: Yes. Did I say something wrong? Did I use the wrong grammar?	凱薩：是啊，我有說錯什麼嗎？我是不是用錯文法了？
Stanley: That's OK. Never mind. I won't tell anyone about this.	史丹利：沒關係啦，別放在心上。我不會跟別人說這件事的。
Cesar: Thanks. **My English is so poor.** ☒	凱薩：謝啦！我的英文好爛喔！
Stanley: By the way, can I **mention**[4] about this every time I see you?	史丹利：對了，那我可以每次看到你都提一次嗎？
Cesar: …	凱薩：……。
Stanley: Ha ha. Just kidding.	史丹利：哈哈，開玩笑的啦！

立刻翻閱次頁了解詳細解析

我不要再出糗！重點文法解析 ▶ MP3 Track 173

傳統背單字的方法，容易讓我們只把單字和中文背下來，卻完全誤解了用法，在這個單元中，將針對最容易混淆單字，作最徹底的解析，讓你出差、洽商都絕不再出糗！

辨析重點1

Bring/take/carry 同樣都是「帶」，該怎麼用呢？

請注意，以說話人為中心的「來」必須用 bring，以說話人為中心的「去」必須用 take；而 carry 不含方向，只表示「拿、帶」。請利用下面的例句，幫助更熟悉記憶單字的用法：

❑ Next time when you come to a party, don't forget to bring more friends with you.
下次參加派對時，別忘了多帶一些朋友過來！

❑ Please remember to take your **coat**[5] before you leave the party.
離開派對之前，別忘了把外套帶走。

❑ Is this a theme party? I saw many **waitresses**[6] carrying **Jack-o'-lanterns**[7].
這是主題派對嗎？我看到好多女服務生拿著南瓜燈籠。

辨析重點2

afraid 的用法

當 afraid 作為形容詞使用時，必須在句型中加入 that 後接子句，例如：

❑ I'm afraid that I will feel bored there.

若是後面想接名詞或是動名詞，則必須加入「of」，例如：

❑ I'm afraid of being bored there.

辨析重點3

My English is so poor.

這是一句典型的中式英文，由「我的英文真爛。」直譯。
如果想要強調自己的英文不好，可以說：

❑ My poor English.

❑ I don't speak English very well.

❑ I can speak a little English.

上班族會話這樣講就對了 ▶ MP3 Track 174

單字文法都很行，但是卻老是無法延續對話嗎？在這個單元中除了告訴你最正確的語法、最道地的說法以外，也告訴你最生活化的會話技巧，讓你輕輕鬆鬆就延續與對方的交談。

Stanley: Hey, Cesar, we are going to hold a party in our company tonight. Would you like to join us?

史丹利：嗨，凱薩，我們公司晚上要舉辦一個派對，你要不要來參加啊？

Cesar: Oh, really? What's the party for? A **donation**[8] or to **celebrate**[9] someone's **promotion**[10]?

凱薩：喔，真的嗎？派對的主題是什麼？募款或是慶祝某人的升職嗎？

Stanley: Are you a **fortune**[11] teller or something? I will be promoted as the Sales Manager next month.

史丹利：你是算命師嗎？你完全的猜中了耶！下個月我將升職為業務經理。

Cesar: Congratulations. I think you **deserved**[12] that. You tried really hard to increase a 40% **earning**[13] for your company this year. It's a great **achievement**[14].

凱薩：恭喜你！我覺得這是你應得的，今年你很努力地把你們公司的業績增加了40%，那是個很了不起的成就。

Stanley: Thanks. In fact, I am just a **workaholic**[15]. I'll see you tonight.

史丹利：謝了。老實說，我只是一個工作狂。那麼就今天晚上見。

Cesar: Can I bring my wife and daughter along? I'm afraid that I will feel bored.

凱薩：我能帶老婆和女兒出席嗎？我怕我會很無聊。

Stanley: Sure.

史丹利：沒問題。

Cesar: OK. I'll be there, see you then.

凱薩：好的，我會去的，到時候見！

職場會話 小技巧

當接獲對方應邀參加宴會或是派對時，可以技巧性的詢問對方「派對的主題」。
如此一來，除了可以了解服裝的需求、是否需要攜帶禮物，更可以知道是否需要攜伴，這樣除了可以避免任何不禮貌的情況發生，也可以讓話題延續更長，不會落得講完一句就不知道下一句要說什麼的窘境喔！

Unit 88 團隊組員熟悉

上班族單字哪些我不會？

先作個小測驗，看看這些單字的意思你懂嗎？

1. **Catholic**→ (A) 佛教 (B) 天主教 (C) 印度教 ....[ˋkæθəlɪk] 答案：（ ）
2. **specialist**→ (A) 專員 (B) 教職員 (C) 接待員 ....[ˋspɛʃəlɪst] 答案：（ ）
3. **public**→ (A) 大眾 (B) 酒吧 (C) 出版 ....[ˋpʌblɪk] 答案：（ ）
4. **relation**→ (A) 觀眾 (B) 關係 (C) 親戚 ....[rɪˋleʃən] 答案：（ ）
5. **coincidence**→ (A) 巧合 (B) 硬幣 (C) 交通事故 ... [koˋɪnsɪdəns] 答案：（ ）
6. **fabulous**→ (A) 難過的 (B) 恐怖的 (C) 極好的 ....[ˋfæbjələs] 答案：（ ）
7. **silly**→ (A) 愚蠢 (B) 開心 (C) 氣憤 ....[ˋsɪlɪ] 答案：（ ）
8. **diplomacy**→ (A) 懇求 (B) 畢業文憑 (C) 外交.........[dɪˋploməsɪ] 答案：（ ）
9. **trade**→ (A) 貿易 (B) 管理 (C) 政治 ....[tred] 答案：（ ）
10. **philosophy**→ (A) 文學 (B) 哲學 (C) 經濟學 ....[fəˋlɑsəfɪ] 答案：（ ）
11. **recruit**→ (A) 新人 (B) 新婚 (C) 離職......................[rɪˋkrut] 答案：（ ）
12. **mass**→ (A) 大眾 (B) 大廳 (C) 面具 ....[mæs] 答案：（ ）
13. **routine**→ (A) 道路 (B) 根部 (C) 例行公事 ....[ruˋtin] 答案：（ ）
14. **proceed**→ (A) 成功 (B) 著手 (C) 聲明 ....[prəˋsid] 答案：（ ）
15. **project**→ (A) 專案企劃 (B) 主修 (C) 抗議................[prəˋdʒɛkt] 答案：（ ）

答案：
1. (B)　**2**. (A)　**3**. (A)　**4**. (B)　**5**. (A)
6. (C)　**7**. (A)　**8**. (C)　**9**. (A)　**10**. (B)
11. (A)　**12**. (A)　**13**. (C)　**14**. (B)　**15**. (A)

> 這些單字都將運用在以下的會話及解析中，哪些單字答錯了？請利用以下的單元好好的學習單字的正確用法吧！

上班族會話這樣說好糗！

看看以下的對話情境，是不是讓你似曾相識呢？以下列舉出中國人常犯的會話錯誤與中式英語，看完後請務必接著看後續的「我不要再出糗！重點文法解析」及「上班族會話這樣講就對了」，才不會不小心把錯誤的用法記在腦中喔！

（藍天公司的公關部這天加入了新成員－賽門。）

Rachel: Listen, everyone. I have a short announcement here. We have a new recruit today. Simon, would you like to introduce yourself?	瑞秋：請大家注意，我有事情要宣布。今天我們部門來了一位新人。賽門，能否請你做個自我介紹？
Simon: Hello, my name is Simon. I graduated from the Fu Jen **Catholic**[1] University, and I **study in** ☒ Mass Communication.	賽門：大家好，我叫賽門。畢業於天主教輔仁大學，主修大眾傳播學系。
Albert: I'm Albert, the **Specialist**[2]. Welcome to the **Public**[3] **Relations**[4] Department.	艾伯特：我是艾伯特，歡迎加入公關部門。
Sarah: My name is Sarah. I graduated from the Fu Jen as well.	莎拉：我叫莎拉。我也是輔仁大學畢業的。
Simon: **Coincidence**[5]! **It's nice to meeting** ☒ you.	賽門：好巧喔！
Rachel: Starting today, Simon will be assisting Albert with his new project.	瑞秋：從今天開始，賽門將協助艾伯特執行他的新企劃案。
Albert: That's **fabulous**[6]. I really need someone to give me a hand.	艾伯特：太好了！我非常希望有人能對我伸出援手。
Simon: A hand? Why should I give you my hand?	賽門：手？為什麼我要把手給你？
Albert: Don't be **silly**[7], kid. That means I need someone to help me out.	艾伯特：別傻了，小子。我的意思是我非常需要幫忙。
Simon: Oh, now I get it.	賽門：喔，現在我懂了。

立刻翻閱次頁了解詳細解析

我不要再出糗！重點文法解析 ▶ MP3 Track 175

傳統背單字的方法，容易讓我們只把單字和中文背下來，卻完全誤解了用法，在這個單元中，將針對最容易混淆單字，作最徹底的解析，讓你出差、洽商都絕不再出糗！

辨析重點1

It's nice to meet you. / It's nice meeting you. 該怎麼用？

nice 本身為形容詞，因此 nice to 後面必須接原形動詞；若 nice 單獨存在，則後面必須接動名詞(原形動詞+ing)，所謂的動名詞即指其同時具備動詞與名詞的特性。請參考下面的例句：

❑ It's nice to see you. / It's nice seeing you.
　很高興見到你。

❑ It's nice to hear from you. / It's nice hearing from you.
　很高興收到你的消息。

辨析重點2

major in/major 的用法

要形容主修的科系時，major 可以以名詞、形容詞和動詞三種方式呈現。當名詞用時，major 前面必須接所有格：

❑ **Diplomacy**[8] was her major.
　她主修外交。

major 當形容詞時，即是指「主修的」，因此後面必須接名詞：

❑ His major subject is International **Trade**[9].
　他主修的科目是國際貿易。

當動詞用時，則得用 major in：

❑ Kelly majors in **Philosophy**[10].
　凱莉主修哲學系。

辨析重點3

Coincidence!

在街上碰到相識的人，或是生活中遇到巧合的事，我們會說「好巧喔！」，然而英文裡不能直接這麼說，因為 coincidence 無法單獨成立一個句子。英文裡，可以用：

❑ What a coincidence!

❑ What a surprise!

上班族會話這樣講就對了 ▶ **MP3** Track 176

單字文法都很行，但是卻老是無法延續對話嗎？在這個單元中除了告訴你最正確的語法、最道地的說法以外，也告訴你最生活化的會話技巧，讓你輕輕鬆鬆就延續與對方的交談。

（藍天公司的公關部這天加入了新成員—賽門。）

Rachel: Listen, everyone. I have a short announcement here. We have a new **recruit**[11] today. Simon, would you like to introduce yourself?

瑞秋：請大家注意，我有事情要宣布。今天我們部門來了一位新人。賽門，能否請你做個自我介紹？

Simon: Hello, my name is Simon. I graduated from the Fu Jen Catholic University, and I major in **Mass**[12] Communication.

賽門：大家好，我叫賽門。畢業於天主教輔仁大學，主修大眾傳播學系。

Albert: I'm Albert, the Specialist. Welcome to the Public Relations Department.

艾伯特：我是艾伯特，是這裡的專員。歡迎加入公關部門。

Sally: My name is Sally. I graduated from the Fu Jen as well.

莎莉：我叫莎莉。我也是輔仁大學畢業的。

Simon: What a coincidence! It's nice to meet you.

賽門：好巧喔！很高興認識你們。

Rachel: Starting today, Simon will be assisting Albert with his new project.

瑞秋：從今天開始，賽門將協助艾伯特執行他的新企劃案。

Albert: That's fabulous. I really need someone to give me a hand.

艾伯特：太好了！我非常希望有人能對我伸出援手。

Rachel: Albert, could you explain to Simon about his daily **routine**[13] first? And then you can **proceed**[14] with your **project**[15].

瑞秋：艾伯特，請先告訴賽門他每天的例行公事。之後你們就能著手進行你的企劃。

職場會話小技巧 與公司同仁初次見面，禮貌上應該先自我介紹，讓同事對你有初步的瞭解。不妨主動與同事交談，落落大方的表現必定能讓同事留下好印象。除了學校和主修科系外，也可說自己的興趣，或許同事間也有相同興趣的人，如此就能產生較多的互動。

Unit 89 團隊工作內容規劃

上班族單字哪些我不會？

先作個小測驗，看看這些單字的意思你懂嗎？

1. **limit**→ (A) 限制 (B) 線條 (C) 跛腳 .... [ˋlɪmɪt] 答案：（ ）
2. **release**→ (A) 發財 (B) 發跡 (C) 發行 ....[rɪˋlis] 答案：（ ）
3. **organize**→ (A) 有機 (B) 安排 (C) 參加 .... [ˋɔrgənˏaɪz] 答案：（ ）
4. **presentation**→ (A) 現在 (B) 禮物 (C) 報告 ....[ˏprɛznˋteʃən] 答案：（ ）
5. **reap**→ (A) 收割 (B) 撕裂 (C) 嘲笑 ....[rip] 答案：（ ）
6. **sow**→ (A) 販售 (B) 播種 (C) 看見 .... [so] 答案：（ ）
7. **brochure**→ (A) 烤肉 (B) 小冊子 (C) 花椰菜 ....[broˋʃur] 答案：（ ）
8. **journalist**→ (A) 新聞工作者 (B) 旅客 (C) 專員 .... [ˋdʒɝnḷɪst] 答案：（ ）
9. **name tag**→ (A) 名冊 (B) 名牌 (C) 名單 .... [nem tæg] 答案：（ ）
10. **quotation**→ (A) 報價單 (B) 訂購單 (C) 收據 .... [kwoˋteʃən] 答案：（ ）
11. **secretary**→ (A) 會計 (B) 秘書 (C) 售貨員 ....[ˋsɛkrəˏtɛrɪ] 答案：（ ）
12. **noon**→ (A) 月亮 (B) 早上 (C) 中午 .... [nun] 答案：（ ）
13. **relocation**→ (A) 調職 (B) 位置 (C) 反抗..............[riloˋkeʃən] 答案：（ ）
14. **venue**→ (A) 場地 (B) 金星 (C) 大街 .... [ˋvɛnju] 答案：（ ）
15. **issue**→ (A) 面紙 (B) 問題 (C) 孤立 ....[ˋɪʃu] 答案：（ ）

答案：
1. (A)　**2**. (C)　**3**. (B)　**4**. (C)　**5**. (A)
6. (B)　**7**. (B)　**8**. (A)　**9**. (B)　**10**. (A)
11. (B)　**12**. (C)　**13**. (A)　**14**. (A)　**15**. (B)

這些單字都將運用在以下的會話及解析中，
哪些單字答錯了？請利用以下的單元好好的
學習單字的正確用法吧！

上班族會話這樣說好糗！

看看以下的對話情境，是不是讓你似曾相識呢？以下列舉出中國人常犯的會話錯誤與中式英語，看完後請務必接著看後續的「我不要再出糗！重點文法解析」及「上班族會話這樣講就對了」，才不會不小心把錯誤的用法記在腦中喔！

Rachel: As you all know, our client, Royal Company **Limited**[1], is planning to hold a product **release**[2] press conference next month. They're impressed with our proposal and decided that we shall **organize**[3] the activity.

Sally: That's terrific! We did everything we can **do** ✕ on this proposal, it's lucky that we didn't waste our breath on the **presentation**[4].

Simon: **Congratulations** ✕, Albert!

Albert: Well, you **reap**[5] what you **sow**[6].

Rachel: Our first progress meeting with them will be next Wednesday. We should now make certain arrangements for your duties. Albert, you will be in charge of invitations and **brochures**[7]. Simon, please send an invitation to every **journalists**[8] and reporters on our contact list. Give them a call and confirm their participation.

Simon: OK. **Should** ✕ I prepare **name tags**[9] for each of them?

Rachel: Absolutely. You're getting into the swing of things.

Simon: I'm getting what? What will I get?

Rachel: You're not going to get anything if you don't get your English improved.

Simon:…

瑞秋：我想你們都知道，我們的客戶皇家有限公司，將於下個月舉辦產品發表記者會。他們對於我們的提案留下極好的印象，因此決定由我們負責規劃這次的活動。

莎莉：太好了！我們花了很多心力準備這個提案，還好我們的報告沒有白費口舌。

賽門：恭喜你，艾伯特！

艾伯特：投入多少心血，你就獲得多少成就。

瑞秋：下週三將向他們做第一次進度報告，所以現在我們必須進行分工。艾伯特，你負責邀請函和小冊子；賽門，請將邀請函寄給通訊錄上的媒體與記者們，並致電確認他們是否會出席。

賽門：好的。我該替他們準備名牌嗎？

瑞秋：一點也沒錯。你越來越進入狀況了！

賽門：得到什麼？我會得到什麼嗎？

瑞秋：如果你們再不加強你的英文能力，那麼你將一無所獲。

賽門：……

立刻翻閱次頁了解詳細解析

我不要再出糗！重點文法解析 ▶ MP3 Track 177

傳統背單字的方法，容易讓我們只把單字和中文背下來，卻完全誤解了用法，在這個單元中，將針對最容易混淆單字，作最徹底的解析，讓你出差、洽商都絕不再出糗！

辨析重點1

should/ought to/must 同樣都是「應該」，該怎麼用呢？

should 和 ought to 兩者所指的「應該」，帶有較多義務、職責的意味；而 must 則是語帶命令：

❏ You should have the **quotation**[10] send to our client by today.
你必須在今天之內把報價寄給客戶。

❏ As a **secretary**[11], you ought to arrange a reasonable schedule for your boss.
身為秘書，妳應當適度地安排老闆的行程。

❏ You must be there by **noon**[12].
你必須在中午以前抵達那裡。

辨析重點2

do everything we can 的用法

do anything we can 意思是「想盡一切辦法」，後面不需再加 do：

❏ He did everything he can to get this job.
為了得到這份工作，他想盡一切辦法。

❏ I will do everything I can to make her sign the contract.
我會想盡一切辦法讓她簽下這份合約。

辨析重點3

Congratulation!

用 congratulation 祝賀他人時，必須記得加上「s」，否則就是錯誤的用法。
要祝賀他人，可參考以下說法：

❏ Congratulations on your **relocation**[13]!

❏ Congratulations! You did a wonderful job.

上班族會話這樣講就對了 ▶ MP3 Track 178

單字文法都很行，但是卻老是無法延續對話嗎？在這個單元中除了告訴你最正確的語法、最道地的說法以外，也告訴你最生活化的會話技巧，讓你輕輕鬆鬆就延續與對方的交談。

Rachel: As you all know, our client, Royal Company Limited, is planning to hold a product release press conference next month. They're impressed with our proposal and decided that we shall organize the activity.

瑞秋：我想你們都知道，我們的客戶皇家有限公司，將於下個月舉辦產品發表記者會。他們對於我們的提案留下極好的印象，因此決定由我們負責規劃這次的活動。

Sally: That's terrific! We did everything we can on this proposal, it's lucky that we didn't waste our breath on the presentation.

莎莉：太好了！我們花了很多心力準備這個提案，還好我們的報告沒有白費口舌。

Simon: Congratulations, Albert.

賽門：恭喜你，艾伯特！

Albert: Well, you reap what you sow.

艾伯特：投入多少心血，你就獲得多少成就。

Rachel: Our first progress meeting with them will be next Wednesday. We should now make certain arrangements for your duties. Albert, you will be in charge of invitations and brochures. Simon, please send an invitation to every journalists and reporters on our contact list. Give them a call and confirm their participation.

瑞秋：下週三將向他們做第一次進度報告，所以現在我們必須進行分工。艾伯特，你負責邀請函和小冊子；賽門，請將邀請函寄給通訊錄上的媒體與記者們，並致電確認他們是否會出席。

Simon: OK. Should I prepare name tags for each of them?

賽門：好的。我該替他們準備名牌嗎？

Rachel: Absolutely. You're getting into the swing of things.

瑞秋：一點也沒錯。你越來越進入狀況了！

Rachel: As for you, Sally, please contact the hotel and deal with the **venue**[14] **issue**[15].

瑞秋：至於妳，莎莉，請跟飯店連絡並解決場地的問題。

Sally: I'll do it right away.

莎莉：我會馬上處理。

職場會話 小技巧 當開會討論工作分配時，應仔細聆聽本身的工作內容，再依據職責回覆相關問題。會議結束後，依照事情的輕重緩急開始著手進行。除此之外，也應該瞭解其他同事所負責的工作，團隊工作應避免拖延，因為有可能會影響他人的進度，造成其他成員的不便！

Unit 90 年度目標設定

上班族單字哪些我不會？

先作個小測驗，看看這些單字的意思你懂嗎？

1. **track**→ (A) 哄騙 (B) 追蹤 (C) 折磨 .... [træk] 答案：（ ）
2. **update**→ (A) 更新 (B) 上傳 (C) 落後 .... [ʌpˋdet] 答案：（ ）
3. **subject**→ (A) 拒絕 (B) 物件 (C) 主題 .... [səbˋdʒɛkt] 答案：（ ）
4. **matter**→ (A) 事情 (B) 數學 (C) 地毯 .... [ˋmætɚ] 答案：（ ）
5. **factor**→ (A) 演員 (B) 事實 (C) 因素 .... [ˋfæktɚ] 答案：（ ）
6. **solution**→ (A) 稀釋 (B) 解決 (C) 幻覺 .... [səˋluʃən] 答案：（ ）
7. **post**→ (A) 張貼 (B) 郵局 (C) 烘烤 .... [post] 答案：（ ）
8. **poster**→ (A) 主持人 (B) 龍蝦 (C) 海報 .... [ˋpostɚ] 答案：（ ）
9. **elevator**→ (A) 電梯 (B) 評估 (C) 樓梯 .... [ˋɛləˌvetɚ] 答案：（ ）
10. **diary**→ (A) 乳製品 (B) 日曆 (C) 日記 .... [ˋdaɪərɪ] 答案：（ ）
11. **blog**→ (A) 積木 (B) 部落格 (C) 笨蛋 .... [blɑg] 答案：（ ）
12. **resource**→ (A) 資源 (B) 獲得 (C) 醬料 .... [rɪˋsors] 答案：（ ）
13. **operate**→ (A) 分離 (B) 手術 (C) 操作 .... [ˋɑpəˌret] 答案：（ ）
14. **fault**→ (A) 信仰 (B) 錯誤 (C) 秋天 .... [fɔlt] 答案：（ ）
15. **thoughtful**→ (A) 奴隸 (B) 粗心 (C) 貼心 .... [ˋθɔtfəl] 答案：（ ）

答案：
1. (B)	**2**. (A)	**3**. (C)	**4**. (A)	**5**. (C)
6. (B)	**7**. (A)	**8**. (C)	**9**. (A)	**10**. (C)
11. (B)	**12**. (A)	**13**. (C)	**14**. (B)	**15**. (C)

這些單字都將運用在以下的會話及解析中，哪些單字答錯了？請利用以下的單元好好的學習單字的正確用法吧！

上班族會話這樣說好糗！

看看以下的對話情境，是不是讓你似曾相識呢？以下列舉出中國人常犯的會話錯誤與中式英語，看完後請務必接著看後續的「我不要再出糗！重點文法解析」及「上班族會話這樣講就對了」，才不會不小心把錯誤的用法記在腦中喔！

Stanley: Good morning, everyone. Let's start our meeting now. We shall discuss about the annual sales target of our department. Polly, please keep **track**[1] of today's meeting and send it to everyone by today.

史丹利：各位，早安，開始開會吧！我們要討論本部門年度的銷售目標。波莉，請做會議紀錄，並於今天以內寄給所有人。

Polly: OK. I will **stick** ❌ it on the internet as well.

波莉：好的。我也會把它黏在網路上。

Stanley: What? Stick on the internet?

史丹利：什麼？黏在網路上？

Polly: Yes, we need to **update**[2] our bulletin board on the internet.

波莉：對阿，網路公告欄也需要更新。

Stanley: Oh, I get it now. Yes, we should "post" it on the internet.

史丹利：我懂你的意思了。沒錯，我們應該把會議紀錄張貼在網路上。

Polly: Sorry, my **wrong**. ❌

波莉：抱歉，我弄錯了。

Stanley: It's OK. Let's get into the **subject**[3] **matter**[4] now. The company hopes that sales of this year should be raised.

史丹利：沒關係。我們進入正題吧！公司希望本年度的銷售成績能夠提升。

Raymond: **How to do?** ❌

雷蒙：該怎麼做？

Stanley: I did some analyze on all the **factors**[5] and I've come up with some **solutions**[6].

史丹利：我分析了某些因素，也整理出一些方案。

立刻翻閱次頁了解詳細解析

我不要再出糗！重點文法解析 ▶ **MP3**
Track 179

傳統背單字的方法，容易讓我們只把單字和中文背下來，卻完全誤解了用法，在這個單元中，將針對最容易混淆單字，作最徹底的解析，讓你出差、洽商都絕不再出糗！

辨析重點1

stick/paste/post 同樣都是「貼」，該怎麼用呢？

stick 可指「張貼」或「黏貼」；paste 有「黏貼」的意思，而會用電腦的人也知道 paste 這個功能，就是將某段被剪下的文字或圖案貼上；僅有 **post**[7] 可表示將文章張貼至網路上：

❑ Who stuck those **posters**[8] in the **elevator**[9]?
電梯裡那些海報是誰貼上的？

❑ Don't paste anything on the wall. The glue will leave dirt on it.
不要在牆壁上貼東西，漿糊會弄髒牆壁。

❑ She posts her **diaries**[10] on her **blog**[11].
她在部落格上張貼日記。

辨析重點2

How 的用法

當 how 置於句首，用來詢問「怎麼、如何」時，後面不能接 to。how 除了可單獨形成一個疑問句時，還可用於以下問句：

❑ How do you know Janice from the Human **Resource**[12] Department?
你怎麼會認識人事部的珍妮絲？

若要在陳述句裡表示「知道怎麼」，就能用 how to：

❑ He doesn't know how to **operate**[13] that machine.
他不知道該怎麼操作這台機器。

辨析重點3

My wrong.

此句話是「我的錯」的英文直譯，並不正確，建議可以說：

❑ It's my mistake.

❑ It's my **fault**[14].

口語上也可精簡成：

❑ Sorry, my mistake.

❑ Sorry, my bad.

上班族會話這樣講就對了 ▶ **MP3** Track 180

單字文法都很行，但是卻老是無法延續對話嗎？在這個單元中除了告訴你最正確的語法、最道地的說法以外，也告訴你最生活化的會話技巧，讓你輕輕鬆鬆就延續與對方的交談。

Stanley: Good morning, everyone. Let's start our meeting now. We shall discuss about the annual sales target of our department. Polly, please keep track of today's meeting and send it to everyone by today.	史丹利：各位，早安，開始開會吧！我們要討論本部門年度的銷售目標。波莉，請做會議紀錄，並於今天以內寄給所有人。
Polly: OK. I will post it on the internet as well.	波莉：好的。我也會把它張貼在網路上。
Stanley: Thank you. You're very **thoughtful**[15]. Let's get into the subject matter now. The company hopes that sales of this year should be raised.	史丹利：謝謝，妳考慮得很周到。我們進入正題吧！公司希望本年度的銷售成績能夠提升。
Raymond: How?	雷蒙：該怎麼做呢？
Stanley: I did some analysis on all the factors and I've come up with some solutions. In the following months, I expect each of you to have at least five new clients every month. Is there any problem?	史丹利：我分析了某些因素，也整理出一些方案。接下來的幾個月裡，我希望大家每個月務必開發至少五名客戶。有問題嗎？
Nancy: No. We will try our best to achieve the goal!	南茜：沒問題。我們會盡最大的努力達成目標！

職場會話 小技巧 部門會議為討論工作的場合，會議目標為針對相關議題作出討論並找出解決方法。除非主管不介意，否則建議員工避免漫無目的地閒聊，或是閒聊其他同事的八卦，才不會影響會議的進度。

ead your team • Lead your team • Lead your
n • Lead your team • Lead your team • Lead y

Part 10

工作主導與帶領成員

Lead your team

Unit 91 掌握團隊工作進度

上班族單字哪些我不會？

先作個小測驗，看看這些單字的意思你懂嗎？

1. **commit**→ (A) 犯（罪）(B) 承認 (C) 遺漏.....................[kə`mɪt] 答案：( )

2. **crime**→ (A) 押韻 (B) 精華 (C) 犯罪 ....[kraɪm] 答案：( )

3. **crash**→ (A) 草率的 (B) 潑濺 (C) 碰撞........................[kræʃ] 答案：( )

4. **bump into**→ (A) 打氣 (B) 無意中碰到 (C) 突起 .....[bʌmp `ɪntu] 答案：( )

5. **damage**→ (A) 沮喪 (B) 損壞 (C) 經營 ....[`dæmɪdʒ] 答案：( )

6. **vacant**→ (A) 空的 (B) 度假 (C) 真空 ....[`vekənt] 答案：( )

7. **donation**→ (A) 國家 (B) 捐款 (C) 甜甜圈 ....[`doneʃən] 答案：( )

8. **career**→ (A) 職業 (B) 關心 (C) 搬運工 ....[kə`rɪr] 答案：( )

9. **chief**→ (A) 細香蔥 (B) 廚師 (C) 最高的 .... [tʃif] 答案：( )

10. **executive**→ (A) 唯一的 (B) 執行的 (C) 例外的......[ɪg`zɛkjutɪv] 答案：( )

11. **establish**→ (A) 建立 (B) 資產 (C) 裝飾 ....[ə`stæblɪʃ] 答案：( )

12. **branch**→ (A) 長凳 (B) 早午餐 (C) 分公司 ....[bræntʃ] 答案：( )

13. **media**→ (A) 沉思 (B) 勳章 (C) 媒體 .... [`midɪə] 答案：( )

14. **version**→ (A) 對抗 (B) 版本 (C) 短詩 ....[`vɝʒən] 答案：( )

15. **printing**→ (A) 印刷 (B) 說教 (C) 招 ....[`prɪntɪŋ] 答案：( )

答案：
1. (A)　**2**. (B)　**3**. (C)　**4**. (B)　**5**. (B)
6. (A)　**7**. (B)　**8**. (A)　**9**. (C)　**10**. (B)
11. (A)　**12**. (C)　**13**. (C)　**14**. (B)　**15**. (A)

這些單字都將運用在以下的會話及解析中，哪些單字答錯了？請利用以下的單元好好的學習單字的正確用法吧！

上班族會話這樣說好糗！

看看以下的對話情境，是不是讓你似曾相識呢？以下列舉出中國人常犯的會話錯誤與中式英語，看完後請務必接著看後續的「我不要再出糗！重點文法解析」及「上班族會話這樣講就對了」，才不會不小心把錯誤的用法記在腦中喔！

Simon: Sorry, I was hold up by a call. Is this seat **empty** ❌?	賽門：抱歉，我剛剛在講電話。這個位子有人嗎？
Sally: You can have it.	莎莉：你可以坐下。
Rachel: Don't worry. We're just about to start the meeting. I would like to know the progress of the product release press conference. Simon? How many media do we have on that day?	瑞秋：別擔心，會議才剛開始。我想知道產品發表記者會的進度。賽門，當天會有多少媒體到場？
Simon: Not much, actually. I've been **busy in** ❌ making calls these days but most of them are not available on that day.	賽門：老實說，並不多！這幾天我打了很多通電話，可是大多數的記者當天都沒辦法出席。
Rachel: Why?	瑞秋：為什麼？
Simon: We crash into another press conference the same day.	賽門：我們撞上另一場記者會。
Albert: We will **commit**[1] a **crime**[2] if we really **crashed**[3] into someone's press conference.	艾伯特：若真的撞毀別人的記者會，那麼我們就算犯罪了。
Simon: I don't get it. Why did you say **like** ❌ that?	賽門：我聽不太懂。為什麼你這麼說？
Rachel: You should say we **bump into**[4] another press conference. Normally, crashed into means you hit something with an airplane or a car.	瑞秋：你應該說我們跟另一個記者會撞期了。一般來說，「撞上」是指飛機或汽車撞擊到某樣東西。
Sally: It will cause a real **damage**[5] and our client won't be happy with it.	莎莉：這樣也會造成嚴重的損壞，我們的客戶應該會大發雷霆吧！

立刻翻閱次頁了解詳細解析

我不要再出糗！重點文法解析 ▶ MP3 Track 181

傳統背單字的方法，容易讓我們只把單字和中文背下來，卻完全誤解了用法，在這個單元中，將針對最容易混淆單字，作最徹底的解析，讓你出差、洽商都絕不再出糗！

辨析重點1

empty/available/vacant 同樣都是「空的」，該怎麼用呢？

empty 可應用於很多地方，像是容器、建築、道路等都行；available 指的則是時間上的，用於想問他人是否有空；**vacant**[6] 多用於空間，亦可指職務空缺。請利用下面的例句，幫助更熟悉記憶單字的用法：

❑ The **donation**[7] box is still empty.
　捐款箱至今仍是空的。

❑ Are you available tonight?
　你今晚有空嗎？

❑ The rest room is currently vacant.
　洗手間現在沒有人。

辨析重點2

busy 的用法

要說「忙著、忙於」，不能用 busy in；「busy at/with + 名詞」是比較恰當的用法：

❑ My brother is busy at work.

❑ She is busy with her new **career**[8].

此外，還可用「Busy+動名詞」的方式：

❑ The **Chief**[9] **Executive**[10] Officer (CEO) is busy **establishing**[11] a new **branch**[12].

辨析重點3

Why did you say like that?

這句是直接從中文「為什麼你要這麼說？」翻譯而來；英文裡，that 已經表示所指的那件事，所以不需再用 like 來強調：

❑ Why did you say that?

❑ Why did you do that?

上班族會話這樣講就對了 ▶ MP3 Track 182

單字文法都很行，但是卻老是無法延續對話嗎？在這個單元中除了告訴你最正確的語法、最道地的說法以外，也告訴你最生活化的會話技巧，讓你輕輕鬆鬆就延續與對方的交談。

Simon: Sorry, I was held up by a call. Is this seat taken?

賽門：抱歉，我剛剛在講電話。這個位子有人嗎？

Sally: No, you can have it.

莎莉：沒有，你可以坐下。

Rachel: Don't worry. We're just about to start the meeting. I would like to know the progress of the product release press conference. Simon, how many **media**[13] do we have on that day?

瑞秋：別擔心，會議才剛開始。我想知道產品發表記者會的進度。賽門，當天會有多少媒體到場？

Simon: Not much, actually. I've been busy making calls these days but most of them are not available on that day.

賽門：老實說，並不多！這幾天我打了很多通電話，可是大多數的記者當天都沒辦法出席。

Rachel: Why?

瑞秋：為什麼？

Simon: We bumped into another press conference the same day.

賽門：我們跟另一個記者會撞期了。

Rachel: I suggest that you keep calling. You can also try to invite media that aren't on our list.

瑞秋：我建議你繼續打電話聯絡。我們通訊錄上沒有的媒體，你也可以試著邀請看看。

Albert: Royal Company Limited had confirmed the content of the brochure. I will send the final **version**[14] to the **printing**[15] company to get ready for printing. The brochures will be printed and sent to us on Friday.

艾伯特：皇家有限公司已經確認小冊子的內容。我會把最終版本寄給印刷公司，然後就可以開始印刷。星期五我們就會收到小冊子的成品。

Rachel: Very well. What about you, Sally? Is everything OK with the venue?

瑞秋：好極了！莎莉，妳呢？場地沒什麼問題吧？

Sally: Sure. Everything is under control.

莎莉：當然，事情都很順利。

職場會話 小技巧 向同事或主管報告進度時，應該交代清楚，事情進展、聯絡對象、需要解決的問題等都要詳細解釋。執行上遇到的問題也要提出，以尋求主管的協助。或許別人也遇到跟你一樣的問題，這樣就能依同討論，互相參考解決之道。那麼以後遇到類似的情況也就知道該怎麼解決！

Unit 92 激勵組員工作成效

上班族單字哪些我不會？

先作個小測驗，看看這些單字的意思你懂嗎？

1. **caffeine**→ (A) 咖啡館 (B) 咖啡因 (C) 咖啡豆 .... [ˋkæfiɪn] 答案：( )
2. **Dutch**→ (A) 導管 (B) 鴨子 (C) 荷蘭人 .... [dʌtʃ] 答案：( )
3. **Netherlands**→ (A) 荷蘭 (B) 紐西蘭 (C) 澳洲 .... [nɛðəˋləndz] 答案：( )
4. **refusal**→ (A) 灌輸 (B) 熔接 (C) 拒絕 .... [rɪˋfjuzl] 答案：( )
5. **distress**→ (A) 苦惱 (B) 壓力 (C) 距離 .... [dɪˋstrɛs] 答案：( )
6. **address**→ (A) 捐款 (B) 位置 (C) 地址 .... [əˋdrɛs] 答案：( )
7. **church**→ (A) 拱門 (B) 教堂 (C) 寺廟 .... [tʃɝtʃ] 答案：( )
8. **vacation**→ (A) 假期 (B) 空的 (C) 地點 .... [veˋkeʃən] 答案：( )
9. **lecturer**→ (A) 助教 (B) 講師 (C) 會計 .... [ˋlɛktʃərə] 答案：( )
10. **ordinary**→ (A) 平凡的 (B) 順序 (C) 協調 .... [ˋɔrdṇɛrɪ] 答案：( )
11. **sharp**→ (A) 形狀 (B) 鯊魚 (C) 整（時間） .... [ʃɑrp] 答案：( )
12. **sandwich**→ (A) 沙子 (B) 三明治 (C) 巫婆 .... [ˋsændwɪtʃ] 答案：( )
13. **treat**→ (A) 技巧 (B) 請客 (C) 背叛 .... [trit] 答案：( )
14. **exactly**→ (A) 除…之外 (B) 出口 (C) 正好地 .... [ɪgˋzæktlɪ] 答案：( )
15. **tiresome**→ (A) 愉快的 (B) 煩人的 (C) 緊急的 .... [ˋtaɪrsəm] 答案：( )

答案：
1. (A) **2.** (C) **3.** (A) **4.** (C) **5.** (A)
6. (C) **7.** (B) **8.** (A) **9.** (B) **10.** (A)
11. (C) **12.** (B) **13.** (B) **14.** (C) **15.** (B)

> 這些單字都將運用在以下的會話及解析中，哪些單字答錯了？請利用以下的單元好好的學習單字的正確用法吧！

上班族會話這樣說好糗！

看看以下的對話情境，是不是讓你似曾相識呢？以下列舉出中國人常犯的會話錯誤與中式英語，看完後請務必接著看後續的「我不要再出糗！重點文法解析」及「上班族會話這樣講就對了」，才不會不小心把錯誤的用法記在腦中喔！

Stanley: Did you just come back from visiting your clients?	史丹利：妳剛剛去拜訪客戶了嗎？
Nancy: Yes.	南茜：沒錯。
Stanley: You look tired. Would you like to have a cup of coffee with me?	史丹利：妳看起來很累。要不要一起喝杯咖啡？
Nancy: OK. **Caffeine**[1] is **exact** ⊠ what I need for now.	南茜：好吧，我正需要咖啡因呢！
Stanley: Don't worry, I won't ask you to go **Dutch**[2].	史丹利：別擔心，我不會叫你平攤。
Nancy: Why are we going to the **Netherlands**[3]?	南茜：為什麼要去荷蘭？
Stanley: No. I mean it's my treat. Go Dutch means to pay separately.	史丹利：不，我的意思是，我請客。平攤就是指各自付費。
Nancy: Thank you. Now I've learned a new slang.	南茜：謝謝，現在我又學會一句俚語了。
Stanley: So how is everything going?	史丹利：工作進行得如何？
Nancy: **Same as usual,** ⊠ I keep visiting clients, working on proposals and making phone calls. Sometimes the clients' **refusals**[4] cause me great **distress**[5] and I **felt** ⊠ very difficult to deal with it.	南茜：老樣子，不停地拜訪客戶、寫提案和打電話。有時候客戶的拒絕讓我感到非常苦惱，我覺得很難接受。

立刻翻閱次頁了解詳細解析

405

我不要再出糗！重點文法解析 ▶ **MP3** Track 183

傳統背單字的方法，容易讓我們只把單字和中文背下來，卻完全誤解了用法，在這個單元中，將針對最容易混淆單字，作最徹底的解析，讓你出差、洽商都絕不再出糗！

辨析重點1

exactly/exact 該怎麼用呢？

Exact 為形容詞，指「確切的」；而 exactly 屬於副詞，除了指「確切地」，還可指「恰好地」：

☐ Please give me the exact **address**[6].
請給我確切的地址。

☐ Kindly show me exactly where the **church**[7] is.
請確切地告訴我教堂的位置。

☐ A long **vacation**[8] is exactly what I need.
我正好需要放長假。

辨析重點2

I found it difficult to 的用法

要說「我覺得……並不容易」得用 I found it difficult to...，例如：

☐ I found it difficult to keep up with the **lecturer**[9].

☐ He found it hard to live an **ordinary**[10] life.

辨析重點3

Same as usual.

此為從中文的「像往常一樣。」直接英譯而來，英文裡正確的說法為：

☐ As usual, he arrived in the office at nine o'clock **sharp**[11].

☐ He had **sandwich**[12] and coffee for breakfast, as usual, and left for the office.

上班族會話這樣講就對了 ▶ MP3 Track 184

單字文法都很行，但是卻老是無法延續對話嗎？在這個單元中除了告訴你最正確的語法、最道地的說法以外，也告訴你最生活化的會話技巧，讓你輕輕鬆鬆就延續與對方的交談。

Stanley: Did you just come back from visiting your clients?	**史丹利**：妳剛剛去拜訪客戶了嗎？
Nancy: Yes.	**南茜**：沒錯。
Stanley: You look tired. Would you like to have a cup of coffee with me? It's my **treat**[13].	**史丹利**：妳看起來很累。要不要一起喝杯咖啡？我請客。
Nancy: OK. Caffeine is **exactly**[14] what I need right now.	**南茜**：好吧，我正需要咖啡因呢！
Stanley: How is everything going?	**史丹利**：工作進行得如何？
Nancy: As usual, I keep visiting clients, working on proposals and making phone calls.	**南茜**：老樣子，不停地拜訪客戶、寫提案和打電話。
Stanley: Yes. I am glad to see that you hold on to these routines. Most of the people think that the work can be **tiresome**[15] and they started to lose interest.	**史丹利**：沒錯。妳有辦法持續這些例行公事，我很高興。大多數的人認為這種工作很煩人，所以也變得不感興趣了。
Nancy: I agree. Sometimes the clients' refusals cause me great distress and I found it difficult to deal with it.	**南茜**：我同意。有時候客戶的拒絕也讓我感到非常苦惱。
Stanley: I can totally understand. Still, I hope you can keep up the good work. Where there's a will, there's a way.	**史丹利**：我完全懂妳的意思。不過我還是希望妳能繼續保持。有志者事竟成。

職場會話 小技巧　身為部門主管，應當時時注意每位組員的表現，並依據對方的情況給予適度的關切。如果組員表現良好，可以趁此機會給予勉勵，不要吝嗇讚美組員，如此才能激發組員的能力與幹勁。除此之外，組員對於團隊也將更有向心力！

Unit 93 催促工作進度

上班族單字哪些我不會？

先作個小測驗，看看這些單字的意思你懂嗎？

1. voice→ (A) 音樂 (B) 聲音 (C) 投票 .... [vɔɪs] 答案：（ ）
2. snore→ (A) 撞球 (B) 打鼾 (C) 鼻子 ....[snor] 答案：（ ）
3. professor→ (A) 教授 (B) 護士 (C) 研究員 .... [prəˋfɛsɚ] 答案：（ ）
4. detail→ (A) 分開 (B) 拘留 (C) 細節 ....[ˋditel] 答案：（ ）
5. prefer→ (A) 假裝 (B) 寧可 (C) 製造 ....[prɪˋfɝ] 答案：（ ）
6. spaghetti→ (A) 西班牙 (B) 泡麵 (C) 義大利麵條.......[spəˋgɛtɪ] 答案：（ ）
7. risotto→ (A) 燉飯 (B) 埋怨 (C) 獨奏 ....[rɪˋsɔto] 答案：（ ）
8. delay→ (A) 接力 (B) 延誤 (C) 交易.............................[dɪˋle] 答案：（ ）
9. power→ (A) 口袋 (B) 粉末 (C) 電力 ....[ˋpauɚ] 答案：（ ）
10. failure→ (A) 失敗 (B) 尾隨 (C) 昏倒.............................[ˋfeljɚ] 答案：（ ）
11. electricity→ (A) 選舉 (B) 電力 (C) 城市 ....[ɪlɛkˋtrɪsətɪ] 答案：（ ）
12. tight→ (A) 緊湊的 (B) 鬆弛的 (C) 潮汐 ....[taɪt] 答案：（ ）
13. schedule→ (A) 報告 (B) 素描 (C) 計劃表 ....[ˋskɛdʒul] 答案：（ ）
14. instantly→ (A) 反而地 (B) 立即地 (C) 堅持地 ....[ˋɪnstəntlɪ] 答案：（ ）
15. once→ (A) 一次 (B) 上面 (C) 全部 ....[wʌns] 答案：（ ）

答案：
1. (B) **2.** (B) **3.** (A) **4.** (C) **5.** (B)
6. (C) **7.** (A) **8.** (B) **9.** (C) **10.** (A)
11. (B) **12.** (A) **13.** (C) **14.** (B) **15.** (A)

這些單字都將運用在以下的會話及解析中，哪些單字答錯了？請利用以下的單元好好的學習單字的正確用法吧！

上班族會話這樣說好糗！

看看以下的對話情境，是不是讓你似曾相識呢？以下列舉出中國人常犯的會話錯誤與中式英語，看完後請務必接著看後續的「我不要再出糗！重點文法解析」及「上班族會話這樣講就對了」，才不會不小心把錯誤的用法記在腦中喔！

Rachel: Hello, this is Rachel. Can I speak with Albert, please?

瑞秋：喂，我是瑞秋。我想找艾伯特，謝謝你。

Simon: Rachel, Could you **speak in a higher voice**[1]? ❌

賽門：瑞秋，可以請妳的聲音高一點嗎？

Rachel: What? What's wrong with my voice?

瑞秋：什麼？我的聲音怎麼了？

Simon: I can't hear you.

賽門：我聽不清楚。

Rachel: Do you want me to speak louder?

瑞秋：你要我說大聲一點嗎？

Simon: Yes, absolutely.

賽門：是的，沒錯。

Rachel: Is Albert there? I want to talk to him. I need to know if the brochures will be ready on Friday.

瑞秋：艾伯特在嗎？我要找他。我想確認星期五小冊子是否會印好。

Simon: **Hold please.** ❌ He is on the phone, and he said he will call you **latter.** ❌

賽門：請等一下。他正在講電話，他說待會打給妳。

Rachel: OK. Bye.

瑞秋：好的，再見。

立刻翻閱次頁了解詳細解析

我不要再出糗！重點文法解析 ▶ MP3
Track 185

傳統背單字的方法，容易讓我們只把單字和中文背下來，卻完全誤解了用法，在這個單元中，將針對最容易混淆單字，作最徹底的解析，讓你出差、洽商都絕不再出糗！

辨析重點1

high/loud/aloud 該怎麼用呢？

中文裡我們會說提高音量，但是英文裡 high 只能用來表示「高音調」；loud 和 aloud 就可用於形容聲量或音量。aloud 是副詞；loud 可當形容詞，也可當副詞：

❑ I can't stand her high voice.
  我受不了她的尖銳的聲音。

❑ He **snores**[2] so loud.
  他打鼾的聲音很大。

❑ The **professor**[3] asked him to read aloud.
  教授要他大聲唸出來。

辨析重點2

later/latter 的用法

Later 指的是「待會」、「晚一點」和「以後」，例如：
❑ Let's discuss the **details**[4] later.

latter 指的是兩者之間的「後者」，或是「後面的」，例如：
❑ A: Which do you **prefer**[5]? **Spaghetti**[6] or **risotto**[7]?
❑ B: The latter.

辨析重點3

Hold please.

hold please 是不對的用法。要請別人「等一下」時，可以說：
❑ Hold on, please.
❑ Please hold on.
❑ Please hold.

上班族會話這樣講就對了 ▶ **MP3**
Track 186

單字文法都很行，但是卻老是無法延續對話嗎？在這個單元中除了告訴你最正確的語法、最道地的說法以外，也告訴你最生活化的會話技巧，讓你輕輕鬆鬆就延續與對方的交談。

Rachel: Hello, this is Rachel. Can I speak with Albert, please?	瑞秋：喂，我是瑞秋。我想找艾伯特，謝謝。
Simon: Rachel, Could you speak louder? I can't hear you.	賽門：瑞秋，可以請妳說大聲一點嗎？我聽不清楚。
Rachel: OK. Is Albert there? I want to talk to him. I need to know if the brochures will be ready on Friday.	瑞秋：好吧！艾伯特在嗎？我要找他。我想確認星期五小冊子是否會印好。
Simon: Hold on, please.	賽門：請等一下。
Albert: Rachel, this is Albert speaking.	艾伯特：瑞秋，我是艾伯特。
Rachel: Albert, I just received a call from Royal Company Limited. They want to know if the brochures will be sent to them on Friday.	瑞秋：艾伯特，我剛接到皇家有限公司的電話。他們想知道星期五能否收到小冊子。
Albert: Well, the printing has been **delayed**[8] because the printing factory had a **power**[9] **failure**[10] the other day. The **electricity**[11] had been cut out.	艾伯特：印刷作業耽擱了，因為前幾天印刷廠停電了，電力全都中斷了。
Rachel: Albert, we're having a **tight**[12] **schedule**[13] here. Please give them a call **instantly**[14]. We need to get the brochures done and sent to our client on Friday. No delay. Ask the printing company to try their best and solve the problem.	瑞秋：艾伯特，現在時間緊迫，請立即致電給他們。星期五一定得把小冊子印好並送到客戶手上，不得拖延。請印刷公司盡力解決問題。
Albert: OK. I will do it at **once**[15].	艾伯特：好的，我馬上就去。

職場會話 小技巧

當接獲對方應邀參加宴會或是派對時，可以技巧性的詢問對方「派對的主題」。
如此一來，除了可以了解服裝的需求、是否需要攜帶禮物，更可以知道是否需要攜伴，這樣除了可以避免任何不禮貌的情況發生，也可以讓話題延續更長，不會落得講完一句就不知道下一句要說什麼的窘境喔！

Unit 94 勉勵面臨困難的員工

上班族單字哪些我不會？

先作個小測驗，看看這些單字的意思你懂嗎？

1. **goodwill**→ (A) 信譽 (B) 威嚴 (C) 遺囑 ....[ˋgʊdˏwɪl] 答案：（ ）

2. **enterprise**→ (A) 獎品 (B) 娛樂 (C) 企業..............[ˋɛntəˏpraɪz] 答案：（ ）

3. **except**→ (A) 預期 (B) 除…之外 (C) 接受...................[ɪkˋsɛpt] 答案：（ ）

4. **negotiable**→ (A) 可協商的 (B) 可預見的 (C) 忽視的
....[dɪˋgoʃɪəbl] 答案：（ ）

5. **unusual**→ (A) 普通的 (B) 奇特的 (C) 通常地...........[ʌnˋjuʒʊəl] 答案：（ ）

6. **croak**→ (A) 呱呱叫 (B) 彎曲 (C) 衰弱 ....[krok] 答案：（ ）

7. **asleep**→ (A) 有精神的 (B) 失眠 (C) 睡著的 ....[əˋslip] 答案：（ ）

8. **snack**→ (A) 快照 (B) 蛇 (C) 點心 ....[snæk] 答案：（ ）

9. **proposal**→ (A) 求婚 (B) 宣傳 (C) 先知..................[prəˋpozl] 答案：（ ）

10. **refund**→ (A) 資金 (B) 退款 (C) 提煉 ....[rɪˋfʌnd] 答案：（ ）

11. **opinion**→ (A) 開啟 (B) 意見 (C) 選擇.....................[əˋpɪnjən] 答案：（ ）

12. **budget**→ (A) 預算 (B) 水桶 (C) 水牛 ....[ˋbʌdʒɪt] 答案：（ ）

13. **bargain**→ (A) 討價還價 (B) 懇求 (C) 提袋 ....[ˋbɑrgɪn] 答案：（ ）

14. **passion**→ (A) 乘客 (B) 被動的 (C) 熱情的 ....[ˋpæʃən] 答案：（ ）

15. **recently**→ (A) 最初 (B) 收據 (C) 最近 ....[ˋrisn̩tlɪ] 答案：（ ）

答案：
1. (A)　2. (C)　3. (B)　4. (A)　5. (B)
6. (A)　7. (C)　8. (C)　9. (A)　10. (B)
11. (B)　12. (A)　13. (A)　14. (C)　15. (C)

這些單字都將運用在以下的會話及解析中，哪些單字答錯了？請利用以下的單元好好的學習單字的正確用法吧！

上班族會話這樣說好糗！

看看以下的對話情境，是不是讓你似曾相識呢？以下列舉出中國人常犯的會話錯誤與中式英語，看完後請務必接著看後續的「我不要再出糗！重點文法解析」及「上班族會話這樣講就對了」，才不會不小心把錯誤的用法記在腦中喔！

Stanley: Hi, Raymond. How's everything? Do you have any good news for me?	史丹利：雷蒙，還順利嗎？有好消息嗎？
Raymond: I've been visiting **Goodwill**[1] **Enterprise**[2] **most** ❎ everyday.	雷蒙：我幾乎每天都去拜訪信譽企業。
Stanley: Good. Are they interested in working with us?	史丹利：很好！那麼他們願意跟我們合作嗎？
Raymond: **Not now.** ❎ **They said that they would love to except**[3] ❎ **our deal if the price is negotiable**[4].	雷蒙：現在不行。他們表示如果價格可再商議，他們會接受這筆交易。
Stanley: Oh, I'm sorry. I didn't know you're busy at the moment. I'll get back to you.	史丹利：抱歉，我不知道你正在忙。我們待會再談。
Raymond: No, I can talk now.	雷蒙：不，我現在方便。
Stanley: You just said "not now" so I thought you mean now is not a good time.	史丹利：你剛剛說「現在不行」，所以我以為你現在不方便。
Raymond: I was saying that Goodwill isn't interested in working with us now.	雷蒙：我的意思是，信譽企業目前沒有興趣跟我們合作。
Stanley: I see.	史丹利：我懂了。

立刻翻閱次頁了解詳細解析

我不要再出糗！重點文法解析 ▶ MP3 Track 187

傳統背單字的方法，容易讓我們只把單字和中文背下來，卻完全誤解了用法，在這個單元中，將針對最容易混淆單字，作最徹底的解析，讓你出差、洽商都絕不再出糗！

辨析重點1

most/almost 該怎麼用呢？

most 用於形容等級，指「最高的」、「多數的」，置於名詞前面；almost 為副詞，用於形容動詞，有「幾乎」的意思。請利用下面的例句，幫助更熟悉記憶單字的用法：

❑ She has the most **unusual**[5] costume.
她的服裝是最奇特的。

❑ Most frogs can **croak**[6].
大多數的青蛙會呱呱叫。

❑ He almost fell **asleep**[7] in the cinema.
他幾乎在電影院裡睡著。

辨析重點2

Not for now. / Not now. 的用法

要表示自己現在很忙、沒有空時，得用 not now：
❑ A: I need to discuss with you.
❑ B: Not now. I have to make a phone call.
若要指某件事現在不可行，則可說 not for now：
❑ A: Can we have our **snacks**[8] now?
❑ B: Not for now. You should finish your homework first.

辨析重點3

They would love to except our deal.

Except 是「除……以外」的意思，而「接受」的英文應該是 accept：
❑ I'm glad that he has accepted my invitation.
❑ She accepted his **proposal**[9] last night.
❑ They refused to accept our **refund**[10].

上班族會話這樣講就對了 MP3 Track 188

單字文法都很行，但是卻老是無法延續對話嗎？在這個單元中除了告訴你最正確的語法、最道地的說法以外，也告訴你最生活化的會話技巧，讓你輕輕鬆鬆就延續與對方的交談。

Stanley: Hi, Raymond. How's everything? Do you have any good news for me?	史丹利：雷蒙，還順利嗎？有好消息嗎？
Raymond: I've been visiting Goodwill Enterprise almost everyday.	雷蒙：我幾乎每天都去拜訪信譽企業。
Stanley: Good. Are they interested in working with us?	史丹利：很好！那麼他們願意跟我們合作嗎？
Raymond: Not for now. They said that they would love to accept our deal if the price is negotiable.	雷蒙：目前意願不大。他們表示如果價格可再商議，他們就會接受這筆交易。
Stanley: I see. What's your **opinion**[11]?	史丹利：我懂了。那麼你的看法呢？
Raymond: If they don't have enough **budget**[12], we can find someone else. I don't like to work with people who **bargains**[13] over prices.	雷蒙：如果他們預算不夠，我們再找別人就行了！我不喜歡跟愛討價還價的人合作。
Stanley: Raymond, I think you're a good salesman but you haven't show any **passion**[14] with your job **recently**[15]. You give up easily when someone turns you down. I believe if you show enough aggressiveness to your clients, they would have a second thought.	史丹利：雷蒙，我認為你是一位很棒的業務員，但是你最近對工作毫無熱忱。一旦遭到拒絕，你很輕易就放棄。我相信如果你表現出積極的一面，客戶會重新考慮。
Raymond: OK. I will pay them a visit tomorrow.	雷蒙：好吧，那我明天再去拜訪他們。

職場會話 小技巧

下屬面臨工作上的困境時，主管應該找出原因，員工工作上是否遇到瓶頸、身心狀況是否異常、生活是否遭遇麻煩等，瞭解原因後才能幫助員工解決問題。
員工如果遇到問題，也可主動向上級報告，如果避而不談卻又無法解決問題，影響了工作進度與表現，將造成公司的損失！

Unit 95 主管關切團隊績效

上班族單字哪些我不會？

先作個小測驗，看看這些單字的意思你懂嗎？

1. **function**→ (A) 十字路口 (B) 遊樂會 (C) 運作 .... [ˈfʌŋkʃən] 答案：( )
2. **review**→ (A) 痛斥 (B) 預習 (C) 檢閱 .... [rɪˈvju] 答案：( )
3. **drawbridge**→ (A) 繪畫 (B) 吊橋 (C) 天橋 .... [ˈdrɔˌbrɪdʒ] 答案：( )
4. **statue**→ (A) 國家 (B) 樓層 (C) 雕像 .... [ˈstætʃu] 答案：( )
5. **garbage**→ (A) 賭博 (B) 垃圾 (C) 搶奪 .... [ˈgɑrbɪdʒ] 答案：( )
6. **mess**→ (A) 面具 (B) 大眾 (C) 髒亂 .... [mɛs] 答案：( )
7. **luncheon**→ (A) 晚宴 (B) 午餐會 (C) 宵夜 .... [ˈlʌntʃən] 答案：( )
8. **auction**→ (A) 拍賣會 (B) 行動 (C) 橡樹 .... [ˈɔkʃən] 答案：( )
9. **chairman**→ (A) 升降機 (B) 椅子 (C) 董事長............ [ˈtʃɛrmən] 答案：( )
10. **justice**→ (A) 果汁 (B) 正義 (C) 少年 .... [ˈdʒʌstɪs] 答案：( )
11. **relieve**→ (A) 復發 (B) 解放 (C) 放心 .... [rɪˈliv] 答案：( )
12. **doubt**→ (A) 懷疑 (B) 加倍的 (C) 遺棄 .... [daut] 答案：( )
13. **intelligent**→ (A) 聰明 (B) 打算 (C) 妥協 .... [ɪnˈtɛlədʒnt] 答案：( )
14. **lively**→ (A) 冷清的 (B) 死氣沉沉的 (C) 朝氣蓬勃的........ [ˈlaɪvlɪ] 答案：( )
15. **successful**→ (A) 成功的 (B) 失敗的 (C) 墮落的 ..... [səkˈsɛsfəl] 答案：( )

答案：
1. (C)   2. (C)   3. (B)   4. (C)   5. (B)
6. (C)   7. (B)   8. (A)   9. (C)   10. (B)
11. (C)   12. (A)   13. (A)   14. (C)   15. (A)

這些單字都將運用在以下的會話及解析中，哪些單字答錯了？請利用以下的單元好好的學習單字的正確用法吧！

416

上班族會話這樣說好糗！

看看以下的對話情境，是不是讓你似曾相識呢？以下列舉出中國人常犯的會話錯誤與中式英語，看完後請務必接著看後續的「我不要再出糗！重點文法解析」及「上班族會話這樣講就對了」，才不會不小心把錯誤的用法記在腦中喔！

Mr. Thomas: Stanley, how is everything going?	**湯瑪士先生**：史丹利，一切還順利嗎？
Stanley: So far so good. I can assure you that the department isn't **out of order** ✗.	**史丹利**：到目前為止，一切順利。不過我可以像你保證，我的部門沒有停止運轉。
Mr. Thomas: Out of order? I don't remember hiring any robots. So your crew is well-**functioned**[1] now?	**湯瑪士先生**：故障了嗎？我不記得公司聘請了機器人！所以你的組員都能正常運作囉？
Stanley: Er...What do you mean?	**史丹利**：什麼意思？
Mr. Thomas: You should say "falling apart" instead of "out of order".	**湯瑪士先生**：你應該說「四分五裂」，而非「停止運轉」。
Stanley: I see.	**史丹利**：我懂了。
Mr. Thomas: What have your team been doing lately?	**湯瑪士先生**：你的部門最近在做些什麼？
Stanley: First of all, we have a progress meeting **every Friday at four** ✗.	**史丹利**：首先，我們的進度會議在下午四點每週五舉行。
Mr. Thomas: A progress meeting at four every Friday? So do you think it works?	**湯瑪士先生**：每週五四點會開進度會議。你覺得有效嗎？
Stanley: I have no doubt. **We are necessary** ✗ to **review**[2] our results week by week.	**史丹利**：我非常肯定！我認為每週檢討成績是必要的。

立刻翻閱次頁了解詳細解析

我不要再出糗！重點文法解析 ▶ **MP3** Track 189

傳統背單字的方法，容易讓我們只把單字和中文背下來，卻完全誤解了用法，在這個單元中，將針對最容易混淆單字，作最徹底的解析，讓你出差、洽商都絕不再出糗！

辨析重點1

out of order/fall apart/in a mess 皆表示「混亂」，該怎麼用呢？

Out of order 指「發生故障」、「順序紊亂」；fall apart 指情況「四分五裂」；in a mess 則用於表示「凌亂；髒亂」和「一團糟」請利用下面的例句，幫助更熟悉用法：

❏ The **drawbridge**[3] is out of order.
　那座吊橋故障了。

❏ The **statue**[4] was falling apart.
　那個雕像變得四分五裂。

❏ The **garbage**[5] room is in a **mess**[6].
　垃圾間非常髒亂。

辨析重點2

every Friday at four

中文會說「每個星期五四點」，英文則是相反，得先說時間：

❏ I shall see you at ten Monday morning.

❏ The **luncheon**[7] will be held at noon every Tuesday.

❏ The **auction**[8] will be started at six on Saturday night.

辨析重點3

We are necessary to...

此句為中文「我們應該……」的直譯，建議可用以下說法：

❏ It is necessary for us to hold a welcome party for our **chairman**[9].

❏ It is necessary for the people to fight over **justice**[10].

上班族會話這樣講就對了 ▶ MP3 Track 190

單字文法都很行，但是卻老是無法延續對話嗎？在這個單元中除了告訴你最正確的語法、最道地的說法以外，也告訴你最生活化的會話技巧，讓你輕輕鬆鬆就延續與對方的交談。

Mr. Thomas: Stanley, how is everything going?	湯瑪士先生：史丹利，一切還順利嗎？
Stanley: So far so good. I can assure you that the department isn't falling apart.	史丹利：到目前為止，一切順利。不過我可以向你保證，我的部門沒有四分五裂。
Mr. Thomas: Good. I am **relieved**[11]. What have your team been doing lately?	湯瑪士先生：很好，我很放心。你的部門最近在做些什麼？
Stanley: First of all, we have a progress meeting at four every Friday.	史丹利：首先，我們每週五四點會開進度會議。
Mr. Thomas: So do you think it works?	湯瑪士先生：你覺得有效嗎？
Stanley: I have no **doubt**[12]. It is necessary for us to review our results week by week. I get to keep track of each person's results, while they can give themselves a self evaluation. Besides, each of them should have at least five new clients every month.	史丹利：我非常肯定！我認為每週檢討成績是必要的。我得以追蹤每個人的表現，與此同時，組員也能做自我評估。此外，他們每個月需開發至少五名客戶。
Mr. Thomas: You made a very **intelligent**[13] decision. What about the team members?	湯瑪士先生：你的決策很明智。組員的情況如何？
Stanley: I'm trying my best to smooth the way for them.	史丹利：我會想辦法幫助他們解決問題。
Mr. Thomas: Good job. I am looking forward to see a **lively**[14] and **successful**[15] team. Not to mention, excellent results as well.	湯瑪士先生：幹得好！我期待看到一個朝氣蓬勃、成功的團隊，當然還有亮眼的成績。

職場會話 小技巧 管理高階人員應該隨時掌控各部門的工作與進度，除了定期與各部門主管開會瞭解進度，也可透過電子郵件、進度報告，甚至是公告欄上瞭解公司部門間的運作。

Unit 96 團隊工作內容重新分配

上班族單字哪些我不會？

先作個小測驗，看看這些單字的意思你懂嗎？

1. **delight**→ (A) 豪華的 (B) 高興 (C) 燈光 .... [dɪˋlaɪt] 答案：（ ）
2. **worn out**→ (A) 語無倫次 (B) 興高采烈 (C) 精疲力竭
   .... [worn ˋaut] 答案：（ ）
3. **couple**→ (A) 一些 (B) 誘餌 (C) 銅幣 .... [ˋkʌpl̩] 答案：（ ）
4. **credit**→ (A) 貸方 (B) 功勞 (C) 信條 .... [ˋkrɛdɪt] 答案：（ ）
5. **experience**→ (A) 實驗 (B) 支出 (C) 經歷 .... [ɪkˋspɪrɪəns] 答案：（ ）
6. **slight**→ (A) 狡猾地 (B) 輕微的 (C) 秘密的 .... [slaɪt] 答案：（ ）
7. **biotechnology**→ (A) 生技 (B) 維生素 (C) 技術
   .... [͵baɪotɛkˋnɑlədʒɪ] 答案：（ ）
8. **rest**→ (A) 風險 (B) 過去 (C) 剩餘的 .... [rɛst] 答案：（ ）
9. **tutor**→ (A) 保護的 (B) 家教 (C) 合唱 .... [ˋtjutɚ] 答案：（ ）
10. **apprentice**→ (A) 學徒 (B) 大師 (C) 鑑賞家 .... [əˋprɛntɪs] 答案：（ ）
11. **carve**→ (A) 懇求 (B) 山洞 (C) 雕刻 .... [ˋkɑrv] 答案：（ ）
12. **consumer**→ (A) 消費者 (B) 銷售者 (C) 執政官 ...... [kənˋsumɚ] 答案：（ ）
13. **beauty**→ (A) 建築 (B) 美容 (C) 賬單 .... [ˋbjutɪ] 答案：（ ）
14. **cosmetics**→ (A) 化妝品 (B) 宇宙的 (C) 國際性 ....[kɑzˋmɛtɪks] 答案：（ ）
15. **industry**→ (A) 灰塵 (B) 產業 (C) 吸收 .... [ˋɪndəstrɪ] 答案：（ ）

答案：
1. (B) **2.** (C) **3.** (A) **4.** (B) **5.** (C)
6. (B) **7.** (A) **8.** (C) **9.** (B) **10.** (A)
11. (C) **12.** (A) **13.** (B) **14.** (A) **15.** (B)

這些單字都將運用在以下的會話及解析中，哪些單字答錯了？請利用以下的單元好好的學習單字的正確用法吧！

上班族會話這樣說好糗！

看看以下的對話情境，是不是讓你似曾相識呢？以下列舉出中國人常犯的會話錯誤與中式英語，
看完後請務必接著看後續的「我不要再出糗！重點文法解析」及「上班族會話這樣講就對了」，
才不會不小心把錯誤的用法記在腦中喔！

Rachel: Before we start with today's discussion, I want to thank all of you for doing a good job. Our client is satisfied with the luncheon held yesterday.

瑞秋：開始今天的討論前，我要謝謝你們的努力。客戶對於昨天舉辦的餐會非常滿意。

Albert: I'm **delighted**[1] that they are happy with everything we did. The case made all of us **worn out**[2].

艾伯特：我很高興他們滿意我們的表現。這個案件把我們累壞了。

Rachel: Simon has been working in our department for a **couple**[3] of months.

瑞秋：賽門在我們部門工作幾個月了，我覺得他越來越上手，能夠獨當一面了。

Albert: Way to go, kid.

艾伯特：挺不賴的嘛，小子。

Simon: Thank you. The **credit**[4] belongs to all of you. **Between** ❌ all of us, I have the less **experience**[5] and **from you, I learn a lot.** ❌

賽門：謝謝你，這些都是你們的功勞。我是這裡資歷最淺的人，我從你們身上學到很多。

Rachel: Consequently, there will be a **slight**[6] adjustment in each of your duties. From now on, Simon will be in charge of the **biotechnology**[7] products.

瑞秋：所以我稍微調整了你們的工作內容。從現在開始，賽門你負責生技產業。

Simon: I don't think you're making the right decision. I don't know anything about biotechnology. Can I choose the food industry?

賽門：我覺得你的決定不正確。我對生技一點也不瞭解。我可以選擇食品業嗎？

Rachel: I'm sorry but you don't have a choice.

瑞秋：抱歉，你別無選擇。

Sally: **What about the rest**[8]? ❌

莎莉：那麼其他的呢？

立刻翻閱次頁了解詳細解析

我不要再出糗！重點文法解析 ▶ MP3 Track 191

傳統背單字的方法，容易讓我們只把單字和中文背下來，卻完全誤解了用法，在這個單元中，將針對最容易混淆單字，作最徹底的解析，讓你出差、洽商都絕不再出糗！

辨析重點1

between/among 該怎麼用呢？

兩者皆指「在……之間」，但 between 僅用於形容兩個人之間；而 among 則指多於兩人之間。請利用下面的例句，幫助更熟悉記憶單字的用法：

❏ Let's keep this secret between you and me.
　這個秘密只有你和我知道。

❏ Among all the colleagues, she knows me better.
　在所有同事中，就屬她最瞭解我。

辨析重點2

rest 的用法

rest 指「剩餘的」，與 others 所指的「其他的」不同，前者本身屬於一個大集合的東西，而後者則是指另一個獨立的集合。

❏ She finished the rest of the cake all by herself.

❏ Some of her guests are playing poker, others are watching DVD.

辨析重點3

From you, I learn a lot.

此為「我從你身上學到很多。」的英文直譯。要用英文表示「從～身上學到～」的說法有：

❏ I learn a lot from my **tutor**[9].

❏ The **apprentice**[10] learns how to **carve**[11] a statue from his master.

❏ She learns how to bake a cake from her grandmother.

上班族會話這樣講就對了 ▶ MP3 Track 192

單字文法都很行，但是卻老是無法延續對話嗎？在這個單元中除了告訴你最正確的語法、最道地的說法以外，也告訴你最生活化的會話技巧，讓你輕輕鬆鬆就延續與對方的交談。

Rachel: Before we start with today's discussion, I want to thank all of you for doing a good job. Our client is satisfied with the luncheon held yesterday.

瑞秋：在開始今天的討論前，我想要謝謝你們的努力。客戶對於昨天舉辦的餐會非常滿意。

Albert: I'm delighted that they are happy with everything we did. The case made all of us worn out.

艾伯特：我很高興他們滿意我們的表現。這個案件把我們累壞了。

Rachel: Simon has been working in our department for couple of months. He is getting into the swing of things.

瑞秋：賽門在我們部門工作幾個月了，我覺得他越來越上手了。

Albert: Way to go, kid.

艾伯特：挺不賴的嘛，小子。

Simon: Thank you. The credit belongs to all of you. Among all of us, I have the least experience and I learn a lot from you.

賽門：謝謝你，這些都是你們的功勞。我是這裡資歷最淺的人，我從你們身上學到很多。

Rachel: Consequently, there will be a slight adjustment in each of your duties. From now on, Simon will be in charge of the biotechnology products. Albert will be in charge of computer, **consumer**[12] and communication products. Sally, you have the **beauty**[13] and **cosmetic**[14] products.

瑞秋：所以我稍微調整了你們的工作內容。賽門，從今天開始，你負責科技產業。艾伯特負責電腦、消費性電子與通信產品。莎莉，保養與化妝品就交給妳了。

Sally: What about the others? What if we have new clients from other **industries**[15]?

莎莉：其他的產業呢？若找到其他產業的客戶呢？

Rachel: We don't have any at the moment. If there's a new client, we'll see who has more time available.

瑞秋：目前我們沒有其他的產業，有的話我們再做調整。

職場會話 小技巧　主管評估員工的工作能力後，可針對其工作內容做適度調配，也必須考量所分配的工作員工是否能負荷。如果員工對於工作內容的調整有疑問，可請主管解釋，也可針對調整做出回應，但態度不應咄咄逼人。

Unit 97 勉勵辭去要職的員工

上班族單字哪些我不會？

先作個小測驗，看看這些單字的意思你懂嗎？

1. **accidentally** → (A) 刻意地 (B) 車禍 (C) 偶然地 .....[͵æksə`dɛntḷɪ] 答案：（ ）

2. **recognize** → (A) 彈回 (B) 認得 (C) 宣佈 ....[`rɛkəg͵naɪz] 答案：（ ）

3. **clumsy** → (A) 生氣的 (B) 笨拙的 (C) 歡樂的 .... [`klʌmzɪ] 答案：（ ）

4. **rude** → (A) 無禮 (B) 道路 (C) 根部 ....[rud] 答案：（ ）

5. **imagine** → (A) 影像 (B) 雜誌 (C) 想像 ....[ɪ`mædʒɪn] 答案：（ ）

6. **resign** → (A) 辭職 (B) 決定 (C) 休息...................[rɪ`zaɪn] 答案：（ ）

7. **incapable** → (A) 無趣的 (B) 無能的 (C) 無意的 [ɪn`kepəbl] 答案：（ ）

8. **fiancé** → (A) 未婚夫 (B) 岳母 (C) 姪子 ....[͵fiɑ`se] 答案：（ ）

9. **receptionist** → (A) 會計 (B) 接待員 (C) 秘書 ....[rɪ`sɛpʃənɪst] 答案：（ ）

10. **condo** → (A) 別墅 (B) 公寓 (C) 地下室 ....[`kɑndə] 答案：（ ）

11. **director** → (A) 董事 (B) 指揮 (C) 方言 ....[də`rɛktɚ] 答案：（ ）

12. **income** → (A) 支出 (B) 收入 (C) 進入 ....[`ɪn͵kʌm] 答案：（ ）

13. **unstable** → (A) 不固定 (B) 固定 (C) 無缺點的 ....[ʌn`stebl] 答案：（ ）

14. **dislike** → (A) 喜歡 (B) 不喜歡 (C) 弄亂 ....[dɪs`laɪk] 答案：（ ）

15. **fawn** → (A) 墜落 (B) 喜歡 (C) 諂媚 ....[fɔn] 答案：（ ）

答案：
1. (C)　2. (B)　3. (B)　4. (A)　5. (C)
6. (A)　7. (B)　8. (A)　9. (B)　10. (B)
11. (A)　12. (B)　13. (A)　14. (B)　15. (C)

這些單字都將運用在以下的會話及解析中，哪些單字答錯了？請利用以下的單元好好的學習單字的正確用法吧！

上班族會話這樣說好糗！

看看以下的對話情境，是不是讓你似曾相識呢？以下列舉出中國人常犯的會話錯誤與中式英語，看完後請務必接著看後續的「我不要再出糗！重點文法解析」及「上班族會話這樣講就對了」，才不會不小心把錯誤的用法記在腦中喔！

Stanley: Raymond, do you have a minute? I would like to have a word with you.	史丹利：雷蒙，你有空嗎？我想跟你談談。
Raymond: OK. I was **by chance** ❌ to see you.	雷蒙：好的。我也碰巧見到你。
Stanley: You did? Where?	史丹利：真的嗎？在哪裡？
Raymond: Here.	雷蒙：就在這裡啊。
Stanley: What? I thought you said we met somewhere **accidentally**[1]. Sorry that I didn't **recognize**[2] you. I must be **clumsy**[3] and **rude**[4].	史丹利：什麼？我以為你說你在某處碰巧見到我。抱歉我沒認出你，我真是笨拙又無禮。
Raymond: No. I want to talk to you, **also.** ❌	雷蒙：不對，我也正想找你談。
Stanley: Alright. I received your e-mail just now. You can't **imagine**[5] how surprise I was when you mentioned you decided to **resign**[6].	史丹利：好吧。我剛剛收到你的電子郵件，你提到離職的事，讓我大吃一驚。
Raymond: Yes. I've **made my mind.** ❌	雷蒙：沒錯，我已經決定了。
Stanley: Why do you want to leave? Is it because I'm **incapable**[7]?	史丹利：為什麼你要離職？是不是因為我能力不足？
Raymond: No, you're not incapable. It's not about you.	雷蒙：不，你的能力沒有不足，不是你的關係。

立刻翻閱次頁了解詳細解析

我不要再出糗！重點文法解析 ▶ MP3 Track 193

傳統背單字的方法，容易讓我們只把單字和中文背下來，卻完全誤解了用法，在這個單元中，將針對最容易混淆單字，作最徹底的解析，讓你出差、洽商都絕不再出糗！

辨析重點1

also/too/as well 同樣都是「也」，該怎麼用呢？

三者都可指「也；還」；然而 too 和 as well 通常都置於句尾，需注意的是，必須在 too 前加上標點符號：

❑ She is also thirty years old.
她也是三十歲。

❑ My sister enjoys cooking, too.
我姐姐也喜歡烹飪。

❑ She is coming to the party tonight and her **fiancé**[8] is coming as well.
她會參加今晚的派對，她的未婚夫也會來。

辨析重點2

by chance 的用法

by chance 指的是「偶然地；刻意地」，強調非刻意地：

❑ She met her ex-boyfriend by chance this morning.

除此之外，by chance 也可指「或許；該不會」：

❑ Are you, by chance, dating with our **receptionist**[9]?

辨析重點3

I've made my mind.

make up one's mind 有「我已經決定了。」的意思，也可參考其他說法：

❑ I've made my decision.

❑ She has made up her mind to buy herself a **condo**[10].

❑ The board of **directors**[11] has made up their mind.

上班族會話這樣講就對了 ▶ MP3 Track 194

單字文法都很行，但是卻老是無法延續對話嗎？在這個單元中除了告訴你最正確的語法、最道地的說法以外，也告訴你最生活化的會話技巧，讓你輕輕鬆鬆就延續與對方的交談。

Stanley: Raymond, do you have a minute? I would like to have a word with you.	史丹利：雷蒙，你有空嗎？我想跟你談談。
Raymond: OK. I want to talk to you, too.	雷蒙：好的。我也正想找你談。
Stanley: I received your e-mail just now. You can't imagine how surprise I was when you mentioned you decided to resign.	史丹利：我剛剛收到你的電子郵件，你提到離職的事，讓我大吃一驚。
Raymond: Yes. I've made up my mind.	雷蒙：沒錯，我已經決定了。
Stanley: Why do you want to leave? Is it because I'm incapable?	史丹利：為什麼你要離職？是不是因為我能力不足？
Raymond: No, you're not incapable. It's not about you. I found the job tiresome and my **income**[12] **unstable**[13]. Not to mention, I **dislike**[14] having to **fawn**[15] on clients for contracts.	雷蒙：不，你的能力沒有不足，不是你的關係。我覺得這份工作煩人，且收入不穩定。不僅如此，我也不喜歡為了合約討好客戶。
Stanley: I am sorry to hear that. Are you sure you don't want to give this a second thought?	史丹利：聽你這麼說，我感到很遺憾。你確定不再考慮看看嗎？
Raymond: Yes. There's no need to reconsider.	雷蒙：沒錯，我認為沒有重新考慮的必要。

**職場會話
小技巧**　向主管或上級提及辭職的意願時，應清楚地解釋辭職原因，是否因生涯規畫、身心狀況、家庭因素等，讓主管瞭解員工決定離開的因素。辭去工作需要深思熟慮，工作發展、工作內容、薪資福利等皆需納入考量。

Unit 98 激勵優良表現組員

上班族單字哪些我不會？

先作個小測驗，看看這些單字的意思你懂嗎？

1. **fire away**→ (A) 開始說話 (B) 停火 (C) 滾開............[faɪr əˋwe] 答案：（ ）
2. **ridiculous**→ (A) 恐怖的 (B) 可笑的 (C) 開心的 ...... [rɪˋdɪkjələs] 答案：（ ）
3. **sunrise**→ (A) 日出 (B) 日落 (C) 日蝕............[ˋsʌnˏraɪz] 答案：（ ）
4. **sign**→ (A) 簽署 (B) 唱歌 (C) 手語.....................[saɪn] 答案：（ ）
5. **contract**→ (A) 追蹤 (B) 合約 (C) 聯絡 ....[ˋkɑntrækt] 答案：（ ）
6. **corporation**→ (A) 學校 (B) 法人 (C) 辦公室 ...... [ˏkɔrpəˋreʃən] 答案：（ ）
7. **extend**→ (A) 假裝 (B) 出去 (C) 延長 ....[ɪkˋstɛnd] 答案：（ ）
8. **relationship**→ (A) 親戚 (B) 戀情 (C) 船隻 ....[rɪˋleʃənˏʃɪp] 答案：（ ）
9. **question**→ (A) 探索 (B) 好奇 (C) 審問 ....[ˋkwɛstʃən] 答案：（ ）
10. **loser**→ (A) 失戀 (B) 失敗者 (C) 寬鬆...................[ˋluzɚ] 答案：（ ）
11. **quit**→ (A) 快速 (B) 安靜 (C) 放棄.........................[kwɪt] 答案：（ ）
12. **smoking**→ (A) 抽煙 (B) 煙燻 (C) 燃燒 ....[ˋsmokɪŋ] 答案：（ ）
13. **mad**→ (A) 傷心 (B) 高興 (C) 生氣 ....[mæd] 答案：（ ）
14. **late**→ (A) 早退 (B) 遲到 (C) 最近...........................[let] 答案：（ ）
15. **strength**→ (A) 街道 (B) 壓力 (C) 力量.......................[strɛŋθ] 答案：（ ）

答案：
1. (A)　2. (B)　3. (A)　4. (A)　5. (B)
6. (B)　7. (C)　8. (B)　9. (C)　10. (B)
11. (C)　12. (A)　13. (C)　14. (B)　15. (C)

這些單字都將運用在以下的會話及解析中，哪些單字答錯了？請利用以下的單元好好的學習單字的正確用法吧！

上班族會話這樣說好糗！

看看以下的對話情境，是不是讓你似曾相識呢？以下列舉出中國人常犯的會話錯誤與中式英語，看完後請務必接著看後續的「我不要再出糗！重點文法解析」及「上班族會話這樣講就對了」，才不會不小心把錯誤的用法記在腦中喔！

Nancy: Stanley, I've got something to tell you.

南茜：史丹利，我有話要跟你說。

Stanley: **Fire away**[1]. I am listening with open ears.

史丹利：說吧！我洗耳恭聽。

Nancy: I don't have a gun. **I don't understand what are you talking about ✖**.

南茜：我沒有槍啊！我不明白你說的是什麼意思。

Stanley: This is **ridiculous**[2], Nancy. Of course you don't have a gun.

史丹利：太可笑了，南茜。妳當然不可能有槍囉！

Nancy: Then why did you say "fire away"?

南茜：那麼你為什麼要說「開槍」？

Stanley: It means you can start talking. You have my attention.

史丹利：我的意思是：「妳可以開始說了」。我會仔細聆聽。

Nancy: I see. I just came back from **Sunrise**[3] Limited, and they decided to **sign**[4] **a year ✖ contract**[5] with us. Furthermore, Manfield **Corporation**[6] agreed to **extend**[7] the contract. I'm glad that I listen to your **advise ✖**.

南茜：我懂了。我剛拜訪完日出有限公司，他們同意簽署一年的合約。此外，曼菲股份有限公司願意延長合約期限。當初聽取你的忠告是對的。

立刻翻閱次頁了解詳細解析

我不要再出糗！重點文法解析 ▶ **MP3** Track 195

傳統背單字的方法，容易讓我們只把單字和中文背下來，卻完全誤解了用法，在這個單元中，將針對最容易混淆單字，作最徹底的解析，讓你出差、洽商都絕不再出糗！

辨析重點1

advice / advise 同樣都是「忠告」，該怎麼用呢？

兩者同樣可指「勸告；忠告」，不過 advice 是名詞，advise 是動詞：

❏ She needs someone to give her an advice on her new **relationship**[8].
　她剛投入一段新戀情，需要有人給她一些建議。

❏ I don't need advices from a **loser**[9].
　我不需要失敗者給予的建議。

❏ She advises me to **quit**[10] **smoking**[11].
　她建議我戒煙。

辨析重點2

one-year 的用法

one-year 指「一年份的」，屬於形容詞：

❏ They agreed to sign a one-year contract.

❏ You should have a three-month probation.

辨析重點3

I don't understand what are you talking about.

疑問代名詞 what 放在疑問句裡時，所指的是「什麼」；若用於陳述句，則 what 變成關係代名詞，表示「所……的事物」。其它疑問代名詞也可這麼用：

❏ He doesn't understand what the policeman is **questioning**[12] about.

❏ I don't understand why you are **mad**[13] at me.

❏ They don't know the reason why you are **late**[14].

上班族會話這樣講就對了 ▶ **MP3** Track 196

單字文法都很行，但是卻老是無法延續對話嗎？在這個單元中除了告訴你最正確的語法、最道地的說法以外，也告訴你最生活化的會話技巧，讓你輕輕鬆鬆就延續與對方的交談。

Nancy: Stanley, I've got something to tell you.	南茜：史丹利，我有話要跟你說。
Stanley: Fire away. I am listening with open ears.	史丹利：說吧！我洗耳恭聽。
Nancy: I just came back from Sunrise Limited, and they decided to sign a one-year contract with us. Furthermore, I have talked Manfield Corporation into extending the contract.	南茜：我剛拜訪完日出有限公司，他們同意簽署一年的合約。此外，曼菲股份有限公司願意延長合約期限。
Stanley: Excellent! I told you so. Where there's a will, there's a way.	史丹利：太好了！我告訴過妳了，有志者事竟成。
Nancy: Yes. I'm glad that I listen to your advice.	南茜：沒錯，當初聽取你的忠告是對的。
Stanley: I'm pleased with your ability and **strength**[15].	史丹利：對於妳的能力與毅力，我感到很滿意。
Nancy: Thank you.	南茜：謝謝。

職場會話
小技巧

當接獲對方應邀參加宴會或是派對時，可以技巧性的詢問對方「派對的主題」。
如此一來，除了可以了解服裝的需求、是否需要攜帶禮物，更可以知道是否需要攜伴，這樣除了可以避免任何不禮貌的情況發生，也可以讓話題延續更長，不會落得講完一句就不知道下一句要說什麼的窘境喔！

Unit 99 接到客戶辭退或轉任其他工作的回覆

上班族單字哪些我不會？

先作個小測驗，看看這些單字的意思你懂嗎？

1. **resign**→ (A) 辭職 (B) 簽署 (C) 引用 ....[rɪˋzaɪn] 答案：( )
2. **marry**→ (A) 離婚 (B) 結婚 (C) 開心........................[ˋmærɪ] 答案：( )
3. **relocate**→ (A) 相關 (B) 安置 (C) 親戚......................[riˋloket] 答案：( )
4. **floral**→ (A) 領取 (B) 攜帶 (C) 照顧 ....[ˋflorəl] 答案：( )
5. **bother**→ (A) 兄弟 (B) 打擾 (C) 姐妹 ....[ˋbɑðɚ] 答案：( )
6. **speech**→ (A) 水梨 (B) 演講 (C) 喇叭 ....[spitʃ] 答案：( )
7. **outcome**→ (A) 結果 (B) 過來 (C) 出去 ....[ˋaʊtˏkʌm] 答案：( )
8. **mayor**→ (A) 美乃滋 (B) 主修 (C) 市長 ....[ˋmeɚ] 答案：( )
9. **dull**→ (A) 洋娃娃 (B) 乏味的 (C) 笨蛋 ....[dʌl] 答案：( )
10. **explain**→ (A) 解釋 (B) 接受 (C) 擴大 ....[ɪkˋsplen] 答案：( )
11. **remarkable**→ (A) 卓越的 (B) 評論 (C) 批改..........[rɪˋmɑrkəbl] 答案：( )
12. **investment**→ (A) 調查 (B) 投資 (C) 撤銷............[ɪnˋvɛstmənt] 答案：( )
13. **regard**→ (A) 拖延 (B) 警衛 (C) 關心 ....[rɪˋgɑrd] 答案：( )
14. **creative**→ (A) 啟動 (B) 生物 (C) 有創意 ....[krɪˋetɪv] 答案：( )
15. **determined**→ (A) 有遠見 (B) 有決心 (C) 遙遠地 ....[dɪˋtɝmɪnd] 答案：( )

答案：
  1. (A) **2.** (B) **3.** (B) **4.** (B) **5.** (C)
  6. (B) **7.** (A) **8.** (C) **9.** (B) **10.** (A)
  11. (A) **12.** (B) **13.** (C) **14.** (C) **15.** (B)

> 這些單字都將運用在以下的會話及解析中，哪些單字答錯了？請利用以下的單元好好的學習單字的正確用法吧！

上班族會話這樣說好糗！

看看以下的對話情境，是不是讓你似曾相識呢？以下列舉出中國人常犯的會話錯誤與中式英語，看完後請務必接著看後續的「我不要再出糗！重點文法解析」及「上班族會話這樣講就對了」，才不會不小心把錯誤的用法記在腦中喔！

(In the phone)	(電話中)
Rachel: Hello, this is Rachel speaking.	瑞秋：妳好，我是瑞秋。
Kathy: Hi, Rachel. This is Kathy calling from Royal Limited Company.	凱蒂：妳好，瑞秋。我是皇家股份有限公司的凱蒂。
Rachel: How are you, Kathy? Is there anything I can do for you?	瑞秋：妳好嗎，凱蒂？需要什麼幫忙嗎？
Kathy: Yes. I'm calling to inform you that I'm **resigning**[1] end of this month.	凱蒂：沒錯。我打來通知妳我將於月底離職。
Rachel: Sign what? Do we have a new contract?	瑞秋：簽署什麼？我們要簽新合約嗎？
Kathy: No. Resign means to quit my job. I won't be working here starting next month.	凱蒂：不是，我是說我辭職了。下個月開始我就不在這裡工作了。
Rachel: Oh, I see. Why? You **tire** of your job?	瑞秋：我懂了。為什麼？妳厭倦工作了嗎？
Kathy: I'm not tired of my job. As a matter of fact, I'm getting **married**[2] next month. My husband and I decided to **relocate**[3] to Shanghai.	凱蒂：我並沒有對工作感到厭倦。其實，我下個月要結婚了，我先生和我決定搬到上海居住。
Rachel: Congratulations! I am happy **at** you. I would like to send you a **floral**[4] basket. Should I send it to your office?	瑞秋：恭喜妳！我替你感到高興。我想送一個花籃給妳，可以送到辦公室嗎？
Kathy: No, it's OK. Don't **bother**[5].	凱蒂：不用，沒關係，別麻煩了！
Rachel: It's no **bothering** at all.	瑞秋：一點也不麻煩。

立刻翻閱次頁了解詳細解析

我不要再出糗！重點文法解析 ▶ MP3 Track 197

傳統背單字的方法，容易讓我們只把單字和中文背下來，卻完全誤解了用法，在這個單元中，將針對最容易混淆單字，作最徹底的解析，讓你出差、洽商都絕不再出糗！

辨析重點1

happy 該怎麼用呢？

Happy to 後面接動詞，表示「樂意」；happy at、happy with 後面接的是名詞；而 happy for 後面接受詞，表示「為……感到高興」：

❏ I'm happy to give an opening **speech**[6].
我很樂意致開幕詞。

❏ She's happy with the **outcome**[7].
她對於這個結果很滿意。

❏ We're happy for you.
我們為你感到高興。

辨析重點2

tired/tired of 的用法

tired 指「使厭煩」；要說「對……感到厭煩」則用 tired of：

❏ The **mayor**[8]'s **dull**[9] speech tired all the students.

❏ I'm tired of **explaining**[10] to her because she just won't listen.

辨析重點3

It's no bothering at all.

要表示「一點也不麻煩」，可以說：

❏ It's no bother at all.

❏ Don't bother about that.

❏ You needn't bother to do so.

434

上班族會話這樣講就對了 ▶ **MP3** Track 198

單字文法都很行，但是卻老是無法延續對話嗎？在這個單元中除了告訴你最正確的語法、最道地的說法以外，也告訴你最生活化的會話技巧，讓你輕輕鬆鬆就延續與對方的交談。

Rachel: Hello, this is Rachel speaking.	瑞秋：妳好，我是瑞秋。
Kathy: Hi, Rachel. This is Kathy calling from Sunrise Company Limited.	凱蒂：妳好，瑞秋。我是日出股份有限公司的凱蒂。
Rachel: How are you, Kathy? Is there anything I can do for you?	瑞秋：妳好嗎，凱蒂？需要什麼幫忙嗎？
Kathy: Yes. I'm calling to inform you that I'm resigning end of this month.	凱蒂：沒錯。我打來通知我將於月底離職。
Rachel: Really? What a surprise.	瑞秋：真的嗎？我好驚訝。
Kathy: I know. As a matter of fact, I'm getting married next month. My husband made a new **investment**[11] in Shanghai which turns out to be a **remarkable**[12] success. So we decided to relocate to Shanghai.	凱蒂：我知道。其實，我下個月要結婚了。我丈夫在上海有新的投資，發展得結果挺不錯的，所以我們決定搬到上海去。
Rachel: Congratulations! I am happy for you. I would like to send you a floral basket. Should I send it to your office?	瑞秋：恭喜妳！我替妳感到高興。我想送一個花籃給妳，可以送到辦公室嗎？
Kathy: No, it's OK. Don't bother.	凱蒂：不用，沒關係，別麻煩了！
Rachel: It's no bother at all. I insist on sending my **regards**[13] to you. It's nice working with you.	瑞秋：一點也不麻煩。我堅持要獻上我的祝福，因為跟妳共事很愉快。
Kathy: Alright. Thank you very much. By the way, Benjamin will be the new Product Manager. I'm sure you will be happy to work with him.	凱蒂：好吧，非常謝謝妳。對了，班傑明是新任的產品經理，妳應該會喜歡跟他共事。
Rachel: Great! I think he is **creative**[14] and **determined**[15]. Our company is looking forward to working with him.	瑞秋：太好了！我覺得他很有創意，也很有決心。我們公司很期待能跟他合作。

職場會話小技巧 客戶告知辭職時，請記得詢問未來工作上聯絡的窗口，以便往後得以繼續與該公司聯絡。除此之外，若手上有未完成的工作，也記得與對方進行確認與交接！

Unit 100 慶祝年度目標達成

上班族單字哪些我不會？

先作個小測驗，看看這些單字的意思你懂嗎？

1. dine→ (A) 晚餐 (B) 用餐 (C) 一角硬幣 ....[daɪn] 答案：（ ）

2. hell→ (A) 冰雹 (B) 天堂 (C) 地獄 ....[hɛl] 答案：（ ）

3. attention→ (A) 注意力 (B) 出席率 (C) 證實 ....[əˋtɛnʃən] 答案：（ ）

4. devote→ (A) 致力 (B) 投票 (C) 降低 ....[dɪˋvot] 答案：（ ）

5. boo→ (A) 喝倒彩 (B) 竹子 (C) 書本 ....[eb] 答案：（ ）

6. hooray→ (A) 胡言亂語 (B) 匆忙 (C) 喝采 ....[huˋre] 答案：（ ）

7. surgery→ (A) 糖果 (B) 外科手術 (C) 大浪 ....[ˋsɝdʒɛrɪ] 答案：（ ）

8. championship→ (A) 亞軍 (B) 季軍 (C) 冠軍 ... [ˋtʃæmpɪənʃɪp] 答案：（ ）

9. lottery→ (A) 蓮花 (B) 彩票 (C) 片廠 ....[ˋlɑtɛrɪ] 答案：（ ）

10. applause→ (A) 鼓掌 (B) 蘋果 (C) 暫停 ....[əˋplɔz] 答案：（ ）

11. outstanding→ (A) 外出 (B) 優秀 (C) 站立 ....[ˋaʊtˋstændɪŋ] 答案：（ ）

12. ambition→ (A) 氣氛 (B) 含糊 (C) 野心 ....[æmˋbɪʃən] 答案：（ ）

13. influence→ (A) 影響 (B) 匯集 (C) 豐富 ....[ˋɪnflʊəns] 答案：（ ）

14. toast→ (A) 烘烤 (B) 敬酒 (C) 張貼 .... [tost] 答案：（ ）

15. glory→ (A) 發光 (B) 生長 (C) 榮耀...........................[ˋglorɪ] 答案：（ ）

答案：
 1. (B)　**2.** (C)　**3.** (A)　**4.** (A)　**5.** (A)
 6. (C)　**7.** (B)　**8.** (C)　**9.** (B)　**10.** (A)
 11. (B)　**12.** (C)　**13.** (A)　**14.** (B)　**15.** (C)

這些單字都將運用在以下的會話及解析中，哪些單字答錯了？請利用以下的單元好好的學習單字的正確用法吧！

上班族會話這樣說好糗！

看看以下的對話情境，是不是讓你似曾相識呢？以下列舉出中國人常犯的會話錯誤與中式英語，看完後請務必接著看後續的「我不要再出糗！重點文法解析」及「上班族會話這樣講就對了」，才不會不小心把錯誤的用法記在腦中喔！

Polly: Wow, the restaurant is awesome. I can **hardly** ❌ recall the last time I actually **dine**[1] at a restaurant.

波莉：這家餐廳好棒！我已經忘了有多久沒在餐廳好好吃頓飯了。

Nancy: **I couldn't agree no more.** ❌ We worked like **hell**[2] for the past few months, yet, I am happy with the result. We achieved our goals with flying colors.

南茜：我非常同意你。過去幾個月來，我們拼了命地工作，不過我對結果感到很滿意。我們達成目標了，而且還很成功呢！

Polly: With flying colors? What do you mean?

波莉：飄揚的顏色？你指的是什麼意思？

Nancy: It means "successfully".

南茜：意思是「成功地」。

Stanley: Everyone, may I have your **attention**[3], please? First, I would like to thank all of you for **devoting**[4] yourself to the job and achieving the company's goal.

史丹利：各位，請注意這裡。首先，我要感謝你們，為了達成公司的目標而辛勤工作。

Polly: Boo[5]! ❌

波莉：噓！

Peter: Nancy, why are you doing?

彼得：南茜，你在幹嘛？

Polly: I was just cheering.

波莉：我在喝采啊！

Peter: That's not how people cheered. "**Hooray**[6]" is a better word.

彼得：我們不會這樣喝采，你應該說「萬歲」！

立刻翻閱次頁了解詳細解析

我不要再出糗！重點文法解析 ▶ MP3 Track 199

傳統背單字的方法，容易讓我們只把單字和中文背下來，卻完全誤解了用法，在這個單元中，將針對最容易混淆單字，作最徹底的解析，讓你出差、洽商都絕不再出糗！

辨析重點1

hardly/hard 該怎麼用呢？

hardly 為副詞，主要用來形容動詞，指「簡直不」；hard 可屬於形容詞，也能當副詞用。它可指某樣物品的狀態為「堅硬的」，也可表示工作「努力地」。請利用下面的例句，幫助更熟悉記憶單字的用法：

❏ He can hardly see after the accident. He needs a **surgery**[7].
車禍導致他雙眼近乎失明，他需要動手術。

❏ You should study hard.
你應該努力念書。

使用 hardly 時，必須注意它不可用於形容否定的事情，請避免犯以下錯誤：

❏ He could hardly see me.

辨析重點2

I couldn't agree more. 的用法

英文裡，要說「我非常認同你。」，有以下說法：

❏ I totally agree with you.

❏ I couldn't agree more.

辨析重點3

Boo!

Boo! 為喝倒彩的意思，帶有不滿、輕蔑的態度。
相反的，要表示歡呼，可以說：

❏ Hooray! We won the **championship**[8].

❏ Hooray! I won the **lottery**[9].

上班族會話這樣講就對了 ▶ MP3 Track 200

單字文法都很行，但是卻老是無法延續對話嗎？在這個單元中除了告訴你最正確的語法、最道地的說法以外，也告訴你最生活化的會話技巧，讓你輕輕鬆鬆就延續與對方的交談。

Polly: Wow, the restaurant is awesome. I can hardly recall the last time I actually dine in a restaurant.

波莉：這家餐廳好棒！我已經忘了有多久沒在餐廳好好吃頓飯了。

Nancy: I couldn't agree more. We worked like hell for the past few months, yet, I am happy with the result. We achieved our goals with flying colors.

南茜：沒錯。過去幾個月來，我們拼了命地工作，不過我對結果感到很滿意。我們終於達成目標了，而且還很成功呢！

Stanley: Everyone, may I have your attention, please? First, I would like to thank all of you for devoting yourself to the job and achieving the company's goal.

史丹利：各位，請注意這裡。首先，我要感謝你們，為了達成公司的目標而辛勤工作。

Polly: Hooray!

波莉：萬歲！

Stanley: I would also like to show my great appreciation to you. You guys make an **outstanding**[10] team. You're the best. Give yourself a round of **applause**[11].

史丹利：我也要向你們致上萬分謝意。你們是很優秀的團隊，你們是最棒的！給自己一些掌聲吧！

Peter: An outstanding leader makes an outstanding team. Your strong **ambition**[12] and executive power have make **influence**[13] on us.

彼得：優秀的領導者造就優秀的團隊。我們都是受到你強烈的野心與執行力所影響。

Stanley: Thank you very much. At last, I have a good news for you. All of you will be rewarded an extra bonus. Now, let's **toast**[14] and celebrate our **glory**[15]!

史丹利：謝謝。最後，我要告訴你們一個好消息。公司決定給你們額外的獎金，以示獎勵。現在，讓我們舉杯慶祝我們的榮耀！

職場會話 小技巧　為了慰勞辛勤工作的員工，適度地娛樂與放鬆是必要的。建議可安排餐會，讓員工暫時放鬆身心，好好地吃頓飯、與同事聊聊天。慶祝會上，主管也可藉此感謝員工的付出，同時勉勵員工繼續努力，提升團隊的士氣！

Note

在以上的章節結束之後，關於上班族單字，還有那些是不熟悉的呢？職場上會使用到的會話及文法，是不是還有還不夠了解的用法呢？

各位可以利用以下的頁面，把前面兩個part吸收的東西做一下整理，對於比較不熟悉的單字、會話及文法，記錄在這邊，之後做複習的時候，效率也會比較高喔！

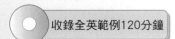

秒速戰勝閱讀測驗，
7天強化新多益聽力

◎ **新多益考試聖經首度來台！日本銷量突破60萬本！**
本書濃縮了研究多益多年的松野守峰老師23年來的解題
精華！就算第一次準備多益，也可馬上掌握新解題技巧！

◎ **多益高速解題法：「7秒」看完題目＋「3秒」**
決定答案＝輕鬆突破800分
傳授「應考技巧」和應試「時間管理」，教你用速度換分
數，拿下意想不到的高分！

◎ **搶先收錄美、加、英、澳、紐五國口音，釐清常見**
單字在不同國家的用法。
一次網羅五國口音，並且設計「7天精通五國口音」計畫，
將實力從基礎開始提升到中上程度，輕鬆消除你對聽力測
驗的障礙！

《 NEW TOEIC新多益
　高速解題攻略 》
定價：299元
作者：松野守峰、R.L.Howser、
　　　宮原知子
304頁／25開／套色

 內附CD收錄全書試題52分鐘

用聽力搶分，
7天內馬上突破700分！

◎ **搶先收錄「美、加、英、澳」四國口音，**
完全符合新多益聽力測驗！
針對新多益聽力測驗設計：增加對話、獨白題目的時
間長度；改成以題組出題，以及採用美、加、英、澳
4種英語腔調！

◎ **用聽力搶分才是關鍵！讓您輕鬆擊敗眾多考生！**
只要考前7天開始準備，透過本書熟悉新多益題型、
利用模擬試題自我檢測，並熟記應考關鍵，完整紮實
的訓練能立刻將總分提高一百分以上。

◎ **破解固定出題模式，學會新多益應試訣竅！**
第一次準備新多益測驗者，可交錯練習試題並複習應試
解說；已熟悉新多益測驗者，則可透過模擬試題，在7
天內學會應試訣竅。

《 新多益聽力，原來如此 》
定價：249元
作者：中村澄子
192頁／25開／套色

內附CD收錄全書試題72分鐘

暢銷好書 熱賣發售中！
大量訂購　另有優惠

電　話　訂　購：02-2773-6566・2773-6571
凱信網路書店：www.k-shop.com.tw

凱信企業集團 | 凱信企業管理顧問有限公司 | 凱信出版事業有限公司 | 捷徑文化出版事業有限公司

你喜歡創作嗎？
出書曾經是你的夢想嗎？
或是滿腔教學理念，卻找不到管道發聲嗎？
也許下一個百萬大作家可能就是你！

強力徵求
百萬大作家！

誠摯邀請有才華的你，加入作家的行列！

內容不拘、新手不拘、隨時皆可，
只要您認為您的作品夠優秀、
對出版有熱情，歡迎毛遂自薦，
我們正需要懷才不遇的你！

投稿專線：**(02) 6636-8398**
來信請到：**Alynn@royalroad.com.tw**

歡迎有熱情的您，加入咬文嚼字的世界！

KS KAIHSIN | 凱信企業集團
SINCE 1984 | 凱信企管｜凱信出版｜捷徑文化

原來如此系列 E018

職場英語，看這本就夠了

作　　　者	張慈庭、許澄瑄◎合著
顧　　　問	曾文旭
總 編 輯	王毓芳
編 輯 總 監	簡文玲
行 銷 經 理	何慧明
主　　　編	高致婕
執 行 編 輯	宓芳瑩、楓宜穎
美 術 主 編	阿作
美 術 編 輯	洪政扶
網 頁 美 術 設 計	鄭嘉佩
特 約 編 輯	許祐瑄、王舒璇
文 字 校 對	許祐瑄
法 律 顧 問	北辰著作權事務所　蕭雄淋律師
印　　　製	世和印製企業有限公司
初　　　版	2009年01月
出　　　版	凱信出版集團—捷徑文化出版事業有限公司
電　　　話	（02）6636-8398
傳　　　真	（02）6636-8397
地　　　址	106 台北市大安區忠孝東路四段218-7號7樓
定　　　價	新台幣380元（附1 MP3）／港幣127元（附1 MP3）
總 經 銷	采舍國際有限公司
地　　　址	235 台北縣中和市中山路二段366巷10號3樓

國家圖書館出版品預行編目資料

職場英語，看這本就夠了 / 張慈庭, 許澄渲合
著. – 初版. – 大安區：捷徑文化, 2009.01
面；　公分

ISBN 978-986-6763-57-1（平裝附光碟片）

1. 英語　2. 職場　3. 讀本

805.18　　　　　　　　　　　　97021004